歷代歌詠書法詩選注

姚奠中题

乔建堂◎编著

明清卷

山西出版传媒集团 北岳文艺出版社
BEIYUE LITERATURE & ART PUBLISHING HOUSE
·太原·

明

MING

题申居子迪篆刻卷[①]

（重刻峄山秦碑二石于绍兴路学）

王　冕

我昔闻诸太古初，冯翊窅窅安可摸[②]？
自从庖羲得龙马[③]，奇偶变化滋图书。
结绳之政由此毁，蝌蚪鸟迹纷坛起。
后来大小二篆生，周称史籀秦夸李。
只今相去几百年，字体散漫随云烟。
岐阳石鼓土生蚀，峄山之碑野火然。
纵有秦铭刻岑石[④]，冰消雪剥无踪迹。
书生好学何所窥？每展史编空叹息。
樊山先生东鲁儒[⑤]，好古博雅耽成癯。
八分小篆纯古法，凿石置之东南隅。
白日光芒争照耀，满城走看嗟神妙。
向来传写何足珍？枣木空贻后人诮[⑥]。
徐公手摹烽火尘[⑦]，金陵近刻殊失真[⑧]。
那如此本意太淳，丞相李斯下笔亲？
申屠墨庄有传授，法度森严非苟苟。
岂惟后学得所师，万世千秋垂不朽！

王冕（1287—1359），字元章，号煮石山农、梅花屋主等。诸暨（今属浙江）人。师从韩性，试进士不第。曾游大都（今北京），泰不华惜才荐以翰林院官职，不就。归隐九里山，卖画为生。工墨梅，擅竹石，兼能篆刻。诗风质朴，不拘常格。著作《竹斋集》。

【注释】

①申屠子迪：申屠駉。篆刻卷，指峄山秦碑二石的拓本。

②冯翊：浑沌、空蒙貌。也作“冯冯翊翊”“冯冯翼翼”。窅窅：潜藏隐晦貌。

③龙马：古传说中瑞马。

④秦铭：泛指秦代李斯所书之刻石。

⑤樊山先生：不详。

⑥枣木：指刻帖。唐杜甫有诗云：“峄山之石野火焚，枣木传刻肥失真。”

⑦徐公：徐铉。清王昶《金石萃编·赵明诚·金石录》记曰：“右秦《峄山刻石》者郑文宝得其摹本于徐铉刻石。实之长安此本是也。”

⑧金陵近刻：当指江宁李处巽本。

题赵子昂书杜少陵魏将军歌赠钱雪界万户[1]

张以宁

独不见唐时将军魏氏雄，铁马气无青海戎。
杜陵老子歌都护，临江节士趋下风[2]。
我朝钱侯岱岳秀，英略与古将军同。
投壶白日刺桐静[3]，传箭清霜篁竹空[4]。
谁书此歌为侯赠？文章阁老吴兴公[5]。
侯昔受诏出阊阖，黄金虎符白雪骢[6]。
苕溪之上见舅氏，三珠耀日光瞳瞳[7]。
公时挥洒神与力，此诗此笔绝代工。
廿年风云万变化，贯月夜夜横长虹。
公骑麒麟箕尾上[8]，侯射猛虎南山中。
我为侯歌愧才薄，展卷况有杜陵翁。
楼船去冬下濑水[9]，白炁宵缠牛斗宫[10]。
丈八蛇矛石二弓，曾血鲸鲵涨海红。
钱侯钱侯莫袖手，侯家带砺今元功[11]。

张以宁(1301—1370)，字志道，号翠屏山人。古田(今属福建)人。幼聪颖，有文名。举元泰定四年(1327)进士，由国子助教累迁至翰林侍读学士。元亡赴南京，奏对称旨，授翰林侍讲学士。居官清廉，博学嗜读，精经学，擅诗。著有《翠屏集》。

【注释】

①杜少陵魏将军歌:《杜诗详注·魏将军歌》"朱注:此诗言魏将军先立功西陲,后统禁军宿卫,绝不及丧乱事。盖禄山未反时作也。草堂本编在天宝末年,今从之。"又注一:"姜氏《杜笺》:魏孝萧诏百司悉依旧章……"钱雪界:生平不详。万户:官名,金初设置,为世袭军职,元代相沿。

②临江节士:见《杜诗详注》注:"《汉·艺文志》有《临江王》及《愁思节士歌》诗四篇。宋陆厥《临江节士歌》:节士慷慨,发上冲冠,弯弓挂若木,长剑竦云端。朱注:《汉书》:景帝废太子为临江王,后坐侵庙壖为宫,征入自杀,时人悲之,故为作歌。《愁思节士》无考,本是二人,累言之故曰及,陆厥合之为一,甚误。庾信《哀江南赋》:临江王有愁思之歌。又因此而相沿耳。"

③投壶:古人宴会时的一种游戏。设特制之壶,宾主以此投矢其中,中多者为胜,负者罚酒。

④传箭:《杜诗详注·投赠哥舒开府翰二十韵》注:"赵曰:外冠起兵,则传箭为号,无传箭,息兵也。或曰:守城之法,更夜传箭,以守其睡。今按:公《赠张埴》诗'灵虬传夕箭',则箭即更筹也。"此诗指更筹也。

⑤吴兴公:即赵孟頫。

⑥虎符:兵符。古代调兵遣将的信物。汉有金虎符,唐有铜鱼符、龟符。元用金虎符。白雪骢:白色的骏马。

⑦三珠:指金虎符虎头上的装嵌明珠,有三珠、二珠、一珠之别。

⑧箕尾:指对国家有贡献的重臣。见前注。

⑨濑水:即溧水。在今江苏溧阳市。

⑩白炁:云气。牛斗:指牛宿和斗宿二星。唐王勃《滕王阁序》:"物华天宝、龙光射牛斗之墟;人杰地灵,徐孺下陈蕃之榻。"

⑪带砺:比喻功臣爵禄,世代永传。《史记·高祖功臣侯者年表》:"封爵之誓曰:'使河如带,泰山若砺,固以永宁,爰及苗裔。'"意即使黄河狭窄如衣带,泰山细小如砺石,国犹永存。元功:大功绩。《汉书·景武昭宣元成哀功臣表》:"辑而序之,绩元功次云。"《注》:"元功,谓佐兴其帝业者也。"

赠安南善书阮生生名太冲为予书春秋春王正月考及安南行稿予喜其楷法遒美更其字曰用和而诗以赠之[①]

张以宁

安南有生阮太冲，隶书国中称最工。

劲如精兵槊善舞，疾若快匠斤成风。

老夫持节使绝域，眼昏头白垂龙钟。

著书暇日使之写，一笑聊足舒心胸。

写书设官自汉代[②]，嗟汝乃在炎荒中。

迢迢岭表产丹荔[③]，郁郁涧底生青松。

我兴为尔作长句，生起再拜生春容。

独不见琼州姜生遇苏子[④]，姓名亦可传无穷。

【注释】

①安南:安南县,今湖南华容县。阮太冲:生平不详。

②写书设官自汉代:《汉书·艺文志》:“汉兴,萧何草律,亦著其法。曰:太史试学童,能讽九千字以上,乃得为史。又以六体试之,课最者以为尚书、御史、史书令史。吏民上学,字或不正,辄举劾。”

③岭表:即岭南,指五岭以南地区。

④姜生:不详。琼州:地名。唐贞观五年(631)置。明改琼州府。今属海南省。苏子:指苏东坡。

赠安南善书阮生生名廷玠
为予书春秋春王正月考及安南行稿
予喜其楷法遒美
更其字曰宝善而诗以赠之[1]

张以宁

安南有生阮廷玠，隶书国内知名最。

整如老将严甲兵，庄若端人正冠带。

老夫持节使炎州[2]，头白眼昏今老大。

著书暇日使之写，一笑令人心目快。

唐时选人用楷法，嗟尔乃在要荒外。

翡翠天涯隐羽毛，蛇珠海底沈光怪。

我兴为尔作长歌，生起修容重再拜。

独不见儋耳黎生遇老坡[3]，亦得姓名传后代。

【注释】

①阮廷玠：生平不详。

②炎州：传说为南海中的洲名。泛指岭表以南之地。

③儋耳：古地名。汉置儋耳郡，唐改为儋州，今属海南省。黎生：指百姓。老坡：指苏东坡。绍圣四年(1097)苏东坡再贬海南儋州。

谢章隶书歌[1]

詹　同

君不见天雨粟，泣魑魅，仓颉制字泄天秘？

蝌蚪之文久茫茫，史籀秦斯两相继。

大小二篆生八分，此后六书从简易。

邕邈隶字近古淳[2]，羲旭行草纷如云[3]。

谢章读书隶更好，使我见之过所闻。

不求妍巧自奇拙，禹鼎周彝文断缺。

连昌宫中坠井钗[4]，赤壁江底沉沙铁[5]。

鱼鱼雅雅锥画深[6]，一字岂但值百金？

冠冕佩玉古君子，天生古貌多古心。

春蚓秋蛇世交错，嗟我毫端久荒落。

墨池风暖白日长，正欲相从谢章学。

詹同（约1305—?），字同文，原名书。婺源（今属江西）人。少颖悟好学，曾为郴州路学正。累官至学士承旨兼吏部尚书。诗文与宋濂、王祎、高启、杨基齐名。其诗学汉魏，重风骨。著有《海天集》已佚。

【注释】

①谢章：清王原祁《佩文斋书画谱》录云："谢章，太祖时人。"生平不详。

②邕邈：指蔡邕、程邈。

③羲旭：指王羲之、张旭。

④连昌宫：唐宫殿名。故址在河南宜阳县。坠井钗：指战乱。

⑤赤壁:指三国时著名的“赤壁之战”。

⑥鱼鱼雅雅:整齐貌。雅,通“鸦”。鱼游成贯,鸦飞成阵,故谓此。锥画:即锥画沙。见前注。

题子昂松树障子歌盖王成之所藏者纸尾云大德八年正月廿八夜灯下书[①]

贝　琼

吴兴笔法兼钟王，不独醉草过张旭。
既无河朔少年之沓拖[②]，又无深山羽人之退缩。
故人相遇今何夕，银烛吐光如月白。
手写松青障子歌，百金一子无所惜。
何物小儿憎妩媚，玉环飞燕皆倾国[③]。
嗟我平生秃千兔[④]，夜写蝇头愧无益[⑤]。
王孙骑鹤去不还，日落太湖云气赤。
君家此本世稀有，词翰风流与之敌。
纷纷真赝那足辨，珷玞敢侧连城璧[⑥]。
勿同玉枕永和书[⑦]，一閟昭陵永相失。

贝琼(1314—1379)，字廷琚，一名阙，廷臣，崇德(今属浙江桐乡)人。博览经史，尤工于诗，著有《清江文集》。

【注释】

①子昂松树障子歌：待考。

②指子昂书法用笔劲健、灵动。沓拖：不利落。宋赵长卿《蓦山溪》："学些沓拖，也似没意志。"

③玉环飞燕：即唐时杨玉环杨贵妃、汉时赵飞燕。世人有"环肥燕瘦"一

说。

④秃千兔:指将毛笔用秃。宋苏轼诗有:“先生英妙年,一扫千兔秃。”

⑤蝇头:指蝇头小楷。

⑥珷玞:玉石。亦称“武夫”“碔砆”。晋陆机《演连珠》:“悬景东秀,则夜光与珷玞匿耀。”敢侧:大概,莫非。

⑦玉枕永和书:即王羲之《兰亭序》玉枕本。

余将军篆书拓本歌[1]

张　羽

余将军，守舒州[2]。
舒州之城大如砺，长江西来绕城流。
贼船如云压城碇，将军提剑坐城头。
剑未动，贼已奔，鲸鲵蔽江江为浑。
孤军六年二百战，王师不来城自存。
无兵犹与战，无食安可支？
岂无爱妾与爱马，杀之不解壮士饥。
力尽矢竭将奚为[3]，仓皇咋舌骂不已[4]。
义士千人同日死，只今犹有尽忠池，
碧血清泠化为水。
将军持节东州时，作此篆书形崛奇。
妙墨已随神物化，好事当时临得之。
虽非其真意，独在垂金屈铁蟠蛟螭。
我拜重是忠臣迹，秦相虽古其人非[5]。
呜呼！将军此书配者谁，
请君摹取浯溪石上《中兴碑》。

张羽（1333—1385），字来仪，更字附凤，本浔阳人，侨居吴兴（今浙江湖州）。洪武初，征授太常丞。羽文章精洁有法，尤长于诗。著有《静居集》。

【注释】

①余将军篆书拓本歌:待考。

②舒州:古州名,今属安徽潜山。

③将奚为:将怎么办。

④仓皇:慌张,不定。咋舌:咬舌。

⑤秦相:即秦时丞相李斯。

题曹娥碑并序[①]

谢　肃

曹娥碑鉴定是晋王右军书者。其波磔与蔡邕石经相似,其结体与魏钟繇同一轨辙,非右军不能作也。此帖四明黄继民所藏。余作歌曰:

婉娈曹氏女，生长虞江滨，乃父安歌能乐神。
逆涛江心迎伍君，偶然失脚成沉沦。
其时孝娥才十四，日夜哀号动天地。
奋身跃入龙伯宫，抱父尸出洪波中。
汉安年讫元嘉始，惨淡荒坟烟蔓里。
度令深期民俗淳[②]，蕙肴椒浆方祭诔[③]。
诔文本是邯郸作[④]，勒石垂光非溢美。
好辞玩赏蔡中郎[⑤]，妙墨重挥王内史[⑥]。
内史临池小楷精，出神入圣由天成。
风格真淳《乐毅论》，气运逸迈《黄庭经》。
曹娥之碑尤注意，外足婉丽中坚贞。
疾迟偃仰各合度，正侧方圆皆有程。
金锥画沙锋芒敛，玉树照水枝柯清。
秋风群飞鸿雁叙，夜天行列星宿明。
元常铭石犹隶体[⑦]，力命雅深堪与比。
鸿都分法授于神[⑧]，笔势去来同一轨。
流传萧梁到李唐[⑨]，纷纷鉴者迷精光。

退之平时厌姿媚[10]，于此题识何端庄。
乃知嗜好在奇古，况兼孝烈如曹女。
碑阴隐语亦了然，可惜无言讥魏武[11]。
魏武徒劳校色丝，以孝移忠忍不为。
独觉遗风扇乡里，顺孙孝子相追随。
四明有逸民，示我碑一幅，真若圭璋出群玉。
书家往往无真识，太息还君须韫椟[12]。

谢肃(生卒年不详),字原功,上虞(今浙江上虞)人。洪武中,举明经,授福建按察司佥事。学问该博,与山阴唐肃齐名,时号“会稽二肃”。著有《密庵集》。

【注释】

①《曹娥碑》:见前注。

②度令:即上虞县令度尚。

③蕙肴椒浆:指美味食品和好酒。

④邯郸:指邯郸淳。

⑤蔡中郎:指蔡邕。

⑥王内史:指王右军。

⑦元常:指钟繇。

⑧鸿都:见前注。

⑨萧梁:指梁武帝萧衍,南朝梁的建立者。李唐:指唐朝,这里指唐太宗李世民。

⑩退之:指唐韩愈。厌姿媚:见前注。

⑪魏武:指曹操。

⑫太息:出声长叹。屈原《离骚》:“长太息以掩涕兮,哀民生之多艰。”韫

椟:藏在柜子里。《论语·子罕》:“有美玉于斯,韫椟而藏诸? 求善贾而沽诸?”本指藏于柜中,引申为保持不失。此谓须好好珍藏之意。

雪蓬散人草书歌[1]

林　鸿

雪蓬散人有妫裔[2]，翰墨游心与神契。
摹临秘帖追晋风，挥洒雄文明古制[3]。
荜门铁限人争求[4]，荒郊瘗笔应成丘[5]。
妩媚云霞晴变态，倾斜风雨寒飕飕[6]。
伊于与君共乡县[7]，结交自昔忘贫贱。
衔杯拓落胆气豪，江楼野寺书题遍。
借问君书初若何，君言妙悟应闻歌。
谐音本自车振铎[8]，涣汗有类风行波[9]。
乃知至理无不寓，要在高人会其趣。
古来入室唯逸少，后者升堂有怀素。
当代如君诚亦稀，莫叹蹉跎一布衣。
有钱沽酒与君饮，醉卧目送孤鸿飞。

林鸿(生卒年不详),字子羽,福清(今属福建省)人。官至礼部精膳司员外郎。与陈亮、王偁、王恭等号“闽中十才子”。著有《鸣盛集》。

【注释】

①雪蓬散人:陈廉,生平事迹不详。

②妫裔:古史记舜居妫汭(今山西永济县南)。后因以为氏。此谓雪蓬为舜之后裔。

③古制:指古时的法式制度。

④荜门铁限：荜门，用竹荆编成的门，喻房屋简陋破旧。铁限，即铁门限，指智永事，见前注。

⑤瘗笔：即笔塚，见前注。

⑥形容雪蓬散人草书用笔变化莫测，丰富多彩。

⑦伊于：犹我同。《诗·小雅·小旻》："我视谋犹，伊于胡底。"

⑧车振铎：语出《周礼·夏官·大司马》："司马振铎，群吏作旗，车徒皆作鼓行。"指古代宣布政教法令时，即振铎以警众。文事用木铎，武事用金铎。铎，有舌的大令。

⑨涣汗：《易·涣》："九五，涣汗其大号。"《疏》："九五处尊履正，在号令之中，能行号令以散险厄者也。"喻帝王发布号令，如汗出于身，不能收回。

送郑居仁以楷书赴召[1]

王　恭

尔家山房多柿叶[2]，架上床头饶古帖。
柳骨颜筋手屡摹，王廙钟繇每精猎[3]。
兔园挟策几经秋[4]，不见将名千五侯。
一瓢只谓山中隐[5]，匹马那堪西上游。
河桥酒幔青青草，祖帐离歌满官道[6]。
行箧春衣莫畏贫，上将权门与君好。
高阁阴阴远风池，紫花鸾绫光陆离。
擅场点笔须经意，莫比家林醉墨时[7]。

王恭(生卒年不详)，字安中，隐居七星岩山，自号皆山樵者，福建长乐人。永乐初，荐为待诏翰林，参修《永乐大典》，授翰林院典籍。为"闽中十才子"之一。工诗，通俗易懂，音节谐畅，语意隽永。著有《白云樵唱集》等。

【注释】

①郑居仁：生平不详。

②柿叶：即柿叶书，唐郑虔事，见前注。

③王廙(276—322)：字世将，琅玡临沂(今属山东)人。晋元帝姨弟。封武陵侯，拜尚书郎，出为濮阳太守。工书画，善音乐，有多幅书画传世。

④兔园挟策：指《兔园策》。即《兔园册府》，据王应麟《困学纪闻》，为唐梁王李恽僚属杜嗣先著。恽有兔园，因以为书名。收集古今事迹，典故等编辑

而成。五代时,流行于村塾,作为启蒙课本。后用指读书不多的人当作秘本的肤浅书籍。此讥一些名士虽声名在外,实际并无成就。

⑤一瓢:《论语·雍也》:“一箪食,一瓢食,在陋巷,人不堪其忧,回也不改其乐。”此为孔子赞美颜回安贫乐道的话。以此赞美郑居仁的清高。唐钱起《山园栖隐》诗:“三径与嚣远,一瓢常自怡。”

⑥祖帐:为出行者饯行时所设之帐幕。也指送行的酒筵。

⑦家林:指家乡林园。

题王献之书展卷

王　恭

练长谁涴墨淋漓[①]，年少偏令太守知。

他日王孙求草圣，莫将疏懒傲当时[②]。

【注释】

①涴：本指水势回曲。此谓王献之书法笔势变化回环，波澜起伏。

②疏懒：懒散不耐拘束。三国魏嵇康《与山巨源绝交书》："性复疏懒，筋驽肉缓，头面常一月十五日不洗。"

题施子安家藏萧翼赚得僧辨才《兰亭卷》

王　恭

兰亭禊事迹空陈，片石犹传定武真[①]。
自是宸居贪玩物[②]，不关萧翼鲜瞒人。

【注释】

①定武：即《兰亭》定武本。

②宸居：帝王的居处。宸，指北极星。后借指为帝王所居或王位。汉班固《典引》："是以高光二圣，宸居其域。"此句指唐太宗李世民喜爱《兰亭》，计赚《兰亭》一事。

草书歌赠颜景明隐[1]

孙　蕡

钟王去我忽千岁[2]，字体变怪少复真。
虫文鸟迹久不见，尘姿俗态空纷纷。
迩来继者谁独步，前有秃张后醉素[3]。
词林秘府顷见之，令我啧啧生远慕。
君家此本尤清妍[4]，神奇老笔真可传。
颓墙败壁霹雳死，枯桧古柏蛟龙缠。
秋蛇春蚓未易得，见尔为尔重嗟惜，
宝之不翅圭与璧。
烦君收取谨护藏，莫遣风雷化真迹。

孙蕡(1334—1389)字仲衍，广东顺德人。累官工部织染局使，虹县主簿，翰林典籍、苏州经历等。蕡博学工诗文，著述甚富。著有《西庵集》等。

【注释】

①颜景明：生平不详。

②钟王：即钟繇、王羲之。

③指张旭、怀素。

④此句并以下四句形象比喻颜景明所藏草书的艺术魅力。

墨窗为越人赵㧑谦赋[1]

管时敏

女娲立极断鳌足[2]，羲画之先无刻木[3]。

始观鸟迹制文字，夜鬼哭天天雨粟。

篆隶变化生八分，行草复作何纷纷。

六书古制既茫昧，载籍况遭秦火焚。

后之作者不可数，形声寥寥眇千古。

更论得法神妙间，自信临池心独苦。

君居于越文献邦，家藏金石书满窗。

磨穿青州老未已[4]，万斛巨鼎畴能扛。

吴兴宗人已物故，浙河东西谁独步[5]。

君今有志继绝学，砥柱中流见孤注。

剡溪百番冰雪光[6]，玄霜一斗松煤香[7]。

满堂宾客看挥洒，风雨飒飒龙鸾翔。

我嗟涂鸦手如棘，屡欲从君问奇画。

君还许我载酒来，我捧千钟劳君笔。

管时敏(生卒年不详),名讷,华亭(今上海松江)人。官拜楚王府纪善,进左长史。讷学诗于杨维桢,而不蹈袭维桢之体,诗作春容雅淡,多近唐音。著有《蚓窍集》。

【注释】

①赵抝谦:生平不详。越人:当指今浙江绍兴一带。越,古国名,建都会稽今浙江绍兴。

②女娲:即女娲氏,神话传说中人类的始祖。相传人类是由她和伏羲兄妹而婚产生。传说古时出现天崩地裂,女娲乃炼五色石以补天,断鳌足以立四极,治平洪水,杀死猛兽,使人民安居乐业。

③羲画:即伏羲画卦,见前注。

④青州:指青州产地之砚。

⑤浙河:指今浙江。

⑥剡溪:水名,浙江绍兴嵊州一段。晋王子猷(徽之)雪夜访戴故事即在此。冰雪:指书画用宣纸。

⑦松煤:即墨块。宋赵希鹄《洞天清录》:"上古无墨,以竹挺点漆而书。中古以石磨汁至魏晋始有墨丸,乃漆烟松煤灰和为之。所以晋人多用凹心砚者,欲磨墨贮汁耳。"宋欧阳修诗:"山中老僧忧石泐,印之以纸磨松煤。"玄霞:指墨。

书松雪翁墨迹后

管时敏

吴兴翰墨人间少，白璧黄金价尽低。
今日鸥波亭下路[①]，王孙何处草萋萋。

【注释】

①鸥波亭：即赵孟頫，一号鸥波。曾筑鸥波亭，为其夫妇游息吟咏之所。夫妇曾合制《鸥波亭图》一幅，珠联璧合，堪称“二美”。

书山谷道人诗帖后

管时敏

诗因得法能追杜，书自名时已配苏[1]。
今日尚余真迹在，月明沧海见珊瑚[2]。

【注释】

①配苏:指当时书名与苏东坡并称,号“苏黄”。

②唐李商隐《锦瑟》有“沧海月明珠有泪”句。

赠杨允铭小篆歌[1]

乌斯道

史籀大篆李斯变，变为小篆今独传。
绎山秦望石皆裂，余者散失如飘烟。
诅楚之文大相似，先出李斯三百年。
李斯无乃踵其武，体同画异难后先。
后传八体亦有篆，雕虫何由得传远。
汉武书师蜕凡骨，曹喜李潮探御窗[2]。
徐铉承之非不佳，形质仅堪称□匾[3]。
同时作者岂无人，欲得美名何偃蹇。
元初最数松雪翁[4]，白野亦可追其踪。
鄱阳伯温用心苦[5]，钱塘益思无限功[6]。
四明文运代不泯[7]，学字亦有前贤风。
三代鼎彝俱在目，杨生晚出参其中。
杨生深用李斯力[8]，能使笔锋归正直。
清圆瘦硬玉削成，每逢好事留其迹。
人心正喜趋末流，谁将旷古渊源求。
倘使淳风追前代，杨生亦足裨皇猷[9]。

乌斯道（生卒年不详），字继善，慈溪（今属浙江）人。累官石龙县知县，永新令。工古文，精书法，尤长于诗，寄兴高远。著有《春草斋集》《秋吟稿》等。

【注释】

①杨允铭：生平不详。

②曹喜：唐张怀瓘《书断》："曹喜字仲则，扶风平陵人，章帝建初为秘书郎。篆、隶之工收名天下。"李潮：见前注。

③□匾："□"当谓"螺"，以诗意为篆字，螺书为蝌蚪书，统为篆故当称之，明杨慎《禹碑歌》有："龙画傍分结构古，螺书匾刻戈锋铦。"

④松雪翁：指赵孟頫。

⑤伯温：指元时周伯琦，详注见前。

⑥益思：不详。

⑦四明：浙江旧宁波府的别称，境内有四明山故得名。

⑧指杨生小篆书法李斯。

⑨皇猷：帝王的谋划。此句指杨生的才能足以能够辅佐朝廷，接绪淳风。裨：辅佐。

篆冢歌

袁 华

苏文忠公木石[①]，山谷题曰：遗墨虽存万事非，白头添我数茎丝。晚来天柱倚空碧，却似金门初见时。崇宁乙酉五月廿八日皖口舟中作[②]。

东坡先生白玉堂，嬉笑怒骂皆文章。
南迁再谪过儋耳[③]，笠屐行歌烟瘴乡。
平生节义应自许，皦若烈日当空明[④]。
一朝骑龙居帝旁，遗墨散落人间藏。
经营意匠入遐思[⑤]，掘笔风雨翻涛江。
金镞饮羽猛兽伏，铁网出海珊瑚长。
白头门客太史黄，挂席皖口南风凉[⑥]。
仰瞻天柱嗟往事，二十八字锵琳琅[⑦]。
两公书法宗钟王，龙跳虎卧鸾回翔。
如何宣和不见录[⑧]，有愧京下名相望。
昔陪外史龙井阳，壁间墨君兀老苍。
祝融骑之上天去[⑨]，抚卷兴怀憎慨慷。

袁华(1316—?)，字子英，昆山(今属江苏省)人。官苏州府学训导，少颖悟不群，工诗，长于乐府，善品题书画。著有《耕学斋诗集》。

【注释】

①木石:指苏东坡所画树木和山石。

②皖口:今安徽怀宁县一带,为皖水入长江口处。

③儋耳:见前注。

④皦:白、明亮。《诗·王风·大车》:"谓如不信,有如皦日"。

⑤此句并以下两句:形容苏东坡书法的艺术感染力。

⑥挂席:指扬帆。唐高适诗《东平路中遇大水诗》:"指途适汶阳,挂席经芦州。"

⑦指题首黄山谷所题七绝一首。

⑧宣和:指《宣和书谱》。

⑨祝融:传说中的古帝。《史记·楚世家》:"重黎为帝喾时的火正,甚有功,能光融天下,帝喾命曰祝融。"

草书歌

龚　诩

我生十载灯窗间，学书画夜何曾闲。
墨池磨竭沧海水，秃墨堆作西眉山。
豪来酒倾八百斛，醉后癫狂随所欲。
手持兔毫任锋芒，扫破鸾笺千万幅。
一笔横、一笔直，金枪竖地锥穿壁。
白虹界破青旻天，清泉泻下丹崖石。
一点大、一点小，夜半流星随月皦。
飞空弹石上云霄，出海骊珠灿穹昊。
媚如扱花美女逞新妆①，勇如操戈武士当战场。
动如彩鸾紫凤争翱翔，劲如秋蛇春蚓各奔忙。
态如浓云千万变，势若晴空闪雷电。
秋空排云鸿雁飞，春江汹涌蛟龙战。
君不见，王右军当年曾作笼鹅人②。
丈夫有志亦如此，笔下自有鬼与神。

龚诩(1381—1469)，字大章，昆山(今属江苏省)。著有《野古集》。

【注释】

①扱：同“插”。

②指王羲之以书《道德经》换山阴道士之白鹅。

题《中兴颂》石刻后[1]

沈　周

有册有册一尺畸，启阅重是磨崖碑。
平原太守气骨壮，杀贼余力存毛锥。
千年白石耀深刻，风雨不剥神扶持。
铜柱莫拔魑魅走，铁网欲破珊瑚支[2]。
快观书法十数过，驯读其语增噫嘻[3]。
君王爱色不爱国[4]，金钱买祸由洗儿。
长安洛阳要自陷，法宫蜀栈谁安危。
嗣君虽然返旧物，以得补失终磷缁[5]。
此碑颂德实揭过，有家有国留箴规。
晴窗日拓不辍手，来禽青李生蛛丝。

沈周(1427—1509)，字启南，号石田，晚号白石翁。长洲(江苏吴县)相城人。诗拟白居易、苏轼、陆游，字仿黄庭坚，并为世所重。工画多做山水，兼工花卉、鸟兽、人物等，称“吴门派”。与文徵明、唐寅、仇英合称“明四家”。著有《石田集》等。

【注释】

①《中兴颂》：见前注。

②支：支掌，拄持。

③驯读：训读。

④指唐玄宗事。唐白居易《长恨歌》有：“汉皇重色思倾国”句。

⑤磷缁:喻受环境影响而起变化。磷,因磨而薄损;缁,因染而变黑。《论语·阳货》:“不曰坚乎?磨而不磷,不曰白乎?涅而不缁。”唐韦应物诗有:“何以酬明德,岁晏不磷缁。”

观徐士亨所藏《怀素自叙》真迹吴匏庵许摹寄速之[①]

沈　周

藏真傥荡人[②]，草书如易耳。
羲献百世师[③]，拟步争尺咫[④]。
长驱并颠旭[⑤]，所至非易矣。
笔势酒发之，将腕兵其指[⑥]。
潜锋在浑沦，藏力于纤靡。
恍恍迟速间，神妙出生死。
心以禅观通[⑦]，随物得书旨。
风云及虺蛇，信笔变不止。
一笔备一变，万变万象起[⑧]。
固足称草圣，多括类书史。
史迁尝自序[⑨]，此作良有以。
汗漫逾千言，灿烂连数纸。
初纸记子美，曾补龟玉毁[⑩]。
山谷亦未见，曾遭穆父鄙[⑪]。
后人况肉眼，狐鼠得疑似。
丧乱七百年[⑫]，天岂慭遗此。
今日复何日，所遇亦天使。
未能寻文读，且以指画几。

叹羡及末卷，题识惊娓娓。

名衔十有六[13]，尚漏薛刘米。

西台与祁国，绪论甫先启。

同叔相诺唯，公卷特许纪。

此辈推名流，逐逐到余子。

非惟致赞颂，流传悉源委。

譬群介辅宾，传命以成礼。

譬征十朋龟[14]，信吉无余拟。

季子肯拓致，我诗系其尾。

南州肯勒石，万本播不已。

不然此纸者，孤注安足倚。

【注释】

①吴匏庵：吴宽(1435—1504)，官礼部尚书，博览群书，工书法绘画，著有《家藏集》。

②傥荡：放任随便，不检点。

③羲献：指王羲之、王献之父子。

④拟步：比较，类似。

⑤颠旭：指张旭。

⑥晋王羲之有《题卫夫人〈笔阵图〉后》，以兵法论书法。明项穆《书法雅言·器用》中有：“夫身者，元帅也；心者，军师也；手者，副将也；指也，士卒也。”

⑦宋黄庭坚《山谷文集》：“字中有笔，如禅家句中有眼，直须具此眼者，乃能知之。”

⑧唐孙过庭《书谱》云：“一划之间，变起伏于峰杪；一点之内，殊 挫于毫芒。”东汉蔡邕《笔论》云：“为书之体，须入其形，若坐若行，若飞若动，若往若来，若卧若起，若愁若喜，若虫食木叶，若利剑长戈，若强弓硬矢，若水火，若云雾，若日月，纵横有可象者，方得谓之书矣。”

⑨史迁尝自序：指司马迁作《史记》一事，《史记》前有自序一篇。

⑩据《宣和书谱十九卷·怀素》有《鄂公斗将赞》一帖，杜甫子美曾有诗赞鄂公。龟玉：宝龟和宝玉。

⑪山谷指黄庭坚。

⑫七百年指怀素《自叙帖》距当约七百年。慭遗：愿留，宁可留。《诗·小雅·十月之交》："不慭遗一老，俾守我王。"

⑬此句并以下三句：文物出版社《唐怀素自叙帖真迹》一帖后皆有收录。曾纡公题曰："藏真自叙世传有三，一在蜀中石扬休家，黄鲁直以鱼笺临数本者是也；一在冯当世家后归尚方；一在苏子美家此本是也。元祐庚午苏液携至东都与米元章观于天清寺。旧有元章及薛道祖、刘巨济诸公题识皆不复见。苏黄门题字乃在八年之后，遂昌邵宰疑是兴宗诸孙，则苏氏皆丹杨里巷也。今归吕辨，辨老父子皆喜学书，故于兵火之间能终有之。绍兴二年三月癸巳，空青老人曾纡公卷题。"曾纡（1073—1135）字公衮，号空青先生。官终直宝文阁。工诗善词，通书法著有《空青遗文》。西台：指李建中，号"西台"。祁国：祁国公，杜衍，北宋大臣。为相百日而罢，出知兖州，以太子少师致仕，封祁国公。

⑭《佩文韵府》："《易》：'或益之十朋之龟'。《注》：'朋，党也。尊以自居，损以守之，故人用其力则众才之用尽矣。获益而得十朋之龟，足以尽天人之应也。'"

题林和靖手帖用东坡韵[1]

沈　周

我爱翁书得瘦硬[2]，云腴濯尽西湖渌。
西台少肉是真评，坡云：书比西台差少肉。
数行清莹含冰玉[3]。
宛然风节溢其间，此字此翁俱绝俗。
开缄见字即见翁，五百年来如转烛。
可怜人物两相求，落我掌中珠有足。
水边孤坟我曾拜，土冷烟荒骨难肉。
当时州吏岁劳问，于今祀典谁登录。
翁固不能知我悲，聊对湖山歌楚曲。
我歌湖山亦不知，惟有春鸠叫深竹。
归来把酒吊双缄，犹胜无钱对寒菊。

【注释】

①林和靖：林逋(967—1028)，字君复，卒谥和靖先生。钱塘(今浙江杭州)人，隐居西湖孤山，终身不仕、不娶，种梅养鹤，称"梅妻鹤子"。善行书，工画，好为诗词，多奇句，与范仲淹，梅尧臣等均有诗酬和。著有《林和靖诗集》。

②明陶宗仪《书史会要》:"和靖先生善行书，笔意殊类李建中，而清劲处犹妙。"

③宋黄庭坚《山谷集》:"林和靖笔意殊类李西台(李建中)，而清劲处犹妙。"又"林处士书，清气照人，其端劲有骨，亦似斯人涉世也耶。"

题杨铁崖先生遗墨[①]

沈　周

铁厓山，铁道人。
戴铁冠[②]，吹铁篴[③]，铁色一尺面，铁衣七尺身。
元精育此老铁汉，铁肝铁胆，穷为义士达荩臣[④]。
百剉不得折，突兀而轮囷[⑤]。
文章奇倔似生铁，戛然有声惊鬼神。
小语补两汉，大语追先秦[⑥]。
时流高价购铁语，贵铁不贵金与银。
不从嵇锻搰搰累俗好[⑦]，不学许耕屑屑称齐民[⑧]。
天河借水洗铁冠，笑吹铁篴骑玉麟。
而今观化不在世，好在天上参星辰。
惟余此篇在故纸，铁笔不烂二千春。

【注释】

①杨铁崖：杨维桢。

②铁冠：隐者之冠。《宋史·雷简夫传》："简夫始起隐者，出入乘牛。冠铁冠，自号'山长'。……（既仕），顿忘其旧，里闾指笑之曰：'牛及铁冠安在'？"

③铁篴：指铁制的笛管。杨维桢《铁崖古乐府·冶师行序》："赠缑氏子，名长弓，太湖中人，与余铸造铁笛者。"

④荩臣：指朝廷所进用之臣。《诗·大雅·文王》："王之荩臣，无念尔祖。"《集传》："言其忠爱之笃，进进无已也。"

⑤轮囷：见前注。

⑥指铁崖道人善属文，文辞非秦汉不学。诗文俊逸、独擅一时，号“铁崖体”。

⑦嵇锻：此谓嵇康事。《世说新语·简傲》：“（嵇）康方大树下锻，……康扬槌不辍，傍若无人。”搰搰：用力貌。《庄子·天地》：“子贡……见一丈人，方将为圃畦，凿隧而入井，抱甕而出灌，搰搰然用力甚多，而见功寡。”

⑧许耕：指东魏贾思勰著书《齐民要术》，为我国最古而有系统的农业科学专著。记载甚详，多凭经验重在实用。但传录过频，误夺甚多。屑屑：琐屑。宋欧阳修《石曼卿墓表》：“独慕古人伟行非常之功，视世俗屑，无足动其意者。”

答罗明仲草书歌[1]

李东阳

草书之妙谁绝伦，我欲从之羞效颦。
平生两手硬如铁，空有苦思凌风云。
罗夫子，君不闻，草书在意不在文[2]。
十年摹写未必似，偶然落笔还通神。
人道张颠看剑舞[3]，公孙大娘出谁门。
始知骅骝别有骨，世上岂复曹将军[4]。
罗夫子，君不见，陈士谦，温元善[5]，
芙蓉颜色杨柳姿，能使市上黄金贱。
今人好尚乃如此，有眼何须辨真赝。
罗夫子，眼如电，生来四十年，
阅遍图书五千卷。
向来得我书，赠我一匹锦绣缎。
吾观少陵有诗史[6]，看君之诗宛相似。
包罗巨细成大家，上穷伏羲下元季[7]。
秋姜冬桂老愈辣，翠竹青松寒不死。
君诗在格不在辞[8]，肯与时人斗红紫。
吾观草书亦如此。
罗夫子，君莫疑，眼中磊落非君谁。
紫阳之书冠今古[9]，其大如斗小者卮。
虫书鸟迹不复识，见此再拜真吾师。

君今长驱我戈倒，缩手不搏生蛟螭。

长安城西纸贵贱，吾欲买断防君嗤。

李东阳(1447—1516)，字宾之，号西涯。湖广茶陵(今湖南茶陵)人。天顺进士，官至文渊阁大学士。卒赠太师，谥文正。诗文典雅工丽，其诗影响形成“茶陵诗派”。“工篆隶书，碑版篇翰流播四裔”(《明史》)，真、行、草俱佳。著有《怀麓堂集》《燕对录》等。

【注释】

①罗明仲：王原祁《佩文斋书画谱·书家传》：“罗璟，字明仲，(王世贞云号冰玉)江西泰和(今江西太和)人。天顺癸未进士。及第，除编修。弘治中为南京国子祭酒。《列卿记》”又：“冰玉笔法，颇欲学宋仲温而未成长。然当其时亦铮铮不知何故远让长沙……”

②指书法上“尚意”的书风。“意”即“意象”“神采”。《易》云：“立象以尽意”，王僧虔《笔意赞》：“书之妙道，神采为上，形质次之，兼之者方可绍于古人。”又姜夔《读书谱》：“草书之体，如人坐卧行立，揖逊纷争，乘舟跃马，歌舞擗踊，一切变态，非苟然者。又一字之体，率有多爱，有起有应，如此起者，当如此应，各有义理。”宋人书后人评为“尚意”，诚如孙过庭《书谱》云“达其情性”也。

③见唐杜甫《观公孙大娘弟子舞剑器行并序》诗。

④见唐杜甫《韦讽录事宅观曹将军画马图》。曹将军即曹霸，唐人，善画马。

⑤陈士谦：生平不详。温元善：生平不详。

⑥少陵：杜甫。

⑦伏羲：见前注。元季：指元代。

⑧格指格调，指作家人品和作品的艺术风格。《唐诗纪事》之秦韬玉《贫女》：“谁爱风流高格调，共怜时势俭梳妆。”

⑨紫阳之书：即罗明仲。

题《怀素自叙帖》真迹柬原博太史[1]

李东阳

吾乡上人老藏真[2]，挥毫作字精入神。
金书石刻世已少，况乃缣素随风尘。
大江东南天万里，流落数颗骊龙珍[3]。
百尺高门若深海，腰絙欲入茫无津[4]。
吴公好古得奇货，传借数手来乡邻。
后堂开扃许坐我，展卷故觉情相亲。
嗟予生晚见亦晚，三十六年空复春。
苏黄二老尚莫睹，犹喜未乏前生因。
向来摩本已酷似，昔见其影今其真。
临池对影不自陋，涂抹欲效西施颦。
愿携纸墨就几格，亟往不避僮奴嗔。
余光东壁幸不惜，且复照我西家贫。
请君勿返连城璧[5]，留待他时慕蔺人。

【注释】

①《怀素自叙帖》真迹：见前注。原博太史：指吴宽。

②藏真：怀素字。

③骊龙：喻珍贵的人和物。此指《怀素自叙帖》真迹非常珍贵。《庄子·列御寇》："夫千金之珠，必在九重之渊，而骊龙颔下。"传说骊龙颔下出宝珠。

④腰絙：《佩文韵府》收欧阳修《集古目录序》："珠出南海常生深渊，采者

腰絚而入水，形色非常人。往往不出则下饱鲛鱼。”“絚”，说文做“緪”，大绳，粗索，此指腰间系的绳子。

⑤指战国赵蔺相如与和氏璧事。

刘户部所藏张汝弼草书[1]

李东阳

南安太守东海翁，归来两袖乘天风。
眼前万事不挂齿，睥睨六合称书雄。
横挥直扫百态出，或舞鸾凤腾蛟龙。
一从篆隶变行草，世间此艺难为工。
自信早学宋昌裔[2]，晚向怀素逃形踪。
公孙大娘不识字，物艺乃与书法同[3]。
颜家屋漏古钗脚，纵使异法将母同。
古人逝矣不复见，此翁岂在今人中。
江南纸价几翔踊[4]，白金彩带随青铜。
家藏万纸付儿辈，谁谓此翁归橐空。
何人爱者司徒公，旧得此卷来吴淞。
愿公宝此勿轻弃，留看书舡夜半虹[5]。

【注释】

①刘户部：不详。张汝弼：(1425—1487)，名弼，号东海，华亭(今上海松江)人。成化进士。历官南安知府。善诗文，工草书。书势奇伟，有新意。当与李东阳、谢铎友善。著有《东海》诗稿等。明董其昌《容台集》评曰："东海在当时以气节重，其书学怀素，名动四夷，然行押书犹佳，今见者少耳。"

②宋昌裔：宋广。《佩文斋书画谱》："宋广，字昌裔(陶宗仪云南阳人)。仕沔阳同知善草书。"又"广与宋克、宋璲俱以善书擅名，人称'三宋'。然评者谓广书较之'二宋'不逮，以其笔之联续不断非古法也。"

③物艺：指万物之象，自然之理。蔡邕《九势》："夫书肇于自然，自然既立，阴阳生焉；阴阳既生，形势出矣。"也即"道法自然"。

④指张汝弼草书很受当时人们的欢迎。

⑤书舡：见前句。

书欧阳公手帖后二绝[①]

李东阳

醉翁常恨作书难[②]，道是撑船上急滩。
毕竟晚年多自得，尽留风韵与人看。

宋代书家自不孤，当时只许蔡君谟[③]。
若将晋法论真印[④]，此老风流世亦然。

【注释】

①欧阳公：指欧阳修。

②醉翁：欧阳修之号。

③《宋史·蔡襄传》："襄工于书，为当时第一，仁宗尤爱之。"宋苏轼《评书》："追配前人者，独蔡君谟书，天资既高，积学深至，心手相应，变态无穷，遂为本朝第一。"

④宋黄庭坚《山谷题跋》："蔡君谟真行简札能入永兴之室也。"

题褚临《兰亭》后二绝[①]

李东阳

晋代书家失典型[②]，河南别自有《兰亭》。
宁知千古风流兴[③]，只在山阴酒未醒。

晋帖唐临太未迟[④]，还须点画认须眉。
向来赏极翻成恨[⑤]，不见当年运笔时。

【注释】

①褚临《兰亭》：指唐褚遂良临写的东晋王羲之《兰亭序》。

②宋米芾《宝晋英光集》："虽临王帖，全是褚法。……若夫临仿，莫称于魏、薛，赏者不闻于欧、虞。信百代之秀规，一时之清鉴也。"

③明王世贞跋云："笔法飞舞，神采奕奕，可想见右军真本风流，实为希代之宝。"

④王世贞《弇州山人续稿》："书法翩翩逸秀，点画之间真有异趣，襄阳所称庆云丽霄，龙章动采，庶几近之。"

⑤指激赏之余，恨不能见褚临《兰亭》笔法飞舞之态。

跋山谷墨迹[1]

庄　昶

老涪一笑古风天[2]，宋雅堂堂二百年。
点画白头山阁雨[3]，为谁聊泊太湖船。

余与豫轩、素庵二友过吴兴既还，吴吕山请观山谷老人墨迹求数语。归至宇门春意堂，用卷中"戏赠米元章"韵作一诗以复。成化壬寅孟夏二十四日也。

庄昶（1436—1499），字孔阳，江浦（今属上海）人。成化二年进士，历官翰林检讨，南吏吏部郎中。诗仿《击壤集》之体，著有《庄定山集》。

【注释】

①山谷：即黄庭坚。

②老涪：即黄庭坚，号"涪翁"。

③化用黄庭坚《松风阁》诗帖句。

次韵李宾之观《怀素自叙帖》真迹[1]

吴　宽

法书莫辨赝与真，真者一见余风神。
吾生若不解鉴赏，犹道此卷超凡尘。
少时曾观《圣母帖》[2]，片石错比荆山珍[3]。
风神已乏只骨骼，邈然隆地望天津。
襄无黄金可悬购，自笑微生常乞邻[4]。
此卷五年凡两阅，手抚秃翁心转亲[5]。
向来作书总孟浪[6]，尽弃旧学从新春。
枣函藏弃人莫识[7]，李侯知得嗟何因[8]。
昨来借观坐展玩，始识半面俄全身。
长廊豁气或狂怒[9]，细墨垂丝兼笑频。
秃翁早受佛氏戒，不贪尚带痴仍嗔。
观书得诗吾获利，室有双璧非全贫[10]。
临模咄咄付能者，旧例乞邻缘与人。

吴宽（1435—1504），字原博，号匏庵，长洲（今江苏吴县）人。成化八年进士，廷试第一，授编修，历吏部右侍郎、礼部尚书等。博览群书，行履高洁。诗文有则，兼工书法。著有《匏翁家藏集》等。

【注释】

①李宾之：即李东阳，见前有《题〈怀素自叙帖〉真迹柬原博太史》诗。

②《圣母帖》:唐怀素书,单刻帖,宋元祐三年(1088)刊石。《宝贤堂帖》等帖有收入。《佩文斋书画谱·弇州山人集》:"素师诸帖皆道瘦而露骨。此书独匀稳清熟,妙不可言。唯姿态少逊大令,余翩翩近之矣。"

③荆山珍:喻怀素《自叙帖》非常珍贵。相传卞和得璞玉于楚荆山。

④乞邻:求助于邻居。

⑤秃翁:以书喻人,对怀素的昵称。

⑥孟浪:放浪。

⑦枣函:指刻本。

⑧李侯:指李东阳。

⑨化用怀素《自叙帖》中诗句。窦冀的诗:"粉壁长廊数十间,兴来小豁胸中气。忽然绝叫三五声,满壁纵横千万字。"钱起诗云:"狂来轻世界,醉里得真如。"

⑩双璧:指《怀素自叙帖》诗文,书法俱佳。

雪中李世贤招观东坡《清虚堂诗》真迹[1]

吴　宽

茫茫巨海流银沙，光分民舍并官衙。
诗人说诗等说法，四座缤纷天雨花。
寥寥小巷绝人迹，谁肯拄杖过吾家。
曲中合沓失朱鹭，谷口联翩多白鸦。
青葱摇落上林苑[2]，一夜乱缀琼瑶葩。
故人相送定石炭，恶客好饮惟江茶。
清晨忽报有苏墨，折简邀看门频挝。
形疑虾蟆似曾压[3]，技痒虮虱谁为爬。
料知刻本来广右，醉笔漫灭犹堪嗟。
坐当大雪发长笑，新酒正热浮红霞。

【注释】

①李世贤：生平不详。东坡《清虚堂诗》真迹：待考。

②上林苑：见前注。

③曾敏行《独醒杂志》云："东坡尝与山谷论书，东坡曰：'鲁直近字虽清劲，而笔势有时太瘦'，势如'树梢挂蛇'。山谷曰：'公之字固不敢轻议，然间觉褊浅，亦甚似'石压蛤蟆'。二公大笑，以为深中其病。"

题范文正公书《伯夷颂》颂

吴 宽

乡先正范魏公楷书韩子《伯夷颂》，宋元以来题咏甚多。然奸桧亦侧其间[①]，有韩、范不时有此心，谁与论之句，是可笑也。宽旧观此卷，今再从公裔孙从规借观。焚香再拜谨题其后[②]。

西望天平万石林，凛然生气到于今。

名文有托幽光显，余事能传楷法深。

义士若微真接迹，名臣虽有莫论心。

岁寒堂里千年物，敢作寻常翰墨临。

【注释】

①奸桧：即秦桧(1090—1155)，字会之，江宁(今江苏南京人)。南宋投降派代表人物。因与高宗力主投降议和，以“莫须有”罪陷杀岳飞，遭后世唾骂。是中国历史上著名奸臣之一。

②焚香：对书作及作者无比崇敬之情。

题米南宫诗墨[①] 靳充道藏

吴　宽

向晚得奇观，案有翰墨陈。
展卷即可辨，迥然出风尘。
寻常势欹侧，此幅殊不伦。
字止五十六，端人似垂绅[②]。
复入旗正正[③]，又若车辚辚[④]。
书家有定论，俗士妄生嗔。
不见苏公语[⑤]，超妙仍入神。
公昔家京口[⑥]，海岳近为邻[⑦]。
墨迹多散落，至宝终难堙。
譬彼荆山玉[⑧]，旁达见孚尹[⑨]。
惊看忽入手，幸矣归乡人。
百世恐朽敝，摹勒须坚珉。
铭文配瘗鹤[⑩]，终古焦山垠。

【注释】

①米南宫诗墨：米南宫即米芾。《诗墨》此帖待考。

②垂绅：《礼·玉藻》："凡侍于君，绅垂。"后用以形容臣子对皇帝恭敬肃立的样子。

③旗正正：正正，整齐。《孙子·军争》："无邀正正之旗，勿击堂堂之阵。"

④车辚辚：车辆走动的声响。唐杜甫《兵车行》："车辚辚，马萧萧，行人弓箭各在腰。"比喻米芾书法的艺术感染力。

⑤苏公:指苏东坡。苏在《东坡集》云:“海岳平生篆、隶、真、行、草书,风墙阵马,沉着痛快,当与钟王并行,非但不愧而已。”

⑥京口:见前注。

⑦海岳:米芾之号,称“海岳外史”。

⑧荆山玉:见前注。

⑨孚尹:指玉色晶莹通明。《礼·聘义》:“夫昔者,君子比德于玉焉……孚尹旁达,信也。”比喻米芾书法于玉。

⑩瘗鹤:指《瘗鹤铭》,碑在今江苏镇江市焦山崖石上。

观石鼓歌[1]

何景明

我来太学谒孔庙[2]，下观戟门石鼓陈。
之罘诅楚几埋没[3]，此石照耀垂千春。
苔昏藓涩读难下，虫彫鸟剥细不分。
古画诘曲蛟龙隐，石气惨淡烟雾氛。
周王功勋史籀笔[4]，数石散落岐阳滨。
中兴气象岂复观[5]，大篆意格谁曾闻。
先秦文字稍近古，两汉摹拓多失真。
六朝以来尚靡丽[6]，钟王往往称通神。
唐韩宋轼递歌叹[7]，长篇险韵何悲辛。
大观之间入汴国[8]，君王好艺崇斯文。
高驼巨舰远载致，金填玉嵌传相珍。
靖康乘舆忽播荡[9]，保和玩物随烟尘[10]。
神驱鬼守散复聚，至宝岂得空沉沦。
文皇北来定燕鼎[11]，不置太庙留成均[12]。
博士无烦上书请[13]，诸生颇得亲讲询。
虚廊画壁安置稳，大厦长檐覆盖新。
不随钟鼎怨磨灭，已与琬琰争嶙峋。
平生博览爱古迹，世上墨本徒纷纭。
此虽残缺岁已久，尚觉只字轻千缗[14]。
璧池日月动华衮[15]，奎阁星斗罗贞珉[16]。

　　　　鸣呼孔庙在万世，此石与庙长无湮。

何景明(1483—1521),字仲默,号大复,信阳(今属河南)人。弘治十五年(1502)进士,历官陕西提学副使,志操耿介,善诗文,与李梦阳、边贡、徐祯卿时称“四杰”。著有《大复集》。

【注释】

①石鼓:见前注。

②太学:见前注。

③之罘诅楚:见前注。

④周王句:见前注。

⑤中兴:指周室中兴。元陈孚有咏石鼓诗句:“周室中兴流彘余。”

⑥指南朝齐梁时代的诗歌流派,“永明体”“齐梁体”,追求绮丽浮艳诗风,以宫廷内的荒淫腐朽生活为题材,时称宫体。钟王:钟繇、王羲之。

⑦唐韩:唐代韩愈有《石鼓歌》、宋代苏轼有《石鼓》诗。

⑧大观:见前注。

⑨靖康:宋钦宗赵恒年号,1126—1127年。此句指历史上“靖康之耻”,或称“靖康之乱”。

⑩《佩文斋书画谱·复斋碑录》:“初致之辟雍,后移入保和殿。靖康之末,保和珍异北去,或传济河遇大风,重不可致者皆弃之中流。今其存亡特未可知。则拓本留于世者宜与书法并藏,讵可轻议也哉。”

⑪《佩文斋书画谱·石鼓文音训》:“靖康末,金人取之以归于燕。圣朝皇庆癸丑始置大成至圣文宣王朝庙门之左右。岂物之显晦自有时邪。”

⑫成均:古之大学。《周礼·春官·宗伯》:“大司业掌成均之法,以治建国之学政,而合国之子弟焉。”

⑬博士:指韩愈。

⑭千缗:缗,用绳(缗)穿连成串的钱即贯钱。《史记·平准书》:“(诸贾人)各以其物自占,率缗钱二千而一算。诸作有租及铸造,率缗钱四千一算。”

⑮华衮：指朝服。详注见前。

⑯贞珉：石刻碑铭的美称。犹贞石。也作“贞岷”。

月仪帖[1]

杨　慎

鸾惊开二妙[2]，虿尾见征西。
花蠹蟫销鼍，香蟫跋认鹥。
不逢华盖叟[3]，谁与重□□（提携）。

梁元帝古迹启：鸾惊之奇，闻之于索靖；鹰跱之巧，又显之于蔡邕。山谷诗：愧无征西虿尾手，为写黄门急就章。征西指索靖也。华盖山人宋仲温模为拓本也。《月仪帖》《秘阁续帖》尾有“鹥”字。东坡诗：我今久搁笔，不写纸尾鹥。

杨慎(1488—1559)，字用修，号升庵。四川新都人。正德进士。官翰林修撰。“书无所不览”，“好学穷理，老尔弥笃”(《明史》)。诗文名世，著述甚富。著有《升庵集》《陶情乐府》《丹铅总录》等。

【注释】

①月仪帖：传为晋索靖书。章草。《佩文斋书画谱·广川书跋》：“晋索靖月仪帖：晋人评书以索靖比王逸少，近世惟淳化官帖中有靖书。其后购四方得月仪十一章，今入续帖中。其笔画劲密，然与前帖中书亦异，不知谁定之。李嗣真曰：靖有月仪三章观其趣尚大为遒辣。今月仪不止三章，或谓昔人离析。然书无断裂，固自完善。殆唐人临写近似，故其书奇劂迳出，法度外有可贵者。”又《中国书法鉴赏大辞典》：“月仪帖：日本东京书道博物院藏有唐人真迹的相同章草，内容少异。”

②二妙:称同时以才著名的二人。指晋卫瓘和索靖,二人都擅长草书,时人称“一台二妙”。

③华盖叟:此指高贵之人。题解中指明宋克、宋仲温。

观詹范川大书歌[1]

王慎中

詹侯清晨登我堂，手携大轴墨淋浪。
直木屈铁相撑拄，展舒未毕神开张。
猛虎峥嵘龙爪利，左拿右攫思复翔。
一波如拳勒盈尺，竖戈撇趯掣电光。
玦瑰侧剉金斜凿[2]，锐锋斫剑星耀芒。
华嵩掷石压虎窟[3]，衡霍兴云起蛟乡[4]。
習霅纷披惊变态[5]，一手真看百体藏。
如知胸含山海气，郁勃愤盈不可当。
细书琐屑何由泄，故作大画森横床。
激射幽阴竦毛发，妍姿宛转回春阳。
想见回腕乍伸缩，墨池骤涸笔行杠。
看君笔势有如此，前掩崔杜后张王[6]。
数仞高墙、连幅缣素，不足满君之涂洒，
宜治磨崖千丈壁立摩穹苍。

王慎中(1509—1559)，字道思，号遵岩居士，后号南江。晋江(今属福建)人。明诗人，“嘉靖八才子”之首。官户部主事，礼部员外郎、河南参政等职。著有《遵岩集》。

【注释】

①詹范川:生平不详。

②玦瑰:指美玉、珠玉。比喻詹范川书法精美。

③华嵩:指华山和嵩山。

④衡霍:指衡山,一名霍山,故称。

⑤曶霅:目远视。据清段玉裁《说文解字·注》:“冥当作瞑,目离合而能远视也。”霅:倏忽、忽然。指时间很短,眨眼之间。

⑥崔杜:崔瑗、杜度。张王:张芝、王羲之。

题黄山谷书《黄龙禅师开堂疏》[1]

黎民表

钟陵行草称第一[2]，早岁已入兰亭室。
转运应知腕有神[3]，掣颤尤工老来笔。
学诗唯许杜少陵[4]，翰墨黄州乃其匹[5]。
宋人岂解识真龙，天厩骅骝纵奔逸。
籍名党锢疾如仇[6]，白首黔阳作系囚。
平生正得参禅力[7]，万里危途百不忧。
黄龙老宿尔何子，槁目曾识东家丘。
相酬妙语千金直，能使芳名万古流。
擘窠何人勒翠琰[8]，野火不肯焚银钩。
何年拓本来燕市[9]，惨淡无人知满字。
金门久客逢休浣[10]，北牖临风自粘缀。
短发谁知心尚长，侧釐尚望君王赐[11]。

黎民表（1515—1581），字维敬，自号瑶石山人等。从化（今属广州市）人。嘉靖举人，授翰林孔目，官至河南布政使参议。好读书，工画、尤善书法。著有《黎州野集》。

【注释】

①《黄龙禅师开堂疏》：《佩文斋书·画谱》收录有此帖，称为《黄庭坚行书黄龙晦堂和尚开堂疏》。《佩文斋书·画谱·苍润轩碑跋》评其曰："文节此书骨肉俱到，胜七佛偈百倍。"

②钟陵：地名。故城在今江西进贤县西北。此意指山谷籍贯，但山谷籍贯为分宁，今江西修水人，恐是地名之误。行押：指行书。

③掣颤：指山谷行笔中用的颤笔。明陶宗仪《书史会要》：（黄庭坚）工正楷行草，楷法妩媚，自成一家。草书尤奇伟。尝自云：“……又云：尝学书三十年，初以周越为师，故二十年抖擞俗气不得脱……”又宋赵希鹄《洞天清录》：“山谷悬腕书深得《兰亭》风韵，然行不及草，草不及行。”

④《宋史·黄庭坚》：“庭坚学问文章，天成性得，陈师道谓其诗得法杜甫，学甫而不为者。”

⑤指苏轼书《黄州寒食诗》和黄山谷书《黄州寒食诗跋》。明詹景凤《东图玄览编》：“山谷续为之跋，字亦如坡大。亦异常法。磊落峻爽，气稜稜若有英威，盖尽气与敌也。然以比坡，有若两王父子间，然亦不甚让。山谷跋亦云，生平未见坡有如此书。”清宋荦《漫堂墨品》：“东坡《寒食诗》及山谷跋，偶然欲书，遂入神品。”

⑥《宋史·黄庭坚》：“绍圣初，出知宣州，改鄂州。章惇、蔡卞出其党论《实录》多诬……贬涪州别驾，黔州安置。”

⑦朱仁夫《中国古代书法史》：“宋仰禅宗，系宋元代知识分子寻求精神寄托的共同倾向，黄山谷在这方面更为突出。他一生中喜书老宿偈语，写下了为数众多的佛经。……但从山谷禅书来看，却颇有入世之意，其大草并不是古井枯木，而是活生生的人世间心情的写照。……像山谷这样能达佛家宗旨者绝少。”

⑧此句是对黄山谷书法的赞美。翠琰：指刻碑之石。也称翠珉。琰、珉，皆美石。

⑨燕市：春秋战国时燕国的国都。《文选》：晋左思（太冲）《咏史八首之六》：“荆轲饮燕市，酒酣气益振。哀歌和渐离，谓若旁无人。”此指京城。

⑩休浣：即“休沐”，指官吏休息沐浴。南朝宋鲍照《鲍氏集·既月城西门庙中》诗：“休浣自公日，宴慰及私辰。”

⑪侧鳌：指有才德而地位卑微的人。

郑伯良携赵子昂宋克温真迹见示①

黎民表

翰墨前贤在，悬金不易求。
登坛称二妙②，破塚阅千秋。
雅好怜昌歜③，穷途哂敝裘④。
椟还虽可恨⑤，已胜夜光投。

【注释】

①郑伯良：生平不详。赵子昂：见前注。宋克温：即宋克，见前注。

②二妙：指宋克和赵子昂书法。

③昌歜：用蒲根腌制成的咸菜。《左传·僖三十年》："王使周公阅来聘，飨有昌歜、白、黑、形盐"。唐韩愈《昌黎集·送无本师（贾岛）归范归》诗："家住幽都远，未识气先感。来寻吾何能，无殊嗜昌歜。"

④敝裘：破旧的衣服。唐岑参诗："白发悲明镜，青春换敝裘。"

⑤指收藏，是对赵子昂、宋克温书法的赞美。

遇范子宣观王生临帖[1]

黎民表

用意颇精勤，毫芒细细分。
春丝抽独茧[2]，惊电出重云。
携我青藜杖，书君白练裙。
长安应纸贵，余子但纷纭。

【注释】

①范子宣:不详。

②形容王生临帖的书法气势。

华严洞有耶律楚材故桓夏公石刻[1]

黎民表

深壑因谁造，挥斤亦有神。
江山留王气，耶律词云江山王气空千载。题咏待词人。
泉作窗间雨，苔生石上尘。
碧纱笼底墨，萧索竟千春。

【注释】

①耶律楚材:1190—1244,字晋卿。号湛然居士。蒙古名吾图撒合里(长髯人),契丹族。辽宗室。据《元史》载,官拜中书令,赠太师,上柱国,追封黄宁郡王,谥文正。《元史》称其"博极群书,旁通天文、地理、律历、术数及释老、医卜之说,下笔为文"。

题蔡端明、苏端明、黄太史、米礼部、赵承旨墨迹后效少陵饮中八仙体[①]

王世贞

君谟郢斫何太工，宛若老将藏其锋。

即论草草无凡踪[②]，嵇生土木金焉蒙。书家谓蔡土偶蒙金。

眉山命态娇且丰，阿环玉肤双箸红[③]。

酒酣斜卷霓裳风，尔曹往往论纤浓。

莫云墨猪猪亦龙[④]，书家谓眉山墨猪。豫章骨立儿作翁[⑤]。

踉跄独上峨眉峰，翘足下瞰中原空。

不辞坠拆苍藤封[⑥]，襄阳翩翩趫若风。

锦衫危帽青騳骢[⑦]，跳荡百战无衡锋。

耳轮跃刃足蹑空，当时鼎立难为雄[⑧]。

笔冢处处腾秋虹，晋鬼夜哭悲途穷。

吴兴指端天与工[⑨]，墨池墨浉蟠胸中。

翙如威凤翔岐丰[⑩]，山阴之宗谁大宗[⑪]，

王孙隆准真乃公[⑫]。

王世贞(1526—1590)，字元美，号凤洲，又号弇州山人。太仓(今属江苏)人。嘉靖二十六年(1547)进士，官至南京刑部尚书。才学富瞻，好为诗古文，其持论文必西汉，诗必盛唐，而藻饰过甚，晚年始渐造平淡。与谢榛、吴维岳、梁有誉，李攀龙称“五子”。又与吴国伦、徐中

行号“后七子”。著述颇丰，主要有《弇州山人四部稿》《弇山堂别集》等。

【注释】

①蔡端明：指蔡襄。苏端明：指苏轼。端明：指端明殿学士，宋明道二年，改承明殿为端明殿。蔡襄、苏轼皆为端明殿学士。故称。黄太史为黄庭坚；米礼部为米芾；赵承旨为赵孟頫。少陵饮中八仙体：指杜甫《饮中八仙歌》。《杜诗详注·钱笺》：“《新书》云：白（李白）与贺知章、李适之、汝阳王琎、崔宗之、苏晋、张旭、焦遂，酒中八仙人，此因杜诗附会耳。”

②草草：指蔡襄草书。宋沈括《梦溪笔谈》：“古人以散笔作隶书，谓之‘散隶’。近岁蔡君谟又以散笔作草书，谓之‘散草’，或曰‘飞白草’。其法皆生于飞白，亦自成一家。”又宋苏颂《魏公集》：“君谟作飞草尽风云龙蛇之变。”

③眉山：苏东坡。此句指东坡书肥而丰满。阿环：指唐贵妃杨玉环，古人云“环肥燕瘦”，此以玉环喻东坡书法。元郭畀《苏轼书离骚九辩卷跋》：“东坡先生中年爱用宣城诸葛丰鸡毛笔，故字画稍加肥壮，晚岁自儋州回，挟大海风涛之气，作字如古槎怪石，如怒龙喷浪奇鬼搏人，书家不可及也。”

④墨猪：喻笔画丰肥而无力的书法。晋卫夫人《笔阵图》：“多骨微肉者，谓之筋书。多肉微骨者，谓之墨猪。”

⑤始评黄庭坚书法。元赵孟頫《松雪斋集》：“黄太史书得张长史圆劲飞动之意，望之如高人胜士，令人敬叹”。明陶宗仪《书史会要》：“（黄庭坚）工正楷行草，楷法妍媚，自成一家。草书尤奇伟。尝自云：余极喜颜鲁公书，时意想为之，笔下似有风气，然不逮子瞻远甚。”

⑥苍藤封：指东坡与山谷互评对方书法“石压蛤蟆”“枯藤挂树”之事。又赵孟頫《论书》诗有“苍藤古木千年意，野草闲花几日春”句。

⑦騕骢：马迅跑。喻蔡襄书法气势夺人。元郑杓《衍极》：“五代而宋，奔驰崩溃，靡底所止。蔡襄毅然独起，可谓世间豪杰之士。”

⑧王世贞认为蔡襄书法难为“宋四家”之首。

⑨指赵孟頫。元虞集《道园学古录》：“书法甚难，有得于天资，有得于笔

力。天资高而学力到，未有不精奥而神化者也。赵松雪书，笔既流利，学迹渊深，观其书，得心应手。会意成文。楷法深得《洛神赋》而揽其标；行书诣《圣教序》而入其室；至于草书饱《十七帖》而变其形，可谓书之兼学力天资，精奥神化而不可及矣。”

⑩翙：飞声。《说文》：“翙：飞声也，从羽，岁声。”《诗》曰：“凤凰于飞，翙翙其羽。”

⑪指王右军。明王世贞《艺苑卮言》云：“自欧虞颜柳旭素以至苏黄米蔡，各用古法损益，自成一家。若赵承旨则各体俱有师承，不必己撰，评者有奴书之诮，则太过。然谓直接右军，吾未之敢信也。”

⑫隆准：高鼻。《史记·高祖纪》：“高祖为人，隆准而龙颜。”

题《怀素千文》真迹后[1]

王世贞

秃师少来负书颠[2]，芭蕉万叶凝松烟[3]。
自矜二王无我法，懒与融师称小钱[4]。
邬参军语钗股折[5]，张长史笔惊沙翩[6]。
夏云漏雨各自态[7]，寒猿渴骥俱奔泉[8]。
垂一千年龙剑出，过八百字骊珠圆[9]。

缺一百四十一字，文太史征明补之。

毋论貂尾贵难续，即赏虎贲神不全[10]。
戈法宛然自堪辩，司空纵似亦可怜[11]。
紫微初入六一舫[12]，彩霞再堕剡溪舡[13]。
河南哀册[14]右军札，白虹三缕腾奎躔[15]。
墨池余债倘未了，伴汝游戏终残年。

【注释】

①《怀素千文》:“据王氏《佩文斋书画谱》录有《怀素千文》二种，一为纸本，一为绢本。”明王世贞《弇州山人稿》:“余家有怀素《千文》真迹，仅九百。飞动奇逸，为诸法之冠。今得豫章宗侯所藏绢素《千文》，阅之圆熟丰美，又自具一种姿态。而间有李怀琳、孙过庭结法。”绢本称《千金帖》。文徵明《停云阁帖》:“右唐释怀素绢本草书《千文》真迹，旧藏嘉兴姚公绶家。公绶所藏法书甚多。尝自翊此卷为第一。云:一字值千金。故当时为‘千金帖’。”李光德《中华书学大辞典》记曰:“唐释怀素所书《千字文》，多达数十种。今得见者四种:(一)小草千字文——绢本墨书卷，为最佳真迹本。……(二)西安本——

刻石今在陕西西安碑林。……(三)绿天庵本——刻石在湖南长沙绿天庵。(四)小字大历本——真迹清季为达受所藏,勒之于石……”

②指史称“颠张醉素”。怀素尝自云:“……以狂继癫,孰为不可耶?”

③传说怀素以芭蕉叶为纸作书,因名所居为“绿天庵”。详注见前。

④小钱:怀素俗姓钱。详注见前。

⑤邬参军:指邬彤。陆羽《释怀素与颜真卿论草书》:怀素与邬彤为兄弟,常从彤受笔法。彤曰:“张长史私谓彤曰:‘孤蓬自振,惊沙坐飞,余自是得奇怪’。草圣书于此矣。”颜真卿曰:“师亦有自得乎?”素曰:“吾观夏云多奇峰,辄常师之,其痛快处如飞鸟出林、惊蛇入草。又遇坼壁之路,一一自然。”真卿曰:“何如屋漏痕?”素起,握手公曰:“得之矣。”

⑥惊沙:见⑤注。

⑦夏云漏雨:见⑤注。

⑧寒猿句:见前注。

⑨过八百字:明王世贞《弇州山人集》:“藏真此卷欧阳文忠公家物,后有公跋语。与《集古金石录》所载同内缺百四十一字,文徵仲太史手补之,亦仅虎贲之似耳。藏真书虽从二张(张芝、张旭)草圣中来,而结法极谨密,微有不可识者。或从心时波磔不应手也;此卷字字欲仙,笔笔欲飞,是行世第一本。由文忠而历王文恪家转入余首,拈出差不为负矣。公瑕叙其由来甚详,且谓不让吾家河南(褚遂良)《哀册》或以为知言云。”

⑩毋论句:参见前注。

⑪司空:指司空见惯而言。

⑫指紫微喻《怀素千文》。六一:指欧阳修,号六一居士。此卷原为欧阳修所藏。参见前注。

⑬剡溪船:南朝宋刘义庆《世说新语·任诞》:“王子献居山阴,夜大雪,眠觉、开室,命酌酒。四望皎然,因起彷徨,咏左思《招隐诗》。忽忆戴安道,时戴在剡,即便小船就之。经宿方至,造门不前而返。人问其故,王曰:‘吾本乘兴而行,兴尽而返,何必见戴?’”后因之以隐居逸游,造访故友。元赵孟頫《次韵王时观》:“欲说旧游浑似梦,何时重上剡溪船。”

⑭《珊瑚网》:“褚遂良在唐贤诸名士书为秀颖,得羲之法最多者。真字有

隶法，自成一家，非诸人可以比肩。此书盖其晚年笔。绍兴丙辰十二月初五日臣友仁(米友仁，米芾之子)审定。”又明王世贞《弇州山人稿》：“右故相河南公褚登善书《唐文皇哀册文》得之吴江氏家。盖九百年而纸素完好，墨色烂然刺眼，真神物也。评书者谓河南如‘瑶台婵娟，不胜罗绮’，第状其美丽之态耳。不知其一钩一捺有千钧之力，虽外拓取姿而中撅有法，此晚年笔似。非虞永兴所能低昂也。卷初落江南深山中，且讳避故不登宣和御府及入海岳(米芾)长睿(黄伯思)诸君眼。然亦用是得脱金烬为光尧帝阿晖赏识，显晦固有时耳。宋景濂尝为詹国器跋一卷云：似河南笔然中落八字，又无诸贤款识，其为赝本。无疑阿晖既当上夸其父。余之所得视景濂不既多乎?”

⑮白虹三缕：指褚《哀册》、怀素《千文》《右军札》。奎躔：指日月星辰在黄道上运行之迹。此指前三帖。

《临江二王帖》歌[1]

王世贞

右军正行妙入神，大令破体皆天真[2]。
墨池一派流不断，万古谁步琅琊尘。
兰亭之胤何纷纷，片纸几尽江南珉。
只今诸帖重淳化，奚家墨渖犹如新。
李怀琳手王著眼[3]，珷玞遂混连城珍[4]。
临江选石最精绝，二王以外知无人。
麝煤轻拂薄蝉翅[5]，苔文细晕生鱼鳞[6]。
高帝子孙尽隆准，坐使重儓那得伸[7]。
宝船再堕野人手，贫里于今知不贫。
牙签玉轴小贞观[8]，雄飞雌逐家延津。
明窗响拓日再过，纵拙肯作平原筋[9]。

【注释】

①《临江二王帖》：法帖名。宋元祐间，刘次荘以家藏《淳化阁帖》十卷重摹刻于临江"戏鱼堂"，除去卷尾篆题，而增释文，亦名《戏鱼堂帖》。元赵孟頫《松雪斋集》："自太宗刻此帖（《浮化阁帖》）转相传刻，遂遍天下。有《二王府帖》《太观太清楼帖》、绍兴《监帖》、淳熙《修内司帖》、临江《戏鱼堂帖》……"明汪砢玉《佩文斋书画谱》："《临江二王帖》：晋二王帖，右军上中二卷，大令一卷。前为二像，扶持者各一。盖宋临江石刻也。黄伯思（字长睿）谓《淳化阁帖》多赝本，唯《十七日》等帖后有文皇敕字一卷最佳。此本则汰去阁之伪者，而博收诸藏真迹名刻，命好手摹拓，双钩上石，掩映斐亹，剧有生气，为书家一

代冠冕。是帖故弇州(王世贞)物也。澄心堂纸,李廷珪墨,标之曰:宋拓第一。崇祯辛未中秋日,歙友黄规仁持来,获观东雅堂。”

②破体:详见前注。

③指《淳化帖》摹刻前贤墨迹有些失准。李怀琳,唐洛阳人,太宗时历待诏文林馆,其书学王献之,书迹有《与山巨源绝交书》等。唐窦臮、窦蒙《述书赋并注》:“爰有怀琳,厥迹疏壮。假他人之姓字,作自己之形式。高风甚少,俗态犹多。”王著:宋太宗淳化时翰林侍书。宋曹士冕《法帖谱系》:熙陵出御府所藏历代真迹,命侍书王著模刻禁中,厘为十卷。

④珷玞:玉石名,详见前。此句指《淳化阁帖》所收历代法书,多来自南唐,真伪杂居,且王著标题多误。《佩文斋书画谱·石刻补叙》:“大观初,徽宗视《淳化帖》石已皴裂,且王著标题多误,诏出墨迹更定汇次……刊石太清楼下……”

⑤麝煤:即墨。指《淳化阁帖》用澄心堂纸、李廷珪墨拓制。见前注。

⑥苔文:指《临江二王帖》所用临江水所浸之石。

⑦重儓:儓,古时最下一级家务奴隶。引申为重复,比指宋时多以《淳化阁帖》为母本,多次重刻,时有误差。

⑧小贞观:指帖上印有唐太宗李世民“贞观”小印。

⑨平原筋:指“颜筋柳骨”。

《定武兰亭》真本歌[①]

王世贞

鬆龙蜕骨咸阳陌，玉匣千秋閟神迹[②]。

天怜墨派不欲湮，为扫中山一片石[③]。

《乐论》《黄庭》总非故[④]，褚临冯拓知难敌[⑤]。

隆准虽称高帝裔，赤符自许真人获。

面面看来俱是态，头头勘罢无凡格。

似从天骨见风流，小展骥群争辟易。

世人耳观论肥瘦[⑥]，飞燕阿环俱国色。

一字能开八法先[⑦]，分身立作诸家式。

陈家老叟似北禅[⑧]，赵吴兴乞不可得[⑨]。

几三百年落余手，更数千本谁其匹。

玉躞金题岂增贵[⑩]，连城照乘难为直[⑪]。

野夫黯淡一瓣香，相携去访山阴宅[⑫]。

【注释】

①《定武兰亭》：详见前注。

②玉匣：详见前注。

③中山句：见前注。

④《乐论》《黄庭》：指王羲之书《乐毅论》《黄庭经》。

⑤褚临冯拓：指褚遂良临《兰亭序》、冯承素模《兰亭序》。

⑥黄庭坚《山谷题跋·跋兰亭》："书家晚得定武石本，盖仿佛存古人笔意耳。"又"定武本则肥不剩肉，瘦不露骨，犹可想其风流。"

⑦八法本：指“永字八法”。此句指唐太宗李世民酷爱王羲之书法，将行书《兰亭序》列为“天下第一行书”，后人习书皆奉之楷模。

⑧清王原祁《佩文斋书画谱·袁桷·清容居士集》记曰：“翰林承旨赵孟頫家本得于雪溪陈侍郎，振宗伯玉，号直斋。其家藏书冠东南，今尽散落。予家也得数十种。此本也有叔信父印。”袁桷记当为赵孟頫得《独孤长老藏本》，赵为此先后题跋十三则。现有影印本行世。

⑨赵吴兴：指赵孟頫，书有《兰亭十三跋》《松雪斋书论》云：“《兰亭》墨本最多，惟‘定武’刻独全右军笔意。”

⑩玉躞金题：详注前。

⑪直：同“值”。

⑫山阴宅：指王羲之故居。

柳公权行书禊诗后序卷[1]

王世贞

永和一叙笔神绝[2]，遗刻居然走千古。
兴公文是掷地声[3]，安石诗为碎金语[4]。
群贤尔时气争王[5]，那应零落同尘土。
绢素风神出豪鸷，柳家新样畴能睹。
锋距宁登由也堂[6]，委蛇耻效邯郸步[7]。
呜呼！开元以还骨格变[8]，诚悬亦是书中虎。
不辞倾橐为，买将欲傍墨池追定武[9]。
君不见鲁男子矻矻可畏哉[10]，自云善学君之祖。

【注释】

①禊诗：指《兰亭序》。柳公权（778—865）：字诚悬，京兆华原（今陕西耀县）人。累官中书舍人，工部侍郎、太子宾客、太子少师、封河东郡公。善书，以楷书著名，结体劲健法度森严，世称“柳体”，与颜真卿并称“颜筋柳骨”。传世书迹主要有《大达法师玄秘塔碑》《神策军纪圣德碑》等。《旧唐书》称：“公卿大臣家碑板，不得公权手笔者，人以为不孝。外夷入贡，皆别署货贝，曰此购柳书。”此卷即柳公权书全部禊诗。朱仁夫《中国古代书法史·柳公权·兰亭诗并序》：“右军《兰亭序》为天下第一行书，旷代之瑰宝。柳公权仰慕临习，行书艺术逐渐臻妙，于是产生了将当时兰亭盛会上赋的诗用行书补迹的想法，意欲与《兰亭序》争辉。柳用绿绢，写下了一百四十五行诗，计一千二百余字。上钤有‘宣和’‘政和’‘绍兴’‘内府图书’‘内殿书印’‘董其昌印’‘乾隆御览之宝’等鉴藏印，帖前有‘唐柳公权书群贤诗’全书签，清高宗题引首‘笔谏遗型’。今观《兰亭诗并序》，字迹虽较丰肥浓艳，但却骨力清晰，无半点俗气。米芾

《海岳名言》云:‘柳公权如深山道士,修养已成,神气清健,无一点尘俗’。正是指兰亭诗墨迹。习古不泥古,师神而离迹,这就是柳公权的高明处,书‘兰亭诗’墨迹虽然不能与右军《兰亭序》并驾齐驱,但也为柳公权行书增添了光彩。”《佩文斋书画谱·莫廷韩集》:“柳少师书兴公后序及诸贤诗而不书禊帖,政自不敢与逸少抗衡耳。供奉不复题黄鹤楼意邪。古人虚心服善类如此。顾其书每于险中生态,枯润纤秾掩映相发,非复世所能仿佛。夫以晋人霏霏玉尘之谈,又得公书遂成兼美。譬诸绝代人快歌阳春,使人心愉耳,摄应接不暇耳。卷初归吾郡顾汝修家以得诸市。盲儿不满百元美先生,竟以十万钱购去。其珍赏如事如此。始拂拭武陵之手,继长价琅琊之门,会其时哉?可存一概。”

②永和:指《兰亭序》。

③兴公:指赵孟頫。

④安石:指宋王安石。

⑤群贤句:详见前注。

⑥由也堂:《论语·先进》:“柴也愚,参也鲁,师也辟,由也喭。”由也喭,指子路比较粗鲁直率。由也堂,指书法的真率自然。

⑦邯郸步:指柳公权师王不泥王,师神而离迹。喻仿效别人不成,反丧失原有本领。宋姜夔诗有“论文要得文中天,邯郸学步终不然”。

⑧开元:唐玄宗时年号(713—741)。

⑨定武:指《定武兰亭》。

⑩矻矻:勤劳貌。《汉书·王褒传·圣主得贤臣传》:“故工人之用钝器也,劳筋苦骨,终日矻矻。”

颜尚书送裴将军北伐真迹歌[1]

王世贞

天宝剑舞称裴旻[2]，盘马一决分千身。
熻如雷电缭四足，圆若日月抟双轮。
颜尚书受颠史诀[3]，书笔暗与裴通神。
武功不竞国之耻，五字欲扫祁连尘[4]。
锥沙印泥纷并出[5]，大篆古隶藏其真。
悬崖吐溜忽百丈，坠石小转回千钧。
渔阳揭地动鼙鼓，尚书犹新裴已陈[6]。
二十四郡委陴走，扼腕浩叹秦无人。
不看李郭万人敌，扶汝健笔刊嶙峋。
呜呼！小技何足论[7]。

【注释】

①送裴将军北伐：即《裴将军诗》帖。《中国书法鉴赏大辞典·裴将军诗》："单刻帖，传为颜真卿书。拓本34.5cm×19.7cm。此帖不见于北宋著录，始见于《忠义堂法帖》。杭州西泠印社有影印本。另有墨迹本，似从此刻摹成，商务印书馆有影印本。"《佩文斋书画谱·楼钥·攻媿集》："鲁公集中不见此诗，裴将军不知为谁。既疑剑舞，疑为裴旻。曾子言，有若无，实若虚，犯而不校。昔者吾友尝从事于斯矣。初不指名为何人，而后世皆以为颜子，不疑此书，不见姓名，具剑拔弩张之势，非忠肝义胆不能为此。所谓言言如严霜烈日，真可畏而仰哉"。《佩文斋书画谱·王世贞·弇州山人稿》："右颜鲁公《送裴将军诗》多感慨踔厉，是公合作语而不见集中。锡山安国续刻之，故应是安氏物也。

书兼正行体，有若篆籀者其笔势雄强劲逸，有一掣万钧之力，拙古处几若不可识。然所谓'印印泥''锥画沙''折钗股''屋漏痕'者，盖兼得之矣。裴将军当是裴旻，是剑舞与张长史书、吴道子画为开元第一。公于时年尚少，甫得法长史，其书此歌时，旻岂亦锦韝紫膜，盘马跳跃为惊雷掣电状邪。不然何公书之。酷似道子画也。跋尾曹武惠王，林和靖处士，俱亦自有笔意可观。"《裴将军诗》帖，历来颇多争议，在此不一一举证。

②裴旻：《中国人名大辞典》："唐，善舞剑。与李白歌诗、张旭草书称三绝。尝与幽州都督孙佺北伐，为奚所围。旻舞刀立马上，矢四集，皆迎刃而断，奚大惊而云。后以龙华军使守北平。北平多虎，旻善射，一日得虎三十一。有老父曰：此彪也。称北有真虎，遇之且败，旻怒趋之，果遇虎，小而猛。据地大吼，旻马辟易，弓矢皆坠，自是不复射。"

③尝传颜真卿曾向张旭（长史）请教笔法。《历代书法论文选》收录有《颜真卿·述张长史笔法十二意》一文，详叙其事。

④五字：指颜书为五言诗，共九十三字。

⑤锥沙印泥：指帖中笔法丰富，详见前注。

⑥指颜公书法流传长久，裴已无闻。

⑦小技：喻微不足道的技能。

钟太傅《季直表》赞[①]

王世贞

舞鹤飞鸿[②]，秋山寒涧。

誉冠时评[③]，迹无代见。

丰剑星寒[④]，泗鼎波溅[⑤]。

腾瑞墨林，流规颖传[⑥]。

古雅幽深，丰妍峭蒨。

一字神呵[⑦]，千金为贱。

畴疑子舆[⑧]，隆准谁辨。

【注释】

①钟太傅《季直表赞》:“钟太傅:即钟繇。《季直表》又名《荐关内侯季直表》,传魏钟繇书。末行署:‘景初二年八月司徒东武侯臣钟繇书’。小楷。刻帖有二:此作十九行,为《真赏斋帖》本,25.7×13.7cm。另作十三行,真迹藏宋薛绍彭、元陆行直、明沈石田、华夏。清入内府。1860年圆明园被烧时为英兵所劫,后为裴景福所有,又被窃走,埋入土中,致朽毁。《三希堂法帖》以此冠首。上海艺苑真赏社有影印本。刊入日本《书道全集》(三)。”又《佩文斋书画谱·铁网珊瑚》云:“右钟繇《荐季直表》真迹,高古纯朴,超妙入神。无晋唐插花美女之态。上有河东薛绍彭印章,真无上太古法书,为天下第一。予于至元甲午以厚资购得于方外。友存此山后,因漂泊散失经廿六年不知所存。忽于至正九年六月一日复得之。恍然如隔世事。以得失岁月考之,历五十六载。嗟人生之几何,遇合有如此者,后之子孙宜宝藏之。吴郡陆行直题。”

②萧衍《古今书人优劣评》:“钟繇书如云鹄游天,群鸿戏海,行间茂密,实亦难过。”

③指钟繇在世官德显赫。曾累迁侍中，尚书仆、封东武亭侯。后又进封嵩高乡侯、迁太尉，转平阳乡侯。官至太傅，封定陵侯。《三国志·钟繇传》称与曹操友善，官渡之战时，曾赠战马千余匹，使曹操感激不已。文帝时，特赐给“五熟釜”，并将他作为先世名臣对待，曾语群臣云：“乃一代伟人也”。

④丰剑星寒：喻钟繇书法珍贵异常。丰剑：指丰城剑气，见前注。

⑤泗鼎波溅：传说周朝九鼎没泗水事，见前注。喻钟繇书法神奇珍贵。

⑥流规颖传：流规指书法规矩，传钟繇有书法十二意之说。颖传，颖指毛笔。用笔流传于后世。

⑦神呵：指神灵呵护。

⑧子舆：孟轲（约前372—前289）字，战国时鲁国（邹）人，即今山东邹县人。其哲学思想为“性善论”，宣扬“仁政”“礼义”，他被认为是孔子学说的继承者，号称“亚圣”，世称“孔孟之道”。曾任齐宣王客卿，著有《孟子》一书。此句喻钟繇继承古人书法，有发展，有建树，成一代楷模。

右军《大热帖》[1]真迹赞

王世贞

右军《大热帖》十七字，虽纸敝迹渝，而风范犹存。且遗墨缊透肤理，隐然有入木七分之势：

墨池飞龙[2]，郁盘玺丝。
十七骊珠，精光陆离。
有象烛天[3]，土花蚀之[4]。
青凤片翰[5]，人间所希。
其在琅琊[6]，天球庶几[7]。

【注释】

①《佩文斋书画谱·莫廷韩集》："右军《大热帖》，纸纹磨灭几尽而墨色黯然，犹具完字，政如李夫人游魂居帏帐中，可望而不可即此，一奇也。且锋势纯熟，无纤毫作意摹拟态。定临本《淡闷帖》在宋时黄秘书（伯思）即有定论，以为非后人伪作。此本则非出过庭临，盖唐人草得二王法无踰孙者，其落脚差近前而直皆孙笔也。《此月帖》王长公鉴为米家风，非入书家三昧者不能断此语。世间无论有晋魏几人解识真唐隋。当时薛米诸人第得见，我辈不至，矜翊若尔。"又《佩文斋书画谱·王世贞·弇州山人稿》："余前得先右军《大热》《此月》二帖，于昆山顾氏乃黄琳美之家物，转入陆太宰全卿，顾氏其外孙也。《大热帖》更世久，纸墨已尽揭而犹有揾入肤理者。细玩之极，纯雅可爱，当是真迹。《此月帖》笔势圆逸而间有襄阳意，疑为米南宫临本，后得《淡闷干呕帖》，于慧山谈氏印识，题跋甚众。结法精美有度而发笔微怯。据鉴定以为唐人临本也。真迹纵潦倒如裴叔，则病剧四眸，犹足掩映。数人临帖。从真迹上翻出优孟抵掌尚近于王孙降准。薛绍彭云：古囊织缥可复得，白玉为矡黄

金题，况为之后者乎？珍重、珍重。”

②萧衍《古今书人优劣评》：“王羲之书字势雄逸，如龙跳天门，虎卧凤阙，故历代实之，永以为训。”

③有象：指事物的形象，此谓王羲之书法用笔的丰富。陆游《春晚村居》诗“太平有象无人识，南陌东阡捣麦香。”

④土花：指器物上由于年代久远受气候侵蚀而形成的剥蚀损坏的痕迹。宋梅尧臣《古鉴》诗：“古鉴得荒塚，土花全未磨。”

⑤青凤：传说中的一种神鸟。《佩文韵府·禽经》：“青凤谓之鶡，赤凤谓之鶉，黄凤谓之鸾，白凤谓之肃，紫凤谓之鷟。”唐李商隐诗有“梁家宅里秦宫入，赵后楼中青凤来。”比喻王羲子书法珍贵。

⑥琅琊：指王羲之山东琅琊（今山东临沂）人也。

⑦天球：玉名。庶几：相近，近似。比喻右军书法珍似天球之玉。

右军《此月帖》赞[①]

王世贞

右军《此月帖》二十五字，结法圆美而时有米家笔，且纸墨不甚合，疑为此君临。

优孟抵掌[②]，卒惊楚王[③]。
虎贲登筵[④]，蔡为不亡。
屈邯郸径[⑤]，步山阴堂[⑥]。
柔腕虚和，役圆就方。
谁其最工，米颠襄阳。

【注释】

①右军《此月帖》：见前注。

②优孟抵掌：优孟，见前注。指米芾模仿右军书法，惟妙惟肖。

③卒惊楚王：《史记·项羽本纪》：项王军壁垓下，兵少食尽，汉军及诸侯兵围之数重。夜闻汉军四面皆楚歌，项王乃大惊曰："汉皆已得楚乎？是何楚人之多也？"此谓王羲之书法真赝难辨。

④虎贲：见前注。

⑤屈邯郸径：指米芾模仿王羲之书。屈：指对王羲之书法的尊敬。

⑥山阴：指王羲之。

右军《淡闷帖》赞

王世贞

右军《淡闷帖》,“痰乾”二字作“谈干”,皆古书通用,妙在藏锋精雅之极,是唐临本也。赞曰:

欧险旭颠[①],颜庄李佻[②]。
寔繁喆孙[③],厥祀几祧[④]。
楚惊优孟,谓为叔敖[⑤]。
以似求有,典刑不佻[⑥]。
我追会稽[⑦],毋惮焦峣[⑧]。

【注释】

①指欧阳询、张旭。“欧险”指史评欧阳询书法“险劲”。

②指颜真卿、李建中。“颜庄”指史评颜真卿书法“庄重写实”,“挺然奇伟”。“李佻”指李建中书法。佻,轻薄。宋苏轼《评书》云:“国初李建中号为能书,然格韵卑弱,犹有唐末以来衰陋之气,其余未见卓然。”

③寔,通“实”。《诗·召南·小星》:“寔命不同。”喆:同“哲”。喆孙:指明达而有才智的后代。此谓欧、旭、颜、李皆为能继承“二王”书法的哲人。

④祧,继承、后嗣。此句谓能将书法继承发展者寥寥无几。

⑤叔敖:此指《淡闷帖》是唐人临本,故称之。叔敖,复姓。

⑥典刑,即“典型”,指二王书法。不佻,佻:轻薄,苟且。

⑦会稽:指王羲之《兰亭序》。

⑧惮:畏惧。峣:山高貌。

褚河南《哀册文》赞[①]

王世贞

山阴书圣[②]，河南入室[③]。

柔外刚中[④]，风踈意密。

拙含大巧，文无掩赞。

虞欧既远[⑤]，稷柬非匹[⑥]。

帝册腾哀，有资椽笔。

风骨苍然，天真自溢。

流芳墨薮[⑦]，擅价缃帙。

【注释】

①褚河南:即褚遂良。

②指王羲之。

③指褚遂良书法深得王羲之遗韵。唐李嗣真《书后品》:“褚氏临写右军，亦为高足，丰艳雕刻，成为古今所尚。但恨乏自然，功勤精悉耳。”

④此句并以下二句:指褚遂良书法风格的特点。宋董逌《广川书跋》:“褚河南旧本学逸少而能自成家法，疏瘦劲练又似西汉，往往不减铜篇等书，故非后士所能及也。昔逸少所受书法，有谓多骨微肉者筋书，多墨微骨者墨猪，多力丰筋者圣，无力丰筋者病。河南岂所谓瘦硬通神者耶。”

⑤虞欧:虞世南、欧阳询。

⑥稷柬:薛稷，陆柬之。非匹，不能比。

⑦墨薮:《辞源》:“旧题唐韦续撰，二十一篇。辑录前人关于书法的短篇论述，但不标明著述人姓名，文字也有删节。”清《四库全书·总目》著录为二卷。薮，指大泽。此谓褚河南书法能流芳于书法的长河之中。

得宋拓右军帖上卷绝佳而《大令帖》不至戏成一绝

王世贞

箕裘谁复二王如[①]，底事吴兴一卷虚。

记得向来贞观例[②]，黄金遍购右军书。

【注释】

①指承继二王书法者当首推赵孟頫。虚：《辞源》："处所、分野。(左传·昭十七年)：'宋大辰之虚也'。(疏)：'虚者，旧居之处也'。"此谓赵孟頫学二王深得其法。

②贞观例：指唐太宗李世民喜爱王羲之书法，"贞观中，令赵模、韩道政、冯承素、诸葛真四人钩摹(《兰亭序》)，以赐皇太子、诸王"。(元郑杓、刘有定《衍极并注》)。

赵承旨为恭阁黎写经毕以诗乞茶真迹在余所戏代恭答

王世贞

玉堂润笔元无价，珍重吴兴只换茶。
但使毫端吐舍利[①]，一蒙山顶属君家。

【注释】

①舍利:本意为佛骨,亦称舍利子。此谓赵孟頫为恭阁黎写经。

题《宋拓兰亭记》后[1]

王世贞

昭陵玉匣去人间[2]，定武皇孙未易攀[3]。
留待云仍隆准在[4]，不教惆怅忆龙颜。

【注释】

①《宋拓兰亭记》:当指初拓《定武本兰亭》。

②昭陵玉匣:见前注。

③定武:指世称《定武本兰亭》。

④云仍:远孙。泛指后代临摹或翻刻《兰亭序》的人或碑帖。《尔雅·释亲》:“昆孙之子为仍孙,仍孙之子为云孙。”《注》:“仍亦重也。云,言轻远如浮云。”

昙阳子性命三十六体仙篆歌①

王世贞

地衣味孅身无光②，欲凿不凿混沌忙。
结绳诸繁忽已忘，河马洛龟亦披猖③。
平林夜鬼愁羲仓④，鸟迹而下至岐阳⑤。
彼籀之徒始滥觞，斯高小竖澜遂狂⑥。
吾师八法初未详，冶炼至阴成乾刚。
悟性立命寿无疆，遂谒金母朝紫皇。
授以三元明光章⑦，悯余溷浊同秕糠⑧。
示以性命俾不忘，字字心画纮天纲⑨。
三十六炁枢雷罡⑩，七十二字拱素王⑪。
星回汉流雨露香，龙跳虎卧鸾鸿翔。
魄夺秦汉超黄唐⑫，十二小劫追赤明⑬。
邺架夜色何煌煌⑭，检之白玉尺锦囊。
五色流苏束牙箱，山卿俗书点良常⑮。
王烈不识怜嵇康⑯，紫微未肯传杨郎⑰。
我生何幸依大方⑱，此书此躯偕未央，
蕊珠人鸟长彷徉⑲。

【注释】

①昙阳子(1558—1580)：明代女道士，俗名王焘贞，王锡爵次女，南直隶苏州府太仓人。善书法。居常好写阴符经，也写心经。笔迹龙文若出造化。

卒年22岁。传为得道升开。

②地衣:指车前子,中草药名。媺:好、善,同"美"。

③河马洛龟:见前注。披猖:猖狂。

④羲仓:指伏羲、仓颉。

⑤岐阳:指石鼓文。

⑥斯高:指李斯、赵高。小竖:指小篆。

⑦三元:指封建科举考试中乡试、会试、殿试都是第一名叫三元,即解元、会元、状元。

⑧秕穅:谷糠和秕谷,指微贱之物。有嘲笑或蔑视意。溷浊:混浊不清。

⑨字字心画:即扬雄"书,心画也"。

⑩此句并以下两句:形象比喻三十六体仙篆如天上星辰井然有序。

⑪素王:《抱朴子·博喻》:"是以立素王之业者,不必东鲁之丘;能洽掩枯之仁者,不必西都之昌。"此指上古帝王。

⑫黄唐:黄帝和唐尧。晋陶渊明《时运》诗:"清琴在床,浊酒半壶,黄唐莫逮,慨独在余。"

⑬十二小劫:佛教术语。此指道家说,道家以三千六百周为小劫。赤明指道教天地开后用来计时的年号之一。唐段成式《酉阳杂俎·玉格》:"赤明开运,岁在甲子。"

⑭邺架:唐李泌父承休,聚书二万余卷……(《辞源》)唐韩愈诗:"邺侯家多书,插架三万轴。"此谓藏书之富。

⑮良常:山名,即茅山,在今江苏金坛。相传秦始皇三十七年出游,登句曲、北垂山叹曰:"巡狩之乐,莫过于山海,自今已往,良为常也。"乃改句曲北垂山为良常山。俗书:民间通行的字体。山卿:当指山里的士人。

⑯嵇康(224—263):字叔夜,谯郡铚县(安徽宿县)人。工诗文 ,精乐理,崇尚老庄,为"竹林七贤"之一,公开反对封建礼数,不满当权的司马氏,被司马昭所杀。《三国志·嵇康传》:"少有俊才,旷迈不群,高亮任性,不修名誉。"

⑰紫微:指唐中书省。也称紫微省,紫微郎。

⑱大方:大道理。引申为广见博识。《庄子·秋水》:"吾见长笑于大方之家。"指博学或精于一技一艺的人为大方、方家。如:贻笑大方。

⑲蕊珠：此指《蕊珠经》，道家经籍。彷徉：徘徊、游荡貌。唐鲍溶诗："道士夜诵蕊珠经，白鹤下绕香烟听。"此句有如鲍诗，形容《仙篆歌》的感染力。

《宋拓兰亭赵文敏临本》真迹歌[1]

胡应麟

永和九年岁癸丑，典午衣冠尽南走。
临池崛起王右军，万古乾坤落书薮。
江东胜概标兰亭[2]，轩窗乱叠群山青。
流觞曲水修禊事，一樽随意酣沉冥。
道服逍遥坐亭子[3]，认是当年会稽史[4]。
寻山玩水不解愁，屡向人前夸乐死[5]。
含毫是日如有神[6]，飞天历历来仙真。
峥嵘只字启八法，快剑长戟劘星辰。
诸贤词翰尽压倒，兴公蛇足徒夭矫。
垂头大令甘罚觥[7]，奕叶琅琊传至宝[8]。
云礽智永历辩才[9]，屋梁伏槛丛蒿莱[10]。
文王百计命萧翼[11]，逡巡玉匣沉泉台。
余子纷纷竞摹勒，掌指烟煤半狼藉。
率更棐几抚硬黄，来世争传定武石[12]。
胜朝妙迹仍浮屠，北禅老僧秘若无。
吴兴转乞独孤本[13]，十三跋语题长途[14]。
穷年两腕追步伐，牝牡骊黄较丝发。
双雕比翼翔太空[15]，势极扶摇贯阊阖。
此卷旧拓真宋前，五字未损湍流天[16]。
奚潘墨渖俨如漆[17]，澄心素札铺纯绵[18]。

揭来燕市裹敝箧，瞥见裹中眼双热[19]。
倾囊购得置案头，不减西方贝多叶[20]。
龙盘凤翥何纷披，三百余字字字飞。
乾坤万古但一帖，含毫落笔皆天机。
吴兴临本推冢嫡[21]，中郎虎贲貌如壹[22]。
谁哉帖尾联王羊[22]，展卷狂呼胜和璧[23]。
古今二绝偕遭逢，茅斋气色干长虹。
将无一夕雷电入，六丁下索还鸿濛。
沉吟却忆永和世，举代清谈误真际[24]。
虚闻一统俪汉唐，大业三途骤凌替[25]。
犹余八法悬高旻，墨池滉漾雄千春。
汉文唐律遂鼎峙[26]，至今免诮秦无人。
腐儒往往嗤小技[27]，贤劫畴令重晋氏[28]。
欧虞薛褚匪上乘[29]，吴兴入室世无异。
一觞一咏乐奈何，醉来故帖重摩挲。
恍入山阴坐修竹，拍浮流水观群鹅。

胡应麟(1551—1602)，字元瑞，兰溪(今浙江金华)人。幼时能诗，万历中举于乡久不第，筑室山中，购书四万余卷，携诗谒王世贞，王世贞激赏之，由是得名。与李维桢、屠隆、魏允、赵用贤称为“末五子”。著有《少室山房类稿》等。

【注释】

①《宋拓兰亭赵文敏临本》：指赵孟頫临《定武兰亭》。

②胜概：美景，佳境。唐杜甫诗：“故山多药物，胜概忆桃源。”

③道服:道家人所穿之袍。

④会稽史:指王羲之,时官为会稽内史。

⑤夸乐死:晋王羲之《兰亭序》文中有:"固知一死生为虚诞,齐彭殇为妄作"句。

⑥此句并以下三句:形象比喻王羲之书写《兰亭序》时的动人情景。

⑦罚觥:指罚酒。

⑧奕叶:累世。三国魏曹植《王仲宣诔》:"伊君显考,奕叶佐时。"

⑨云礽:同"云仍",见前注。智永是右军孙。辩才:传唐太宗从辩才处计赚《兰亭序》真迹。《历代书法论文选·郑杓刘有定·衍极并注》:"(《兰亭序》)陈天嘉中,属僧智永。隋平陈,或以献晋王,即炀帝也。王不知宝,僧智果借拓不还。果死,归弟子辩才。唐太宗为秦王时,见摹本惊喜,乃贵价市真迹,不至。遣使问辩才,使欧阳询就越州求得之,以武德二年入秦王府。世传遣萧翼诡计就智永取之,非也。……"

⑩屋梁伏槛:朱长文《中国古代书法史》:"《兰亭序》写好后,羲之自己十分得意,以后又写十余遍都不及原作,因为艺术是不能重复的。《兰亭序》作为王氏家传法书,后代极其珍爱。传到七世孙智永禅师,他专门修造了临书之阁,贮藏《兰亭序》。智永死后,传弟子辩才,辩才在寝房的伏梁上凿暗槛,藏《兰亭序》真迹,此已至唐太宗时代。太宗酷爱书法,广搜前贤墨宝,其中羲之墨纸三千多张,唯缺《兰亭序》,后得知在辨才手里,派监察御史萧翼计赚获得。太宗得《兰亭序》后,命供奉拓书人冯承素等各拓数本,赠皇太子及诸王近臣,自己则单独一人宝玩其真迹。"

⑪文王:指唐太宗李世民。

⑫定武石:指《定武兰亭》。

⑬独孤本:《赵孟頫兰亭十三跋》:"《兰亭帖》自定武石刻既亡,在人间者有数,有日减,无日增。固博古之士以为至宝然极难辨。又有未损五字者,五字未损其本尤难得,此盖已损者,独孤长老送余北行,携以自随至南浔北,出以见示。因从独孤乞得携入都。他日来归与独孤结一重翰墨缘也。至大三年九月五日孟頫跋于舟中。独孤名淳朋天台人。"北禅老僧:《赵孟頫兰亭十三跋》:"顷闻吴中北禅老僧,名正吾,号东屏,有《定武兰亭》,是其师晦严照法

师所藏,从其借观不可,一旦得此喜不自胜。独孤之与东屏贤不肖何如也。廿三日将过吕梁泊舟题。”

⑭题长途:赵孟頫《兰亭十三跋》:“余北行三十日秋冬之间而多南风,船窗情暖时对兰亭信可乐也。”

⑮双雕:指王羲之《兰亭序》和赵孟頫所临《兰亭序》。

⑯五字未损:见前注。

⑰奚潘:奚指奚超和奚廷珪父子,总结前人制墨经验,创造了捣松和胶等技术,制出之墨“丰肌赋理”“光泽如漆”。潘衡:宋代著名墨工。俨如漆:最早记载的制墨家为三国魏书法家韦诞(字仲将),世称“仲将之墨,一点如漆”。

⑱澄心:指澄心堂纸。

⑲瞥:指过目、眼光掠过。《淮南子·说林》:“鳖无耳而目不可以瞥,精于明也。”

⑳贝多叶:即贝叶书,详见前注。

㉑指赵孟頫临本《兰亭》深得二王笔法,是嫡传之笔。

㉒中郎:指蔡邕。

㉓王羊:赵孟頫临《兰亭》帖后有王蒙跋语。王羊《书断·妙品·羊欣》:“时人云:‘买王得羊,不失所望’。”明王世贞《十绝句题书跋》:“或云赵书有疵笔,出俞紫芝手,果尔,所谓买王得羊耳。”

㉔指魏晋时间崇尚玄学,以《老子》《庄子》《周易》为三玄,反映了魏晋文化的价值取向,反映了魏晋人追求自然、“得意忘言”的精神内涵。

㉕三途:佛教指地狱、饿鬼、畜生。

㉖汉文唐律:指汉代文章和唐诗,前人有“唐诗晋字汉文章”之谓,客观地概括了不同时代的文学艺术成就。

㉗小技:此指对工书法者的贬称。

㉘重晋氏:前人论书有“晋尚韵、唐尚法、宋尚意、元尚态”之谓。

㉙欧虞薛褚匪上乘:指欧阳询、虞世南,薛稷、褚遂良。匪:通“非”。《诗经·卫风·木瓜》:“匪报也,永以为好也。”此句有抑唐扬赵之意。

王元琳《伯远帖》真迹歌[①]

胡应麟

自从兵入宣和殿[②]，晋人真迹世罕见。
二王之外尤无闻，胡乃此帖传王珣。
四十二字斗奇绝，字字精芒射天阙。
萧疏逸宕转姿态，牝牡骊黄半明灭[③]。
当年宣武称黑头[④]，谁其大笔东亭侯。
至今江左仅兹帖，如椽恍见存风流[⑤]。
铮铮伯远隶书谱，妙迹宣和旷今古[⑥]。
右军大令俱尘埃，灵光一柱犹蒿莱[⑦]。
九百余年秘云笈[⑧]，暗中神鬼互呵斥。
何论宝玉与大弓，茅斋白日飞长虹。

【注释】

①王元琳：王珣(350—401)字。琅琊临沂人，小字法护，王导之孙，王洽之子。历官吴国内史，尚书仆射、尚书令等。《宣和书谱》："珣三世以能书称，……尝梦人以大笔如椽与之，既觉，语人云：'此当有大手笔'。于是珣词翰为时宗师……此珣之草圣亦有传焉。今御府所藏者二：草书《三月帖》，行书《伯远帖》。"《伯远帖》：王珣书；墨迹纸本、行书。五行四十七字。乾隆宝此帖，与王羲之《快雪时晴帖》、王献之《中秋帖》合称"三希"，命其斋曰为"三希堂"。原迹北宋时曾入内府(宋《宣和书谱》有收录)后属遭流落。乾隆时又入宫内。真迹现藏北京故宫博物院。《三希堂法帖》摹刻。董其昌《画禅室随笔》："王珣书潇洒古淡，东晋风流宛然在眼。"董其昌跋《伯远帖》云："晋人真

迹惟二王尚有存者，然米南宫时大令已罕，谓一纸曰当右军五帖。况王珣书亲大令不尤难觏耶。既幸予得见王珣，又幸珣书不尽湮没，得见吾也。长安所逢墨迹此为尤物。戊戌冬至日董其昌题。”清乾隆帝玄晔题曰：“江左风华。”

②指“靖康之变”。详见注前。

③牝牡骊黄：《淮南子·道应》：“（秦穆公）使之（九方皋）求马，三月而反，报曰‘已得马矣，在于沙丘’。穆公曰：‘何马也？’对曰：‘牡而黄。’使人往取之，牝而骊。”本谓求骏马不必拘泥于性别毛色，后来指非本质的表面现象。此指王珣《伯远帖》的潇洒，风流足以反映和代表晋人的书法精神。

④《世说新语·识鉴》：“诸葛道明（恢）初过江左，……先为临沂令，丞相（王导）谓曰：‘明府当为黑头公。”又《世说新语·雅量》：“王东亭（珣）为桓宣武主簿。”《注》引《续晋阳秋》：“珣初辟大司马掾，桓温至重之，常称王掾必为黑头公，未易才也。”黑头，指年少壮而居高位者。

⑤如椽：指王珣梦笔事。详见前注。

⑥宣和：指《宣和书谱》。

⑦灵光：指神异之光。此指《伯远帖》。《汉书·晁错传》：“德泽满天下，灵光施四海。”蒿莱：本指野草或杂草。当指《伯远帖》流传中的坎坷和岁月的无情。

⑧云笈：指道家藏书之器。

颜鲁公《祭侄草歌》有序[1]

胡应麟

吴兴跋《禊帖》，谓右军书《兰亭》是已退笔，因其势而用之，无不如志，兹其所以神也。今《兰亭》不可见矣。鲁公《祭季明文》其笔锋退尽者，披揽真迹，吴兴数语宛然若为兹帖传神，惜当时困学斋中[2]，何以不令一睹也。

渔阳播乱飞黄尘[3]，旄头月黑缠妖氛。
常清血战弃全陕[4]，二十四郡虚无人[5]。
平原鲁公眦双裂，一麾猛气雄三军。
疾呼河北倡忠义，普天率土知君臣。
帝心未灭安史祸，杲卿碎舌投天津[6]。
巢倾卵覆季明死，举宗三百遭坑焚。
乌鸢饱食蝼蚁妒，毒痛四海同酸辛。
鲁公惋愤掩胔骼[7]，哭兄哭侄嘘愁云。
生平正气塞宇宙，淋漓一帖犹千春。
乾元元年岁戊戌，昊苍有意开斯文。
摛章吮笔笔欲舞[8]，墨池一派流天真。
肝肠寸寸委波磔，纵横跐踱超群伦[9]。
长风巨浪鼓淜滂[10]，泰山乔岳盘嶙峋。
夭矫虬龙赴幽壑，缤纷鸾鹄翔高旻。
十行遒婉尚含怒，五行浡郁逾生嗔。
卒章沉痛彻心髓，恍疑汲冢窥三坟。

如椽一扫二百六[11]，一言一字皆千钧。
即令涂抹迥姿态[12]，西施倾国加双颦。
当时鲁公岂匠意[13]，精诚烈烈悬风斤。
相传一草历元宋，太空磊落垂星辰。
二陈跋语差可玩[14]，文家待诏弥津津[15]。
鲜于困学传累世[16]，即今妙迹来江喷。
凌晨揽诵竖毛发，斋头什袭藏家珍。
君臣大义贯星日，矧兹八法尤通神[17]。
作歌郑重寄仰止，墨林万古飏清芬。

【注释】

①颜鲁公《祭侄草歌》:《中国书法鉴赏大辞典》:“唐颜真卿乾元元年(758)书。墨迹本。麻纸本、行草。28.16×72.32cm。25行,334字。钤有‘赵氏子昂’‘大雅’‘鲜于’(圆)‘枢’‘鲜与枢伯机父’‘鲜于’(连珠)等印。曾经宋宣和内府、元张晏、鲜于枢、明吴廷、清徐乾学、王鸿绪、清内府等收藏,现藏台北故宫博物院。《宣和书谱》《清河书画舫》《容台集》、日本《书道全集》等著录。北京故宫博物院有影印本。”

②困学斋:鲜于枢斋号。颜鲁公《祭侄稿》曾为鲜于枢收藏。鲜于枢跋曰:“唐太师鲁公颜真卿书《祭侄季明文稿》。天下行书第二。余家法书第一。元陈绎曾跋:前十二行甚婉,行末‘循尔既事’字右转,至‘言’字左转,而上复侵‘恐’字,‘有’旁绕‘我‘字,左出至行 端,若有裂文,适与褙纸缝合。自‘尔既至泽’逾五行,殊郁怒,真屋漏痕矣。自‘移牧’乃改。‘吾承’至‘尚宝’五行,沉痛切骨,天真粲然,使人动心骇目,有不可形容之妙,与《禊叙稿》哀乐虽异,其致一也。‘承’字掠策啄磔之间,‘嗟’字左足上抢处隐然见转折势,‘摧’字如泰山压底柱郭,末‘哉’字如轻云之卷日,‘飨’字蹙衄如惊龙之入蛰,吁,神矣。”

③渔阳播乱:指安禄山在渔阳起兵叛乱。史称“安史之乱”。渔阳,唐郡

名，范阳节度使所辖八郡之一。在今河北省。当时安禄山兼平卢、范阳、河东三节度使。《旧唐书·安禄山》："十一月，反于范阳，矫称奉恩命以兵讨逆贼杨国忠……"

④常清：指封常清。翦伯赞《中国史纲要·安史之乱》："唐玄宗急派封常清前往洛阳募兵抵御，……屯驻陕州。……封常清在洛阳募集的六万人多是白徒，没有受过军事训练，在武牢关和洛阳城下接连被叛军打败……"

⑤二十四郡：《新唐书·颜真卿》："禄山反，河朔尽陷，独平原城守具备，使司兵参军李平驰奏。玄宗始闻乱，叹曰：'河北二十四郡，无一忠臣邪？'及平至，帝大喜，谓左右曰：'朕不识真卿何如，所为乃若此！'"

⑥颜杲卿为颜真卿兄，时官范阳户参军。安禄山围攻常山三天，粮尽水竭，城陷安禄山之手，杲卿被俘。"贼胁使降，不应。取少子季明加刃颈上曰：'降我，当活尔子。'杲卿不答，遂并卢逖杀之。杲卿至洛阳，禄山即以曰：'吾擢尔太守，何所负而及？'"杲卿瞋目骂曰："汝营州牧羊羯奴，天子擢汝为三道节度使，窃荷恩宠，天子负汝何事，而乃反乎？我世唐臣，守忠义，恨不斩汝以谢上，乃从尔反耶？'禄山不胜忿，缚之天津桥柱，节解以肉啖之。詈不绝，贼钩断其舌，曰：'复能詈否？'杲卿含胡而绝，年六十五。"

⑦胔骼：尸骨腐肉。《礼·月令·孟春之月》："掩骼埋胔。"《注》："骨枯曰骼，肉腐曰胔。"

⑧摛章：执笔为文。

⑨跳踧：本指奔马蹄踏之声。此谓颜真卿《祭侄文稿》悲情愤感如健马踏黄尘超然象外，用笔沉着爽利，奇伟峻拔。明文徵明跋曰："元章独称《座位者》，盖尝屡见，而《祭侄》则闻而未睹，今《宝章录》可考，宜其并称《座位》而不及此也。世论颜书惟取其楷法遒劲，而米氏独称其行草，为剧致。山谷亦云，奇伟秀拔，奄有魏晋隋唐以来风流气骨，回视欧、虞、褚、薛辈，皆为法度所窘，岂如鲁公萧然出于绳墨之外而卒与之合哉。盖亦取其行书之妙也。况此二帖皆一时稿草，未尝用意，故天真烂漫出于寻常畦径之外。米氏所谓忠义愤发，顿挫郁屈，意不在字者也"。明项穆《书法雅言》评曰："行草如《争座》《祭侄帖》，又舒和遒劲，丰丽超动，上拟逸少，下追伯施（虞世南）"。清王顼龄跋曰："鲁公忠义光日月。书法冠唐贤，片纸只字，是为传世之宝。况祭侄文尤

为忠愤所激发,至性所郁结。岂止笔精墨妙。可以振铄千古者乎。"

⑩溯澎:指波浪的相与冲击之声。自此以下两句形象比喻颜真卿激昂悲愤之情,凝聚笔端,像波涛巨浪,像高山峻岭,像蛟龙鸾鹄,感人肺腑。

⑪二百六:指《祭侄稿》字数而言。据《中国书法鉴赏大辞典》和朱仁夫《中国古代书法史》所述,此文字数应为三百三十四字。

⑫即令句:指颜真卿在《祭侄稿》中的涂抹之处,真实地表达了真卿"抚念摧切,震悼心颜"的心情,是血和泪的写照,是哀极愤至的心声。此句高度赞美了《祭侄稿》的艺术魅力,如西施不仅貌美,"捧心"更美。

⑬当时句:指颜真卿《祭侄稿》可谓"书,心画也"。烈烈:形容颜真卿悲愤凝聚笔端,如舞风斤,神情自在。《文选·晋·刘琨·扶风歌》:"烈烈悲风起,冷冷涧水流。"

⑭二陈跋语:指宋陈深、元陈绎曾跋语。宋陈深跋曰:公字画雄秀,奄有魏晋而自成一家。前辈云:书法至此极矣。予尝见公为叔书告身一通,其楷法严甚,闻公行书尤佳,不可得见。但时摩挲乞米石刻想象风至耳。今王君出示公祭侄季明文稿一纸,详玩此帖:纵笔浩放,一泻千里,时出遒劲,杂以流丽。或若篆籀,或若镌刻,其妙解处,迨出天造,岂非当公注思为文,而于字画无意于工而反极其工耶。苏文忠(轼)谓:"见公与定襄王书草数纸,比公他书尤为奇特。信公忠贤,使不善书,千载而下,世固爱重,况超逸若是,尤宜宝之。"元陈绎曾跋见前注。陈深(约1259—1329),字子微,元天历间,奎章阁臣以能书荐,潜匿不出,所居曰:宁极斋,亦曰:清泉,因以为号。著有《读易编》《读诗编》《读春秋编》等。陈绎曾:元代元统至元年间书法家,字伯敷,处州(今属浙江)人。官至国子助教,口吃而精敏异常,诸经注疏,多能成诵文辞汪洋浩博、尝从学于戴表元,而与陈旅友善。善真草篆书。著有《文说》《文筌》《行文小谱》。

⑮文家待诏:指文徵明跋语。见前注。

⑯鲜于困学:指鲜于枢。跋语见前注。

⑰矧:况。《诗·小雅·伐木》:"相彼鸟矣,犹求友声。矧伊人矣,不求友生。"

米南宫《误恩帖》歌[1]

胡应麟

张颠老死米颠出[2]，好手中原斗狂逸[3]。
南唐宝石作研山[4]，三十六峰舞寒碧。
低头拜石石不语[5]，袍笏蹒跚笑儿女。
一朝把换薛公鹤[6]，泣向蟾蜍泪如雨。
兴来刷笔扫孤愤，十万材官破坚阵。
青城侠客挥剑锋，夜叉飞天云雾中。
宣尼常笑由也喭[7]，颠也淋漓逞豪健。
此帖数字亦怒张，儿驹泛驾不可当[8]。
五百年来米颠子，绝倒当年颠长史，
钟王节制安事此[9]。

宋人送南宫有“名满天下”之称，或疑米不足当者曰：三十年来何处不省有米颠子耶？

【注释】

①《误恩帖》：待考。

②张颠：指张旭。

③好手：形容书法名世，是大手笔。

④研山：米芾书作有《研山铭》。《研山铭》曰：“五色水，浮昆仑，潭在顶，出黑云。挂龙怪，烁电痕。下震霆，泽厚坤。极变化，阖道门。宝晋山前轩书。”

⑤《宋史·米芾》：“（米芾）冠服效唐人，风神萧散，音吐清畅，所至人聚观之，而好洁成癖，至不与人同巾器。所为橘异，时有可传笑者。无为州治有巨

石，状奇丑，芾见大喜曰：‘此足以吾拜！’具衣冠拜之，呼之为兄。”

⑥薛公鹤：薛公即薛稷。善绘画，尤精于画鹤，能准确生动表现出鹤的形神。同时人物画、树石等，前人赞誉他画踪如阎立本。《佩文韵府·宣和书谱》：“薛稷有《啄苔鹤图》。”黄庭坚有诗云：“几片云如薛公鹤，精神态度不曾齐。”

⑦宣尼：指汉元始元年追谥孔子为“褒成宣尼公”。由也喭：《论语·先进》：“柴也愚，参也鲁，师也辟，由也喭。”由，仲由，孔子弟子，字子路。此谓子路鲁莽。喭：粗鲁。宋黄庭坚《山谷题跋》：“余尝评米元章书如快剑斩阵，强弩射千里，书家笔势亦穷于此。然似仲由未见孔子时风气耳。”又明胡俨《乐兄帖》跋曰：“临者谓草书之变始张旭，行书之变由米老。或又谓其神锋太峻，如仲由未见孔子时风气。然用草有法，要自成一家，未易到也。”

⑧儿驹：指小牡马，小雄马。形容米芾用笔“如天马脱缰，追风逐电，虽不可范以驰驱之节，要自不妨痛快”。（宋朱熹《朱子文集》）。

⑨钟王：指钟繇、王羲之。

王孙贞吉以手镌印章寄惠走笔承谢[①]

胡应麟

遥遥双玉佩，赠我意何勤。
石鼓周文篆，[②]金泥汉帝文。[③]
蛟螭寒尘雾，科斗暗藏云。[④]
万古岣嵝碣，[⑤]何时一对君。

【注释】

①王孙贞吉:生平不详。

②石鼓:指《石鼓文》。

③金泥:以水银和金粉为泥,作封印之用。汉应劭《风俗通·正失·封泰山禅梁父》:“克石纪号,著己绩也。或曰:金泥银绳,印之以玺。”

④科斗:指科斗篆,篆书的一种形式。详见前。

⑤岣嵝碣:指《岣嵝碑》。

赠杨不弃山人杨工书画篆刻风致甚高二首①

胡应麟

净几明窗照绿萝，钟王遗迹自摩挲。
双钩忽睹唐贞观②，八法争传晋永和。
碣石谭天新尘尾，严陵披月旧渔蓑③。
弹歌漫作冯生叹④，剩有黄庭换白鹅。

画史曾闻顾虎头⑤，诗情重睹郑台州⑥。
挥毫白练霜风起⑦，研濯红丝雾雨流⑧。
箧底灵文传赵璧⑨，尊前奇气问吴钩⑩。
羊裘莫漫披燕邸⑪，昨夜星芒动斗牛⑫。

【注释】

①杨不弃山人：指明杨名时。生平不详。

②指唐太宗喜爱王羲之书法，得王书《兰亭序》真迹，“贞观中，令赵模、韩道政、冯承素、诸葛真四人钩摹，以赐皇太子、诸王。令褚遂良检校而董之，又令汤普彻搨赐房玄龄以下八人。……”晋永和：指《兰亭序》。

③严陵：字子陵，会稽余姚（今浙江余姚）人。本姓庄，少有高名，曾与光武帝刘秀同游学。光武帝即位，他变姓易名，隐身不仕。强召至洛阳，授谏议大夫，不就。归隐富春山。后人称他所居之地为严陵山、严陵濑、严陵钓坛。

④指战国齐孟尝君食客冯谖弹铗而歌：“长铗归来乎！食无鱼。”后用以比喻有所希求于人。

⑤顾虎头：顾恺之，字长康，虎头为其小字，晋陵无锡（江苏无锡）人。东晋画家，义熙中为散骑常侍，博学有才气，工诗赋，师于卫协，笔法如春蚕吐

丝，画人物强调“传神”，对传统绘画影响很大。有“才绝、画绝、痴绝”之称。著有《论画》《魏晋胜流画赞》《画云台山记》等。

⑥郑台州：郑虔，唐画家，学者，生卒年不详。字弱斋，郑州荥阳（河南荥阳）人。官至广文馆学士。与李白、杜甫为诗酒之交。爱弹琴，擅书画，尤工于山水画。曾献其诗画，玄宗题其尾“郑虔三绝”（诗、书、画）。甚称时誉。安史入京，被迫任职，乱平后贬台州刺史。

⑦白练：白练裙，相传南朝宋羊欣年十二作隶书，为吴兴太守王献之所爱重。羊欣夏月著新绢裙书寝，献之见之，书裙数幅而去。羊欣倍加临摹，书法益工。唐陆龟蒙《怀杨召文杨鼎文二秀才》诗：“重思醉墨纵横甚，书破羊欣白练裙。”

⑧红丝：红丝砚，产于山东益都，石质赤黄，有红纹如刷丝，萦绕石面，故名。唐彦猷《砚录》以此石为上品，苏易简《砚谱》以青州红丝石为第一，端州斧柯山石为第二，歙州龙尾石为第三。

⑨赵璧：指和氏璧。

⑩吴钩：钩，兵器，形似剑而曲。相传吴王阖闾命国中做金钩，有人杀掉自己的两个儿子，以血涂钩，铸造成二钩，献给吴王。后泛指利剑为吴钩。南朝宋鲍照《代结客少年场行》诗：“骢马金络头，锦带佩吴钩。”

⑪羊裘：即前严子陵事。指用羊皮做的衣服。严子陵变名隐身于浙江桐庐富春江畔，披羊裘钓泽中。后以羊裘指隐者或隐居。

⑫斗牛：指牛宿和斗宿。传为吴灭晋之际，牛斗间常有紫气。雷焕告张华，曰宝剑之气上冲于天。在豫东、丰城。张华命雷焕为丰城令，得两剑。一名龙泉，一名太阿。……《晋书·张华传》。

清

QING

碑　洞[①]

允　礼

飞龙氏后史继作[②]，胚胎妍彭穷元漠[③]。
伐石摩丹示万世，岐阳岣嵝神工错[④]。
嬴刘而后何班班[⑤]，有唐制作留人间。
凤翥鸾骞竞翀举[⑥]，至今落翮成丘山[⑦]。
黉宫前后胪苍碣[⑧]，或露或覆森森立[⑨]。
窅窱俨如洞壑幽[⑩]，磊砢半与土花碧。
圣经中列崇堂皇[⑪]，其余篆籀环堵墙。
其行隶草各殊势，昭揭日月连星芒。
奏置忆自宋元祐[⑫]，鸿都太学同争购。
雪叠溪藤墨凿池，诘朝烟散风驰骤。
经石呵护有神灵，诸刻未免随沦冥。
或时骊珠抵乌鹊，间用至宝充毾㲪[⑬]。
真迹已遥初拓少，遗文可听埋荒草。
我朝加饬守土臣[⑭]，护视历久仍完好。
即今宸翰品入神，一波一折前无邻。
唐规晋矩何足数，几暇不废临摹勤。
赐书常得窥笔法，奄有百代流风洽。
自非博览遍诸家，谁从岩窦穿云峡[⑮]。
朅来奉使剑外行[⑯]，还辕载历周西京[⑰]。

讲阅事竣启文庙[18]，肃谒先圣观诸生[19]。
因得周视碑版处，古气磅礴蛟龙据。
剜剔苔藓出节角，别白同异识题署。
强半虽从拓本看，雕镌对玩神光完。
雅俗妍媸不一例，杰作自诣乾坤端。
报命有期遑细剖[20]，往复摩挲难释手。
规模鸿笔劘一拳[21]，槐庑庶托长不朽[22]。

允礼(1697—1738)，清康熙帝第十七子，别号春和主人。善书，兼工绘画，所作山水、小帧极精。尝亲授王光昱。

【注释】

①碑洞：指碑林。清钮琇《觚剩》自序："碑洞文章，收绪录笈。"

②飞龙：指飞龙氏，即朱襄氏，炎帝别号。史指周宣王太史籀，详见前注。

③彪：《康熙字典·玉篇》，"古文'变'字"。又《参同契上篇》："幽潜沦彪匿化于中。"此谓古代文字美好而富于变化。元漠：指自然界。

④岐阳：指《石鼓文》；岣嵝指《岣嵝碑》。

⑤嬴刘：指秦汉两朝。秦始皇嬴姓，汉高祖刘姓，故称。班班：通"斑斑"，指因年代久远而使碑石风化斑驳。唐刘希夷《寿衣篇》："莫嫌衣上有斑斑，只为思君泪相续。"

⑥比喻碑洞书法笔势飞舞多姿。翀：直往上飞。通作"冲"。

⑦落翮：本指鸟翼脱落，此谓日久年长的风化使精美的碑文斑驳脱落。

⑧黉宫：学校，此指太学。胪：陈列。

⑨森森立：形容碑碣林立众多，繁密。

⑩窅窱：深远。

⑪圣经：此指儒家经典的刻石，有汉石经、灵帝熹平四年刻石、蔡邕书(字为隶体)。还有魏石经、唐石经、蜀石经等。另宋仁宗刻有"嘉祐石经"、清乾

隆刻有“十三经”。

⑫此句及以下两句:当指宋元祐党籍碑一事。赵超《中国古代石刻概论》云:“元祐是宋哲宗的年号,当时宋英宗高后执政,废除了王安石的新法,任用司马光等人,打击变法派。宋徽宗时,蔡京专权,借口元祐时执政的保守派结党,予以打击,实际上连变法派人物也一并列入党籍,共确定司马光、文彦博、苏轼、黄庭坚等309人为元祐奸党。宋徽宗书写为首98人名,刻石立于文德殿东。而后,又由蔡京书写全部人名,令全国各州、军仿照石立碑,列名其上者,死者削官,生者贬职外迁。崇宁四年立碑,但次年即下诏全部毁去。”

⑬甃瓴:砖壁。

⑭加饬:增加整治。

⑮岩窦:岩洞。

⑯剑外:指剑门以南地区。此谓蜀地。

⑰还辕:乘车回还。西京,指汉都长安。

⑱文庙:孔子庙。唐开元二十七(739)年封孔子为“文宣王”,称孔庙为“文宣王庙”。

⑲肃谒:恭敬地参拜。

⑳报命:奉命出使,去曰奉命,回来曰报命,也称复命。遑:不论。

㉑规模:规范,法式。

㉒槐庑:繁茂的槐树,指碑洞走廊或堂下生长茂盛的槐树。庶托:众多的依托。此句谓碑刻茂盛的槐树相互依托,万代不朽。

题汉西岳华山碑[1]

永　瑆

汉家西岳华山碑，世间两本此第一[2]。
商丘巡抚之所藏[3]，秀水检讨有题笔[4]。
吁嗟魏公四字印[5]，亦欲遐传守毋失。
谁能老饥抱文字，茧纸犹向人间出。
自秦登山诵略兴[6]，两京文章[7]富石墨。
峄碑虽焚枣木模[8]，岱碑云亡内司刻[9]。
太华极天应井鬼[10]，少昊所治秦所国[11]。
徒闻遗璧镐池君[12]，不见臣斯与臣德[13]。
茫茫万古此石存，岌岌溟翻老沙泐[14]。
拓本绝少传已难，赑屃又遭媢子踣[15]。
达官当时势绝伦，古物一文钱不直。
我曾再拜金天墓[16]，大碣荒莎风雨蚀[17]。
此碑忽复曳长绳，能不兴怀同叹息。
文云汉兴绍前制，《虞典》《周官》稽謦跸[18]。
孝武之世庙貌隆[19]，特起尊严閟宫侐[20]。
门曰望仙宫集灵[21]，志荒意惑长生术。
欲就鹑首相酌斟[22]，遂呼天神来博塞[23]。
国祚中阙祀事衰[24]，太守能贤重修职[25]。
朝端昏弃旷明禋，稍稍规模率钱力。
延熹至今浩千年，十字之外无缺佚[26]。

重如元云垂下天[27]，轻若风斤得其质[28]。
素蛾一片中秋中[29]，泰折层成北郊北。
黄河之水星宿来，蛟掷龙腾相逼仄。
商盘鲁壶在崇坫[30]，琼草金芝上仙植。
如华万仞绝攀援，人间纸笔书不得。
法书迥可日月垂，其人岂必中郎实[31]。
察书市石无了期[32]，又于徐赵为蚴翼[33]。
小儒舌举耻阙疑，大抵纷纷决以臆。
我生两手悬钝椎，握管僵如蓍在扐[34]。
傍通二篆贯八分，少年卤莽谓可必。
阙里宫墙两拜瞻，强复低徊史与乙。
忽然季子见《韶简》[35]，何止欧阳坐旬日[36]。
秀水修撰诗七言，商丘侍读金十镒。
风流坐映康熙朝[37]，不愧绸书在石室[38]。

永瑆(1752—1823)，清高宗弘历第十一子，乾隆年间封成亲王，清仁宗嘉庆年间在军机处行书。清宣宗道光年间卒，谥哲。擅书，清朝中叶有书名。著有《诒晋斋诗文集》。

【注释】

①西岳华山碑：《中国书法鉴赏大辞典·西岳华山庙碑》，简称《华山碑》。郭香察书。东汉延熹八年(165)四月立。碑在陕西华阴西岳庙中。明嘉靖三十四年(1555)毁于地震。据清王昶《金石萃编》记："碑高七尺一寸，广三尺六寸。"隶书。二十二行，行三十八字。额篆书二行六字"西岳华山庙碑"。详见前注。

②世间两本：王壮弘《增补校碑随笔》："明嘉靖三十四年乙卯地震碑毁。

毕氏关中金石记谓此碑世有两种本，一为商丘宋氏荦所藏，一为华阴王氏宏所藏”。

③商丘巡抚：指宋氏荦。

④秀水检讨：指郭宗昌。

⑤魏公四字印：指碑刻四周的题刻之一。

⑥《华山碑》是当时郡守袁逢将前代所立碑文，按经传所载，重新整理铭刻。碑文记述了周至汉代，历朝皇帝祭华山的祀典。碑头两旁有唐代李商隐、张嗣庆、崔珝、李德裕等人题名。

⑦两京：指汉代西京长安、东京洛阳。此谓汉碑兴盛。

⑧峄碑：指《峄山刻石》。

⑨岱碑：指《泰山刻石》。

⑩井鬼：《佩文韵府·酉阳杂俎》：“井鬼名琼。”

⑪少昊：黄帝时代东夷族首领，也作少皞，名挚，字青阳，黄帝子，号金天氏，穷桑氏与太皞并称“两皞”。皞居于奄（山东曲阜）。

⑫镐池君：水神名，一说周武王。《汉书·五行志中之上》：“持璧与客曰：‘为我遗镐池君’。因言‘今年祖龙死。’”

⑬臣斯：指李斯。

⑭岌岌：危险貌。

⑮媚子：所爱之人，亦指贤臣。《诗·秦风·驷铁》：“公子媚子，从公于狩。”踣：破，损坏。

⑯金天：少昊之号。金天墓，指黄帝陵。

⑰荒莎：荒草。

⑱《虞典》：即《虞书》，《尚书》的一部分。《周官》，见前。警碑：古时帝王出入称警跸，左右侍卫为警，止人清道为跸，以戒止行人。

⑲孝武之世：《史记·孝武本纪》：“孝武皇帝者，孝景中子也。母曰王太后，孝景四年，以皇子为胶东王。孝景七年，栗太子废为临江王，以胶东王为太子。孝景十六年崩，太子即位，为孝武皇帝。孝武皇帝初即位，尤敬鬼神之祀。”

⑳閟宫侐：《诗·鲁颂·閟宫》：“閟宫有侐，实实枚枚。”后世也泛指祠堂。

侐:清静。

㉑《西岳华山庙碑》:"孝武皇帝修封禅之礼……故立宫其下,宫曰'集灵宫',殿曰'存仙殿',门曰'望仙门'。"

㉒鹑首:古指秦地,以为秦之分野。《汉书·地理志下》:"自井十度至柳三度,谓之鹑首之次,秦之分野。"

㉓博塞:古代六博和格五等博戏。此当指祀祷天神占卜问事。

㉔国祚:帝王之位,也指国家的命运。此谓后者。阙:古代宫庙及墓门立双柱者谓之阙,其上连有飞檐罘罳者谓之连阙。

㉕太守:指袁逢。

㉖王壮弘《增补校碑随笔》:"若按华山庙碑所见凡三本:一商丘宋氏本,仅阙十字者。"

㉗元云:指浓云。

㉘风斤:指尖厉的寒风。宋杨万里《春夜孤坐》诗:"老来觅句苦难成,细把风斤镂薄冰。"

㉙素蛾:指月亮。宋范成大《枕上》诗:"素娥脉脉翻愁寂,付与风铃语夜长。"蛾,当作"娥"。

㉚崇坫:诸侯相会时设高坫,主人将客人赠送的玉圭等放在坫上。《礼·明堂位》"崇坫康圭"。《疏》:反坫和崇坫都筑在庙内两柱中间。此谓《华山碑》的艺术价值。坫:秦以前筑在室内的土台。

㉛岂必中郎实:康有为《广艺舟双楫》:"《华山碑》后世以季海(徐浩)之故,信为中郎(蔡邕)之笔,推为绝作。实则汉分佳者绝多。若《华山碑》实为下乘,淳古之气已灭,姿制之妙无多,此诗家所薄之武功、四灵、竟陵、公安,不审其何以获名前代也。"

㉜此碑末刻有:"京兆尹敕监都水掾霸陵杜迁市石,遣书佐新丰郭香察书,刻者颍川邯郸公修。"

㉝徐赵:指唐徐浩、清赵崡。徐说为蔡邕书,赵说为郭香察书。详见后注。蚹翼:《庄子·齐物论》:"吾待蛇蚹蜩翼邪。"此句谓《华山碑》的书作者孰是孰非的争论,都有些牵强附会。

㉞扐:手指之间。

㉟此句指孔子闻《韶》事,《论语·述而》:“子在齐闻《韵》,三月不知肉味。”《韵箾》:舜乐名。《左传·襄公二十九年》:“见舞《韵箾》者。”孔颖达《疏》:“杜不解(箾)义,‘箾’即‘萧’也。”

㊱欧阳:即欧阳询。此句指欧阳询观索靖书碑之事。唐朱长文《续书断》:“……(欧阳询)尝行见索靖所书碑,观之,去数里复返,及疲,及布坐,至宿其傍,三日乃得法,其精如此。”

㊲康熙:清玄烨(圣祖)(1654—1722),1661—1722年在位,年号康熙,姓爱新觉罗,满族。世祖第三子。在其执政时,世为“康熙圣世”。《清史稿》:“圣祖仁孝性成,智勇天赐。早承大业,勤政爱民。经文纬武,寰宇一统,虽曰守成,实同开创焉,圣普高深,崇儒重道。几暇格物,豁贯天人,尤为古今所未观。”

㊳石室:指藏图书档案之室。《史记·太史公自序》:“绸史记石室金匮之书”。《索隐》:“案石室金匮,皆国家藏书之处。”绸书:指编辑图书。

题唐怀素《苦笋帖》①

永　理

千年《苦笋帖》，草法见藏真。
食肉全无相②，参禅后有人。
平原论钗股③，长史脱冠巾④。
遗迹俱寥邈⑤，唯斯独传神。

【注释】

①《苦笋帖》:《中国书法鉴赏大辞典》:“唐怀素书。绢本。墨迹，草书。二行十四字。24.8cm×12cm。钤有‘绍兴’‘内府图书之印’‘项子京珍藏’‘乾隆御鉴之宝’等鉴藏印记。现藏上海博物馆。明顾复《平生壮观》、清吴其贞《书画记》、安岐《墨缘汇观》等著录。”明项元汴跋云:“用笔婉丽，出规入矩。未有越于法度之外。畴昔谓之狂僧。甚不解。其藏正于奇。蕴真于草。含巧于朴。露筋于骨。观其以怀素称名。藏真为号。无不心会神解。”清安岐《墨缘汇观》云:“墨气精彩，草书十四字，超妙入神。”

②食肉全无相:指无食肉相。黄庭坚有:“管城子无食肉相，孔方兄有《绝交书》。”

③平原:指颜真卿。宋姜夔《续书谱·用笔》:“用笔如折钗股……折钗股者，欲其屈折，圆而有力。”

④《宣和书谱·草书》:“旭喜酒，叫呼狂走方落笔。一日酒酣，以发濡墨作大字，既醒视之，自以为神，不可复得。”

⑤寥邈:稀少久远。此谓怀素书迹传世久远。

纪　书(五首)

永　理

（一）

《宝侍御诗》能逼真[①]，《松醪》《春色》墨如新[②]。
但能通意无多论[③]，守骏如公信晓人[④]。

（二）

宋法都能畅气机[⑤]，南宫心细笔通微[⑥]。
《府公》《虹县》犹闲可[⑦]，《多景楼诗》古亦稀[⑧]。

（三）

闲闲草法冠金源[⑨]，《赤壁》游余旧阕翻[⑩]。
渴骥真堪空冀北[⑪]，如骖谁靳大都元[⑫]。

（四）

南宫逆笔吴兴顺[⑬]，结体原随笔势工。
用笔何曾千古易[⑭]，不从同处正同同。

（五）

《渔父》《谪龙》康里笔[⑮]，取妍太觉嗜偏锋[⑯]。
何如董复《千文》卷[⑰]，黄素犹传铁限踪。

【注释】

①《宝侍御诗》:未见有苏轼著录。米芾有《宝先生帖》。

②《松醪》《春色》:即《洞庭春色赋·中山松醪赋》合卷。朱仁夫《中国古代书法史》:元祐八年(1093),哲宗立,“元祐党人”再遭打击,苏轼不得已乞求外补,出知定州。次年四月,苏又落知英州(今广东英德),寻复又降一官。就是遭贬岭南途中,书《中山松醪赋》赠友人吴传正,书后题记云:‘如予亲书其本,近又作《中山松醪》,不减前作,独恨传正未见。乃取李氏澄心堂纸,杭州程奕鼠须笔,传正所赠易水供堂墨,录本以授思仲(传正之甥,姓欧阳)使面授传正,且祝深藏之’。(见《东坡题跋》卷一)可见此二赋系苏抒发其对时政、人生之感慨,又自认墨迹得意,倍加爱重。二赋墨迹卷,字大如一般古钱,计七十七行,凡六百八十字,系苏轼五十九岁时作,为晚年人书俱老之典范,深受历代鉴赏家推崇……有清乾隆题诗和跋语。现藏吉林省博物馆。《春色赋》帖,苏轼墨迹,现藏吉林博物馆。

③通意:指会意,此谓宋代的“尚意”书风。

④守骏:苏轼《次韵子由论书》:“吾闻古书法,守骏莫如跛。”

⑤气机:犹气息,天机,此谓宋人书法尚意之风。

⑥南宫:即米芾。笔通微:指米芾书法精妙。《宋史米芾传》:“妙于翰墨,沉着飞翥,得王献之笔意。尤工临移,至乱真,不可辨……”

⑦《府公》:米芾墨迹。《虹县》:即《虹县诗》帖墨迹,详注见前。

⑧《多景楼诗》:全称为《秋暑憩多景楼诗》帖。《中国书法鉴赏大辞典》:“宋米芾书。纸本。行书。凡六行,三十八字。《墨缘汇观》《石渠宝笈》等录。刊于日本《中国书道全集》(五)。”王原祁《佩文斋书画谱·滏水集》:“海岳老人书惟《华佗帖》与《多景楼诗》最为豪放。偃然如枯松之卧涧壑,截然如快剑之斫蛟龙,奋然如龙蛇之起陆,矫然如鹈鹕之盘空,乌获之扛鼎,不足以比其雄。且壮也;养由基之贯七札,不足以比其沉着,痛快也;千石之钟,万石之虡,其重厚有如此。浙江之潮涿鹿之战其喷薄蹴蹋有如此者;钟王之清润,虞欧之简洁,颜柳之端严,诚为鲜俪。至于雄入九军气凌百代而于古人有一日之长,其笔阵之堂堂者乎?”

⑨闲闲:赵秉文(1159—1232),字周臣,号闲闲,滋州滏阳(今河北磁县)

人。大定二十五年(1185)进士。累官礼部尚书、翰林学士、同修国史等。与杨云翼同为金士巨擘,号“杨赵”,掌文柄。《金史》称其“至诚乐易”,“仕五朝,官六卿,自奉养如寒士”。一生文墨论议,著述颇丰。著有《滏水集》等。书学唐人,皈依颜真卿,草书尤为遒劲。元好问评曰:“闲闲公(赵氏号)书如本色头佗,学至无学,横说竖说,无非般若”。以佛家语赵秉文书法入顿悟之境界。《中山集》中评曰:“(赵氏)工书翰,字画有晋魏风调,草书尤警绝。”金源:水名。《金史·地理志上》:“上京路,即海古之地,金之旧土也。国言‘金’曰‘按出虎’,以按出虎水源于此,故名金源,建国之号盖取诸此。”故史称金曰金源。

⑩《赤壁》:事见杨仁恺《中国书画》:“(赵秉文)传世墨迹极少,偶于古书画拖尾题跋中见之。武元直(原作朱锐)《赤壁图》后有赵氏书追和苏轼《赤壁词》步原韵一阕。”

⑪渴骥:形容书法气势急劲、笔势矫健。《新唐书·徐浩传》:“尝书四十二幅屏,八体皆备,草隶尤工,世状其法曰‘怒猊抉石,渴骥奔泉’云”。空冀北:谓赵秉文法在金国无人与人争美。冀北指冀州之北,指金国或泛指北方。

⑫如骖谁靳:《左传·定公九年》:“吾从子如骖之有靳。”《疏》:“《说文》云:‘靳,当膺也’。则靳是当胸之皮也”。此谓赵秉文书法能与元朝赵孟頫书法媲美。靳:驾辕两马当胸的套革。

⑬指米芾用笔多侧锋,赵孟頫用笔多中锋。今人启功先生论中锋有“笔杆正,笔锋顺”之谓。

⑭赵孟頫《松雪斋书论》:“书法以用笔为上,而结字亦须用工,盖结字因时相传,用笔千古不易。”同同:相同。

⑮《渔父》:康里巎巎书,也称《渔父辞》帖。现藏上海博物馆。《谪龙》:即《草书柳子厚谪龙说》帖。现藏故宫博物院。《佩文斋书画谱·书画题跋记》:“谪龙之事甚奇,河东之文尤奇,康里公之书益奇,可谓三奇矣。康里公标望绝人,简交际重,然诺虽不倦与人作书,然非其人终不得也。彦中公交契之素,于是乎见之。鄱阳周伯琦记。”

⑯取妍:指康里巎巎用笔偏锋多。

⑰指智永书写《千字文》。董复:珍藏、重复。铁限踪:智永事。

席间观李素心孙七岁童子草书歌

钱谦益

杜陵九龄书大字[①]，李郎七龄笔阵强。
身长未及等身案，负剑却立短凳傍。
凝睇双瞳剪秋水，梯几拂拭神扬扬。
须臾笔下龙蛇出[②]，折钗倒薤纷旗枪。
拳如茧栗不盈握[③]，放笔直欲隳堵墙。
力如蓝田射伏虎[④]，饮羽穿石激雷光。
势如卫公夜行雨[⑤]，风鬃雾鬣不可当。
书罢安闲妥衫袖，敛手拱揖归辈行。
肩随兄弟舒雁立，怀铅画槧森琳琅。
荀氏八龙见其四[⑥]，一龙奋爪先开张。
当筵观者皆老苍，捋须奋袂徒惊惶。
老夫顿足自激昂，安得抱之贡玉堂。
君不见昔年李长沙[⑦]，天子加膝坐御床。

钱谦益(1582—1664)，字受子，号牧斋，晚号蒙叟，自称东涧老人。江苏常熟人。明万历三十八(1610)年进士。累官编修、中允、詹事、礼部侍郎、侍读学士、礼部尚书。清时任内秘书院学士兼礼部侍郎。《清史稿》称其“为学博瞻，谙悉朝典，诗尤擅其胜”。著有《牧斋集》。

【注释】

①杜陵:指杜度。唐张怀瓘《书断》:“后汉杜度字伯度,京兆杜陵人。御史大夫延年曾孙。章帝时为齐相,善章草。”

②须臾:形容七岁童子草隶笔法熟练,变化多姿。

③茧栗:指兽角初生形如茧如栗。借喻牛犊。

④汉刘向《新序·杂事四》:“昔日楚熊渠子夜行,见寝石,以为伏虎,开弓射之,灭矢饮羽。”比喻七岁童子书法功力深湛。

⑤卫公:指卫恒,河东安邑(今山西夏县)人。工豪翰,善隶、章草、今草。释梦英《十八体书》评云:“卫恒作云书,笔动若飞,字张如云。”比喻七岁童子草书如夜雨疾驰之骏马,沉着痛快,酣畅淋漓,鬃鬣变化多姿。

⑥荀氏句:指荀淑八子事。荀淑(83—149),东汉颍川颍阴人,字季和。有子八人,皆有才名,时谓之“八龙”。后泛指有才学名望之人。唐沈佺期《夏日梁王席送张岐州》:“家传八豹贵,人擅八龙奇。”

⑦李长沙:唐李商隐《贾生》论及西汉贾谊,年轻志大,积极思进,出为长沙王。《史记·屈原贾生列传》:“至夜半,文帝前席。”

大观太清楼二王法帖歌为山阴张尔唯作[1]

钱谦益

神霄天子恢皇纲[2]，重镌阁帖焕宝章。
干戈久忘熙陵绩[3]，图书欲压淳化藏[4]。
侍书著摹换钩拓，太师京识新褫装[5]。
太清危楼切霄汉，乙夜御览回虹光[6]。
大观承平过星纪[7]，宣和版荡垂靖康[8]。
声明文物扫松漠[9]，翰林子墨炎昆冈。
驰载唐碑失定武，毡裹周鼓残岐阳。
册府秘阁俱已矣，长沙戏鱼徒相望[10]。
新绛燥笔改东库[11]，亮字损本来榷场[12]。
二府拜赐传掌故[13]，三馆审定看堵墙[14]。
良常新铭不在世[15]，羽陵旧蠹余几行[16]。
君从何处购此本，右军墨迹兼小王。
续帖真成廿卷羡，万签何似二本良。
墨华晶光出匮纸[17]，笔阵折抹生锋芒。
晴窗临摹挟飞动，棐几展玩铺云肪。
裂纹木直非剥损，檈痕银锭谁低昂[18]。
从今鉴定归米薛[19]，不收慰问嗤梁唐。
但看鸾翱与凤翥，焉用冷金并硬黄[20]。
呜呼此本不易得，摩挲使我神惨伤。

自从京阙睹戎马，又使馆门沦沧桑。

人间西清熸禁苑[21]，天上东壁埋文昌[22]。

橐驼交迹践竹素[23]，牛马渍汗沉缥缃。

甲衣狼藉剔钿锦[24]，炮车迸裂穷琳琅[25]。

游家《兰亭》填爨下[26]，褚摹禊帖掷道旁。

鲁公《孝经》《麻姑》字[27]，儿童插标叫市坊。

卷轴遑惜三千富，款书宁数丈二长。

白麻何处博青缥[28]，碧笺翻喜归黄肠[29]。

奇哉一本独完好，岂无六丁下取将。

展卷俄惊褾识改[30]，开奁先嗅古墨香。

印缝无烦辨分翦[31]，破体仍与论偏旁。

何年瓦官阁鸱吻[32]，有客山阴搜屋梁[33]。

玉蹬金题閟惜重，褚妍欧怪空辉煌。

已堪唐陵比玉匣[34]，重许汉室开珠囊[35]。

伤心《西升》失至宝，

（褚河南《西升经》，余购得之，新安乙酉城陷，失去。）

漫眼《东观》欲发狂[36]。

吾家圆印铭忠孝，长依《书史》缄箧箱。

（米元章《书史》云："钱氏所收《浩博帖》上有'希圣'字印，'忠孝之家'圆钱印，'钱氏书空'印。"）

作歌无才继《石鼓》，阁笔再拜朝墨皇。

【注释】

①大观太清楼二王法帖：即《大观帖》。宋大观三年（1109），宋徽宗以《淳

化帖》石多损裂，且王著标题多误，因出墨迹，更定次，命蔡京署题，刻石太清楼下，名曰《大观太清楼帖》。共二十二卷。刻工较《淳化阁帖》精良。拓本留存极少。现宋拓本仅存四、五、六、七、十等卷。杨仁恺《中国书画》云："《大观帖》宋拓本，故宫博物院藏有第二、四、六、八、十卷，南京大学藏有第六卷，中国历史博物馆藏有第七卷，这是宋人法帖宋拓保存最多的一部。"张尔唯：不详。

②神霄天子：指宋徽宗赵佶。《宋史·林灵素传》："（林灵素见徽宗）曰：'天有九霄，而神灵为最高'。"神霄，道家谓天的最高层。皇纲：指封建帝王统治天下的纪纲。

③熙陵：指宋太宗赵光仪之陵墓，全名称"永熙陵"。

④淳化藏：指《淳化阁帖》。

⑤禠装：祈福平安恭敬装潢。禠，福。《文选·汉·张衡·东京赋》："冯相观祲，祈禠禳灾。"

⑥乙夜：指二更时候，约为现夜间十时。

⑦大观：宋徽宗时年号。星纪：本指十二星次之一，在十二支中为丑，二十八宿中为斗宿和牛宿。泛指岁月。

⑧宣和句：指"靖康之乱"。版荡：通"板荡"。《诗·大雅》有《板》《荡》二篇，讽刺周厉王无道，败坏国家。后指政局变乱或社会动荡不安。《旧唐书·萧瑀传·太宗诗》："疾风知劲草，版荡识诚臣。"

⑨此句及以下二句：指"靖康之乱"金朝统治者对文物的大肆掠夺和破坏。详注见前。

⑩长沙戏鱼：指刘次庄元祐间摹《淳化阁帖》，刻于临江"戏鱼堂"，名为《戏鱼堂帖》。

⑪新绛：即《绛帖》。北宋潘师旦以《淳化阁帖》为底本，重为增补删削，于绛州（今山西绛州）刻成，共计有二十卷。《佩文斋书画谱·法帖谱系》："曹士冕曰：绛州法帖二十卷乃潘舜臣用《淳化帖》重摹而参入别帖。比今所见阁帖精神过之。"东库：即《东库本》。《佩文斋书画谱·法帖谱系》："东库本：世传潘氏析居，法帖石分而为二。其后绛州公库乃得其一。于是补刻余帖，是名《东库本》。第九卷之舛误盖始于此。好事之家所藏《绛帖》率多此本，字画精神遒

劲亦自可爱。而卫夫人一帖及宋儋帖颇多燥笔，有如《兰亭》‘叙’‘群’字落笔之类。此稍异于诸本，其所以不及旧诸本。以第九卷太令书石不破缺而炳文所论三字已误，且逐卷逐段各分字号，以‘日月光天德，山河壮帝居。太平何以报！愿上登封书’为别。此又异于旧帖也。”

⑫亮字损本：《佩文斋书画谱·法帖谱系》：“亮字不全本：此帖与《东库本》绝相似，或只是一石。但庾亮帖内亮字皆无右边转笔。盖避逆亮讳也。”

⑬二府：汉代指丞相和御史的官署。宋代为中书省、枢密院。

⑭三馆：始于汉武帝，设此以收罗人才。宋代设广文、大学、律学三馆。

⑮良常：即茅山，指秦始皇出游过此。详注见前。

⑯羽陵：古地名。《艺文类聚·隋江总·皇太子太学讲碑》：“紫台秘典，绿帙奇文，羽陵蠹迹，嵩山落简，外史所掌，广内所司。”

⑰指《大观帖》拓本精良。

⑱檈痕：以绳转轴裁木为器具时留下之痕迹，此谓之刻本印出的木板痕。银锭：古代的一种流通货币，始自汉代，及自明清。镕铸白银成锭而成。

⑲见米芾《海岳名言》论唐人书法云：“欧、虞、褚、柳、颜皆一笔书。安排费工，岂能垂世。”

⑳冷金：指冷金笺纸。宋米芾《书史》：“王羲之《玉润帖》，是唐人冷金纸上双钩摹。”

㉑西清：指清代宫内南书房。乾隆时编辑内府藏器品目，题名《西清古鉴》。禁苑：即帝王的花园或游乐之所。熸：火灭，引申为军队溃败。

㉒东壁：《晋书·天文志·二十八宿》：“东壁二星，主文章，天下图书之秘府也。”后以此谓藏书之所。唐张说诗有：“东壁图书府，西园翰墨林。”文昌：斗魁上六星的总称。《史记·天官书》：“斗魁戴匡六星曰文昌宫。”唐人诗文中以文昌为尚书的别称。

㉓橐驼：即骆驼。竹素：本指竹简和白绢，指书、史。意同“竹帛”。《文选·晋·张协·杂诗》：“游思竹素园，寄辞翰墨林。”此句及以下三句谓战乱对文房宝物的侵损。

㉔甲衣：指披甲的战士。

㉕炮车：古代攻战之器械，也叫“抛车”或“霹雳车”。

㉖游家:此谓由于战乱许多像《兰亭》一样的珍宝毁于爨火中。爨下:谓烧剩的良木,本谓蔡邕“焦尾琴”故事,以喻幸免于难者。

㉗《孝经》《麻姑》:《孝经》帖不详。《麻姑》即颜真卿《麻姑坛》碑。

㉘白麻:指麻纸,诏书旧皆用白纸,唐高宗上元间,以白纸易蠹,改用麻纸。青缥,指青色的丝织物,泛指书卷。

㉙黄肠:以柏木黄心制的外棺。《汉书·霍光传》:“光薨……赐……梓宫、便房、黄肠题凑各一具。”《注》:“苏林:以柏木黄心致累棺外,故曰黄肠;木头皆内向,故曰题凑。”

㉚褾识:指拓本的装裱式样和款识等。

㉛分蘜:指书画装裱时的嵌接部分。

㉜鸱吻:指王羲之《告誓文》事。唐刘餗《隋唐嘉话》:“王右军(羲之)告誓文,今之所传,即其稿草。……开元初年,润州江宁县瓦官寺修讲堂,匠人于鸱吻内竹筒中得之。”鸱吻,宫殿屋脊正脊两端构件,汉人名鸱尾。其初形状如鸱尾。后来式样改变,有折而向上似张口吞脊,因称鸱吻。

㉝指唐太宗计赚《兰亭》事。

㉞唐陵比玉匣:指唐太宗随葬《兰亭》事。

㉟漠室:当指空阔,大而寂静之地。珠囊:珠缀的带子。

㊱《东观》:当谓汉洛阳南宫。东汉明帝时,命班固等人在此修撰《汉记》,书成名为《东观汉记》。章和二帝以后为聚藏图书之处。安帝之初四年,诏令谒者刘珍及五经博士校定东观五经、诸子、传记、百家艺术。后泛指宫中藏书和著书之处。

遣胥至曲阳拓北岳庙碑[1]

曹　溶

吾衰屏尘杂，弱翰颇好弄。
边州病寒瘁，凌秋墨池冻。
流览欧赵录[2]，日月聊自送。
拟补夹漈疏[3]，孰慰宣和痛[4]。
披剥裨聪明，蒐讨辞倥偬[5]。
皮藏虽百编，零落亦已众。
侧思恒山陲[6]，蛇蚓结昏雺[7]。
阴林上危岑[8]，乱沫走虚洞[9]。
谷张饥狼罝[10]，书听巢鸟哢[11]。
岿然翼灵祠[12]，扫士消怨恫[13]。
中多琬琰章，扁刻见深砻[14]。
薤叶美离披[15]，银钩凛森动。
远溯贞观初[16]，宋碑略成讽。
书流晚婵媚[17]，那许称伯仲。
妙迹未充囊，古色屡回梦。
滹河隔雄关[18]，资尔出飞鞚[19]。
摹拓幸遄归[20]，真气绕梁栋[21]。
入手蜡痕香[22]，悬足龟趺空[23]。
匣芸驱粉蠹[24]，赙缥装紫凤[25]。

遗文非细务，俗儒敢相控。
祀典倏纷拏[26]，目睫任群哄[27]。
海岳罗座间，一笑竭春瓮[28]。

曹溶(1613—1685)，字洁躬。号秋岳，一号倦圃。浙江秀水人。明崇祯十年(1637)进士，官御史。清时累官广东布政使、山西阳和道。工诗。著有《静惕堂集》等。

【注释】

①曲阳：古邑名，战国赵地。在河北曲阳西沙河之东。因在太行山曲之南得名。北岳庙碑：北岳庙，位于今河北保定曲阳县城内，原名北岳安天天圣帝庙，俗称窦王庙，始建于南北朝北魏宣武帝景明、正始年间(500—512)，自此至清代，历代帝王都在此遥祀"北岳恒山之神"。北岳庙碑，指庙内的诸多碑、碣等。自南北朝北魏直到清和民国的碑刻俱全，二百多通，跨越1500年。碑刻内容多为历代重修北岳庙的记载和祭文。碑刻书法字体诸体都有，是书法艺术的宝库之一。

②欧赵录：指欧阳修所著《集古录》、赵明诚《金石录》。

③指宋郑樵著书事。郑樵(1104—1162)，字渔仲，兴化军莆田(福建莆田)人。闭门著学于夹漈山，世称"夹漈先生"。召迪功郎，以故劾监南岳庙。著《通志》成，入枢密院编修官。"樵好为考证伦类之学，成学虽多，大抵博学而寡要。平生甘枯淡，乐施与，独切切于仁进，识者以是少之"。著有《尔雅注》等。

④宣和痛：宋徽宗宣和时，曾著有《宣和画谱》《宣和书谱》《宣和博古图》等。"靖康之乱"后，书中所叙文物珍奇多有损失，故为之痛，亡国之痛。

⑤倥偬：困苦、急迫。《楚辞·汉·刘向·九歌思古》："悲余生之无欢兮，愁倥偬于山陆。"

⑥侧思：特别想，独想。

⑦指北岳庙碑的书法。昏霿(méng)：天色晦暗。

⑧危岑:高耸的崖畔。

⑨虚洞:指山石被涧水冲刷而成的空洞。

⑩罝:捕兔网。此谓山路的险要。

⑪呀:鸟鸣声。晋陶渊明《癸卯岁始春怀古田舍二首》诗:“鸟哢欢新节,泠风送余善。”

⑫岿然:屹立貌。此谓北岳庙碑。翼,覆蔽。《诗·大雅·生民》:“诞寘之寒冰,鸟覆翼之。”形容北岳庙碑高耸屹立,给北岳庙增加色彩。

⑬怨恫:怨恨恐惧。

⑭此二句指北岳庙碑的书法艺术特色。

⑮薤叶:据此谓北岳庙碑书体,当为篆书。薤叶书,篆书的一种,详见前注。

⑯此句:当谓唐太宗李世民喜好王羲之书法一事。唐太宗书学王羲之,并撰书了《晋祠之铭并序》,时为贞观二十二年正月廿六日,同年上石。碑在今山西太原晋祠。赵超《中国古代石刻概论》:“宋代的碑刻与墓志数目庞大,在形制基本沿袭唐代,变化不大,但僵化。……宋代碑刻中有很多是著名书法家的真迹,给各地名胜增色不少。宋代名家米芾、蔡京、蔡襄、黄庭坚、苏轼等人书写上石的碑刻现在仍散于各地。”讽,此通“风”,指风气讲。

⑰婞媚:此谓书法一味迎合时趣,依逮随人,缺乏个性。

⑱浑河:即山西、河北交界的桑干河。

⑲飞鞚:指驰马。《文选·南朝宋·鲍照·拟古诗》:“兽肥春草短,飞鞚过平陆。”

⑳遄归:很快地回来。遄,疾速。

㉑真气:指天地自然之精神。

㉒蜡痕:指拓碑时粘上的蜡迹。

㉓龟趺:指刻作龟形的碑座。元袁桷诗:“龟趺负穹石,浮语极褒侈。”

㉔芸:香草。

㉕赙缥:此谓装收北岳庙碑拓片的锦绫装饰之盒。赙,古时装裱字画卷轴,引首后以绫贴之。

㉖纷挐:牵持纷乱。《淮南子·本经》:“芒繁乱泽,巧伪纷挐,以相摧错。”

㉗群哄:人群喧闹。

㉘春瓮:指美酒。

郑谷口隶书歌[①]

孔尚任

鲁中汉碑存十一[②]，任城有三阙里七[③]。
郑固墓铭峙东平[④]，苔蚀榛荒亦未失。
汉碑结癖谷口翁，渡江搜访辨真实。
碑亭凉雨取枕眠[⑤]，抉神剔髓叹唧唧。
惝怳拱揖汉代贤[⑥]，梦中传授点画毕。
蝉翼响拓携满囊，晓风吹须策驴疾。
归来检付高手工，蜜香侧理装成帙[⑦]。
碑额碑穿碑阴完，《集古录》中无缺逸[⑧]。
文檀为函玉为签[⑨]，琳琅金薤照晴日。
谷口危坐四壁观，何殊蠹简蝌蚪漆[⑩]。
以指画腹昼夜思，久久古人精神出。
纵横能为径丈书，小者针虿皆绵密。
横飞直牵力千钧，盛年已入中郎室[⑪]。
如今垂老不轻挥，瘦臂撑拄肩崒律[⑫]。
灯下为我摹数番，古劲如镵金石质。
汉后隶书谁登峰，学问无如谷口笔。
珍重藏之胜藏碑，赞服作歌美非溢。

孔尚任(1648—1718)，字聘之，季重，号东塘，云亭山人等。山东曲阜人。孔子六十四世孙。早年隐居石门山中，工乐府，词曲。康熙南巡，应召御前讲经受器重，官至户部员外郎。历十余年，著成《桃花扇》，轰动一时。后罢归，与顾彩合写《小忽雷》传奇。著有《湖海诗集》等。合为《孔尚任诗文集》。

【注释】

①郑谷口(1622—1693)：名簠，字汝器，谷口是其号。江苏上元人(今南京)人。以行医为业，终身不仕。工书，专隶书，学《曹全碑》，并广泛临习古代碑刻，不守旧成，间参草书笔意，多波折，以洒脱见长，殊乘大方，为时名手所不及，亦善刻印。清包世臣《艺舟双辑》评其书为“逸品上”。清梁巘《评书帖》评曰：“郑簠八分书学汉人，间参草法，为一时名手，王良常不及也。然未得执笔法，虽足跨时贤，莫由追踪前哲。”清方朔《枕经堂题跋·曹全碑跋》云：“国初郑谷口山人专精此体，足以名家，当其移步换形，觉古趣可挹。至于联篇大书，则又笔墨俱化为烟云矣”。近人马宗霍《霎岳楼笔谈》：“谷口分隶，在当时殊有重名，以汉石律之，知其未入古也。然笔较唐分则稍纵，故尚不伤雅。”

②汉碑：指汉代碑刻。

③任城：今山东济宁市。阙里，指孔子故里，后汉始盛称，此谓孔庙。

④郑固墓铭：即《郑固碑》。全称为《汉郎中郑固碑》。《中国书法鉴赏大辞典》：“《郑固碑》，东汉延熹元年(158)四月立。碑在山东济宁。宋时即已漫漶。隶书。十五行，行二十七字。清初仅存上段二百五十四字。雍正六年(1728)李鹍得原碑下右角存二十四字。乾隆四十三年(1778)李东湛又得中段存十字。额篆书‘汉故郎中郑君之碑’八字。”清翁方纲《汉郎中郑固碑》题跋云：“此汉隶之定品，推此意也可以品定古今书矣。”东平，指今山东济宁市，汉属东平国。峙，耸立。

⑤形容郑谷口酷爱汉碑，对汉碑自然的神气和博大的精髓无限崇拜。

⑥惝怳：失意貌。

⑦侧理：即侧理纸，也作陟厘、侧黎。《拾遗记》：“南人以海苔为纸，其理纵横邪侧，因以为名。”宋王洋《和陈长卿赋芭蕉诗》：“书生几上侧理纸，巫女庙中巴峡神。”

⑧《集古录》:宋欧阳修撰。

⑨文檀:指有纹饰的檀木匣。

⑩何殊:为什么不同,怎么能不同。此谓郑谷口善学古人,刻意求新的精神。张在辛《隶法琐言》云:"先生自言,'学在不可尚奇,初学隶,是学闽中宋比玉,见其奇而悦之。学二十年,日就支离,去古渐远。深悔从前不求原本,乃学汉碑,姑自朴而自古,拙而自奇。沈酣其中者三十余年,溯流穷源,久而久之,自得真古拙,超奇怪之妙'。及至晚年,醇而俊肆,其肆处是从困苦中来,非易得也。"

⑪中郎室:指蔡邕笔意。

⑫崒律:指汉隶书法的艺术准则和境界。

陈白沙草书歌[1]

彭孙遹

白沙先生名早闻，手掷青山归白云[2]。
陈情上拟李令伯[3]，讲书欲方吴聘君[4]。
晚年信手作大字，落笔纵横有奇致。
何必规规王右军，淋漓时复成高寄[5]。
世人好古如好龙[6]，可怜识见多雷同。
岂知草圣固余技，相赏不在翰墨中[7]。

彭孙遹(1631—1700)，字骏孙，字号羡门生，浙江海盐人。顺治十六年(1659)进士，官中书舍人。康熙十八(1679)年举博学鸿词，试擢第一，授翰林院编修，历官吏部侍郎，兼翰林院学士。彭孙遹才学富赡，词采清华，与王士祯齐名，时称“彭王”。著有《松桂堂全集》。

【注释】

①陈白沙：陈献章(1428—1500)，明代诗人，字公甫，号石斋，别号碧玉老人，玉台居士，南海樵夫等。人称白沙先生。主张学贵知疑，独立思考，提倡自由开放的学风，史称“江门学派”。为广东明代硕儒。擅书法。后人汇编其著作为《白沙子全集》。

②归白云：传说谓仙人所居之处。此指陈白沙弃官归乡。唐刘禹锡《送深法师游南岳》诗：“师在白云乡，名登善法堂。”

③指陈白沙效晋李密作《陈情表》向朝廷提出辞官归隐孝养父母。

④讲书：指讲课，解释书的内容。欲方：向其学习。吴聘君：《明史陈献章传》：尝自言曰：“吾年二十七，始从吴聘君学，古圣贤之书无所不讲……”

⑤高寄：指志满高远。南朝宋刘义庆《世说新语·品藻》："时复托怀玄胜，远咏《老》《庄》，萧条高寄，不与时务经怀。"

⑥好龙：指叶公好龙事。此谓世上谈论书法者中有些人如同叶公好龙，只是形似而实非，附庸风雅，随人风而已。

⑦相赏：指欣赏书法当赏其人，赏其书法的内涵。清刘熙载《艺概》论书云："书，如也，如其学，如其才，如其志，总之曰如其人而已。"

李阳冰般若台篆字歌[①]

黄　任

海山夜黑风雨吼，鲸吞鳌掷蛟螭走。
快剑斫断生盘拏，挂上神峰大如斗[②]。
陈仓石鼓多差讹，岣嵝磨崖难晰剖[③]。
史颉销沈史籀死，六国破体纷刍狗[④]。
上蔡丞相变简易[⑤]，峄山之罘小蝌蚪。
永元诸儒竞祖述[⑥]，《说文》独推许祭酒[⑦]。
后来歇绝六百年，纷纷作者谁其偶。
有唐大历李少监，千秋擅名挂人口。
斯翁之后直小生[⑧]，此言不怍亦不苟[⑨]。
君家侍郎《三坟记》[⑩]，片石人间重鼎卣[⑪]。
外此落落难购求，传者十遗其八九。
我邦薛老峰头石，虬龙二十四缠纠。（石上共二十四字）
围以径尺深径寸，量度不实见者狃[⑫]。
骨屈肉强无折波，长戈短刃屹相受。
玉箸双垂折钗脚，金鼎半沈露铁钮。
何年飘忽镵高青[⑬]，牛鬼蛇神脱跟肘。
天教斑驳南山阿，不作盘敦狎座右。
我来捩眼苦画肚，翻恨摩挲不及手。
敲火砺角敢向迩[⑭]，山鬼呵之野狐守。

华岩勒以增宝光[15]，香台销歇亦无有。

山川终护虫鱼文，雨淋日炙不得朽。

文字千秋面壁青，此是西来无量寿[16]。

黄任(1683—1768)，字莘田，福建永福人。喜藏砚，自号十砚老人、十砚翁。康熙壬午举人，官四会知县。著有《香草斋诗集》。

【注释】

①般若台篆字歌：即唐李阳冰《般若台记》碑。唐大历七年(772)刻，字大盈尺，计二十四字，碑在福建福州乌石山上。刘正成《中国书法鉴赏大辞典》："此刻与《处州新驿记》《城隍庙记》《镜水忘归台铭》为'四绝'"。清康有为《广艺舟双楫》评曰："少温《般若台》体近咫尺，骨气遒正，精采冲融，允为楷则。"

②挂上：悬挂，此谓高悬。

③晰剖：解释明白。

④刍狗：草和狗。《老子》："天地不仁，以万物为刍狗；圣人不仁，以百姓为刍狗。"以喻轻贱无用之物。此谓六国文字在秦统一文字后遂无用或废弃。

⑤上蔡丞相：即李斯。

⑥永元：汉和帝刘肇年号。《资治通鉴·汉和帝永和八年》："帝因朝会，召见诸儒，使中大夫鲁丕与侍中贾逵、尚书令黄香等相难数事，帝善丕说，罢朝，特赐衣冠。丕因上疏曰：臣闻说经者，传先师之言，非从己出，不得相让……法异者各令自说其法，博观其义，无令刍尧以言得罪，幽远独有遗失也。"此谓汉武帝以后的经学和谶纬之争及古今文之争。贾逵、马融等在东汉古文经学研究中都有一定贡献。

⑦许祭酒：指许慎。翦伯赞《中国史纲要》："古文经学家许慎为了反对今文经派根据隶定的古书穿凿附会而曲解经文，于是编成一部《说文解字》，共收小篆及其他古文字九千三百五十三字，逐字注释其形体音义。"

⑧斯翁：指李斯。

⑨怍：惭愧。《论语·宪问》："其言之不怍，则为之也难。"

⑩《三坟记》:刘正成《中国书法鉴赏大辞典》:"唐大历二年(767)刻。李季卿撰,李阳冰书。栗石刻。原石久佚,宋时重刻。现藏陕西西安碑林。二面刻。篆书。共二十四行,满行二十字。残163cm×8cm。清王昶《金石萃编》、陕西人民出版社《西安碑林书法艺术》著录。中华书局有石印本。"《佩文斋书画谱·弇州续稿》评曰:"按此碑为李曜卿兄弟三人墓。其人皆有文学,早仕宦而不寿以殁。最少弟季卿撰表而宗人阳冰以玉筋刻之也。其石犹故物故无传改之为。舒元舆所谓:虫蚀鸟步,铁石隔壁,龙蛇骇解,鳞甲活动,庶几于此见其一斑。"

⑪鼎卣:喻珍贵的宝物。鼎,古代烹饪器。卣,商代、西周的礼器,中型酒尊,形式各异。

⑫狃:习惯。

⑬高青:高高的青天。镵:刺。

⑭向迩:靠近。《书·盘庚上》:"若火之燎于原,不可向迩。"

⑮华岩:指高大的岩壁。

⑯无量寿:指佛教"无量寿佛",即"阿弥陀佛"。佛经中有《无量寿经》,述无量寿佛之因地修行、果满成佛、往生北国等事,为佛教净土宗重要经典。

自题《淳熙修内司官帖》后[①]

查慎行

淳化祖帖绝难得，南渡摹勒传淳熙。
其详载在《辍耕录》[②]，官本旧推修内司。
临江太媚绛潭瘦[③]，字体特取丰而肥。
曾经翻刻凡几手，亥豕帝虎辨者谁。
形模粗具木偶尔，神理了不关须眉。
近来此本亦不易，世代渐远宋拓稀。
大观之后此其亚[④]，仅与阁帖争毫厘。
有如虞夏祖颛顼，要是嫡派非横枝。
昨从庙肆见且骇[⑤]，尤物乃落驵侩儿[⑥]。
装褫仍用毬路锦[⑦]，十卷首尾完无亏。
叩之高索钱五万，而我囊乏三钱锥[⑧]。
少需便恐被豪夺，一计猛出居巢奇。
乌驴克货价相直，快挟墨宝徒行归。
入门爨妇告米罄，一笑那顾朝来饥。
明窗小几风日亮，尘垢不敢侵吾帷。
古香透纸辟蟫蠹，元气入骨腾蛟螭。
熊熊异光黑点漆[⑨]，滑滑腻理肤凝脂。
试临只愁鬼掣腕，帝睆幸免食朵颐[⑩]。
嗟嗟世俗惯传误，目所未睹公谩欺。

曹家谱系格古论[11]，岁月舛谬余可知[12]。

偶凭一端为驳证[13]，食古以耳皆如斯[14]。

查慎行(1650—1727)，字悔余，号初白，浙江海宁人。康熙举人，赐进士出身。《清史稿》载：他因应帝命赋诗，有"笠檐蓑袂平生梦，臣本烟波一钓徒"佳句，得"烟波钓徒查翰林"之称。充武英殿书局校勘。弟嗣庭得罪，阖门逮治，世宗赦其归田里。精易经，工诗词。王士祯称其为"奇创之才"。著有《敬业堂集》等。

【注释】

①《淳熙修内司官帖》：即《淳熙阁帖》。南宋淳熙十二(1185)年，孝宗命以御府所藏《淳化》旧帖，令修内司重新刻石，其规模与《淳化阁帖》相似。后又以南渡时所得"晋唐"遗墨，摹刻《淳熙秘阁续帖》十卷。《佩文斋书画谱·法帖谱系》：淳熙间，奉旨刻石禁中，卷帙规模悉同《淳化阁》本，而卷尾乃题楷书云：淳熙十二年乙巳岁二月十五日，修内司恭奉圣旨模勒上石。

②《辍耕录》：明陶宗仪撰。三十卷。杂记元代法令制度及见闻琐事。

③指《临江帖》《绛帖》《潭帖》。

④大观：指《大观帖》。

⑤庙肆：即"庙会"。旧时寺庙内或附近的定期集市。

⑥尤物：指珍贵的物品。唐白居易《八骏图》诗："由来尤物不在大，能荡君心则为害。"驵侩儿：指说合牲畜交易的人。后泛指市侩经济人。也作"驵会"等。

⑦毬路锦：即"毬露锦"，蜀锦，名"真红雪花毬露锦"。元周密《齐东野语》："御书临书六朝义献唐人法帖并杂诗赋等，用毬露锦。"

⑧锥：此谓小，微薄。

⑨熊熊：形容官帖拓墨精良。

⑩朵颐：鼓动腮颊、嚼食的样子。

⑪曹家谱系：指宋曹士冕《法帖谱系》。二卷。介绍宋《淳化法帖》源流。

前有法帖谱系图。上卷叙述《淳化阁帖》系下共二十二种。下卷叙述《绛本旧帖》系下共十四种。各有跋文叙述摹刻始末,兼订其异同工拙。

⑫舛谬:差错,谬误。

⑬驳证:驳正证宝。

⑭食古:指学古人,读古书。比句意即学古人者,当善运用,善于消化,考证事物,解决难题。

论董书绝句[1]（七首）

张　照

茧纸昭陵闭古香[2]，一端云锦属香光。
曾经八景与前拜[3]，亲见天衣下凤凰。

始信神仙自为真[4]，珊瑚骨节玉精神。
不教三斗尘销尽。碧落宁容着此身。

消残智胜如来墨[5]，宝札香光永不渝。
莫怪三千人拂席，只缘未睹髻中珠。

冢中秃管已盈千，画被裁蕉廿七年[6]。
到此依然书不进，始知王质少仙缘。

衣带过江《宣示表》[7]，漆灯夜照属王修[8]。
今宵偶记遗他日，可得千年伴我不。

妍花在镜香无著[9]，俊鹤干宵力透空。
未到此中真实位，争知施女有西东[10]。

涌出华严自在云，秀华叶叶漾秋旻。
了知不作烟豪相，八法如来属此君[11]。

张照(1691—1745),字得天,长卿,号泾南,天瓶居士等。华亭(今上海松江)人,康熙进士。累迁刑部尚书。乾隆间,修《律吕正义》后编,迁刑部尚书。精戏曲,擅书画。《清史稿》载其"资学明敏,书法精工,为海内所共推"。著有《得天居士集》等。

【注释】

①董书:指董其昌书法。董其昌(1555—1636),字元宰,号思白,香光居士,华亭(今上海松江)人。《明史》载其"天才俊逸,少负重名"。万历进士,曾充皇长子讲官,累官南京礼部尚书加太子太保。避阉党祸、告官归籍。谥文敏。善鉴古书画,精于品题。画擅山水,渊源董源、巨然,以黄公望、倪瓒为宗,求笔墨韵致,强调"士气"。齐名米芾、赵孟頫。书取颜真卿、王羲之诸家之长,自成一家,时称"邢(侗)、张(瑞图)、米(万钟)、董"。又有"南董北米"之谓。曾言书画须"读万卷书,行万里路"。著有《容台文集》《画禅室随笔》等。明谢肇制《五杂组》云:"今书名之振世者,南则董太史玄宰,北则邢太仆子愿。其合作之笔,往往前无古人。"闵奎《翠稿堂笺臆》:"董玄宰先生字画之妙,超轶前代,世所共宝。"

②茧纸句:指《兰亭序》真迹随葬唐太宗一事。后句指董其昌继承了王羲之的风韵。

③曾经句:形容董其昌书画双美,给人以美好的享受。八景:指名胜之地的美景。宋沈括《梦溪笔谈·书画》:"度支员外郎宋迪工画,尤善为平远山水。其得意者有平沙雁落、远浦帆归、山市晴岚、江天暮雪、洞庭秋月、潇湘夜雨、烟寺晚钟、渔村落照,谓之'八景'。"天衣:指仙人之衣。形容书法的风格空灵剔透,丰神独绝。

④朱仁夫《中国古代书法史》:"董其昌在美学上一生追求'天真烂漫''奇宕潇洒''萧散古淡',故在书法艺术上形成了自己特有的风格:圆润劲利,逸宕潇洒、结字妍正,秀美见长。其章法布势、字间、行距特别宽绰,善于用墨,浓淡相间。加之本人性和易通禅理,给艺术上更添一层空灵剔透,丰神独

绝。有人评董书兼王意颜骨赵姿之妙……"

⑤消残句:指董其昌通禅理,其书简静平和,空灵清润。其书与"禅""道""性""理"相融。董其昌在《画禅室随笔》中自云:"哪吒拆骨还父,拆肉还母,若别无骨肉,说甚虚空粉碎,始露全身。晋、唐以后,唯杨凝式解此窍耳,赵吴兴未梦见在。余此语悟之《愣严》八还义。明还日月,暗还虚空。不汝还者,昨汝而谁? 然余解此意,笔不与意随也。甲寅二月。"

⑥廿七年:指董其昌学书的一个阶段。董其昌《画禅室随笔》云:"吾学书在十七岁时。先是吾家仲子伯长名传绪,与余同试于郡,郡守江西袁洪溪以余书拙置第二,自是发愤临池矣。初师颜平原《多宝塔》,又改学虞永兴,以为唐书不如晋、魏,遂仿《黄庭经》及钟元常《宣示表》《力命表》《还示帖》《丙舍帖》。凡三年,自谓逼古,不复以文征仲、祝希哲置之眼角,乃于书家之神理,实未有入处,徒守格辙耳。比游嘉兴,得书睹项子京家藏真迹,又见右军《官奴帖》于金陵,方悟从前妄自标评,譬如香岩和尚,一经洞山问倒,愿一生做粥饭僧,余亦愿焚笔研矣。然自此渐有小得,今将二十七年,犹作随波逐浪书家。翰墨小道,其难如是,况学道乎?"画被裁蕉:指钟繇怀素学书事。李光德《中国书学大辞典》记曰:"繇与子会论曰:'吾精思学书三十年。若与人居画地广数步,卧画被穿表过,每见万类,皆画像之'。尝见蔡邕《笔法》于韦诞坐中,苦求不兴,钟胸呕血,太祖以五灵丹救之。诞死,繇盗发其冢,遂得之……"

⑦《宣示表》:传魏钟繇书,或谓王羲之临本。

⑧漆灯:用漆点明的灯。唐李商隐诗有:"漆灯夜照真无数,蜡炬晨饮竟未休。"王修:字敬仁,是王仲祖的儿子。官至著作郎。王修擅长隶书、行书。曾向王羲之求要书法墨迹,王写《东方朔画赞》给他。王僧虔说:"敬仁的书法已经将王羲之的精妙之处都学到手了。"

⑨妍花句:形容董其昌书法空灵剔透,逸宕劲美。

⑩争知句:指董其昌与赵孟頫之比较。董其昌在《容台集》中自谓:"赵书因熟得俗态,吾书因生得秀色。"《明史》:"(董其昌)性和易,通禅理,萧闲吐纳,终日无俗语,人拟之米芾,赵孟頫云。"董其昌《画禅室随笔》云:"临帖如骤遇异人,不必相其耳目、手足、头面、而当观其举止,笑语,精神流露处。庄子

所谓目击而道存者也”。

⑪八法句:形容董其昌书法通禅理,达天籁。何三畏评云:“玄宰精诣八法,不择纸笔辄书,书辄如意。大都以有意成风,以无意取态,天真烂漫,而结构森然。往往有书不尽笔,笔不尽意者,龙蛇云物,飞动腕指间,此书家最上乘也。”(引自《书林藻鉴》)。

焦山瘗鹤铭沦入江汜七百年矣家沧州公损赀募力士挽出之得五石凡七十一字复还旧观建亭山院因作长歌以纪其事[①]

陈德荣

人归地底鹤冲天，穹碑屃赑焦山巅。
上皇山樵弄神笔[②]，银钩铁画常蜿蜒。
果然奇物天亦忌，丰隆肆虐山无权。
雄雷雌电声震震，珠飞玉碎沈深渊。
珊瑚明月耀水底，老鱼拨剌蛟垂涎。
欧公苏公称好古[③]，临江酹酒心留连。
严冬水落断碣出，苔衣荇带相纠缠。
眠沙藉草拓数字，十指欲裂身拘挛。
晨星落落见者少，赝文伪本争流传。
苏州太守天下士[④]，孤操直比松筠坚[⑤]。
□拾残碑奠山麓[⑥]，鸠工首倡寅僚先[⑦]。
巨灵开山龙徙水，山魈水怪纷相牵。
移来位置维摩院[⑧]，覆以茅亭护以栏。
鼎沈泗水剑出狱，神物隐见岂偶然。
我闻当年瘗鹤日[⑨]，依稀犹纪壬辰年。
迄今一千三百载，质虽金石何能全。
罡风劫火几燔烧[⑩]，洪波巨浪长洄沺[⑪]。

炳然七十有余字[12]，直与天地同绵绵。

龟文剥裂龙蛇隐，锋铓秃尽精神完。

周宣纪猎有石鼓，年年秋草埋寒烟。

一从认出蝌蚪字[13]，升诸清庙陈宫悬。

千秋会应有真赏，璧沈终出珠终还。

人物果能成不朽，何论沧海为桑田[14]。

陈德荣(生卒年不详)，字廷彦，号密山，安州(今广西钦州人)。康熙壬辰进士，历官安徽布政使。著有《葵园集》。

【注释】

①《瘗鹤铭》:刘正成《中国书法鉴赏大辞典》:"传梁朝陶弘景书，无年月，楷书。宋黄长睿考为梁天监十三年(514)。原刻在镇江焦山西麓壁上，宋时被雷击，崩落长江中，石碎为五。清康熙五十二年(1713)由陈鹏年募工移置山上，后砌入定慧寺壁间。残石现陈列在宝墨轩碑廊大院的碑亭中，现存三十余字。有宋拓仰石本、明拓本及杨龙石藏水拓本，北京图书馆藏何绍基旧藏本，均为未剜剔本。宋董逌《广川书跋》、赵明诚《金石录》、清顾炎武《金石文字记》、王昶《金石萃编》(加注:王原祁《佩文斋书画谱》)皆有著录。《中国美术全集·魏晋南北朝书法》收入北京故宫博物院藏宋拓仰石本和水拓本。"宋黄庭坚书法受《瘗鹤铭》影响最大，其《山谷题跋》评其曰:"右军尝戏为龙爪书，今不复见。余观《瘗鹤铭》势若飞动，岂其遗法耶!"诗句中曾云:"大字无过《瘗鹤铭》"。推崇其为"第一断崖残壁、岂非至宝"。宋曹士冕《法帖谱系》:"焦山《瘗鹤铭》笔法之妙为书家冠冕"。沧州公:即陈鹏年。

②上皇山樵:即陶弘景(456—536)，字通明，号华阳隐居、华阳真逸、华阳真人。梁武帝早与之游，称帝后仍问书不断，时人谓之"山中宰相"，谥贞白先生。丹阳秣陵(江苏南京)人。入齐，官至诸王府侍读。梁时隐居句曲山。崇尚道教。精书善画，晓琴棋医术。书论有《与梁武帝论书启》。后人辑有《陶

隐居集》。

③欧公苏公：指欧阳修和苏舜钦。王原祁《佩文斋书画谱·黄伯思·东观余论》："欧阳文忠《集古录》谓好事者往往只得数字，唯余所得六百余字，独为多矣。盖印书者传讹误以十为百当时所得益六十余字。故云比数家本为多此铭，相传为王右军书。故苏舜钦子美诗云：山阴不见换鹅经，京口新传瘗鹤铭。"

④苏州太守：即陈鹏年(1664—1723)，字北溟，号沧州，湖南湘潭人。康熙进士。知浙江西安县，迁江宁知府等。为官清廉，抑豪强，清田赋，平粜粮，雪冤狱，反加税，时称"陈青天"。后为总督阿山诬陷下狱。江宁民痛哭罢市，学者罢试，为李光地救释。又为总督噶礼诬罢苏州知府。寻复官。卒谥恪勤。著有《道荣堂文集》等。

⑤松筠：松与竹。因其材质坚韧，经冬不凋，故常以喻节操坚贞。

⑥奠：安放、安置。

⑦鸠工：聚焦工匠。唐黄滔《泉州开元寺佛殿碑记》："乃割俸三千缗，鸠工度木。"寅僚：指带领同僚(修复石碑)。

⑧维摩院：指康熙五十二年(1713)陈鹏年鸠工将石于水中取出，运至山麓，嵌于定慧寺大殿东侧壁间。

⑨王原祁《佩文斋书画谱·黄伯思·东观余论》："(梁陶弘景瘗鹤铭)弘景自称'华阳隐居'，今曰'真逸者'，岂非别号？又其著真诰但云己卯岁，而不着年名，其他书亦尔。今此铭壬辰岁，甲午岁，亦不书年名，此又可证云。壬辰者，梁天监十一年也，甲午者十三年也。按隐居天监七年，东游海岳权驻会稽永嘉十一年始还茅山。十四年乙未岁其弟子周子良仙去为去作传，即十一年、十三年正在华阳矣。"

⑩罡风：高空之风。

⑪洄沺：河水旋流气势广大。沺：水势广大貌。

⑫炳然：明白。《汉书·楚元王传附刘向》："决断狐疑，公明犹豫，使是非炳然可知。"

⑬一从句：指对《石鼓文》的礼遇。

⑭沧海为桑田：大海变成农田，农田变成大海。比喻世事变化很大。

岣嵝碑[1]

范　咸

岐阳石鼓文仅存，安置太学真嶙峋。
更复上溯二千载，神禹鸟迹荒丘坟。
退之好奇寻古碣，眼未间见空传说。
岣嵝山尖读旧碑，赤文绿字蛟龙掣。
是谁道士偶得睹，事幽语秘终非实。
朱张重游入杳茫[2]，鸾漂凤泊悲苍凉[3]。
搜索南岳竟无有，书之简策心彷徨。
丹铅先生生已晚[4]，独窥墨本神飞扬。
篆奇义密苦未晓，译以形象词琳琅。
自云祝融峰绝顶，踝书巉刻非虚影。
仙扃灵钥辟千年，万古文章传世永。
我来修志惭直笔，稽古湮沈肝肺热。
炎帝荼陵尚郁葱[5]，湘灵帝子啼鹃血[6]。
初访岳麓得数纸，拖船坳侧依稀是。麓山有大禹拖船坳。
传闻南渡嘉定年，隐真屏下移来此。
献之连帅镌石壁[7]，四绝堂前谁与敌。
更教摹拓薰麝煤，著手摩挲苔藓剔。
衡阳令君忽致书，惠我古本行次且。
县北计里五十二，岣嵝有峰藏璠玙。

大禹庙后数百尺，精铁面削螭盘纡。
有司置吏勤守护，闭藏风雨雷霆俱。
浴手缙阅少缺画[8]，非隶非篆非虫鱼。
翚飞翼跂倚短剑[9]，古鼎跃水罗珊瑚。
两本肥瘦差有别[10]，麓山重刻宁差讹。
云何至宝反后出，永叔夹漈遗摭罗[11]。
新安当时已难觅，紫盖咫尺迷嵯峨。
问途雁塔初不远，岂有万丈遮藤萝。
是邪非邪正难识，未得辨口如悬河。
《尚书》古文疑伪作，姚兴张霸何其多[12]。
谬托蝌斗费量度，孰为发覆忘偏颇。
多闻阙疑见阙殆[13]，吾服至教脱臼科。
少陵枉自嗟才竭[14]，昌黎力薄终如何[15]。
后生仰止兴不浅，金泥玉检空吟哦。

范咸(生卒年不详)，字九池，号浣浦，钱塘(今属浙江)人。雍正癸卯进士。改庶吉士，授编修。1745年至台湾担任巡视台湾监察御史。著有《浣浦诗钞》。

【注释】

①岣嵝碑：前有简述。王原祁《佩文斋书画谱·徐灵期·衡山记》："夏禹导水通渎，刻石书名山之高。"又《朱熹·韩文考异》："衡山实无此碑。韩诗所纪盖当时传闻之误。(按唐韩愈诗云：岣嵝山尖神禹碑，字青石赤形模奇)故其卒章自为疑词以见微意。刘禹锡《寄吕衡州温》亦云：尝闻祝融峰上有神禹铭，古石琅玕姿，秘文螭虎形。盖亦得于传闻也"。《杨慎·丹铅总录》："古今文士称述《禹碑》者不一。然刘禹锡徒盖闻其名矣。未至其地也。韩退之至其地

矣,未见其碑也。崔融所云则似近之,盖所谓螺书匾刻非目睹之不能道耳。宋朱晦翁张南轩游南岳寻访不获。其后晦翁作《韩文考异》,遂谓退之诗为传闻之误,盖以耳目所限为断也。王象之《舆地纪胜》云:禹碑在岣嵝峰。又传在衡山县云密峰。昔樵人曾见之。自后无有见者。宋嘉定中,蜀中因樵夫引至其所,以纸打碑七十二字,刻于夔门观中。后俱亡。张季文佥宪自长沙得之,云是宋嘉定中何致子一模刻于岳麓书院者。斯文显晦信有神物获持哉。禹碑凡七十七字,《舆地纪胜》云七十二字误也。"又《顾炎武·金石文字记》:"自韩以前未见此碑,何子一始得之祝融峰下,手摹以后及衡山令搜访已迷其处。字奇而不合法,语奇而不中伦,韵奇而不合古,可断其伪。"《赵崡·石墨镌华》:"禹碑七十七字在衡岳云峰杨用修得之。张佥宪云:宋嘉定中何致子一游南岳,脱其文刻于岳麓书院。用修又刻于滇中安宁州。近世杨时乔又刻于栖霞山天开岩,予所收二本,其一稍泐跋数十字尤不可辨,隐隐有何致字,当是子一旧本。其一则杨时乔刻用。用修谓韩愈、刘禹锡、朱熹、张栻诸以求之不得而已得之以为奇。而王元美复疑之,谓铭词未指圣经,类汲冢穆天子语何也,用修金石古文并杨时乔皆注释互有不同。元美有二本,释亦不同。时乔本出在元美后。元美所得岂即何子一杨用修二刻邪?何其抵牾同也。但其文所谓'龙画螺书,鸾漂凤泊。'虽经摩刻犹可想见古人,惜不得衡岳石上迹耳"。朱仁夫《中国古代书法史》:最早的刻石,传说有《岣嵝碑》,是大禹治水时的刻石,字迹怪诞不经,唐韩愈诗云:"岣嵝山尖神禹碑,字青石赤形模奇"。这位古文大家,怀着极大的兴趣到衡山祝融峰(或云岣嵝山)寻访,结果败兴而归,只得喟叹:"千搜万索何所有,森森绿树猿猱悲。"现在绍兴的大禹陵里,有一方《岣嵝碑》,经人考证为明为伪托,不足信。《淳化阁帖》中有禹书十二字,也不见得可靠,可能是后人伪托。

②朱张:指朱熹、张栻。

③鸾漂凤泊:喻岣嵝碑书法笔势精妙。唐韩愈《岣嵝山》诗:"科斗拳身薤倒披,鸾飘凤泊拏虎螭。"

④丹铅先生:杨慎(1488—1559),字用修,又升庵,四川新都人。详见前注。

⑤炎帝:传说中的古帝王。姜姓。因以火德王,故称炎帝。相传以火名

官，作耒耜，教人耕种，故又称神农氏。茶陵：县名。在湖南省东部，湘江支流洣水流域，邻接江西省。

⑥湘灵：湘水之神。《楚辞·屈原·远游》："使湘灵鼓瑟兮，令海若舞冯夷。"啼鹃血：即杜鹃，又名子规、催归。唐白居易《琵琶引》："其间旦暮闻何物？杜鹃啼血猿哀鸣。"杜鹃鸟，传为古蜀帝死后而化，也称杜宇。

⑦连帅：意十国诸侯之长名连帅。《礼记·王制》："十国以为连，连有帅。"此指王献之书法为碑刻之首。

⑧缗阅：反复看。缗，反复。

⑨翚飞翼跂：形容岣嵝碑刻精美，不同凡响。《文选·南齐·王简棲(中)·《头陀寺碑文》："丹刻翚飞，轮奂离立"。

⑩两本句：见①注。

⑪永叔：指宋欧阳修《集古录》。夹漈：指夹漈先生郑樵，前有详注。

⑫姚兴张霸：姚兴(366—416)，字子略，羌族。赤亭(今甘肃陇西西)人。后秦第二位皇帝。是十六国最后一位明君。事见《晋书载记第十七·姚兴·上》张霸：东汉大臣。字伯饶，蜀郡(今成都)人。七岁能通读《春秋》。官会稽太守。详见《东观汉记》。《佩文韵府·汉书·儒林传》记曰："世所传百两篇者，出东莱张霸。"

⑬阙疑：指对疑难未解者不妄加评论。《论语·为政》："多闻阙疑，慎言其余，则寡尤。"

⑭少陵：指杜甫。

⑮昌黎：指韩愈。

题同年汪谨堂尚书临《黄庭内景经》卷后[①]

陈　浩

墨花四照云生壁，玉版笺凝冰雪色。
一粒丹砂九转成，抽毫直接神仙迹。
宣和题字何足疑，世有识者当心知。
且喜神物在人世，得公妙笔能传之。
想公下笔时，不知笔在手。
临池恍惚灵境开，中有洞天名小有。
紫微南岳坐琼台[②]，列侍蓉冠鸣珮玖。
金环约臂两青童，采采琪花斟玉酒[③]。
忽然墨雨飞空来，元气荡胸风入肘。
方圆自我结构遗，不系若惊神独守。
此书后出千余年，遂与《黄素》争后先。
前辈见之应避席，世间石本空雕镌[④]。
我生愿作主书史，铄骨未成将老矣。
可得从公乞数行，往问山中许道士。

陈浩（生卒年不详），字紫润，昌平（今在山东曲阜东南）人，雍正甲辰进士，改庶吉士，授编修，历官少詹事。著有《生香书屋诗集》。

【注释】

①《黄庭内景经》卷:见前注。

②南岳:即五岳之一。古时衡山、霍山都有南岳之称。

③采采:盛貌。《诗·秦风·蒹葭》:“蒹葭采采,白露未已”。

④石本:指《黄庭经》石刻本,详见前。

用笔喻

程盛修

用笔在心不在笔[1]，结密矜庄露神骨。
司封员外侍书来，片言足使君心一。
万机操纵总心生，落笔端人正士形[2]，
平原太守颜真卿。

程盛修(生卒年不详)，字风沂，泰州(今属江苏省)人。雍正庚戌进士，历官顺天府尹。著有《夕阳书屋初编》《南陔松菊集》。

【注释】

①南朝王僧虔《笔意赞》:“书之妙道，神采为上，形质次之，兼之者方可绍于古人。以斯言之，岂易多得?必使心忘于笔，手忘于书，心手达情，书不忘想，是谓求之不得，考之即彰。”

②朱仁夫《中国古代书法史·柳公权》:“一次穆宗问他笔法，公权认为这是好机会，正好借机讽谏，说‘心正则笔正，笔正，乃可为法矣’，一句话戳到了穆宗的痛处，立时‘改容，悟其以笔谏也’。”

故友音布字闻远又自号双峰居士，工书嗜酒往往不与人书，其所善虽弗请亦与也以故多所不合竟以诸生老板桥郑燮为长歌以哀之，词旨悲怆余读之深慨，夫故旧之存殁为作是歌[①]

伊福纳

吾乡书法双峰豪，藏帖千本如屋高。
摩挲寝食四十载，镕铸昔哲神嚣嚣[②]。
平生爱友兼爱酒，酒酣始肯挥霜毫。
笔圆墨润腕肘活，往来如运庖丁刀[③]。
楷法端庄杂流丽，九华春殿金环摇。
草书怪变莫方物[④]，规矩巧随风雨交。
云屯海立露蛟蜃，巨石大木趋波涛。
观者屏息不得语，甬道九绝神兵鏖。
欻然却立更呼酒[⑤]，纸上余力犹腾跳。
长安城中贵介子，高车大马行相邀。
等闲只字未易得，笑谓卿辈非吾曹。
琳宫梵字偶独往，要寻残碣窥前朝。
沙弥衲子喜一至，争煎佳茗沽春醪。
解衣磅礴数十纸，戏拍僧顶如空瓢。
晚游西园号老友[⑥]，闻远晚年游康邸王雅重之。
葛衣竹杖从逍遥。

西园宾客多隽雅，一一心折同下僚。
相赏独有板桥郑，酒场棋墅恒连镳。
歌呼尔汝任所适，非云名士矜高标。
板桥作字自奇古，衾被画破多吴绡[⑦]。
章草篆籀随手掇，懒同时辈为推敲。
喜共双峰遇都下，韩陵片石尊琼瑶[⑧]。
戏鸿云鹤互倾倒[⑨]，家鸡野鹜由诋嘲。
即今双峰墓木拱，荒原冷落迷蓬蒿。
犹复长歌致深慨，凄音激越兼《风》《骚》[⑩]。
寄我一篇寒月夕，烛花如豆荧虚寮[⑪]。
命儿细读再三听，涔涔老泪垂青袍。
独鹤无声斗杓转[⑫]，百灵下集云旂飘[⑬]。
怀人感旧渺何极，有酒难向霜空浇[⑭]。
嗟乎双峰已矣板桥远，使我白发空萧萧[⑮]。

伊福纳(生卒年不详)，字兼五，号抑堂，满州旗人。雍正庚戌进士，由主事历官御史。

【注释】

①音布字闻远：生平不详。郑燮：(1693—1766)，字克柔，号板桥，江苏兴化人。幼丧母，家贫，卖画为生。乾隆进士。历任山东范县、潍县等县县令。因赈灾罪上斥罢。晚年客居扬州卖画。《清史稿》称其“诗词皆别调，而有挚语。慷慨啸傲，慕明徐谓之为人”。诗书画时称“三绝”。文理主张反映现实，反对形式和拟古。画兰竹石精妙，书画相揉。书以隶书行相参，自称“六分半书”。与李鲜、高凤翰等共为“扬州八怪”之称。著有《郑板桥全集》。

②嚣嚣：众多之状。《诗·小雅·十月之交》：“无罪无辜，谗口嚣嚣。”

③庖丁刀:《庄子·养生主》:“庖丁为文惠君解牛。”

④方物:指辨别名分。《国语·楚下》:“民神杂糅,不可方物”。

⑤欻然:忽然。

⑥西园:指邺都,汉末时曹操所建。《文选·三国·魏文帝(曹丕)·芙蓉池作》诗:“乘辇夜行游,逍遥步西园。”

⑦衾被画破:此为钟繇事,详注见前。

⑧韩陵片石:指北魏温子升所撰《韩陵山寺碑》。唐张鷟《朝野佥载·六》:“梁庚信从南朝初至北方,文士多轻之。信将枯树赋以示之,自从无敢言者。时温子升作《韩陵山寺碑》,信读而写其本。南人问信曰:‘北方文士何如?’信曰‘唯有韩陵山一片石堪共语,韩道衡卢思道少解把笔,自余驴鸣犬吠,聒耳而已。”韩陵山在河南安阳东,北魏高欢败尔朱氏于此,立定国寺旌功,温子升撰碑文。

⑨戏鸿云鹤:即南朝梁袁昂《古今书评》“谓钟繇书意气密丽,若飞鸿戏海,舞鹤游天……”之语。

⑩《风》《骚》:《诗经》和《楚辞》的并称。

⑪虚寮:指简陋的小屋。后通称小屋为寮。如茶寮、茅寮等。

⑫斗杓:即斗柄。喻时光之流动。

⑬云旂:形容旗旂如云。同“云旗”。唐钱起《送鲍中丞赴太原军营》:“云旂临塞色,龙笛出关声。”

⑭霜空:指秋冬的天空。

⑮萧萧:头发稀疏貌。

与张云汀论汉隶[1]

王如玉

苦县光和不可见[2]，郭泰夏承为鲁赝[3]。
隶体纷纷惑汉唐，几人曾识庐山面。
翦秃兔毫状剥蚀[4]，古拙苍奇自惊炫。
盟津谷口竹垞翁[5]，意态有余非杜撰。
痴儿拾得半段枪，跨上疲驴学挑战。
一字人夸过百金，谬种流传方炽扇[6]。
当年宣庙古碑存[7]，五凤一砖枝玉片[8]。
乙瑛韩敕史晨铭[9]，孔宙彪褒泉侯羡[10]。
龙拏虎攫势蜿蜒，利刃铦锋侔戟剑。
其中梁鹄事宏整[11]，体格严棱汉法变。
外此迁张仁韩固郑峻鲁荣武[12]，晚出曹全最完善[13]。
又有当涂大飨文[14]，三绝之名称受禅[15]。
两朝碑版照千春[16]，垂璧竟同燕石贱[17]。
无人心手竞追模，可惜琳琅散雷电。
银钩金薤掩神明，美女时花工婉娈。
我生嗜好在金石，贪若贾胡百贷衒[18]。
安能盛业继鸿都[19]，永兴斯文留一线[20]。

王如玉(生卒年不详)，字朴园，山西灵石人。贡生，历官贵西道。追赠太仆寺卿。著有《岚溪诗钞》。

【注释】

①张云汀：生卒年不详。汉隶：即隶书。汉代普遍使用，后人学之，皆取古劲厚朴之态。元郝经《书磨崖碑后》诗："正笔篆玉藏李斯，出笔存锋兼汉隶。"

②苦县光和：前有注。王原祁《佩文斋书画谱·欧阳修集古录·后汉蔡邕老子铭》："右汉丞相边韶撰字为隶书，不著名氏，世以为蔡邕书。据碑延熹八年八月桓帝梦见老子尊而祀之，韶时典礼因而为铭。碑在亳州卫真县太清宫。"又宋赵明诚《金石录》："右汉老子铭旧传蔡邕文并书盖杜甫《李潮小篆八分歌》有曰'苦县光和尚骨立，书贵瘦硬方通神'。世云此碑是也。今验其词乃边韶八年作，非光和中所立，未知甫所见是此碑否？而本朝周越书苑遂以为韶撰文而邕书初无所据。"

③郭泰夏承：《郭泰碑》：王昶《金石萃编·郦道元·水经注》："介休县有征士郭林宗宋子浚二碑……"又《金石萃编·赵涵·石墨镌华》："此碑在介休县，余邑人王正己曾为其县令。余从其家觅一纸乃正己重刻者，深恨不得原刻，近有晋人为余言：旧石曾在，一秀才极爱之，每往碑下摩挲累日，一夕盗碑舁去。县令无奈重刻一石以应求者，后又磨泐，而王正己再刻之。秀才所盗之石竟不得出。异哉。"又《金石萃编》："按此碑久已不存，欧赵亦未见。《隶释》云凡欧赵录中所无者世不复有之矣。今林宗墓侧有一碑乃近人傅山所为，体既杜撰，迹复丑恶，无知者以为中郎（蔡邕）书，争相传拓可笑也。闻郑簠又书一碑，与傅山并峙，岂以傅山为非其人而欲自拟中郎也，以五十步笑百步则何如？"又《金石萃编·翁方纲·两汉金石记》："按此碑今日所传传拓者，凡有二本，乃近人傅青主郑谷口所重书，字迹丑恶不足云矣。愚所录此本，是乾隆七年如皋姜任修摹本。任修字自耘，号退耕，后有自识云：予从寒山赵氏拓本摹得，又摹北海孙氏所藏石经残碑得中郎笔法。以吴炳补《桐柏碑》之例，重补此碑或比近人傅山郑簠杜撰者差胜云……"《夏承碑》：刘正成《中国书法鉴赏大辞典》全称《汉北海淳于长夏承碑》，也称《夏仲兖碑》。东汉建宁三年（170）六月立。宋元祐时（1086—1094）在四川资州出土。明嘉靖时（1522—1566）遭地震裂毁。今存河北永年县者，为明嘉靖三十四年（1555）知府唐耀重刻。

隶书。十四行,行二十七字。额阳文篆书,三行九字,'汉北海淳于长夏承碑'存世较为可信的原石拓本为华氏真赏斋本,后归李春湖。有翁方纲长跋,有翻刻本。……"王昶《金石萃编·唐曜记》:"右蔡邕书得于长夏承碑在广平府。承不知何许人。其仕与卒皆当于广平,碑所自来莫可考竟……乃取模本临石置亭中……今临刻遒劲不失汉风骨,足作佳观。它时兴修者,他山之石何限岂□□兹也哉。嘉靖乙巳五月。"《金石萃编·王世贞·弇州山人四部稿》:"碑称夏君于建宁三年六月卒官,而是时伯喈繇桥司徒府出长河平入为郎中,又其隶法时时有篆籀笔,与钟梁诸公小异而骨气洞达,精彩飞动,疑非中郎不能也。但蔡集不载而他书亦无考,姑阙以俟知者。"此谓《郭泰碑》《夏承碑》都是伪托蔡邕而作。

④翦秃句:指清人写隶书有将毫颖剪秃书写者。

⑤盟津谷口竹垞翁:盟津,指王铎。谷口即郑簠。竹垞翁:指朱彝尊,因朱家有竹垞,故称。清查慎行《逆水逆风歌戏呈竹垞》:"却笑竹垞老,与我同舟还遇风。"

⑥炽扇:也作"戏煽",烧旺。此喻书名显赫。

⑦宣庙古碑:指《石鼓文》。

⑧五凤:即《五凤刻石》,又称《鲁孝王刻石》。刘正成《中国书法鉴赏大辞典》:"五凤刻石,也称《鲁孝王刻石》。宣帝五凤二年(公元前56)六月四日刻。金明昌二年(1191)重修曲阜孔庙时出土。今仍在曲阜孔庙。据清王昶《金石萃编》记'石高一尺五寸,广二尺三寸'隶书。三行,共十三字,北京图书馆、故宫博物院均藏有明拓本。有翻刻本。"清孙退谷《庚子消夏记》评其碑曰:"字形朴质,此西汉之物,绝无仅有者也。"方朔《枕经堂金石书画题跋》评曰:"字凡十三,无一字不浑成高古,以视东汉诸碑,有如登泰岱而观傲崃诸峰,直足俯视睥睨也。字在篆隶之间。"

⑨乙瑛韩勑史晨铭:乙瑛即《乙瑛碑》,全称《汉鲁相乙瑛置百石卒史碑》,或《汉鲁相请置百石卒史碑》《孔和碑》。刘正成《中国书法鉴赏大辞典》:"《乙瑛碑》东汉永兴元年(153)立。在山东曲阜孔庙。据清王昶《金石萃编》记'碑高七尺八寸五分,广三尺七寸'。隶书。十八行,行四十字。碑末刻有后汉钟太尉书。宋嘉祐七年(1062)张稚圭按图纪。钟繇书伪刻无疑。现存最早拓

本为明初本。有翻本。北京文物出版社、台湾大众书局、中华书画出版社均有影印本。”清方朔《枕经堂金石书画题跋》曰:“字之方正沈厚亦足以称宗庙之美,百官之富。王翁林太史谓雄古,翁潭溪阁学谓骨肉匀适,情文流畅,汉隶之最可师法者,不虚也。”清何绍基跋云:“朴翔捷出,开后来隽利一门,然肃穆之气自在。”清康有为的《广艺舟双楫注·体变第四》:“建初以后,变为波磔,篆隶迥分。于是《衡方》《乙瑛》《华山》《石经》《曹全》等碑,体扁已极,波磔分背,隶体成矣。”韩敕即《礼器碑》或称《韩敕碑》,全称为《汉鲁相韩敕造孔庙礼器碑》,又称《修孔子庙器碑》《韩明府修孔庙碑》等。刘正成《中国书法鉴赏大辞典》:“《礼器碑》,东汉永寿二年(156)霜月立。石在山东曲阜孔庙。据清王昶《金石萃编》记‘碑高七尺一寸,广三尺二寸’。碑阳十六行,行三十六字;阴三列,列十七行,左侧三列,列四行;右侧四列,列四行。碑字完整,为研究汉隶的重要艺术资料。自宋以来著录者甚多,流传拓本也多。可信者最早为明拓本,碑阳第五行‘修饰宅庙’之‘庙’字完好,翻刻本多。文物出版社有《汉礼器碑》,台湾大众书局有影印本《汉礼器碑》。……北京故宫博物院藏明拓本。”清方朔《枕经堂金石书画题跋》评其碑曰:“盖此碑之妙不在整齐而在变化,不在气势充足而在笔力健举。汉碑佳者虽多,由此入手,流丽者可摹,方正者亦可摹,高古者可摹,纵横跌宕者亦无不可摹也。盖隶法之正变于此碑之正文与阴及两侧已尽,不必一一细指。”郭宗昌《金石史》:“其字画之好,非笔非手。古雅无前,若得神助,弗由人造,所谓‘星流电转’,纤逾植发,尚未足形容也。汉诸碑结体命意皆可仿佛,独此碑如河汉,可望不可接也。”史晨即《史晨碑》。刘正成《中国书法鉴赏大辞典》:“碑在山东曲阜孔庙。两面刻。前碑刻《鲁相史晨祀孔子奏铭》,也称《鲁相史晨孔庙碑》《史晨请出家穀祀孔庙碑》,通常称《史晨前碑》。东汉建宁三年(170)三月刻。据清王昶《金石萃编》:‘碑高七尺,广三尺四寸’。隶书十七行,行三十六字,后碑刻《鲁相史晨飨孔子庙碑》,通常称《史晨后碑》。东汉建宁元年(168)四月刻。高广尺寸同前碑。隶书。十四行,行三十六字。前后碑书风一致,当为一人手书。世见最早拓本为明早期拓本,‘秋’字完好。文物出版社有影印本《汉史晨碑》。……北京图书馆藏明拓本。”清方朔《枕经堂金石书画题跋》曰:“书法则肃括宏浑,沉古遒厚,结构与意度皆备,诚为庙堂之品,八分正宗也。”清万经

《分隶偶存》评曰："修饰紧密，矩度森然，如程不识之师，步伍整齐，凛不可犯。其品格当在《卒史》《韩敕》之右。"

⑩孔宙彪褒泉侯羡：孔宙即《孔宙碑》。全称《汉泰山都尉孔宙碑》。东汉延熹七年(164)七月立。碑在山东曲阜孔庙。清王昶《金石萃编》记曰："碑高七尺三寸，广四尺，十五行，行二十八字，额题有'汉泰山都尉孔君之碑'九字篆书。碑阴共三列，每列二十一行，额题：'门生故吏名'五字篆书。"刘正成《中国书法鉴赏大辞典》："孔宙为孔子十九世孙。此碑宋时已著录很多。传世拓本可信者最早为明拓本，第九行'凡百邛高'之'高'字完好。……北京故宫博物院藏明拓本"。孙承泽《庚子消夏记》评其云"字法古逸，尚有分体，汉石之佳者"。康有为《广艺舟双楫·本汉》："《孔宙》《曹全》是一家眷属，皆以风神逸宕胜，《孔宙》用笔旁出逶迤，极其势而去，如不欲还。……《孔宙碑阴》笔意深古，昔人以为如'蛰虫盘屈，深冬自卫'真善为譬者"。彪即《孔彪碑》。全称《汉博陵太守孔彪碑》。隶书。东汉建宁四年(171)七月立。碑在山东曲阜孔庙。清王昶《金石萃编》记曰："碑高一丈四寸，广三尺五寸。十八行，行四十五字。额题'汉故博陵太守孔府君碑'十字篆书，碑阴十三行。"刘正成《中国书法鉴赏大辞典》："此碑宋人多有著录，存世最好拓本为罗氏明拓本，今在故宫，二行'乃'字完好。有正书局，艺苑真赏社均有影印本。"清孙承泽《庚子消夏记》："书法媚美，开钟元常法门矣。"清康有为《广艺舟双辑·本汉》："《孔彪碑》亦至近楷书，熟视汉分自得之。"褒即《孔褒碑》，全称《汉豫州从事孔褒碑》。清王昶《金石萃编》记曰："碑高九尺八寸，广二尺七寸。十四行，行三十字，额题'汉故□州从事孔君之碑'十字隶书。"刘正成《中国书法鉴赏大辞典》："《孔褒碑》。无年月。雍正三年(1725)在山东曲阜周公庙出土。今在山东曲阜孔庙。……初拓本第二行首'君'字下'口'旁可见，下'继德'之'继'字完好"。清万经评其书 曰："秀逸之至，实不减曹(《曹全碑》)。泉佳羡：指《孔羡碑》。也称《鲁孔子庙碑》《修孔子庙碑》《封孔羡碑》。三国魏黄初元年(220)立。碑在山东曲阜孔庙。清王昶《金石萃编》记曰："碑高六尺二寸，广三尺五寸五分。二十二行、行四十字。额题'鲁孔子庙之碑'六字篆书。"碑后刻有："魏陈思王曹植词，梁鹄书、宋嘉祐七年(1062)张稚圭按图谨记。"刘正成《中国书法鉴赏大辞典》："明拓本十八行'体'字稍损。有翻刻本。上海有

正书局有影印本。……北京故宫博物院藏明拓本。"清王昶《金石萃编·明赵崡·石墨镌华》:"梁鹄字孟皇,学书于师宜官,举孝廉,官至选部尚书。梁灵帝重之,曹孟德爱之,王逸少学之。梁武帝评其书云:'龙威虎震,剑拔弩张。'是其书亦可重者。此碑结法古质遒健、未知果为鹄书否。碑后题曹植词鹄书出张稚圭,亦曰按图记与卒史碑,同殊不可晓。"洪适《隶释》评曰:"魏隶可珍者四碑,此为之冠。"

⑪梁鹄:生卒年不详,字孟皇,安定乌氏(今甘肃平凉)人。灵帝时任选部尚书,得师宜官法,以善八分隶著称。后附刘表,继归曹操,操爱其书,宫殿题署,多出鹄手。南朝羊欣《采古来能书人名》:"安定梁鹄,后汉人,官至选部尚书。得师宜官法,魏武重之,常以鹄书悬帐中,宫殿题署多是鹄手书。"

⑫迁(张)仁(韩)固(郑)峻(鲁)荣(武):迁即《张迁碑》,全称《汉故谷城长荡阴令张君表颂》。东汉中平三年(186)二月立。碑原在山东东平县。现在山东泰安岱庙。清王昶《金石萃编》记曰:"《荡阴令张迁表》,碑高九尺五寸,广三尺二寸。十六行,行四十二字,第十四行空末有一字,额题'汉故谷城长荡阴令张迁表颂'十二字篆书。"刘正成《中国书法鉴赏大辞典》:"最旧拓本为明拓本。八行'东里润色'四字完好。清初拓首行'焕'字不损本。杭州等地有翻刻本。文物出版社、台湾大众书局有影印本。北京故宫博物院藏明拓本。"清方朔《枕经堂金石书画题跋》评曰:"碑额十二字,竟在篆隶之间而屈曲填满,有似印书缪篆。"又"碑字雄厚朴茂"。康有为《广艺舟双楫》评云:"《张迁表颂》其笔画直可置今真楷中。"仁即《韩仁铭》。全称《汉循吏故闻熹长韩仁铭》,据清王昶《金石萃编》云:"《闻熹长韩仁铭》,碑存上载高六尺九寸,广三尺八寸,八行,行存十九字。额题'汉循吏故闻熹长韩仁铭'十字篆书。后方刻金赵秉文跋,又刻李献能跋,李天翼等题名并正书,今在荥阳县署。"刘正成《中国书法鉴赏大辞典》:"东汉熹平四年(175)十一月刻。碑原在河南荥阳。金正大五年(1228)为荥阳令李辅之发现。清康熙年间曾一度佚失。后又发现,移荥阳县署。一九二五年迁置荥阳第六中学内。石右下角损。……明末清初拓本,首行'熹'字下四点可见。有翻刻本。上海商务印书馆有影印本。"峻即《鲁峻碑》,全称《汉故司隶校尉忠惠父鲁君碑》。也称《鲁忠惠碑》。东汉熹平二年(173)四月立。清王原祁《佩文斋书画谱》录为蔡邕书。清王昶

《金石萃编》记曰:“碑高一丈一尺五寸,广四尺五寸,十七行,行三十二字。额题‘汉故司隶校尉忠惠父鲁君碑’。今在济宁州县学”。刘正成《中国书法鉴赏大辞典》:“宋赵明诚《金石录》著录。明拓本第七行‘董督’之‘董’字完好。有翻刻本。上海艺苑真赏社、有正书局有影印本。”清孙承泽《庚子消夏记》评其碑云:“分法劲拔古雅,汉石之佳者。”康有为《广艺舟双楫》评曰:“《鲁峻碑额》浑厚中极其飘逸,与《李翕》《韩敕》略同。”杨守敬《评碑记》曰:“丰腴雄伟。唐明皇、徐季海亦从此出,而肥浓太甚,无此气韵矣。”荣即《武荣碑》,全称《汉执金吾丞武荣之碑》。无年月。清王昶《金石萃编》记曰:“碑高七尺二寸五分,广一尺九寸五分。十行,行三十一字。额题‘汉执金吾丞武君之碑’十字隶书阳文。今在济宁州学”。刘正成《中国书法鉴赏大辞典》:“漫漶处甚多。明末拓本首行‘孝经论语’之‘孝’未笔下横可见”。清孙承泽《庚子消夏记》评曰:“文既简质,字迹如之,自是东京风格,可珍也。”清杨守敬《学书迩言》评曰:“《武荣》《郑固》之淳古。”

⑬曹全:即《曹全碑》。全称《汉郃阳令曹全碑》。明万历初在陕西郃阳旧城出土。现在陕西西安碑林。清王昶《金石萃编》记曰:“碑高七尺六寸,广三尺七寸。二十行,行四十五字。碑阴:共五列,第一列一行,第二列二十六行,第三列八行,第四列十八行,第五列四行”。刘正成《中国书法鉴赏大辞典》:“初拓本首行末‘回’字完好。清康熙十一年(1672)后,碑有断裂。山东滕县有翻刻本。……北京故宫博物院藏明拓本”。清方朔《枕经堂金石书画题跋》评曰:“此碑波磔不异《乙瑛》,而沉酣跌宕直合《韩敕》。正文与阴侧为一手,上接《石鼓》,旁通章草,下开魏、齐、周、隋及欧、褚诸家楷书,实为千古书家一大关键。不解篆籀者,不能学此书;不善真草者,亦不能学此书。”杨守敬《评碑记》:“前人多称其书法之佳,至此之《韩敕》《娄寿》,恐非其伦。尝以质之孺初:孺初曰:‘分书之有《曹全》,犹真行之有赵(孟頫)、董(其昌)’。可谓知言。惜为帖贾凿坏,失秀润之气。”

⑭大飨文:指《大飨碑》。清王原祁《佩文斋书画谱·魏梁鹄大飨碑》:“右大飨之碑篆额在亳州谯县。魏文帝延康元年立。相传为梁鹄书。碑字有不明者。唐大中年亳守李暨再刻,故有文可读。汉献帝建安二十五年正月魏王曹操死,其子丕嗣位。改元‘延康’。《魏志》云:丕以七月甲午,军次于谯,大飨

六军。是时汉鼎犹未移也。丕为人臣,而自用正朔刻之金石。可谓无君之罪人也。武王载西伯神主于军者,吊民伐罪之师也。丕以奸贼之心,欲吞吴翦蜀遂攘神器耳。操之肉未寒而置酒高会酣饮,无算金奏间作秘戏毕陈,夸辞谀语,无所忌惮。可谓无父之罪人也。士大夫椟藏其碑者,特以字画之故尔。碑云:'八月至樵'而史作'七月',亦不必多辨也。"

⑮受禅:指《受禅碑》。清王原祁《佩文斋书画谱·洪适·隶释》:"《魏钟繇受禅表》右魏《受禅表》篆额在颍昌。亦曰钟繇书。所谓表者,盖表揭其事,非表奏之表也。"清王昶《金石萃编》记曰:"《受禅碑》碑高八尺四寸,广四尺六寸。二十二行。行四十九字。额题'受禅表'三字篆书阳文。"宋娄机《汉隶字源》:"《受禅表》黄初元年在颍昌府临颍县魏文帝庙。刘禹锡《嘉话》王朗文梁鹄书钟繇镌字谓之'三绝'。"清王昶《金石萃编·潜溪集》:"右魏《受禅表》一通,刘禹锡以为王朗文,郎字景兴,东海郯人。史称其文博而富赡,观此碑盖可见矣。"

⑯两朝:两个朝代。

⑰垂璧:一种玉饰。燕石:燕山所产的一种类似玉的石头。亦称"燕珉"。北魏郦道元《水经注·圣水》:"圣水之东,迳玉石山,谓之玉石口。山多珉玉燕石,故以玉石名之。"后多喻不足珍贵之物。

⑱贾胡:经商的域外胡人。衒:炫耀。

⑲鸿都:指蔡邕书写石经于鸿都门外,观者络绎不绝一事。

⑳斯文:东晋王羲之《兰亭序》云:"后之揽者,也将有感于斯文。"

郑谷口八分书

诸　锦

谷口郑氏书何奇，以心喻手手自随[1]。
天机所到忘蚿夔[2]，虿尾薤叶飘云旗。
有龙矫矫掀之而，高堂昼寒嘘风雷。
山头鹳鹤奋欲飞，堕下仙翮纷皑皑[3]。

诸锦(1686—1769),字襄七,号草庐,秀水(今属浙江)人。雍正甲辰进士,官金华教授。乾隆丙辰召试博学鸿词,历官左春坊左赞善。有《绛跗阁诗稿》。

【注释】

①孙过庭《书谱》曰:"可谓智巧兼优,心手双畅,翰不虚动,下必有由。"

②蚿夔:蚿和夔。蚿,一种节肢的虫,多足有臭腺,俗称香延虫。夔,一种神话传说中的兽。《庄子·秋水》:"夔怜蚿,蚿怜蛇。"

③皑皑:雪白的样子。

太学释褐观石鼓因读韩苏二诗同同年李巨州作一百韵[1]

诸　锦

京城高言言[2]，首善惟太学。
雍正二年冬，循例初释屩[3]。
陈君三百辈，奠币森有恪[4]。
祭酒王先生[5]（绍薪），端拱容毋怍[6]。
纡绅冠峨峨[7]，逢掖谢表襮[8]。
堵墙桥门列[9]，观听动飞跃。
文翁图礼殿[10]，方此犹寂寞[11]。
朝旭射棠梨，清光荫松柏。
稽古观车服[12]，遗迹怀履舄[13]。
琬琰堂涂碑，肉好宗庙璧[14]。
瑚簋笾豆登[15]，尊罍彝洗濯[16]。
洒离蕺鬻巢[17]，篙篁箹筊箹[18]。
爪目鳞之而[19]，牙羽筍虡业[20]。
摩挲鼐鼎鼒[21]，淳古镂金错。
忽于重檐下，十鼓焕丹雘[22]。
其形像古础，其色类深墨。
其围倍肤寸[23]，其修崇二尺[24]。
其一刳中央[25]，半体不覆幕。
有如无足锜[26]，左右曾采芼[27]。

其九互行列，偶俱善标格[28]。
有如瞿容客，贯坐尉离索[29]。
宛虹尾卷舒，琼树柯连属。
鸾凤骞复留，虎驳怒欲脱。
铁丝妙萦盘，莼菜垂络绎[30]。
活师戏食水[31]，肥遗出浑夕[32]。
疏如屯千骑，密不容一发[33]。
不可意减增，诸天方丈室。
不能评肥瘦，丰肌细腰匹。
长短本自然，足凫与胫鹤[34]。
东西两得势，越阡兼度陌[35]。
百幅百砗磲[36]，一字一缣帛[37]。
治水已沦胥[38]，吉日付飘泊[39]。
卫州铜盘倾[40]，延陵墓碣剥[41]。
《诅楚》复何有[42]，宣和空宝惜[43]。
独此表中兴，大蒐深刻石[44]。
环玮谁铸辞[45]，传是史籀作。
尚想周宣王，功德南海薄。
《江汉》《常武》诗[46]，《车攻》《六月》什[47]。
仲山以衮补[48]，方叔以乱拨[49]，
张仲善孝友[50]，吉甫诗孔硕[51]。
程伯整六师[52]，召公洽四国[53]。
载诵《鸿雁》篇[54]，度比金玉式[55]。
勋劳宜有颂，贞珉代典籍[56]。

不有秦峄山[57]，野火焚石阙[58]。

德薄其文惭，合为天所扑[59]。

谁夫证斤权[60]，殴丞太穿凿[61]。

荠堂断宇文[62]，如以瞽手摸[63]。

叩槃扪烛见[64]，考据都未确[65]。

词严不可删，风味加质悫[66]。

转注潘薛郑[67]，其书愈噩噩[68]。

区区君庶柳[69]，何足穷状貌。

表之自苏勖[70]，得韩乃煜爚[71]。

宛陵倍雷硠[72]，眉山益恢廓[73]。

我思昌黎翁[74]，所见仅纸拓。

阑风长雨夜[75]，丰草深榛藉[76]。

疲行人坐尻[77]，掉尾牛砺角[78]。

蜗涎腥点点[79]，原燎炎熇熇[80]。

鼓兮独无恙，倘有神物护[81]。

凤翔收余庆[82]，五代更流落。

赖有司马池，太庙十驼橐。

南渡委草菅，钩金弃若若。

道园端好古[83]，收拾丝缠珏[84]。

大厦广与庇，石阑周与络[85]。

椎拓所不到[86]，讲切手磨琢[87]。

入门探古物，疑义发先觉[88]。

鼓兮何凄凉，显晦亦凡数。

譬如清流济，洑见至绵邈[89]。

譬如延平剑[90]，会合固如昨。
星霜更几劫，静正抱蹇谔[91]。
颠蹶任嬴刘[92]，聚散无主客。
菁英不销亡[93]，著述欣有讬。
名世五百年，皇帝亿万朔[94]。
河鼓正吐芒，九鼎飞出洛。
天苞与地符[95]，诸福休徵各。
岂止翙翙鸣[96]，岐山一鸑鷟[97]。
风云际时会[98]，喜起升平乐。
文德书钟彝，武事镌钲镯[99]。
征伐表钺旌[100]，蒐狝树山岳[101]。
文章称尔雅[102]，训词汰糟粕。
深厚追典诰[103]，诘曲妙咀嚼。
莫以鼓不鸣，试取蜀桐斫[104]。
叩之定有声，渊渊配《韶》《濩》。
我衰笔力退，分量不自度。
画墁愧平生[105]，镂冰笑一握[106]。
生涯甘冷淡，委顺忘美恶[107]。
行书类蛇蚓，喜愠付鸦鹊[108]。
夙昔慕韩苏[109]，两诗比琼玉。
韩如受降城，高坚绝绳削[110]。
锐师一昔至，唾手鹅鹳捉。
投盖悬布勇[111]，匹马只轮掠。
依方立硬寨，健笔谁敢搦。

苏如大洋海，溟渤犹瀺灂[112]。

回澜吹紫气[113]，坐见蓬瀛卓[114]。

钜若蛟龙吞，眇若虾蟹擉[115]。

不害其洪流，盛气不可轹[116]。

捧心粗效颦，快意过猎较[117]。

谁云宝燕石，只可自娱乐。

刘寀作封事[118]，三日雪漠漠。

微时逊才壮，寄语李百药[119]。

斗转才三更，瞻仰云汉倬[120]。

【注释】

①释谒：指脱去布衣，换着官服，做官之意。《辞源·释褐》："自宋以下，士人殿试后，新进士诣太学释褐，行释菜礼，簪花饮酒而出。"韩苏：指韩愈和苏东坡。同年：此指古时科举制度同榜的人称同年。唐刘禹锡《送张盥赴举诗·引》："古人以偕受学为同门友，今人以偕升名为同年友。"

②言言：高大貌。《诗·大雅·皇矣》："临冲闲闲，崇墉言言"。

③释屩：指脱云草鞋，喻出仕。宋陆游《修史谢丞相启》："殊邻款塞而奉琛，多士乡风而释屩。"

④奠币：《佩文韵府·礼记·释奠馘告注》："释菜奠币，礼先师也。"恪：恭敬。《诗·商颂·那》："温恭朝夕，执事有恪。"

⑤祭酒：此谓酹酒祭神。《仪礼·乡饮酒礼》："坐捝手，遂祭酒。"古时饗宴酹酒祭神必由尊者或老者一人举酒祭地，遂谓位尊者或年长者为祭酒。

⑥端拱：端身拱手。《庄子·山木》："木声与人声犁然，有当于人之心，颜回端拱还目而窥之。"怍：惭愧。《论语·宪间》："其言之不怍，则为之也难。"

⑦纡绅：指古代做官者头上或身上的饰物。峨峨：指仪容端庄盛美。《诗·大雅·棫朴》："奉璋峨峨，髦士攸宜。"

⑧逢掖：古代儒者士人所服宽袖之衣，也作"缝掖"。掖，同"腋"。后用以

士人的代称。表襮：谓自我表现，以炫耀于人前。唐韩愈《南海神庙碑》："治人以明，事神以诚，内外单尽，不为表襮。"

⑨堵墙：墙壁。常用以喻人多密集。《礼·射义》："孔子射于矍相之圃，盖观者如堵墙。"

⑩文翁：西汉人，庐江舒（安徽庐江）人。少好学，通《春秋》。景帝末为蜀郡太守，仁爱好教化。于成都设学校，招下县子弟以为学官弟子，优良者补县吏。《汉书》称："巴蜀好文雅，文翁之化也。"武帝时，今天下郡国立学校官，自文翁始。

⑪方此：比拟。《汉书·卫青霍云病传赞》："票骑亦方此意，为将如此。"

⑫车服：车和章服。《书·舜典》："明试以功，车服以庸。"

⑬履舄：指鞋。此指先人的足迹。

⑭肉好：本指有孔的圆形的边称"肉"，孔称"好"。此谓石鼓文刻工的精美。

⑮瑚簋笾豆登：此谓古代祭祀用的器皿。瑚是古代祭祀时盛粮食的器皿。《礼·明堂位》："夏后氏之四连，殷之六瑚，用之八簋。"簋：古代祭祀宴享时盛黍稷的器皿。笾：古代祭祀燕享时用以盛果脯等的竹编食器。形式如豆，容四升，也称"笾豆"，也以笾豆代指祭祀。豆：古代食器，初以木制，形似高足盘，多用于祭祀。《诗·大雅·生民》："昂盛于豆，于豆于登。"登：古食器。似豆而较浅。唐韩愈《陆浑山火和皇甫湜用其韵》诗："豆登五山瀛四罇，熙熙釂醻笑语言。"《注》："豆登五山者，以五岳为豆登。瀛四罇者，以四海为酒罇也。"

⑯尊：古代祭祀时盛酒的礼器。罍：古代盛酒器，也用以盛水。彝：古代青铜祭器的通称。洗：古代洗器名。洗濯：清洗污垢。

⑰洒离即离洒，刻镂貌。鼖：大鼓。《周礼·考工记·鼓人》："以鼖鼓鼓军事。"《注》："大鼓谓之鼖。鼖鼓长八尺。"也作"贲"。馨：《尔雅·释乐》："大磬谓之馨。"

⑱簥：《康熙字典·尔雅·释乐》："大管谓之簥。《注》："长尺围寸併漆之有底，贾氏以为如篪六也。《疏》：李巡云声高大故曰簥簥高也。"篞：《康熙字典·尔雅·释乐》："大管谓之簥，其中谓之篞，小者谓之篎。"筊：箫名。《康熙字典·尔雅·释乐》："大箫谓之言，小者谓之筊。"箹：《康熙字典·尔雅·释乐》："大篇

谓之产，其中谓之仲，小者谓之箹。”

⑲当指排列有序，谓乐器架之乐器或饰物排列有序，鳞次栉比。

⑳牙羽：乐架上所雕刻或装饰的牙或羽。《宋书·乐志·食举歌》：“礼有容，乐有仪。金石陈，牙羽施。”筍虡：古代悬钟声的架。横曰筍，直曰虡。业即筍业，古代悬钟声的器具。三国吴薛综《注》：“悬钟格曰筍，植曰虡，又以板置上名为业。”

㉑鼐：大鼎。《诗·周颂·丝衣》：“鼐鼎及鼒。”鼒：口小的鼎。《尔雅·释器》：“圆弇上，谓之鼒。”

㉒丹雘：本指油漆用红色颜料。《书·梓材》：“惟其涂丹雘。”《疏》：“雘是彩色之名，有青色者，有朱色者。”此当指前者青色也，形容石鼓文给人以夺目之彩。

㉓肤寸：古长度单位。古以一指宽为一寸，四指为肤。《公羊传·僖三十年·注》：“侧手为肤，案指为寸。”围：古计度圆周的量词。《庄子·人间世》：“见栎社树，其大蔽数千牛，絜之百围。”

㉔修：长、高。《诗·小雅·六月》：“四牡修广，其大有颙。”崇：高。《周礼·考工记·匠人》：“堂修七寻，堂崇三尺。”

㉕刳：剖开、挖空。

㉖锜：釜之有足者曰锜，此谓一石鼓失落于农人家中，中间刳凿作石用。详注见前。

㉗采芼：采取。

㉘偶俱：成双成对排列一起。

㉙离索：即“离群索居”，谓离朋友而散居。此指石鼓。

㉚莼菜：即水葵，又名凫葵。多生湖泊河流之中，叶椭圆形，有长柄浮水面，茎及叶柄有黏液，可以作羹。以莼菜之柄形容石鼓文字的茂密与朴实。

㉛活师：当谓活即师。《佩文韵府·山海经》：“灊山湖水东流，多有活即师。《注》：科斗也。”形容石鼓文结体轻盈舒展。

㉜浑夕：指昏暗不清。

㉝此句形容石鼓文结体疏密得当。古人评书法有“疏处可以走马，密处不使透风”之谓。

㉞《庄子·骈拇》:"是故凫胫虽短,续之则尤;鹤胫虽长,断之则悲。"形容石鼓文的天然之美。

㉟此谓石鼓文笔势的横势。阡陌,也作"千百""仟佰"。《正义》:"南北曰阡,东西曰陌。"

㊱碔砆:次玉的美名。详注前。

㊲缣帛:指书画用的绢和其他丝织品。缣指双丝织的微带黄色的细绢。帛是丝织物的总称。生帛曰缟、素、绢、绡;熟帛曰练。

㊳治水:当谓《岣嵝碑》,铭刻大禹治水一事。王昶《金石萃编·升菴外集》:"郦道元《山水经》云:禹治洪水,血马祭衡山。于是得金简玉字之书。按省玉字通水理也。或曰此即金简玉字之文云。"沦胥:本为相率牵连。后泛指沦灭或沦丧。清顾炎武《酬李子德二十四韵》诗:"一身长瓠落,四海竟沦胥。"也作"沦滑"。

㊴吉日:指《坛山刻石·吉日癸巳》《金石萃编·坛山刻石》记曰:"石高□尺□寸,广□尺□寸共四字。石刻李中祐记。额题'吉日癸巳之记'六字正书,今在赞皇县学(今属河北省)。"王昶《金石萃编·宋濂·潜溪集》:"吉日癸巳,右周穆王刻石,在今赞皇坛山上,坛山在县南十三里。《穆天子传》:穆天子登赞皇以望临城,置坛此山。石鼓为周人之书,何独于此而疑之邪。濂既手摹刻于浦阳山房,恐人惑也又不得不辨。"施蛰存《金石丛话》曰:"河北省赞皇县南坛山上有石刻四字:'吉日癸巳',相传是周穆王登山时所刻,以记其时日,这一刻文,北宋初被发现,仁宗皇祐四年,宋祁派去椎拓,开始有拓本流传。后来本地县令刘庄因索取拓本者很多,怕麻烦,索性派工人去把这一块山石凿下来,嵌在县署墙上。于是拓本流传更多。著录家称为《周穆王坛山刻石》。"

㊵卫州铜盘:指《比干铜盘铭》。王昶《金石萃编》记曰:"石高四尺九寸,广二尺四寸。四行,行四字。下刻周思宸跋。今在汲县比干墓上。"又《金石萃编·周思宸跋》云:"《书》曰:武王克殷,封比干之墓。若铜盘铭则传自《汝刻》久矣。元延祐间,卫辉路学正王公悦曾临摹石上,推官张淑记其释文云:'左林右泉,前冈后道,万世之灵,于焉是宝'。此墓傍之旧刻也。按《一统志》云:墓在卫城北十五里,即武王所封有石题曰:殷太师比干之墓。后魏孝文帝南□亲幸吊祭,刻文墓上。又云:一在偃师。唐开元中,县人耕地得铜盘,篆

文奇古云：左林右泉，后冈前道，万世之藏，兹焉是宝。则是墓有二而文不同，然亦未尝无辨也。大抵卫为殷墟本商王所都，比干葬此地里不远。无论汉魏以来，历代追崇而夫子亦尝□而识之曰殷比干墓。今石刻尚存，则比墓为无疑矣。而况开元之前偃师未闻有比干之墓，即设若有墓则魏孝文之祭吊何于此而不于彼。夫□铜盘以立疑似之□岂若求古来之墓为真耶。即《中州通志》亦云：偃师之墓因铜盘以立，信然哉。今观斯墓前有土冈，右有泉源，则延祐石刻之释文地形得之。特字画与《汝刻》稍异而剥落失真，断碣已卧荒草间矣。若'藏兹'二字据字形当从志释，此不必强为之说。今并载之而重摹石上，时万历十五年夏五月。"

㊶延陵墓碣：当指王昶《金石萃编》中所录《延陵显仲造像记》。记曰："延陵显仲造像记；像座高三尺，广尺二寸，十六行。行五字至二字不等，正书。大魏武定七年二月八日甲午，沧州安德郡平昌县，延陵显仲敬造白玉像一躯。上为：皇帝陛下七世父母现在眷属大小下至一切含生有识之类普同斯福。按：《魏书·地形志》沧州孝明帝，熙平二年分瀛冀二州置治饶安，领郡二县十二。有安德平昌据此记，则东魏尚仍后魏之旧。延陵姓显仲名世，延陵氏吴王子季札居延陵，因氏焉。赵襄子有谋臣延陵正是其后。(见潜夫论·广韵姓纂)韩非子赵襄子时有延陵生，即延陵正也……"

㊷《诅楚》：即《诅楚文》石刻。详见前注。

㊸宣和：指宗徽宋时以金填字事。《佩文斋书画谱·道园学古录》记其事，见后注。

㊹独此句：指石鼓文创作的目的。明何景明《观石鼓歌》诗云："周王功勋史籀笔，数石散落岐阳滨。中兴气象岂复睹，大篆意格谁曾闻。"

㊺环玮：宏伟。《庄子·天下》："其书虽环玮而连犿，无伤也。"

㊻《江汉》《常武》：两诗皆为《诗经》中诗。《江汉》记召穆公奉周宣王命平淮夷后铸青铜器。《召伯虎簋铭》即为其一。《常武》：乃"有常德以立武事"之意。此诗述周宣王亲率师伐徐(淮北之夷)，而命皇父统六军以平之。

㊼《车攻》《六月》：二者皆为《诗经》中诗。《车攻》：记贵族出猎时的场面。《石鼓文》也有"我车既攻，我马既同"之谓。《六月》：谓赞周宣文臣尹吉甫奉命出征猃狁，师捷庆功。

㊽《诗·大雅·烝民》:“人亦有言,德輶如毛,民鲜克举之。我仪图之,维仲山甫举之,爱莫助之,衮职有阙,维仲山甫补之。”全篇诗都是赞扬仲山甫的功德。仲山甫周樊侯,鲁献公次子,宣王时为卿士。

㊾方叔周宣王的卿士,奉宣王之命北伐玁狁,南征荆楚,立下大功。《诗·小雅·采芑》赞美方叔率军出征,克狄制胜。乱拨即拨乱。其诗句云:“方叔元老,克壮其犹。”

㊿《诗·小雅·六月》:“侯谁在矣,张仲孝友。”张仲:《笺》:“张仲,吉甫之友,其性孝友。”

51《诗·大雅·崧高》:“吉甫作诵,其诗孔硕。”孔硕言其诗意出色。吉甫即尹吉甫,周宣王时重臣,姓兮名甲,也称兮伯吉父。甫,本作“父”,尹为官名。周宣王中兴时,曾率师北伐狁至太原(今甘肃一带)。《诗·小雅·六月》及他的遗物“兮甲盘”均记述此事。相传《诗·大雅·崧高、烝民、韩奕、江汉》等篇都是吉甫所作,以赞美宣王。

52《诗·大雅·常武》:“王谓尹氏,命程伯休父、左右陈行,戒我师旅。”程伯即程伯休父,《佩文韵府·帝纪》:“周以夏官为司马,其后程伯休父。周宣王时以世官克平徐(淮北之夷)。方锡以官族,因而为氏”。整六师:整顿六军。《诗·大雅·常武》:“整我六师,以修我戎。”

53召公:指召穆公、召公奭的后代。周宣王时,淮夷不服,宣王命召虎率兵沿江汉出征。《诗·大雅·江汉》:“江汉之浒,王命召虎。式辟四方,彻我疆土……矢其文德,洽此四国。”洽:和洽,协和。

54《鸿雁》:《诗·小雅》篇名。《诗序》:“鸿雁,美宣王也;万民离散,不安其居,而能劳来还安定集之,至于矜寡,无不得其所焉。”后因谓灾乱流离之民为鸿雁。

55金玉式:犹言诗的楷模或最高标准。古凡华丽或可贵之事物,皆以金玉为喻。

56贞珉:石刻碑铭的美称。指石鼓文。

57峄山:指秦《峄山刻石》。

58石阙:石筑的阙。多立于宫庙陵墓之前作铭记官爵、功绩或装饰用。汉刘向《说苑·反质》:“立石阙东海上朐山界中,以为秦东门。”

(59)扑：此引申为毁坏。《淮南子·说林》："荫不详之木，为雷电所扑。"

(60)斤权：权指测定物体重量的器具，现存最早的有秦权和楚权。此谓识读古文字的标准。

(61)《石鼓文》："汧殹沔沔，丞皮淖渊。"殹：语助词，相当于"也"。《古文苑·石鼓文》章樵注："殹，即也字。"杨树达《(诅楚文)跋》："殹与'也'同。薛尚功《钟鼎彝器款识》卷十八载秦权二器，第一器铭云：'其于久远也'。'也'字第二器作'殹'，是其证也"。丞：《康熙字典·集韵》："辰陵切，同丞翊也……"

(62)荠堂：指金时马定国。生卒年不详。山东茌平人。约金熙宗天眷初前后在世。自少志趣不群。曾题诗酒家壁："苏黄不作文章伯，童蔡翻为社稷臣"之句而知名。官至翰林学士。尝著《石鼓辨》万余言，定为五代宇文周时所造，出入传记，引据甚明。传定国初学诗，未有入处，梦其父与方寸白笔，从此文章大进。自号荠堂先生，著有《荠堂集》。

(63)瞽：目盲，指盲人。指没有识别能力。《庄子·逍遥游》："瞽者无以与乎文章之观。"

(64)叩槃扪烛：即"扣盘扪烛"。宋苏轼《经进东坡文集事略》："生而眇者不识日，问之有目者。或告之曰：'日之状如铜盘'。扣盘而得其声。他日闻钟，以为日也。或告之曰：'日之光如烛'。扪烛而得其形。他日揣籥，以为日也。"后以比喻不经实践，不能得真知。

(65)考据：也称考证。研究历史、语言等的一种方法。通过资料来考核、证实和论证历史或文献的一些疑难问题。明清之际学者顾炎武等主张"通经致用"，推崇汉儒朴实学风，反对宋儒空谈义理，开创了考据学之先河。人尊之为"汉学"，以示与"宋学"有别。

(66)质悫：质朴诚信。《后汉书·第五伦传》："性质悫，少文采，在位以贞白称。"

(67)潘：即潘祖荫(1830—1890)，江苏吴县人，字伯寅，号郑盦，颜其居室曰"攀古楼""滂喜斋""功顺堂"。咸丰二年(1852年)进士，授翰林院编修，累进工部尚书。性嗜金石、雅善书法，精考证，庋藏尤富。金石旧拓多入其室。著有《攀古楼彝器款识》《攀古楼汉室纪存》《谤喜斋丛书》《顺德堂丛书》等。薛，即薛尚功：(生卒年不详)，宋钱塘(今杭州)人，字用敏。绍兴中官至佥书定江军节度判官厅事。善古篆,尤好钟鼎。著有《钟鼎彝器款识》《钟鼎篆韵》等。郑,即郑樵,见前注。

(68)噩噩:严正。汉扬雄《法言·问神》:“虞夏之书浑浑尔,商书灏灏尔,周书噩噩尔。”

(69)区区:小。

(70)苏勖:字慎行,唐武德中为秦王诏议典,官至吏部侍郎。博学有美名。

(71)得:韩指韩愈。煜爚:光彩灿烂、光耀。此谓《石鼓文》因韩愈的激赏而更加使人注目,使《石鼓文》更加释放出其迷人的魅力,使《石鼓文》的研究发扬光大。

(72)宛陵:指宋梅尧臣,世称“宛陵先生”。雷硠:山崩声,形容声音的巨大。

(73)眉山:指宋苏东坡,原籍四川眉州眉山,故称。恢廓:扩张、发展。指苏东坡作《石鼓歌》,进一步对《石鼓文》以研究和激赏。《汉书·吾丘寿王传》:“至于陛下,恢廓祖业,功德愈盛。”

(74)昌黎:即韩愈。

(75)阑风长夜雨:阑珊的风,冗多的雨。指夏秋之际的风雨。

(76)榛藉:被草掩埋。

(77)坐凥:凥,同“居”。

(78)唐韩愈《石鼓歌》有:“牧童敲火牛砺角”句。砺角,牛磨其角,指石鼓之坎坷命运。

(79)蜗涎:蜗行所分泌的黏液。喻无用有害的东西。

(80)原燎:火烧原野。即“燎原”。《书·盘庚》:“若火之燎于原,不可响迩,其犹可扑灭。”熇熇:火热,炽烈。

(81)苏东坡《石鼓歌》:“暴君纵欲穷人力,神物义不汙秦垢。是时石鼓何处避,与乃天公令鬼守。”

(82)此句并以下三句:施蛰存《金石丛话》:“石鼓是象鼓形的圆石,一共有十个,每个鼓四周刻着古字,从汉代以来,一向在陕西凤翔田野里,无人注意。直到唐代,才被关心古代文物的人所发现,一时轰动,杜甫、韦应物、韩愈都作了诗。后来,宰相郑余庆把它们移置于凤翔孔庙中,不过少了一个,经过唐末、五代几次兵乱,石鼓又散失了,直至北宋初年,司马池再向民间收集,安置在凤翔府学宫,但仍少一个。皇祐年间,向传师在农民家中找到了缺失的那一个,已被农民改作石臼,每行损失了三个字。苏东坡曾云看过,也做了诗,这时,石鼓文的拓本流传渐多。到徽宗大观年间,十个石鼓被迁移到首都开封,视为国宝。徽宗下令用黄金填满刻文,从此就无法椎拓。不久,金兵入侵,开封沦陷。金人把石鼓搬回燕京。从元代到清代,十鼓一直在北京孔庙内……"郑樵《石鼓音·序》:"石鼓不见称于前代,至唐始出于岐阳,先时散弃于野,郑余庆取置于凤翔之夫子庙,经五代之乱,又散失。宋司马池复辇置府学之门庑下。而亡其一。皇祐四年向传师求于民间而获之,十鼓于是乎足……大观中置之辟雍,后复取入保和殿。经靖康之变、未知其迁徙否?"

⑧③道园:指元虞集。元虞集著有《道园学古录》,其中在《石鼓序略》云:"大都国子监文庙石鼓十枚,其一已无字,其一但存数字,今渐灭。其一不知何人惊为臼,而字却完。此鼓据传闻,徽宗时自京兆移置汴梁,贵重之以黄金实其字。金人得汴梁奇玩,悉辇至燕今,不知为何物。但见其以金涂字必贵也,亦在北徙之列,置之王宣抚家。王宣抚宅后为大兴府学。大德之末,集为大都教授,得此鼓于泥土草莱之中,洗刷扶植,足十鼓之数。后助教成均言于时宰,得兵部差大车十乘载之,置于今国子学大成殿门内,左右壁下各五枚,为砖坛以承之,为疏檽而扃鐍之。使可观而不可近然。三十年来摹拓者多,字画比当时已多漫灭者。然移来时已不能如薛尚功《钟鼎款文》所载者多矣。大抵石方刓而高略似鼓耳,不尽如鼓也。"

⑧④珏:二玉相合为一珏。喻石鼓和《石鼓文》。

⑧⑤石阑:即石头阑干。络:即为保护石鼓用以连接四周石阑干的绳网状物。

⑧⑥椎拓:指拓碑。此指石鼓的椎拓。

⑧⑦讲切:讲习切磋。清梁章钜《退庵随笔·劝学》:"如此议论,实为精透,然非再四讲切,不闻此义矣。"

⑧⑧疑义:谓难于理解的文义或问题。晋陶渊明《移居》诗:"奇文共欣赏,疑义相与析。"先觉:预先和最早认识事物的人。

⑧⑨汱:此谓浮游。

⑨⓪延平剑:传说为晋雷焕宝剑坠水化龙处,在延平渡口,故称。

⑨①謇谔：忠直敢言。《文选·晋·袁彦伯·三国名臣赞序》："神情所涉，岂徒謇愕而已。"谔，通"愕"。

⑨②颠蹶任嬴刘：此谓时世的动荡不稳和朝代的更替。嬴指秦、刘指汉。

⑨③菁英：精华、精英。

⑨④朔：生、出现。此谓人世的变迁无常。

⑨⑤天苞与地符：《佩文韵府·春秋说题词》："河以通乾出天苞，洛以流坤出地符。"天苞、地符指上天的符命。

⑨⑥翙翙：羽声。《诗·大雅·卷阿》："凤凰于飞，翙翙其羽。"

⑨⑦鸑鷟：鸟名，亦指凤凰。《国语·周》："周之兴与，鸑鷟鸣于岐山。"

⑨⑧风云际时会：即"风云际会"。风云喻难得的机会。际会喻遇合。指有能力的人遇上好时候。

⑨⑨钲镯：一种古代乐器。形似钟而狭长，有柄，击之发声，用铜制成。行军时用以节止步伐。陈奂傅疏："《诗》言誓师，则钲即《大司马》之铎、镯、铙矣……郑司农注《周礼》亦以铎、镯、铙谓钲之属，然则钲其大名也。"

⑩⓪钺旌：指状如大斧的古代兵器和作战用的旌旗。《诗·商颂·长发》："武王载旆，有虔秉钺。"

⑩①蒐弥：指秋天打猎。《周礼·夏官·大司马》："中秋，教治兵，……遂以弥田。"树山岳，指以石鼓镌文铭其事。

⑩②文章称尔雅：指《石鼓文》的内容文雅。《汉书·儒林传序》："文章尔雅、训辞深厚。"颜师古注："尔雅近正也，言诏辞雅正深厚也。"

⑩③典诰：指《尚书》中的《尧典》《大禹谟》《汤诰》《伊训》等。

⑩④蜀桐：本指蜀地所产之桐木。《水经注·浙江水》："异苑曰：晋武时吴郡临平岸崩，出一石鼓，打之无声，以问张华。华云：'可取蜀中桐材，刻作鱼形，扣之则鸣矣。'于是如言，声闻数十里，刘道氏诗曰：'事有远而合，蜀桐鸣吴石'。"

⑩⑤画墁：谓在新粉刷的墙壁上乱画。比喻劳而无功。《孟子·滕文公下》："有人于此，毁瓦画墁，其志将以求食也，则子食之乎？"朱熹集《注》："墁，墙壁之饰也，毁瓦画墁，言无功而有害也。"

⑩⑥镂冰：谓在冰上雕刻。比喻劳而无功。汉桓宽《盐铁论·殊路》："故内无其质而外学其文，虽有贤师良友，若画脂镂冰。费日损功。"

⑩委顺：指无为而自然安排或随遇而安。《庄子·知北游》："性命非汝有，是天地之委顺也。"

⑩喜愠：喜怒。愠，通"愠"，恼怒。鸦鹊：此指乌鸦和麻雀，对自己书法的廉词。

⑩夙昔：往日、往昔。韩苏：指韩愈、苏东坡。

⑩绳削：本指木工弹墨、斧削。引申指纠正、修改。

⑪悬布勇：当指宣布战功的捷报。

⑫溟渤：指溟海和渤海，泛指大海。南朝宋鲍照《代陆平原君子有所思》诗："筑山拟蓬壶、穿地类溟渤。"瀺灂：出没貌，此谓波涛起伏。葛洪《抱朴子·知止》："文鳞瀺灂，朱羽颉颃，飞激坠云，鸿沈纶引。"

⑬紫气：祥瑞之气。

⑭蓬瀛：指蓬莱和瀛洲。相传为仙人所居，葛洪《抱朴子·对俗》："或委华驷而辔蛟龙，或弃神州而宅蓬瀛。"卓：指遥远。《楚辞·汉·王逸·九思·逢尤》："世既卓兮远眇眇。"《注》："卓，远也。"

⑮擉：刺、扎。《庄子·则阳》："冬则擉鳖于江，夏则休乎山樊。"

⑯铄：敲打，此谓不可遏制。

⑰猎较：古代风俗，打猎时争夺猎物，以所得用为祭祀。《孟子·万章下》："孔子之仕于鲁也，鲁人猎较，孔子亦猎较。"

⑱刘寀：生卒年不详，北宋画家，约活动于宋神宗、哲宗时期。字宏道，一作道源，弘道。开封（今河南）人。历州县官，授朝奉郎。狂逸不事事，放意诗酒间。工诗词，善画鱼。《宣和画谱》著录其作品近三十件。封事：指密封的奏章。

⑲李百药：（564—648），字重规，博陵安平（今河北安平）人，隋唐时大臣、史学家、诗人。著有《封建论》，撰写《北齐书》。封安平县公。谥号康公。

⑳云汉倬：《诗·大雅·云汉》："倬彼云汉，昭回于天。"倬：高大、显著。

人日过周月东卜砚山房观郑簠八分小篆册子用杜少陵《李潮八分小篆歌》韵[1]

查　礼

春蓂初报布七叶[2]，春冰渐薄如秋云。
尽说今年春暖早，疏梅已报香三分。
呼朋共走卜砚宅，主人好古征博闻。
从聚虫书似蝌蚪，眼明赝本留其真。
就中篆隶擅造化，夜应泣鬼昼骇神[3]。
开函已识谷口笔，徐观愈觉心魂亲。
想当挥洒日，特立无与邻[4]。
风流既往不复得，至今缣帛思其人。
近来嗜好多皮相[5]，燕瘦环肥异趋向[6]。
莫如吾友衡鉴精，是否加之项谁强。
直沽水黑孰并肩，朱大导江墨迹壮[7]。
二子风力咸豪宕，与郑诚堪称辈行。
斜阳忽在户，饮酒还高歌。
歌成聊复就君问，问我诗中意如何。

查礼（1716—1781），原名为礼，又名学礼，字恂叔，号俭堂，一号铁桥，宛平（今北京）人。乾隆丙辰举博学鸿词，由户部主事官至湖南巡抚。著有《铜鼓书堂遗稿》。

【注释】

①人日：即农历正月初七日。周月东卜砚山房：不详。郑簠：即郑谷口。

②春蓂：指春天的草。蓂，指蓂荚，古代传说中的瑞草。七叶：指七日。《佩文韵府·唐李峤·人日应制诗》："桂吐半轮迎此夜，蓂开七叶应今朝。"

③杜甫诗句有"笔落惊风雨，诗成泣鬼神"句。此句激赏郑谷口的书法。

④特立：有独立见地。此谓郑谷口书法卓然不群。

⑤皮相：只从表面上看，只看外表。《史记·郦生传》："夫足下欲与天下之大事，而成天下之大功，而以目皮相，恐失天下之能士。"

⑥燕瘦环肥：指唐玄宗贵妃杨玉环丰肥，汉成帝后赵飞燕清瘦，同称美人，后世因之而为，以言人体态不同，而各有风致。后人常以比喻诗文或各种艺术作品风格、流派各有所长皆擅其美。宋苏东坡《孙莘老求墨妙亭诗》："杜陵评书贵瘦硬，此论未公吾不凭。短长肥瘦各有态，玉环飞燕谁敢憎。"

⑦朱大：不详。

禅藻斋观元鲜于伯机草书嵇叔夜与山巨源绝交书卷子[①]

万光泰

虎林隐吏困学民，风流自拟晋宋人。
晚年裘马气俱敛[②]，落纸具有湖山春[③]。
草书雄壮妙入神[④]，上追米薛下笔亲[⑤]。
泥中挽车何笔法[⑥]，亦如舞剑师裴旻。
嵇康《绝交书》最古，七不堪辞山吏部[⑦]。
抱琴自为鸿飞高[⑧]，肯向尘埃薄汤武[⑨]。
柳阴无暑贵客来，不闻不见驱车回。
《广陵散》今遂绝矣[⑩]，山巨源终安在哉。
右军将军曾属笔[⑪]，摹本鲜于复其一。
龙腾雨坠奇势存，想见临池心手疾。
同时几辈成烟云，此卷幸迟松雪焚。
六丁雷电取不得，知子守护诚辛勤。
辛勤守护何人识，断楮零缣增太息。
墨池昨夜瘦蛟横，山雨吹窗晚风黑。

万光泰(1712—1750),字循初,一字柘坡。秀水(今属浙江)人。乾隆丙辰举人,举博学鸿词。著有《柘坡居士集》。

【注释】

①禅藻斋:待考。嵇叔夜:即嵇康。《与山巨源绝交书》:此为嵇康的一篇名作,古往今来,千古传诵,脍炙人口,被许多著名书家传抄。嵇康生活在魏晋时代,他一方面崇尚老庄,恬静寡欲,好服食,求长生;一方面则尚奇任侠,疾恶如仇,锋芒毕露。《与山巨源绝交书》充分表达了其不与司马氏合作的刚直人格和高傲品质。鲜于枢书此合于自身之气质。传为鲜倜傥磊落,才高不凡,常酒酣骜放,奇态横生,富雄强之气度。晚居西湖虎林营一室。号"困学斋",鉴赏古玩,调琴作书,以书翰终其生。明吴宽《匏翁家传集》评曰:"鲜于困学书名,在当时与赵吴兴、邓巴西(文原)各雄长一方。困学多为草书,其书从真行来,故落笔不苟,而点书所至,皆有意态,使人观之不厌。不若今人未识欧虞,迳造颠素,其散漫连延之势,终为飞蓬蔓草而已。"鲜于枢此帧草书未见著录。

②裘马:车马衣裘。喻生活豪华。《论语·公冶长》:"子路曰:顾车马,衣轻裘,与朋友共,敝之而无憾。"唐杜甫《秋兴》诗:"同学少年多不贱,五陵车马自轻肥。"

③形容鲜于伯机草书宣意抒情,大气磅礴。元仇远在跋其《海棠诗卷》中云:"坡翁谪守黄州郡,感慨长吟对海棠,困学仙人复挥帚,墨形诗句总生春"。古人评伯机之书有"春花带露"之谓。

④赵孟頫《松雪斋》评其书云:"困学之书,妙入神品,仆所不及。"

⑤米薛:指米芾、薛绍彭。

⑥泥中挽车:据传鲜于枢在郊外见二人挽车行淖泥中,遂悟笔法。诚如古代书家如张旭观公孙大娘舞剑、怀素闻嘉陵江水等等草书倍进同义。

⑦七不:指嵇康与山巨源书中有"不堪者七甚不可者二"。山吏部即山巨源山涛与嵇康、阮籍、王戎、向秀、刘伶和阮咸常在竹林聚会,谈玄说理,饮酒赋诗,世人称之为"竹林七贤"。嵇康以"七不堪甚不可者二"之辞,拒绝山涛拉自己去做官的想法。

⑧嵇康与山巨源书中有"抱琴行吟弋钓草野而吏卒守之不得妄动二不堪也"之句,真切反映了嵇康心存鸿鹄之志,崇尚自然,鄙视官场"不得妄动"的

龌龊丑态。

⑨嵇康书中云“又每非汤武而薄周孔”，以“七不堪”述此“刚肠疾恶”之心，可谓天真可爱。汤武：即商汤和周武王。《易·革》：“汤武革命，顺乎天而应乎人”。《嵇康别传》：“（康）乃答涛书，自说不堪流俗，而非薄汤武，大将军（司马昭）闻而恶之。”

⑩《广陵散》：嵇康临刑时曾弹《广陵散》，云‘《广陵散》于今绝矣’。前有详注。

⑪右军：即王右军。

题姚茎汀侍御八分册后[1]

沈德潜

汉唐八分分二体，汉尚古拙唐端严[2]。
面目变换神理合，夏濩何必殊韶咸[3]。
后人追模猎形似，漫与石刻争豪纤[4]。
小夫专长画界域，如以越镈嘲燕函[5]。
先生镕陶汉唐格，羲娥星宿能包含[6]。
洪都石经丈人行[7]，太山封禅相骖驔[8]。
箕张昴萃象纬列[9]，剑抽戟向寒铓铦。
体格上下溯程邈[10]，诗句夷憺书陶潜[11]。
巡行三辅抑豪横[12]，欲使黎庶归和諴。
行行且止避骢马[13]，公独挥翰垂彤幨[14]。
威名霜清笔遒折[15]，吏治文苑公能兼[16]。
我生嗜古逞笔力，延熹苦县心所忺[17]。
披阅此册退三舍[18]，驽马那许追惊帆[19]。
当今惜无好事者，谁为赵峋与郭髯[20]。
骊珠缄还好什袭[21]，应有光焰腾东南[22]。

沈德潜(1673—1769)，字碻士，号归愚。江苏长洲人。中年以前授徒为生，并以诗名世。乾隆丙辰举博学鸿词，己未进士。历任编修、左中允、侍读、侍讲学士、少詹事、詹事、内阁学士、礼部侍郎，加礼部尚书职衔及太子太傅衔。谥文悫。著有《五朝诗别裁》《古诗源》《竹啸轩诗钞》《归愚诗文钞》等。

【注释】

①姚荃汀:生平不详。

②清刘熙载《艺概》:“隶于八分之先后同异,辨而愈晦,其失皆坐狭隶而宽分。夫隶体有古于八分者,故秦权上字为隶;有不及八分之古者,故钟、王正书亦为隶。盖隶其通名,而八分统矣。”清钱泳《书学》:“唐人隶书,昔人谓皆出诸汉碑,非也。一碑有一碑之面貌,无有同者,即瓦当印章,以至铜器款识皆然,所谓俯拾即是,都归自然。若唐人则反是,无论元宗、徐浩、张廷珪、史惟则、韩择木、蔡有邻、梁升卿、李权、陆郢诸人书,同是一种戈法、一种面貌,既不通《说文》,则别体杂出,而有意圭角,擅用挑踢,与汉人迥殊,吾故曰:‘唐人以楷法作隶书,固不如汉人以篆法作隶书也’。”清万经《分隶偶存·论汉唐分隶同异》:“今观唐所传《明皇泰山》《孝经》志梁升卿、史惟则、韩择木诸石刻,何尝云汉碑迳庭乎?特汉多拙朴,唐则日趋光润;汉多错杂,唐则专取整齐;汉多简便如真书,唐则偏增笔画为变体,神情气韵之间,迥不相同耳。至其面貌体格,固优孟衣冠也。乃后人妄生议论,必欲分而为二。”

③指“韶頀”,详注见前。

④此句谓后人学汉隶时的偏差。清冯班《钝吟书要》曰:“汉人分书不纯方,唐人分书不纯扁。……顾云美云:‘唐人分书,极学汉人。’此论佳,可破惑者。”又“八分书只汉碑可学,更无古人真迹。近日学分书者,乃云碑刻不足据,不知学何物?”又“汉人分书多剥蚀,唐人多完好。今之昧于分书者,多学碑上字,作剥蚀状,可笑也”。

⑤越镈嘲燕函:此指为钟或编钟。镈指镈钟。函指函钟,也称林钟。越、燕皆古国名。

⑥羲娥星宿:羲和为日,嫦娥为月,泛指日月。唐韩愈《石鼓歌》:“孔子西行不到秦,掎摭星宿遗羲娥。”

⑦洪都石经:即鸿都石经。丈人行:对长辈的尊称。《史记·匈奴传上》:“(单于)乃自谓:‘我儿子,安敢望汉天子;汉天子,我丈人行也’。”唐杜甫《李潮八分小篆歌》:“岂知吾甥不流宕,丞相中郎丈人行。”

⑧太山封禅:太山,泰山也,此指秦《泰山刻石》。骖骓:犹相随。清李慈铭《越缦堂读书记·赤城词》:“浙之词人,两宋为盛,……梦窗、碧山,既为眉目;放翁、竹屋,骖骓后先。”

⑨此句喻书法的开张有序,荟萃天地之精华。箕、昴均为二十八宿之一。箕张指两旁伸张开云如簸箕之形。昴宿,白虎七宿第四宿,也称髦头、旄头。昴萃,指七星会聚。象纬列,谓日月五星。

⑩体格:指书法风格。

⑪夷憺:指诗句淡雅。陶潜(365—427),字渊明,浔阳柴桑(江西九江)人。《晋书》载其“少怀高尚,博学善属文,颖脱不羁,任真自得”。曾为州祭酒、参军,后任彭泽令。因不为五斗米折腰,毅然解印去职,归隐田园,至死不仕。所作诗文多描写田园景色,以《桃花源记》《归田园居》《饮酒》等最为著名。著有《陶渊明集》。

⑫三辅:此指三辅所辖之地。三辅指西汉治理京畿地区的三个职官,后泛指京畿地区。

⑬此句指后汉桓典拜侍御史事。是时宦官秉权,桓典执政无所回避。常乘骢马,京师畏惮,为之语曰:“行行且止,避骢马御史。”

⑭彤幨:朱红色的车幔。

⑮霜清:整肃、肃清。

⑯吏治:指古代地方官吏统治人民的方法和治绩。《史记·秦始皇本纪》:“繁刑严诛,吏治刻深。”

⑰延熹苦县:指后汉蔡邕书《老子铭》碑。详见前注。忺:适意、高兴。

⑱此句指对姚荃汀书法册的恭敬之情。披阅:展卷阅读或翻看。《北史·韦孝宽传》:“虽在军中,篇意文史,政事之余,每自披阅。”退三舍:指退避三舍。喻退让,此谓愧不如之意。事为春秋晋公子重耳亡命过楚国。楚成王待之以礼,问若得返国,将何以报楚。重耳答曰:“若以君之灵,得反晋国,晋楚治兵,遇于中原,其辟君三舍。”师行三十里为舍。后晋楚“城濮之战”,晋师果退三舍,以避楚军。《左传》详述此。

⑲驽马:能力低下之马,喻才能低下。此谓谦词。惊帆:快马名。晋崔豹《古今注·杂注》:“曹真有快马,名曰惊帆。言其驰骤如烈风之举帆疾也。”

⑳赵崡与郭髯：赵崡，字子函，一字屏国。陕西盩厔(今周至县)人，万历己酉(1609)举人。著有《石墨镌华》。郭髯即郭宗昌，字允伯，陕西华州人，生于明季，入清不仕，平生喜谈金石，书法精美，议论淹通，著有《金石史》。

㉑骊珠，详注见前，比喻姚茎汀书法册。缄还：指还书。什袭：指把物品重重叠叠地包裹起来，后引申为郑重珍藏。宋张守《跋唐千文帖》："此书无一字刓缺，当与夏璜赵璧，什袭珍藏。"

㉒此句形容姚茎汀书法风采之盛。唐韩愈《调张籍》诗："李杜文章在，光焰万丈长。"

题沈凡民《兰亭》卷子[1]

袁　枚

凡民与王虚舟、裘鲁清交最狎[2]。沈、王故工楷法，五十二岁时各临《兰亭》一本。互角精能。画者作《流觞曲水》，貌三人于其中。无何，鲁清死，又数年，虚舟死。凡民每哭一人，则跋数语于卷尾。乾隆十六年十一月，凡民来白下，出图命题，余生晚，不获见裘、王两先生，而其时凡民之官建德，余又将赴长安，感三友之多情，逢两人之将别，磨墨怆然，不能自已。

先生垂老泪星星[3]，行箧常携感旧铭。
一代交情存笔墨，三人颜色付丹青[4]。
酒杯白社秋来忆[5]，玉笛山阳雨后听[6]。
五十二年鸿爪在[7]，昭陵风雪满兰亭[8]。

浮生难挹鲁灵光[9]，风义羊求事渺茫[10]。
两晋书亡王内史[11]，六朝人剩沈东阳[12]。
金仙次第辞西汉[13]，宫女凭谁说上皇。
惆怅钟期来海畔[14]，断琴弹落一天霜。

袁枚（1716—1798），字子才，浙江钱塘（今杭州）人。乾隆进士。官至知县。以养母归不出，筑屋江宁小仓山，号随园。论诗主张抒发性灵，有“性灵说”之谓，诗意达人所不达。《清史稿》称其“尽其才以为诗歌，各流造请无虚日，诙谐跌荡，人人意满”。公卿市井皆知其名。

著有《随园诗话》《小仓山房集》。

【注释】

①沈凡民:1685—1755,江苏江阴人,一名谦,字凡民,号补萝,别署桐君、凡翁。官至徽州同知,受业王虚舟,工书画精篆刻。著有《谦斋印谱》。

②王虚舟:即王澍。裘鲁清:生平不详。最狎:最亲密、亲近。狎者,近也,亲也。《礼·曲礼上》:“贤者狎而敬之,畏而爱之。”

③泪星星:指泪珠滴滴,形容其多。

④此句指三人书画之《兰亭》卷子。

⑤白社:指隐士所居之处。《抱朴子·杂应》:“洛阳有道士董威辇常止白社中,了不食,陈子叙共守事之,从学道。”唐温庭筠有诗云:“寰区已作皇居贵,风月犹含白社情。”

⑥山阳:地名。此指今江苏淮安。玉笛,指玉制之笛。

⑦鸿爪:指往事的痕迹,此指《兰亭》卷子。宋苏东坡《和子由渑池怀旧》:“人生到处知何似,应似飞鸿踏雪泥。泥上偶然留指爪,鸿飞那复计东西?”

⑧昭陵风雪:指唐太宗随葬《兰亭》真迹一事。

⑨鲁灵光:宫殿名。汉景帝子鲁恭王所建。故址在今山东曲阜县。《文选·汉王文考·鲁灵光殿赋序》:“鲁灵光殿者,盖景帝桓姬之子恭王余之所立也。初恭王始都下国,好治宫室,遂因鲁僖基兆而营焉。遭汉中微,盗贼奔突,自西京未央、建章之殿,皆见毁坏,而灵光岿然独存。”后因称硕果仅存的人或事物为鲁灵光。宋李曾伯《挽尤端明》诗:“典型周大雅,人物鲁灵光。”此指沈《兰亭》卷子。浮生:指人生。《庄子·刻意》:“其生若浮,其死若休。”老庄谓人生在世,虚浮无定。唐李白《春夜宴桃李序》:“夫天地者万物之逆旅,光阴者百代之过客也,而浮生若梦,为欢几何?”

⑩羊求:汉羊仲与求仲的合称,世称“二仲”。汉赵岐《三辅决录》:“蒋翊字元卿,舍中三径,惟羊仲、求仲从子游。二人皆雅廉逃名之士。”以此喻裘鲁清、王虚舟二人。风义:犹情谊、情操。也作“风谊”。唐李商隐《哭刘蕡》诗:“平生风义兼师友,不敢同君哭寝门。”

⑪王内史：即王羲之。

⑫沈东阳：指沈约(441—513)。曾官东阳太守，故称。字休文，吴兴武康(今浙江德清)人。对古体诗律诗提出“四声八病”之说，强调诗歌的声律，为我国诗歌从古体诗向近体诗的发展准备了条件，对后来的诗词曲赋影响很大。世称“永明体”。沈约为创始人之一。

⑬金仙：指佛家对佛祖的称呼。道教仙人的最高境界也称大罗金仙。喻得道修行的最高境界。袁枚此谓裘、王二人得道成仙而逝。次弟：依次。唐白居易《春风》诗：“春风先发苑中梅，樱杏桃李次弟闻。”西汉，泛指所居之地。

⑭钟期：即钟子期。袁枚比喻沈与己的知音之谊。钟子期，春秋楚人，精于音律，伯牙鼓瑟，志在高山流水，子期听而知之。子期死，伯牙谓世无知音者，乃绝弦破琴，终身不复鼓琴。

天开岩观《岣嵝碑》[1]

袁　枚

秦人蔑古古不收，后人好古古难投。
六经百氏半难信[2]，吾于岣嵝疑为尤[3]。
古人书竹不书石，磨崖夸功秦所留。
俗儒因之诬神禹，道有奇篆垂千秋。
昌黎勇探庐陵索[4]，甘受百欺无一酬。
既有其说必附会，青天白日生蜃楼[5]。
樵夫忽挈何致子，灵书八会荒崖搜。
杨君好事重摹刻[6]，长屏灿列栖霞幽。
鸟未分虫鱼舍凤，非殷琱戈夏带钩[7]。
窘如贰负抱桎梏[8]，怪如刑天扬戈矛[9]。
醜如严家走饿隶[10]，乱如墙角堆蜗牛[11]。
仓公四目苦眴转[12]，次仲双翮难雕锼[13]。
震雷文裂势垂薤，寒冰理断盘堆虬。
口箝目眯心漆黑[14]，释文虽具谁咨诹[15]！
张公得之跃三百，我独一言君无邮[16]。
周石鼓疑宇文氏[17]，伪尚书得大航头[18]。
龙威丈人字不识[19]，阖闾走问东家丘[20]。
真赝从古事莫辨，狱市一哄心终兜[21]。
矧此鸿文更无范[22]，奇而不古形拘囚。

欧赵摸拓万万本，岂采砂砾忘共球[23]。
昆吾之迹华山博[24]，枉被韩子笑棘猴[25]。
瓦棺烂鼎备一格，神功圣迹理则不[26]。
词隐既如秦客廋[27]，众聒姑听楚人咻[28]。
拓取一纸新双眸，青虫篆叶啼秃鹙。
袁子作歌记所游。

【注释】

①天开岩观《岣嵝碑》:详注见前。

②六经:指《诗》《书》《礼》《乐》《易》《春秋》。半难信:指对部分六经真伪存在疑问。今古文家对此均有争论。

③吾于岣嵝疑为尤:指出《岣嵝碑》真伪的特别。

④昌黎:指韩愈。

⑤蜃楼:指大气中由于光线的折射,把远处景物显示到空中或地面上的奇异幻景。古人以为蜃吐气而成。常以比喻虚幻不足恃的事情。蜃,大蛤蜊。

⑥杨君:指杨时乔,详见前。

⑦此句是袁枚对《岣嵝碑》文字的形象描述,认为此碑文字非鸟非虫,非鱼非凤,来殷不夏,无可信之据。琱戈:刻镂之戈。此泛指青铜钟鼎文字而谓。

⑧指古代神话贰负之事。《山海经·海内西经》:"贰负之臣曰危,危与贰负杀窫窳,帝乃梏之疏属之山,桎其右足,反缚两手与发,系之山上木,在开题西北。"袁枚之谓《岣嵝》文字的窘迫状。

⑨刑天:指古神话传说人物。也作形天。《山海经·海外西经》:"刑天与帝争神,帝断其首,葬之常羊之山。乃以乳为目,以脐为口,操干戚以舞。"袁枚以此谓《岣嵝》文字的怪异。

⑩饿隶:《晋书·王献之传》:"观其字势疏瘦,如隆冬之枯树;览其笔踪拘

束，若严家之饿隶。”袁枚以此形容《岣嵝》字体之枯瘦之状。

⑪此句形容《岣嵝》文字局促而无章法。

⑫仓公：指仓颉造字说。

⑬次仲：即王次仲。传为八分书始创者。

⑭指信有《岣嵝碑》者，托大禹之名，挟制使人不敢说话。目眯，指似视非视的神气。

⑮咨诹：征询、商量，此指探讨之义。

⑯无邮：没有过失或罪过。《国语·晋语二》：“优施曰：‘我优也，言无邮’。”

⑰指石鼓而言。王昶《金石萃编·石鼓文》：“金史马定国传谓：石鼓自唐以来无定论。定国以字画考之云是宇文周时所造。作辨万余言出入传记，引据甚明。今其辨不可得见。……”

⑱此句指今古文学派对《尚书》真伪的争论。大航头：当谓占主流讲。

⑲《佩文韵府·灵笈七籤》：“灵宝童谣：吴王出游观震湖，龙威丈人山隐居。北上包山入灵墟，乃造洞庭窃禹书。”

⑳阖闾：即吴王吴子光。东家丘：指孔丘。《佩文韵府·灵宝要略》：“吴王阖闾出游包山，见一人自言姓山名隐居。阖闾叩之乃入洞庭，取素书一卷呈阖闾，其文不可识，令人赍之问孔子。孔子曰：丘闻童谣。云云。使者反白阖闾。乃师事之。”

㉑狱市：指狱讼以及市集交易。《史记·曹相国世家》：“参去，属其后相曰：‘以齐狱市为寄，慎忽扰也。”袁枚以此谓今古文之争以及其他历史上存疑之论。一哄，指争论之喧闹。汉扬雄《法言·学行》：“一哄之市，不胜异意焉。”心终兜，心里终是迷惑。兜，迷惑，受蒙蔽。《国语·晋六》：“在列者献诗，使勿兜”。

㉒矧：况。《诗·小雅·伐木》：“相彼鸟矣，犹求友声。矧伊人矣，不求友人。”鸿文：指《岣嵝碑》。袁枚嘲讽其体如被拘囚犯。

㉓共球：指美玉。

㉔昆吾：指昆吾剑，古剑名，也作“锟铻剑”。《列子·汤问》：“周穆王大征西戎，西戎献锟铻之剑，火浣之布，其剑长尺有咫，炼钢赤刃，用之切玉如切泥焉。”南朝梁吴均《咏宝剑诗》：“我有一宝剑，出自昆吾溪。照人如照冰，切玉

如切泥。”华山博，指博山炉上美丽的雕刻重叠如山形的纹饰。

㉕韩子：指韩愈。棘猴：喻徒费心力或欺诈诞妄。唐李白《古风·三五》：“棘刺造沐猴，三年费精神。”

㉖则不：张相《诗词曲语词汇释》：“凡云则不犹云不则。皆犹云不但或不止也。”

㉗廋：隐藏。《论语·为政》：“视其所以观其所由，察其所安，人焉廋哉！人焉廋哉。”

㉘咻：喧嚷。《孟子·滕文公下》：“一齐人传之，众楚人咻之。”

题陆乾日隶书千文[1]

杨述曾

秦时王次仲，六书变体创八分。
梁初周散骑，羲之碎字编《千文》[2]。
羽人已化大鸟去，侍郎鬓发嗟如银[3]。
迢遥应千载，源流一一区河汾[4]。
八分鸿都石经后，元常隼尾波势尤超群。
开元碑颂仅具体，韩梁张史徒云云[5]。
《千文》智永擅神妙，八百分散留江滨[6]。
吴兴王孙所传十七卷，俗书依仿赝本尤纷纷。
松陵陆子嗜古有奇癖，虫形鸟迹远欲窥皇坟。
一丸隃麋作鳌甲[7]，三寸柔翰供锄耘[8]。
京华旅食坐无事，闲窗素纸舒萝纹。
割分篆隶缀晋字，规模曹蔡凌右军[9]。
当其捉腕时引而不发，有如劲弩悬千斤。
及其纵手快盘空夭矫，有如鸷鸟摩秋雯[10]。
倏如长矛扫锋锷，突如巨石崩崖垠。
屹如巍堂列柱础，绵如远岫霏烟云。
攫张如怒群龙奋鳞爪[11]，敷纷如缀百卉垂葩芬[12]。
或如淇园风动千竹叶薿薿[13]，或如湘流帆转九折波沄沄。
纤浓各意态，直曲随锯钘[14]。含文复包质，强力还丰筋。
书成应置国门外，摹观纸价逾元勋[15]。

嗟予学奇觚[16]，拙手空辛勤。
华山岱岳未经到，郃阳酸枣凭传闻[17]。
玄黄剩句《兔园册》[18]，《凡将》《急就》同断断[19]。
绾蛇萦蚓自嗤笑，偶游燕市欣逢君。
一编示我插高架，缥囊珍重薰香芸。
恍悬师宜帐[20]，疑曳羊欣裙[21]。
何当数晨夕，泥饮乘酣醺。
便从窃柎学梁鹄[22]，还持奇字师刘棻[23]。
昨宵残月正离毕，飞雨飘雪雷砏磤[24]。
晓来西山起晴色，豁开东牖延朝昕[25]。
摩挲旧籍忽三叹，沈吟拂几心殷殷[26]。
张生石鼓李潮篆，杜诗韩笔万丈光炘炘[27]。
我生已晚学芜劣[28]，文章岂直殊莸薰[29]。
摇毫掷简不知暮，起看遥树漠漠含斜曛。

杨述曾(1698—1767)，字二思，号企山，江苏武进人。乾隆丙辰(1736)举博学鸿词。壬申(1752)一甲二名进士，授编修，历官侍讲。著有《使车集》。

【注释】

①陆乾日：生平不详。千文：即《千字文》。南朝梁武帝萧衍指命给事郎周兴嗣用一千个不同的字编写的小册子。四字一句，对偶押韵，便于记诵。后用作学童启蒙读本。

②周散骑：指周兴嗣(469—537)，南朝梁臣，字思纂，陈郡项(今河南沈丘)人。《南史·文学》称其"博学善属文"。因所献《休平赋》文辞甚美，得迁员外散骑侍郎，又因所撰寺碑、铭、檄等受武帝赏识，迁给事中。佐修国史，著

《皇帝实录》《皇德记》《起居记》《职仪》等。其遵梁武帝旨所撰次韵王羲之书《千字文》流传至今。唐李绰《尚书故实》载曰："梁武教诸王书，令殷铁石于大王书中拓一千字不重者，每字片纸，杂碎无序。武帝召兴嗣谓曰：'卿有才思，为我韵之。'兴嗣一夕编缀进上，鬓发皆白。""羲之碎字编《千文》"即指此。王字集《千字文帖》，清《三希堂法帖》第一册收录。南朝陈释智永，唐欧阳询、虞世南、褚遂良、孙过庭、张旭、李阳冰、释怀素都有临本。

③羽人：指道家得道成仙者。此谓梁周兴嗣。侍郎鬓发嗟如银：见注②。

④河汾：隋代王通设教河汾之间，受业者达千余人。后以此指王通及其学术流派。见《新唐书·隐逸传·王绩》。

⑤开元碑颂：当指开元年间《述圣颂》碑。清王昶《金石萃编·述圣颂》记云："碑高六尺五寸七分，广三尺四寸，十九行，行三十七字。正书，在华阴县岳庙。述□圣颂并序，京兆府富平县尉达奚珣撰序。右补阙集贤殿直学士吕向撰颂并书。"又顾炎武《金石文字记》记云："碑云上方有韩《赏告岳神文》，韩择木八分书。下方有大历九年华阴令卢朝彻《谒岳庙文》。有贞元九年、十三年题名。左旁有乾元二年张惟一《祈雨记》，旁有上元元年华阴县令王宥等题名。李枢书。上为篆，下为八分。"

⑥智永《真草千字文》、明汪砢玉《珊瑚网》、清王原祁《佩文斋书画谱》皆有收录。《中国古代书法史》云："陈代名僧智永，为王羲之七世孙，居山阴永欣寺学书三十年，用真草书写《千字文》达八百本，遍施浙东诸寺。就这样，萧衍命题，殷铁石摹拓，周兴嗣次韵，智永书习的《千字文》，从此正式进入书法艺术的殿堂。"宋米芾《海岳名言》评曰："智永临《集千文》，秀润圆劲，八面具备，有真迹。……"清王原祁《佩文斋书画谱》录智永《千文》有二，一为《陈僧智永书千字文》，另一为《陈僧智永真草千文》。辑《寓意编》云："智永真草《千文》，旧有石刻。今阁老长沙公所藏乃其真迹，较之石本字大而非，气韵飞动优入神品。为天下法书第一……"又王世贞《弇州续稿》评曰："智永真草《千文》，崔氏所藏真迹薛嗣昌刻之长安漕司者，翻本尚完好，但太瘦生且波发处多有。可恨此纸晚得之。徽人汪生是枣木耳，而肥以长安石本，较之不啻江妃之望玉环也。刻手工拙固如此哉。今智永《千文》独推史家碑，疑此即是也。"

⑦一丸隃糜：指墨。隃糜，汉置隃糜县，因隃糜泽而名，即今陕西千阳

县。其地产墨。后以隃麋、麋丸为墨之代称。

⑧三寸柔翰：指毛笔。《文选·晋左太冲(思)·咏史》诗云："弱冠弄柔翰，卓荦观群书。"

⑨曹蔡：指曹喜、蔡邕。曹喜，羊欣《采古来能书人名》："扶风曹喜，后汉人，不知其官。善篆、隶，篆小异李斯，见师一时。"

⑩秋雯：秋天的彩云。

⑪攫张：形容字势的张扬。

⑫敷纷：茂盛貌。形容字势繁茂。

⑬淇园：古地名。在今河南淇县附近，古代以产竹著名。薿薿：茂盛貌。

⑭锯斤：锯和斧。《庄子·在宥》："于是乎斤锯制焉，绳墨杀焉，椎凿决焉。"《释文》："斤，音斤，本亦作斤。"

⑮元勋：首功。比喻陆子书法堪称第一。

⑯奇觚：奇书。觚，简策。《急就篇》："急就奇觚与众异。"《注》："觚者，学书之读，或以记事，削本为之，盖简属也。……其形或六面，或八面，皆可书。觚者，麦也，以有棱角，故谓之觚。"

⑰郃阳：古地名，因在郃水之阳而名。今属陕西省。郃阳酸枣指长安石本。参见前注。

⑱《兔园册》：详见前。

⑲《凡将》：即《凡将篇》，古代字书名。汉司马相如撰。《说文》常引其说。已佚。断断：争辩貌。《史记·鲁世家》太史公曰："余闻孔子称曰：'甚矣鲁道之衰也！洙泗之间断断如也。'"

⑳师宜帐：指师宜官。唐张怀瓘《书断》："师宜官，南阳人。灵帝好书，征天下工书于鸿都门，至数百人，八分称宜官为最，大则一字经丈，小乃方寸千言，甚矜其能。性嗜酒，或时空至酒家，书其壁以售之，观者云集，酤酒多售，则铲去之。后为袁术将命巨鹿。《耿球碑》术所立，是宜官书也。"

㉑羊欣裙：详注见前。

㉒窃柎：西晋卫恒《四体书势》："（师宜官）或时不持钱诣酒家饮，因书其壁，顾观者以酬酒直，计钱足而灭之。每书辄削而焚其柎，梁鹄乃益为柎，而饮之酒，候其醉而窃其柎。"柎，涂抹。《仪礼·士冠礼》："素积白屦，以魁柎之。"

贾公彦疏:“以蛤灰涂注于上,使色白也。”

㉓刘棻:汉文学家刘歆之子。《前汉书·八七下·扬雄传》录其事。

㉔砏磤:大雷。《广韵》。

㉕朝昕:指早晨的亮光。

㉖殷殷:恳切、依依。

㉗炘炘:火焰炽盛貌。

㉘芜劣:谦辞,指学识芜杂不精。

㉙莸:一种水草。其味恶臭。

题宋比玉八分书册子后[①]

张锡爵

暴秦燔经多狱讼[②]，书趋便易隶乃兴。

建初饰隶作楷法，义取八字分成形[③]。

篆八隶二相割取，俗流伪托言难凭。

毛弘秘书教自汉[④]，钟繇铭石看飞腾[⑤]。

有邻择木擅唐代[⑥]，字体与汉原相承。

弥勒像碑少笔法[⑦]，百金一字知虚称。

珏也工书值明季，奋笔俯仰萦回轻。

烟飞云逝断还续，山颓雨骤纵复横。

屹如钟虡悬重宇，翩如鸾凤翔青冥。

上谷二难频展玩[⑧]，衙斋风日何幽清。

侯豫瞻、雍瞻两先生观于西江官舍。

流传距今越百载，纸墨完好光荧荧。

吾闻珏也不羁士，主文谲谏能诗鸣。

荔枝仙人早自号，路逢程老谓松圆呼以兄。

小鸾长裾日捧砚，浊醪数斗倾盆罂。

兴酣八分夸入妙，淋漓素壁兼秋屏。

宜官酒舍漫偿值，魏武别馆闲施钉[⑨]。

珏也此书与之敌，纤波浓点犹前型。

北走燕山东吴越，抱琴彳亍歌榛苓[⑩]。

故园荔熟不归去，桐棺旅殡吁可矜[11]。
从来盛名多坎壈[12]，题诗望古心怦怦。

张锡爵(生卒年不详),字担伯,号中岩,嘉定(今属上海)人。贡生。工诗,酷摹王士祯。著有《吾友于斋诗钞》。

【注释】

①宋比玉:即宋珏(1576—1632),号荔枝仙。明末诸生。善诗文,山水出入"二米"、吴镇、黄公望,笔法高超无俗气。尤善八分,能篆刻。时以八分入石,别创一格,后人称之"莆田派"。清王原祁《佩文斋书画谱·列朝诗集》录云:"珏善八分书,规模《夏承碑》,苍老雄健,骨法新然。"

②燔经:指秦始皇焚书坑儒书事。

③此句指王次仲事。唐张怀瓘《书断·八分》:"案八分者,秦羽人上谷王次仲所作也。王愔:'次仲始以古书方广,少波势。建初中,以隶草作楷法,字方八分,言有模楷。'又萧子良云:'灵帝时,王次仲饰隶为八分。'"

④毛弘:唐张怀瓘《书断·能品》:"毛弘字大雅,河南武阳人。服膺梁鹄,研精八分,亦成一家法。献帝时为郎中,教于秘书。建安末卒。"西晋卫恒《四体书势》:"鹄弟子毛弘教于秘书,今八分皆弘之法也。"

⑤钟繇铭石:指魏钟书《受禅碑》。唐张怀瓘《书断·神品》:"(钟繇)八分则有《魏受禅碑》,称此为最。"

⑥有邻择木:指唐蔡有邻、韩择木。宋朱长文《续书断·妙品》:"杜子美云:'尚书韩择木,骑曹蔡有邻,开元以来数八分。'"

⑦弥勒像碑:王原祁《佩文斋书画谱·金石录·唐李潮弥勒像碑》:"右唐惠义寺《弥勒像碑》,李潮八分书。潮书初不见重于当时。独杜甫诗盛称之,以此蔡有邻、韩择木。今石刻在者绝少。惟此碑与《彭元曜墓志》尔。余皆得之。其笔法亦不绝工,非韩、蔡比之。"

⑧二难:指贤主、嘉宾二者难得。唐王勃《滕王阁序》:"四美具,二难并。"此谓宋珏八分册子。

⑨宜官句:详见前注。

⑩彳亍:小步走,欲行又止貌,榛苓:指野草。

⑪桐棺旅殡:桐棺指桐木做成的棺材,本指质地朴素的棺木。此谓较差的棺材。旅殡,谓灵柩暂时存放于外地等待归葬。

⑫坎壈:不平,喻遭遇不顺利。

题亡友王西厓炎所贻赵松雪书《汲黯传》拓本后[1]

朱景英

王君书宗虞永兴[2]，亦复钩勒赵吴兴。
吴兴手迹逞姿媚，细筋安得如秋鹰[3]。
或言上石尤不可，椎拓往往刓圭棱。
曩持此论自东涧[4]，与君往复词翻腾。
石本忽出《汲黯传》，翠墨黮黕霉淫蒸[5]。
森张剑戟严且整，摸纸凸起惊崚嶒。
承旨他本那见此[6]，率更令后难为朋[7]。
益信书家各师派，服君鉴别言有征。
匹如半山论诗法[8]，玉谿善学杜少陵。
不然獭祭妄訾訾[9]，苦从字句分淄渑[10]。
此本在箧近廿载，夜窗覆审开鬔䰐[11]。
更为感旧动枨触[12]，暗风吹闪青荧灯。

朱景英(生卒年不详),字幼芝,一字梅冶,号研北。武陵(今属湖南常德)人。乾隆十五年(1750)解元,历官台湾理番同知。工书法,能诗文。著有《畬经堂集》。

【注释】

①王西厓:生平不详。赵松雪即赵孟頫。《汲黯传》:《史记》《汉书》皆有。

汲黯(？—前112年),西汉臣,汉濮阳(今属河南)人,字长孺,武帝时为东海郡太守,后召为九卿,敢于面折廷诤。武帝外虽敬重,内颇不悦。后出为淮阳太守,七年而卒。《汲黯传》拓本,《中国书法鉴赏大辞典》录有赵孟頫《汉汲黯传》小楷墨本。清安岐《墨缘汇观》评其曰:“书法唐人,清劲秀逸,超然绝俗,公书之最佳者。”

②虞永兴:即虞世南。

③宋苏轼《孙莘老求墨妙亭》诗:“颜公变法出新意,细筋入骨如秋鹰。”

④曩持:从前坚持。曩,先时,以前。

⑤黮黕:暗黑不明貌。清史震林《题栖霞山叠浪岩》:“怪哉叠浪岩,峭壁色黮黕。”此指拓本的墨色。

⑥承旨:指赵孟頫。元仁宗时,赵孟頫官拜翰林学士承旨、荣禄大夫,官从一品。故世称“赵承旨”。

⑦率更令:指唐欧阳询。

⑧匹如:譬如。唐元稹《酬乐天醉别》诗:“好住乐天休怅望,匹如元不到京来。”半山:指宋王安石。号半山,为“唐宋八大家”之一。玉谿:指唐李商隐。

⑨訾呰:毁骂指责。唐韩愈《蓝田县丞庙壁记》:“谚数慢,必曰丞,至以相呰訾。”

⑩淄渑:二水名。都在山东省。相传二水味异,合则难辨,惟春秋齐国易牙能辨之。后以此喻合则难辨的事物。

⑪黳瞢:昏暗迷糊状。

⑫枨触:指感触。

观大唐《中兴颂》刻石

钱　载

天南唐后无如此，元公之文鲁公书。
体逾骚人擅约洁[①]，画若铁柱撑空虚。
俯临大渊削崖壁，三百尺余秋翠滴。
披草读之晓虫寂，天开灵境初何心。
客蓄奇怀远相觌，面石久益钦两公[②]。
与唐家国诚哉忠，江深山荒风露湿。
不语之语精犹充，盛极开元有天宝。
一侈应欢功再造，乘舆归来自传老。
收京设使监国为，何至迁宫泣难道。
春秋始终必正之，后世功罪虞曲辞[③]。
职非南董借藓石[④]，王新建遂庐山碑[⑤]。

钱载(1708—1793)，字坤一，号萚石，又号瓠尊，晚号万松居士。浙江秀水人。乾隆壬申进士，改庶吉士，任编修，官至礼部侍郎。载诗精于韩杜苏黄，脱去畦町，自成一家。工书。善水墨画，尤工兰竹。著有《萚石斋诗文集》。

【注释】

①约洁：简约高洁。此谓颜体的端庄肃穆。

②两公：指颜真卿、元结。

③虞曲辞：指"虞美人"词牌。此谓李煜《虞美人》"一江春水向东流"句。

④南董:指春秋时齐史官南史和晋董狐的合称。二人都以直笔不讳著称。南朝梁刘勰《文心雕龙·史传》:“赞曰:‘……辞宗丘明,直归南董。’”

⑤庐山碑:待考。

题延熹西岳华山庙碑歌为朱竹君赋[1]

翁方纲

汉安元嘉与永寿[2]，东京碑字皆未磨[3]。

今人独于此碑惜，谓出中郎重摩挲[4]。

或云会稽考古误，太史郎那中郎过[5]。

元常元嘉卒史字，稚圭信否图经讹[6]。

箭筈门闲殿基砌，嘉靖年以粗沙劘[7]。

赵崡所以慨作跋，跋与洪赵非一科[8]。

谁知此跋宛在此，叶叶蝇楷如擘窠。

椒花舫深尘不到，未展额篆先吟哦。

上溯《周礼·职方氏》，下荐巡狩丰年歌[9]。

霸陵新丰地特纪，袁君孙君绩骈罗[10]。

昭印瞻仰女汝合，鉴亨字更加切嗟。

碑以“鉴”为“监”，“亨”为“享”，洪未释者。

惟初分隶次仲作，王萧之志交相诃[11]。

建初熹平源测委，韩诗郑易谚则那[12]。

篆与隶分递相减，初但俯仰无撇波[13]。

华山华亭记樊毅，三碑皆系于光和[14]。

建宁之前建初后，篆隶斟酌无偏颇。

镕金屈铁六百字，全文六百九十字，今缺九十七字。

金精白帝高嵯峨[15]。

三峰万古一元气，想见于此旋义娥。

精神融结到此本，二百年前已无多。
云驹云雏二东子[16]，墨庄楼中同手摩。
郭髯题曰郭香察，小史递以冻笔呵。
装池一艺成故实，方于鲁亦矜丸螺[17]。

赵子函跋华山，王宏嘉用方于鲁墨补书。

松谈阁又翠微阁，山史笔力追隶科[18]。
孙顾二跋不可见[19]，诸老白发来婆娑。
百年又随江南客，星虹万丈藏烟萝。
君今轻装南返北[20]，一本匣抵千金驮。
君精六书胜于郭，尉律不止言虞戈[21]。
宜讨本原证文字，昌黎所谓如悬河[22]。
亭林昔亦吉金拟[23]，但稽职司不及他。
一碑可以该汉隶，娄机字原较若何[24]。

翁方纲(1733—1818)，字正三，号覃溪。顺天大兴(今属河北)人。乾隆十七年(1752)进士。官至鸿胪寺卿加二品衔。博学多能。清代著名金石学家、史学家、书法家、诗人。考证题跋碑帖颇多，著述宏富。《清史稿》称其“能以学为诗”，经史金石文字考订，皆洋溢于诗中，诗论创肌理说，即重学问和义理。著有《复初斋文集》《两汉金石记》《粤东金石略》等。

【注释】

①朱竹君：即朱筠(1729—1781)，字竹君，美叔，号笥河，大兴(今属北京)人。乾隆十九年(1754)进士。官至福建学政。曾疏校核《永乐大典》，称旨成书。并充四库全书馆纂修官。与钱大昕、翁方纲等交往甚密，讨研学问。《清

史稿》载其“博闻宏览，以经学、六书训士”“因材施教，士多因以得名”。著有《笥河集》。

②汉安：东汉顺帝刘保年号(142—144)。元嘉，东汉桓帝刘志年号(151—153)。永寿，东汉桓帝刘志年号(155—157)。此谓其间所刻碑石。桓帝时有《石门颂》《乙瑛碑》《礼嚣碑》等。顺帝时有《北海相景君碑》等。

③东京：此指洛阳。

④中郎：指蔡邕。

⑤会稽考古误，指唐徐浩(703—783)，字季海，越州(浙江绍兴)人。历官中书舍人、岭南节度观察使、工部及吏部侍郎，封会稽君公。人称“徐会稽”。工书，得父峤之传授，精于楷法，圆劲厚重，自成一家。尤工草隶，史称其笔法如“怒猊抉石，渴骥奔泉”。徐浩《古迹记》认为书《华山碑》者为蔡邕，不是碑末所刻“郭香察”书，“察书”即校对检查。此说影响颇大，宋洪适《隶释》、清顾炎武《金石文字记》、顾南原《隶辨》、翁方纲《两汉金石记》及本诗中都坚持徐浩之说。与之相悖者认为是郭香察书者，明郭宗昌《金石史》、明赵崡《石墨镌华》中申其主张。当代书家学者启功先生为此著文，赞同《华山碑》为郭香察书。《启功丛稿·汉〈华山碑〉之书人》云：“……所以使‘小儒舌敝’者，其故有二：一、蔡中郎名头高大，天下碑版之名皆归之。蔡撰碑文多巨作，集中累见，遂因撰碑，讹及书碑。又熹平中鸿都门立石经碑，董其事者，蔡邕之外，尚有马日磾、堂溪典等，残石中可考见者，不下二十五人。自《后汉书·蔡邕传》专以书石之功归蔡，于是蔡邕遂成为书碑专家，近人马叔平先生(衡)撰《汉石经集存》，提出驳议，谓石经碑石既多，制作时间又短，不可能为蔡一手所书，其言极为近理。徐浩虽生于唐，而考古讵书精密？不信碑石，而信徐说，正如韩非所记郑人市履，‘宁信度，无自信也’(《外储说·左上》)。二、郭香察失去书碑权，半由被蔡邕所挤，半由其职衔过卑。论贵殊心，实以轻其为书佐耳。盖自唐宋以来，伐石谀墓，撰文书丹，必以达官显宦。遂觉区区书佐，岂可书碑！不知书佐下僚，不乏英俊，如《范滂传》中，书佐朱零，不肯诬证范滂，节义炳然，固无忝于中郎。其以无二名之说轻轻抹煞郭香察之名者，其意深，其术巧。至于赵崡，遂有‘郭香何人，乃莅中郎书’之语，郭氏至此，于仅存之察书权亦几何又被挤去，其故胥由卑职小，而洪氏之心，亦正在于是也。”又“吾读

此碑诸跋，最不能忍笑者，厥为冯景一篇。（按指冯景《解春集文钞》关于《华山碑》论述）苦搜范书，居然得一姓郭名香之人。此尚不足奇。所妙者，其人居然官为郎中，竟使寒微之书佐，前程远大，有官可升，于是得以保留察书之资格。所惜其时赵嶓已死，不及见此中郎郎中，衣冠赫赫，聚于一碑之下也！"

⑥元常：即钟繇，卒史字指汉《乙瑛碑》。清王昶《金石萃编·孔庙置守庙百石卒史碑》碑后附："后汉钟太尉书。宋嘉祐七年张稚圭按图题记。"又欧阳修《集古录》："按汉书元嘉元年，吴雄为司徒。二年，赵戒为司空。即此云，臣雄臣戒是也。鲁相瑛者，据碑言姓乙字仲卿……"又清王昶《金石萃编·赵崡·石墨镌萃》云："此碑后刻云，后汉钟太尉书。宋嘉祐七年张稚圭按图题记。按此碑永兴元年造，元常献帝初，始为黄门侍郎，距永兴且四十年。此非元常书明甚。未知张稚圭所按何图……"

⑦此指嘉靖年地震时碑曾毁坏。朱仁夫《中国古代书法史》："《华山庙碑》，全称《汉西岳华庙碑》。延嘉八年(165)立于陕西华阴西岳庙中，郭香察书，原碑毁于明嘉靖三十四年(1555)地震。今存庙中者为后人钱甫实重刻。此碑传为汉桓帝郡守袁逢将古代所立碑文(华山庙碑各代均有所建)，用经砖等按原文重刻于石。……"箭筈：指箭的末端。筈，即箭发射时搭在弓弦上的部分。此引指为郡守袁逢。劘，磨砺。

⑧跋与洪赵非一科：见前⑤注。

⑨指《西岳华山庙碑》文起首云："《周礼·职方氏》：'河南山镇曰：华，谓之西岳。……'"职方氏：《周礼》《夏官》中的官名。掌天下地图，主四方职贡。下荐句指碑文后段，"岩岩西岳……雨我农桑。资粮品物，亦相瑶光。……天子展义，巡狩省方。……岁其有丰，民说无疆。"

⑩指碑后云："京兆尹敕监都水掾霸陵杜迁市石，遣书佐丰郭香察书，刻者颍川邯郸公修、苏张工、郭君迁。"袁君孙君：指碑文中句，"袁府君，肃恭明神，易碑饰阙会迁京兆尹。孙府君到，钦若嘉业，遵而成之。延熹八年四月廿九日甲子就。袁府君讳逢字，周阳汝南女阳人。孙府君讳 字，山陵安平信都人。"骈罗：骈比，罗列。汉扬雄(子云)《甘泉赋》："骈罗列布，鳞以杂沓兮。"

⑪⑫唐张怀瓘《书断》云："王愔云：'次仲始以古书方广，少波势。建初中，以隶草作楷法，字方八分，言有楷模。'又萧子良云：'灵帝时，王次仲饰隶

为八分。’二家俱言后汉，而两帝不同。且灵帝之前，工八分者非一，而云方广，殊非隶书，既言古书，岂得称隶。若言方广，则篆籀有之，变古为方，不知其谓也。”又“故梁鹄云：‘钟繇善章程书是也。’夫人才智有所偏工，取其长而舍其短。谚曰：‘《韩诗》《郑易》挂着壁。’且二王八分即挂壁之类。唯蔡伯喈乃造其极焉。王次仲即八分之祖也。”此谓汉隶演变的过程及人们对此的不同看法。诃，怒斥。此谓争论。《韩诗》：指汉韩婴所撰《韩诗外传》。为汉初《诗》传者鲁、齐、韩、毛四家之一。书中多援引历史故事以解释《诗》义，与经义不相比附，所述多与周秦诸子相出入。《郑易》指东汉郑玄为《易经》《尚书》等所作注释。

⑬此句指隶书的演变过程中，有形式和笔画的递减说。唐张怀瓘《书断》云：“小篆古形犹存其半，八分已减少篆之半，隶又减八分之半。”

⑭清王原祁《佩文斋书画谱·宋娄机·汉隶字源》：“西岳华山亭碑：光和二年立在华州。樊毅修华岳碑，光和二年立在华州。樊毅复华下民租碑：光和二年立在华州。碑久淹没。唐兴元元年，华阴令卢僘求而得，为之记八分书于碑末。《集古录》目作‘修西岳庙复民赋颂’。”

⑮金精白帝：金精指西方之神。此谓西岳华山。白帝指五帝之一。

⑯清王昶《金石萃编》：“此碑久毁，拓本存于今者大兴朱氏所藏。即明陕西东云驹兄弟家藏，以赠武平郭宗昌者。此本后又归商丘侯氏。乾隆初，上海兵部侍郎凌公如焕督学河南得之。黄君文莲与凌同乡且有戚遂归黄氏。寻又为同年朱君筠所得也。又钱詹事大昕得鄞县天一阁所藏全本。盖未经割裂，其碑式可与《隶释》互证最为可实。闻近亦失去。昶终以未见为恨云。”

⑰清王昶《金石萃编·朱筠·笥河文钞》：“此本明万历中，书藏陕西东肇商云驹，荫商云雕兄弟家。寻以赠武平郭宗昌允伯。允伯命侍史史明灵偃辈重装之。时天启元年正月四日也。一时名流书跋者十余人入。”方于鲁：明诗人，制墨专家。初名大 ，字建元。安徽歙县人。初学诗，后得程君房墨法，制墨为业。其法取烟不用豨膏而用桐液，和墨不用漆而用广胶，解胶不用梣皮而用灵草汁。其墨名重万历年间。著有《方建元诗集》《方氏墨谱》。

⑱山史笔力：指黄山谷。清王昶《金石萃编·朱筠·笥河文钞》云：“乾隆丙戌，此本与山谷手书同时并获。癸巳，余在江南将北，旋星槎自全椒来竭。

曰：山谷书吾家物也。此碑吾与之数年俱足矣。哥物当以归公。余乃携之北行，书跋其尾……”

⑲孙顾二跋：指孙承泽、顾炎武所跋。

⑳见⑱注。

㉑翁方纲称赞朱竹君的学问。

㉒指唐韩愈《石鼓歌》。

㉓亭林：指顾炎武(1613—1682)，初名绛，字宁人，当自署蒋山佣，江苏昆山亭林镇人，学者称亭林先生。明诸生，入清后不仕，是清初很有气节的名士。学识渊博，通经史，精训诂，善书法，开清代朴学之风。著述颇丰，著有《音学五书》《韵补正》《金石文字记》《亭林诗文集》等。

㉔娄机：宋人。所撰《汉隶字源》六卷。分考碑、分韵、辨字、碑目等项。钩摹汉碑上字，依韵编次。凡汉碑三百零九，魏晋碑三十一，各记其时间、地点及书写人姓名，依次排列；又以真书标目，以隶文排比其下。于文字异同，也随字附注，可资考证。

黄文节草书太白忆旧游诗卷[1]

翁方纲

鱼子笺纸追零陵[2]，墨禅输此有发僧[3]。
石郎戎州观落笔[4]，张通何似李展能[5]。
歌罗驿舍一觉梦，《竹枝》三叠鹃啼应[6]。
摩围峰下寂无物，幻作怪石缠枯藤[7]。
平生独立万物表，岂有迹象侔超腾。
电掣飙回摄以息，阴帅阳雪夫谁征。
咫尺神灵雷雨至，处处回向真源凭。
钱穆父言久弥笃[8]，丰人翁赋聒可憎。
华阳楼入补庵鉴，彭泽园拟光禄丞。
吾尝手披祝老记[9]，精楷不比痴冻蝇。
尔日来观目为眩，亦拟草势心兢兢。
折钗屋漏岂二义，科斗籀篆原相承。
不胶于心不名技，尚恐祝老非其朋。
三年匡庐我梦想[10]，太白吟处云锦层。
谷园书屋索恍忽，夜夜挑尽东轩灯。
瓣香私淑吾岂敢[11]，一波一策皆矩绳。
西江归来又四载，晤此真面寒崚嶒。
石田可耕海可钓，虬螭骖驾云涛乘。
始来吾斋寻宿诺，木犀香泛茶瓯蒸。

黄龙山中三昧出[12]，银河飞瀑禅窗凭。

【注释】

①黄文节：指黄庭坚。《太白忆旧游诗》，指李白诗《忆旧游寄谯郡元参军》诗。此卷黄山谷草书，明汪砢玉《珊瑚网书跋》、清张照《石渠宝笈续编》及刘正成《中国书法鉴赏大辞典》等均有收录。《珊瑚网书跋》收录有张铎、沈周、祝允明跋。元张铎跋云："玩物丧志，君子不取也。余幼而失学，粗喜写字。虽未知行草之妙，亦尝留心。如苏东坡、黄山谷、米元章，数家翰墨甚酷爱见。每以真伪，仅能别之。余守长乐郡，客有董君详者手携草书一幅，自云：沈薤坐中人鲜能辨，今求教而就赠君。余拂试展玩，惊喜叹异。谓君详曰：此山谷真迹也。居无何。闽人李明父来访，出而示之，明父随曰：李太白诗也，前犹有文，惜乎断简耳。及观全帙，乃知《忆旧游寄谯郡元参军》之作。考其遗落凡八十字。噫豫章之笔，无以复加。然谪仙之诗不可不补，故足而记之。深有望于珠还剑合之时，他日果如吾言，岂不为盛事也哉。其辞曰：'忆昔洛阳董糟丘……'元贞乙未，烈子野人张铎书于三山英建坊之为己堂。"明沈周跋曰："山谷书法晚年大得藏真三昧，此笔力恍惚出神入鬼，谓之草圣宜焉。尝记元祐中，子瞻苏公、穆父钱公同观公挥翰作草于宝梵僧舍，子瞻赏叹再四，穆父从旁曰：'君见《自序》真迹，当更有得。'公一时心所未平。绍圣谪黔中，始见石扬休《自序帖》纵观不已，顿觉超异，乃服穆父之言也。观此信是绍圣后所书者，几与藏真合作。但篇后有阙文，当时藏真《自叙》有两本，一为石扬休所蓄是矣，一蓄苏舜钦所，苏本前亦有所遗。后世以为忱惜，今此卷之不全，殆天亦冥契之也，尚古宜宝藏之。正德改元清明日长洲沈周跋。"又明祝枝山跋云："双井之学大抵韵胜，文章诗学书画皆然。姑论其书，积功固深，所得固别。要之得晋人之韵，故虽形貌若悬而神爽冥会欤。此卷驰骤藏真，殆有夺胎之妙，非有若象孔子之类也。其故乃是与素同得晋韵然耳。今之师素者，大率卤莽求诸其外，动至狂妄，又是优孟为叔敖，抵掌变幻，眩乱人鬼，只能惑楚竖子耳，亦独何哉。卷迹英气横发，于其本书故是平生神品。尚古光禄先生藏获，过于至宝。噫，老谷不死之神在华氏矣。吴郡祝允明跋。"真迹元代为张铎所藏，明归华理，后入清内府，现流往日本为京都藤井有邻馆藏。

②鱼子笺：即鱼笺，宣纸的一种。唐王勃《七夕赋》："握犀管，展鱼笺。"零陵：此谓怀素。《佩文韵府·苏涣·怀素草书歌》："零陵沙门断其后，新书草字大如斗。"

③墨禅：指黄庭坚。黄庭坚以禅论书曰"字中有笔，如禅家句中有眼……"有发僧，指黄庭坚"曾入黄龙派嫡传弟子晦堂祖心禅师及祖心的弟子死心悟新禅师门下，自称：'是僧有发，似俗无尘，作梦中梦，见身外身。'"（《能改斋漫录》，摘自王镇远《中国书法理论史》）。

④石郎：指石扬休。

⑤此句指张铎、李明父事。参见①注。

⑥《竹枝》：乐府名。唐人多以此抒发旅思愁绪、儿女私情，后人多歌咏风土人情。此指李白忆旧游诗。应，答话。

⑦此句并以下四句：形象描述黄庭坚的草书艺术。

⑧钱穆父：见①注。

⑨祝老：指祝允明。

⑩匡庐：即江西庐山。此谓仙人之山。南朝宋释慧远《庐山记略》："有匡裕先生者，出自殷周之际，……受道于仙人，共游此山，遂托室崖岫，即岩成馆，故时人谓其所止为神仙之庐，因以名山焉。"

⑪私淑：指未得身受其教而宗仰其人者。《孟子·离娄下》："予未得为孔子徒也，予私淑诸人也。"

⑫指黄庭坚曾入黄龙派门下学禅，深得佛家三昧，书法自得藏真三昧，"银河飞瀑"皆具禅意。三昧：佛教语，梵文音译，也作"三摩提""三摩定"，也指奥妙、诀窍。此句二者皆有。唐李肇《国史补》："长沙僧怀素好草书，自言得草圣三昧。"

晋观堂歌[1]

翁方纲

我藏《大观》半卷帖[2]，已压邻侯三万签。
居然晋法居于此，例以《淳化》毋乃谦[3]。
坛长旧去铁山本[4]，锋全字润非尖纤。
宜兴华亭二本上，使我梦想难窥觇[5]。
窃恐我藏弗彼让，二十七帖残何嫌。
开卷豁然为神王[6]，底事龙爪夸钩铦。
咸亨释子所集画[7]，万川一印皆圆蟾[8]。
自从临此日有得，晴空卓午光透帘。
焚香不敢躁心玩，扫径今取堂颜拈。
擘窠自题用虞法[9]，意溯江左诸王兼[10]。
回看此帖中有物，往日骄笔何由砭[11]。
古云内擫与外拓，二王分界恐太严[12]。
今者山阴真神骨，圆转变见于素缣。
龙跳虎卧大开合，墨云虹玉一镜奁。
神光庚庚欲起立，周还结构规堂簷。
虚舟昔发墨王叹，犹误快雪一字尖[13]。
退翁山斋巧缀补[14]，香公翻刻公案添[15]。
华亭插架且莫炫，北平小印看重钤。

【注释】

①晋观堂:翁方纲之书房。此歌为翁在《大观帖·第六卷》后所跋。

②《大观》半卷帖:指翁方纲所藏《大观帖·第六卷》。现藏南京大学。卷后翁跋云:"吾斋得此大观第六卷残本,后之廿三年,始得元祐秘阁第五卷之'乐毅论'。山阴棐几墨缘非轻也。乙丑十月。"

③《淳化》:指《淳化阁帖》。

④坛长:即徐用锡(1656—1736),清书家,初名吉,字坛长,今江苏宿迁人。康熙四十八年(1709)进士,官侍讲。精于字学。书法苍劲飘逸兼而有之。论书以"泽古""换骨"为要旨。著有《字学札记》等。此句《大观帖卷六》翁跋云:"友人持宋拓大观帖四册见示,即徐坛长所云:借于刘行人者也,是明新安汪象先无择旧藏,其签藏经纸周公瑕题。内有王凤洲、麟洲、周公瑕、王百谷、汪仲嘉、王亘、徐桂、郭第凡八跋。坛长谓此本即'华亭本',而不及王铁山与宜兴储氏本。盖疑其纸墨不甚精,为翻刻也。予按此说非也……"

⑤窥觇:偷看。

⑥《大观帖卷六》后,明王世贞题跋云:"第六卷为右军书,开卷顿尔神豁。昔人谓右军内擫,大令外拓,此大凡也。元章诸君子泥之。故右军笔稍大者、涉放者,皆定其非真迹。不知此公龙爪金错变化万端。区区蠡管求之,无乃为永和诸贤笑乎。小祇园主人,王世贞题。"

⑦指唐释怀仁集书圣教序。唐咸亨三年(672)十二月刻。太宗李世民撰序、太子高宗李治撰记,释怀仁集王羲之书,诸葛神力勒石,朱静藏镌字。原碑立陕西西安弘福寺,现藏陕西西安碑林。

⑧万川一印:帖中钤有"万川"一印。

⑨虞法:指虞世南笔法。

⑩意溯:追溯。

⑪往日:指过去的日子。

⑫"二王"书法后人终以"内擫""外拓"笔法而论。明何良俊《四友斋书论》云:"右军用笔内擫而收敛,故森严而有法。"大令用笔外拓而开扩,故散朗而多姿。沈尹默《二王法书管窥》中云:"大凡笔致紧敛,是内擫所成;反是,必

然是外拓。后人用内抷外拓来区别二王书迹，很有道理，说大王是内抷，小王则外拓，试观大王之书，刚健中正，流美而静；小王之书，刚用柔显，华因实增。”

⑬虚舟：即王澍（1668—1743），清书家，字若林，一作若霖、篛林、又字虚舟，号虚舟，自署二泉寓客，别号竹云，又号恭寿老人、良常山人、江苏金坛人。康熙壬辰进士，官主吏部员外郎，致仕归。积学工文、尤以书名。著有《论书剩语》《翰墨指南》《淳化阁帖考正》等。王澍论王右军书云：“右军平生神妙，一卷《兰亭》宣泄殆尽。”快雪：指王书《快雪时晴帖》。

⑭退翁：指孙退谷。巧缀补：翁方纲《大观帖卷六》跋记云：“……孙退谷本即‘华亭本’。田数种补全。……”孙退谷即孙承泽，字耳北，号北海，又号退谷。益都（今属山东）人。明崇祯进士，官给事中。曾为四川防御使，入清仕至吏部左侍郎。精鉴赏收藏。著有《庚子消夏记》。

⑮香公翻刻：《大观帖卷六》后有明董其昌手札两条。翁方纲卷后跋记云：“以《容台集》考之，弇州所藏二、四、五、七、八、十凡六卷皆归于董文敏。董又补第一卷，凡七卷。此是董与陈懿卜先谋付刻之七卷也。董与陈札云：大观帖如刻完，先付第一本对之。又云：若首卷用刻足矣，不必钩也。”

又 题

翁方纲

吾斋新题晋观堂[①]，半卷残帖嘉若狂[②]。
六百年前佳纸墨，开禧始出于榷场[③]。
流落人间百什一，远媲《淳化》尤晶芒。
《大观》从来乏全帙，后来赝配徒夸张。
今者忽观连璧四[④]，小印识自新安汪。
昔者我读坛长集，藏经签记题跋详。
无由亲到蕊珠阙[⑤]，梦中久想赙笈香。
顾疑坛长强分别，宜兴退谷先后藏。
又云铁山王氏本，字锋肥大难颉颃[⑥]。
计鲁之鼎郑之璞，买褚得薛王得羊[⑦]。
我识蔡书波及磔[⑧]，那区官纸白与黄[⑨]。
北贾当时若翻刻，“亮”字岂肯留偏傍。
此本分明洗痕在，海陵廿载溯靖康。
毡苞席裹载石去，日夜北走关山长。
至今石边泐损痕，夏金追蠡琱戈光。
吾收半卷正如此，冯氏《快雪》差可方[⑩]。
琅琊一门洽与廙[⑪]，小楷昔未摹元常。
儿时侧闻涿鹿本，近与退谷名相当。
不知虚舟坛长辈，胡弗细审轻评量。

弇州仅宝第七卷，右军行草賸几行。
尔时已有不眠客，延津风雨徘徊望。
斗牛龙光想双剑，离茅马粪臭两王[12]。
此外纷纷孰具眼，敢许再拜朝墨皇[13]。
袖有骊珠只剖蜯[14]，厩养神俊看腾骧。
坐观旬日客估直，奚旁金石归我囊。
临别回环影对烛，借摹片段圭抵璋。
他日快观“宜兴本”[15]，小堂磨石韵绕廊。
江东刘焘那可得[16]，辨眼且觅刘光旸[17]。
重阳后一日方纲题。

【注释】

①指前翁所撰《晋观堂歌》。

②半卷残帖:指《大观帖卷六》。翁方纲得《大观帖卷六》后,爱不释手,卷中、后每有题跋。见前注。跋云:“曾宏父《石刻铺叙》云:靖康之乱,新旧二刻莫知存亡。又云:今阁本前后帖沦隔敌境,不可复得。新谓《大观》,旧谓《淳化》也。并不言有重刻本也。宏父此书成于淳祐戊申。在南宋之末造而不言新旧,二帖之有重刻则在宋时,《淳化》《大观》皆无重刻明矣。其在今日,此二帖之子孙支裔重见叠出,至莫能详其先后之系,此特明朝书贾辈辗转翻摹致紊真耳。宋时无此事也。然宏父亦不言有‘榷场本’者。曹士冕云:开禧已后,榷场北来者已磨去‘亮’字矣。考建炎以来,《朝野杂记》云:自绍兴通和后,置榷场升盱眙县为军。凡榷场之法,商人皆百千以下者十人,为保留其货之半在场,以其半赴泗州榷场博易,俟得百物还复易其半,以往大抅之、以俟。北贾以来,而金亦置蔡泗、唐邓诸场,皆以盱眙为准。其间又屡罢屡复。盖宋与金虽通使而两国界禁尚严,榷场之官为禁令以抅制之。自南渡至开禧七八十年,二国势皆垂弱,其迁市禁令未必如曩之严阻。于是百货杂陈而此帖始渐通,此当日榷场之本末也。宏父以垂髦之年,家居既久,尚未必知有

‘榷场本’也。由是言之，则‘榷场本’在南宋时亦未必能多有也。观于明人诸跋皆以《大观》全本为难得。不似今日动辄盈函蔓延不已，盖是帖自明朝人翻刻始有赝本，其前尚无之也。汪象光本第三卷内‘亮’字磨去未净，尚隐露一二点画之痕，其为‘大观’原石无疑。益信王沣翁跋谓当时尚方过江，榷场工墨有精觕遂成二物。此帖实未尝再勒者是定论也。王华亭所购退谷本，坛长谓与此四册同而令谛审此四册，其每石边痕皆破，即冯涿鹿所藏旧本，传闻是《大观》初拓而以‘快雪’所摹《王洽帖》验之，石边之破痕正与此第二卷相合，以此精验予所藏第六卷残本石边破痕无不毕肖。首尾题目年月小字亦皆毕肖，其为一石愈无可疑。而予所藏本纸质墨色拓手皆出此四册之上。盖予得是帖之后二岁得此确验，尤是一大快事也。因临写其签跋而记于后。乾隆四十九年，岁在甲辰秋九月朔旦，北平翁方纲书于晋观堂。

③开禧，宋宁宗赵扩年号(1205—1207)。榷场，指古时征收专卖税的交易场所。宋、辽、金、元各在边境所设互市市场，场内贸易由官吏主持，除官营贸易外，商人须纳税、交牙钱、领得证明文件(关子、标子、关引等)方能交易。宋初与南唐通市，在汉阳、蕲口等地设置榷署。

④连璧四：参见注②。

⑤蕊珠阙：道家传说天上上清宫有蕊珠宫乃神仙所居，后泛指道观，此指淳化阁法帖的贮藏处。

⑥颉颃：上下不定，变化莫测。此指分辨不清。

⑦此谓要买褚遂良字，却得到薛稷的字，要买王献之却买得羊欣的字，此指《淳化》赝品虽然逼真差真本一等。唐张怀瓘《书断·妙品·羊欣》：“时人云：‘买王得羊，不失所望。’今大令书中风神怯者，往往是羊也。”又《书断·妙品·薛稷》：“书学褚公，尤尚绮丽媚好，肤肉得师之半，可谓河南公之高足，甚为时所珍尚。”有“买褚得薛，不失其节”之时说。

⑧蔡书：指蔡京书迹。翁方纲在乾隆壬寅秋七月九日题跋云：“顷有持此第六卷残本来者因购得之。虽纸质墨色不敢定为北宋拓而其字实佳。正如手书卷尾年月亦是蔡京手笔。非若今所行《大观帖》题字之板滞无神气者。”

⑨翁方纲《大观帖卷六》后跋云：“退谷《闲者轩帖考》云：宋拓《大观帖》有黄白纸二种，白纸者所见不一，而黄纸者止一部，精妙亚真迹一等。乃徽宗赐

宰相余深者。末卷王沣翁云：字画丰腴，自是一种风景。下视人间毡蜡真舆台尔。又见数卷纸墨殊草草疑之，后参校无豪发异。因知此帖未尝再勒。但当时尚方过江，榷场工墨有精觕（同“粗”）遂成二物耳。此九仙山人王沣翁跋。据此则予取收此第六卷残本，正是当日榷场觕墨之本，王沣翁所谓舆台者。而在今何啻星凤矣。七月十八日方纲识。”

⑩翁方纲题后又记曰：“《白骑遂帖》四行可配《旦极寒帖》也。惜《快雪》未摹之。故有元常句。”又“《旦极寒》《建安》《追寻》三帖，实‘快雪堂帖’所自出也。”

⑪琅琊一门：指王羲之家族。洽指王羲之族弟、王导四子。王洽字敬和，官领军、中书令。唐张怀瓘《书断·妙品·王洽》：“书并诸法，于草尤工，落简挥毫，有郢匠乘风之势，虽卓然孤秀，未至运用无方，而右军云：‘弟书遂不减吾。’”宋《宣和书谱·草书二》收录王洽草书《叙远帖》，行书《仁爱帖》《兄子帖》《承问帖》四帖。廙，指王廙，王羲之叔父，王旷之弟，晋元弟司马睿之姨弟。宋《宣和书谱·草书二》：“王廙，字世将，琅琊临沂人也。官至平南将军、荆州刺史。少能属文，工书画至音律、射、御、游艺，无不精绝。作草、隶、飞白，得张芝、卫瓘遗法。自王羲之过江前，廙号为独步。羲之盖廙犹子，廙尝属之曰：‘吾无殊功异业于后人师法，惟书画可传。’其自许如此。王僧虔谓廙‘书为右军法’，亦知其自信之笃也。独其草书为世所传。今御府所藏四：草书《仲春帖》，章草《郑夫人帖》，行书《贺雪表》《嫂何如帖》。”

⑫离荠：指香草。

⑬墨皇：指王羲之。《佩文韵府·米芾·答刘经诗》：“何时大叫刘子前，跪阅墨皇三复返。”

⑭蜯：同“蚌”。

⑮宜兴本：储宜兴本。翁方纲《大观帖卷六》后跋云：“凡《大观》旧本得于见闻的据者《晋藩本》全。《李伯玉本》二。《华中甫本》五、六、七、八、九。《丹阳孙氏本》二、三。《杨太素本》不知其次。《江阴夏茂卿本》想亦全。《王弇州本》即《董香光本》一、二、四、五、七、八、十。今得见二、四、五。《汪象先本》一、二、三、四。《冯涿鹿本》未知全不。《孙退谷本》即《王华亭本》用数种补全。《王铁山本》五。《储宜兴本》二、三、五、七、八、九、十。《徐坛长杨州所得本》一。《坛长所

见成云洞本》不知其次。以上已有十四种。”

⑯刘焘:清王原祁《佩文斋书画谱·大观太清楼帖》:“《太清楼续阁帖》温陵刘焘无言摹刻。工夫精致亚于《淳化》肥有多骨。求备于王著乃失之粗硬,遂少风韵。元陈绎曾(《翰林要诀》)。”

⑰刘光旸:(生卒年不详),字雨若,明安徽旌德乔亭人。明末清初篆刻家、鉴赏家。精于对历朝宝物和书画的真伪鉴别。其刻帖有《快雪堂法帖》《翰香馆法书》等。

又题二首

翁方纲

以元祐秘阁《乐毅论》证予箧中《大观》第六卷残本，题二诗。

廿载旧箧晋风神，南渡重摹尚不真[①]。
耿耿公高孙印本，斋宫晚宿尔何人。

《淳化阁帖》毕文简家赐本，有“公高之裔”印。又有题云：乙卯闰六月十四日，太一宫斋晚临南轩，看孙退谷云此题下有“长”字印，疑是贾似道。方纲按：宋一代凡五乙卯，贾似道人相前四年为宝祐三年，乙卯暨其前庆元元年、绍兴五年、熙宁八年、此四乙卯皆无闰月，惟大中祥符八年乙卯闰六年。而毕文简已卒于其前十年，则此题者别是一人。退谷疑贾似道非也。

匮纸莹然照影来，神锋不是巧工裁。
擘窠铢黍皆元气[②]，印取千川月镜开。

以《乐毅论》准之，凡毡蜡近于昏翳不见神采者，皆后来重摹也。若古刻泐蚀又不在此论耳。

【注释】

①南渡：指“靖康之乱。”详见前。

②铢黍：一铢一黍。喻微小之物。此指小楷《乐毅论》。

大观帖榷场本前四卷歌[1]

张　埙

覃溪先生属书所藏第六卷残本后[2]，乾隆甲辰重九日题。

太清楼高高百尺，楼开廉捲飘炉烟。
安妃晏罢日无事，摩挲翠墨神霄连。
楼下新帖石十卷宋时以《淳化》为旧帖，《大观》为新帖。
排次出于龙大渊[3]。
刻手未必安民在，标识并令元长传[4]。
今年中秋月华好，舍人董教增屋隔墙东边。
墙头送帖乞我咏，四卷体妙而神圆。
“亮”字凿损海陵讳，榷场准折盱眙钱[5]。
书签无恙周公瑕，藏此主人汪象先[6]。
人间尤物动鬼魄，河止古人不得眠。
王元美[7]跋云：余复得第七卷不完本，令象先夜眠不着。
大观模勒岁在丑，丰昌士女疑神仙。
靖康一炬不可救，此石遂与东都迁。
南贾北贾以地踞，宋使金使如梭穿。
青城有恨不能说，琬琰飘零亦可怜[8]。
还君此帖漫惆怅，幽径黄花重九放。
且借翁家半卷看，闲情一醉东篱酿。

张埙(生卒年不详),字商言,号疲铜,又号瘦桐,别署吟芗、湖庄、石公、竹叶庵等。乾隆己丑进士,官内阁中书。善诗文,精绘事,尤工书法。精于考证书画、书画题跋甚详实。与翁方纲、赵翼等交往甚善。翁方纲《两汉全石记》屡录其说。著有《张氏吉金贞石录》《竹叶庵集》。

【注释】

①《大观帖》榷场本:参见前注。

②覃溪:即翁方纲。第六卷残本:指《大观帖·第六卷》。

③龙大渊:(? —1168),高宗绍兴三十年(1160),与曾觌同为建王内知客。详见《宋史》卷四七〇《曾觌传》。

④安民:宋代京兆(今陕西西安)石工。善刻碑。元长:指蔡京。

⑤“亮”字凿损句:参见前注。

⑥书签无恙句:参见前注。

⑦王元美:即王世贞。

⑧琬琰:琬圭琰圭。《孝经序》:“写之琬琰,庶有补于将来。”此指珍贵的《大观帖第六卷》。

大人命题临本《西岳华山碑》

陆　耀

汉隶十碑九皴剥，寻行可读存《西岳》。
旧拓流传直万金，双钩摹勒远其朔。
兹本独无秋毫爽，谁欤妙手尚书荦[①]。商丘宋大中丞。
我家借观规九势，一波一磔斲雕琢。
岂无画沙与印泥，世人竟尚谷口学。郑簠。
不知斑驳非本真[②]，当其脱手光濯濯[③]。
即如晚出有《曹全》，正于资致见高卓。
不然徐季海韩择木皆唐贤，
何不率臆逞肥浊。
蛇纡蚓绾递相师，唐人学汉无人觉。
可惜神灵失呵护，竟向荐福毁雷雹[④]。
郭髯赵崡今俱死，遗文金石谁商榷[⑤]。

陆耀(生卒年不详),字青来,一字朗夫,吴江(属江苏)人。乾隆甲戌明通榜,授内阁中书,官至湖南巡抚。著有《切问斋集》。

【注释】

①尚书荦:尚书指宋荦。

②斑驳:色彩相杂貌。此指拓本的色泽。

③濯濯:明净清新貌。

④此句指《荐福寺碑》遭雷击一事。唐睿宗文明元年立大献佛寺,武后天

授元年改为荐福寺，中宗景龙中起塔，高十五层。有欧阳询所书《荐福寺碑》。宋彭乘《墨客挥犀》："范仲淹（文正）守鄱阳，有书生上诗甚工，自言平生未尝饱，天下寒饿无出我右者。时盛行欧阳率更字，荐福寺碑墨本值千钱。文正为打千本，使售于京师。纸墨已具，一夕雷击碎其碑。时人语曰：'有客打碑来荐福，无人骑鹤上扬州。'东坡嘲穷措大诗曰：'一夕雷轰荐福碑。'"后常以此碑喻命途多舛，所至失意。此谓《西岳华山碑》拓本的流传曲折，明袁宏道《赠黄道元》诗："男儿有骨不乘时，处处相逢荐福碑。"

⑤商榷：商量、讨论。

曲阳孙晴崖明府掘地得晋王李克用手书安天庙题名碑[1]

吴爚文

阴风撼树飘灵旗，山鬼吹火烧丛祠。
沙觜崩塌露圭角[2]，荣光下闪埋丰碑。
孙君嗜古负奇癖，掎摭金石靡孑遗[3]。
石鼓遥辨趚䈞字，金薤高媲亲训词[4]。
栽花曲阳有余暇，命工掘地乃得之。
剜泥剔藓见古刻，传自唐末僖宗时[5]。
陇西郡王忠且勇[6]，中山告急亲援师。
道经神庙躬祷飨，凯旋赛神神格思[7]。
司空偕行名忝附[8]，大书勒石盘蛟螭。
欧九作纪轶此事，不学合受原父嗤[9]。
有唐晚叶事百战，文人失职悲流离。
鸱张鲸突凤凰死，文笔亦复归鸦儿。
昭陵玉匣那可得，韩陵片石逾琼瑰。
依稀颜筋并柳骨，孙君宝此勿复疑。
呜呼，孙君宝此勿复疑，屹立直退千熊罴。

吴爚文（生卒年不详），字朴存，一字朴庭。会稽山阴（今浙江山阴）人。国子监生。著有《朴庭诗稿》。

【注释】

①曲阳:县名。在河北省西部、太行山东麓,大沙河流经境内。孙晴崖:生平不详。明府:汉代对郡守之尊称,即“明府君”的省称。唐代后专称县令。《中国历史人物大辞典》:李克用(856—908),唐将,沙陀人。别号“李鸦儿”。因一目失明,号“独眼龙”。曾杀大同军防御使段文楚,据云州。后为唐军败。后复起,率兵镇压黄巢,攻破长安,被任为河东节度使,进封晋王。长期割据河东、并与朱温对峙,连年争战。其子存勖灭后梁,建后唐,尊他为太祖。安天庙题名碑:清王昶《金石萃编·李克用题名》录云:“石高四尺四寸,广二尺四寸,九行。行十九字。正书。在曲阳县北岳庙。”又清朱彝尊《曝书亭集》记云:“曲阳县北岳庙有唐李克用题名一百二十八字……克用本武人,未尝以知书名,而碑文楷画端劲,词亦简质可诵,英雄之不可量如是夫,呜呼!益以见金石之文为可宝也。”

②沙觜:也作“沙嘴”。指一端连陆地,一端突出水中的带状沙滩。常见于低海岸和河口附近。

③靡孑遗:无余遗。

④高媲:最佳的组合。媲:配偶,比配。

⑤僖宗:唐朝皇帝李儇(862—888)。

⑥陇西郡王:《二十五史·新五代史·唐本纪·唐庄宗》:“……僖宗和解之,用破巢(按黄巢)功,封克用陇西郡王。”

⑦《新五代史·唐本纪·唐庄宗》:“……因时时从其群豪射猎,或挂针于木,或立马鞭,百步射之辄中,群豪皆服以为神。”

⑧《新五代史·唐本纪·唐庄宗》:“……克用功第一,天子拜克用检校司空、同中书门下平章事、河东节度使……”

⑨此句指宋欧阳修撰《新五代史》记其事。原父,刘敞(1019—1068),字原父。新喻(今属江西樟树)人。庆历六年(1046)与弟刘攽同科进士。官至集贤院学士。与欧阳修、梅尧臣交往甚多。为人耿直,立朝敢言,为政有绩,出使有功。学识渊博,为北宋史学家、经学家、散文家。著有《公是集》。

学草书偶成

张世仁

草圣吾家事，临池偶作行。
但能工点黼[①]，兼取露锋芒。
似矢才离弩，如锥早处囊。
莫教拈秃管，抵死效钟王。

张世仁(1732—1772)，字元若，浙江平湖人。诸生。工诗，善书，尤精于弈，兼通医理。著有《香谷诗钞》。

【注释】

①点黼：谓草书笔势。《晋书·卫恒传》："崔瑗作《草书势》曰：'或黝黗黼黈(有版本为：黝黈点黼)，状似连珠，绝而不离。'"宋苏轼《龙尾石砚寄犹子远》诗："文章工点黼，忠义老研磨。"

题北宋石经周礼残本[①]

彭元瑞

赤脚仙人下当宁[②]，韩范富欧名世辅[③]。
是时海寓久乂安[④]，文治张皇垂掌故[⑤]。
写经镌石立汴都[⑥]，判者宋祁后王洙[⑦]。
下遴草泽上皇侄[⑧]，赵杨张谢章臮胡[⑨]。
一行小篆一行隶，贵以古文存古意。
点画犹讲《说文》书，体裁不袭经生字[⑩]。
岂意于今六百年，十二版耳仅流传。
小长芦叟秀野氏，二三策未见《周官》。
法帖谱系《兰亭》考，好事膻芗竞搜讨[⑪]。
书家但解八法工，俗学安知六经宝。
一从大盗壅洪流，难向黄河沙底求[⑫]。
独怪当年刻甫毕，便行新法废《春秋》。

彭元瑞(1731—1803)，字辑五，一字掌仍，号云楣(一作芸楣)。江西南昌人。乾隆丁丑进士，改庶吉士，授编修，官至工部尚书、协办大学士。赠太子太保。谥文勤。元瑞少负儁才，多读书，工词翰，精古董书画鉴定，与纪昀同有才人之目。著有《经进稿》《恩余堂稿》。

【注释】

①北宋石经：王原祁《佩文斋书画谱·宋石经》："仁宗至和元年八月十六日己酉，以皇侄右屯卫大将军克继书国子监石经。以上所写石经《论语》求书

石国子监，帝从其请。二年九月十五日功毕上之。(仁宗命国子监取《易》《诗》《书》《周礼》《礼记》《春秋》《孝经》为篆隶二体刻石两楹。嘉祐六年国子监言草泽章友直篆石经毕，诏补试将作监主簿。以同篆石经殿中丞张次立于堂。除书目云：石经七十五卷，杨南仲书《周书》十、《书》十三、《诗》二十、《春秋》十二、《礼记》二十皆具真篆两体。)"赵超《中国古代石刻概论》："北宋时也曾经刻写过九种经书，为《周易》《尚书》《诗经》《周礼》《礼记》《春秋》《论语》《孝经》《孟子》。因其于嘉祐六年完成，又称嘉祐石经。又因为它用篆书和楷书两种书体刻成，所以也叫二体石经。北宋石经全石今已亡佚不存。有人说它在金国灭宋以后被搬运到燕京。有人怀疑它仍在开封，被黄河淤泥所掩埋。……1982年，又在开封陈留公社农机修造厂的基建中发现了一块刻有《周礼》的北宋二体石经碑石。"

②此谓宋仁宗赵祯事。据北宋王明清《挥尘后录》卷一载：仁宗母李后，曾梦一羽衣之士，跣足从空而下云：来为汝子。后召幸有娠而生仁宗。仁宗幼年，每穿履袜，即亟令脱去，常徒步禁掖，宫中皆呼为"赤脚仙人"。宋代统治者崇奉道教，后人因以附会称仁宗为"赤脚大仙"。《水浒传·第一回》："这仁宗皇帝，乃是上界赤脚大仙。"当宁：指皇帝。典出《礼记》注疏《文苑英华·唐令狐楚·贺西幸改期状》："当宁动色，再降德音。"

③韩范富欧：韩指韩琦，范指范仲淹，富指富弼，欧指欧阳修。

④乂安：指太平无事。

⑤文治：此谓朝廷以文教施政治民。《礼·祭法》："文王以文治，武王以武功。"张皇：扩大，张狂。掌故：指旧制旧例，此谓宋代朝廷的延续。《史记·龟策传》："孝文、孝景因袭掌故，未遑讲试。"

⑥汴都：北宋的京都，今日之河南开封。

⑦宋祁：详见前注。王洙(997—1057)：字原叔，应天宋城(河南商丘)人。天圣进士，擢天章阁侍讲、翰林学士。博览广闻、图纬、方技、阴阳五行、冥数、音律、训诂、篆隶之学，无所不通。校《史记》《汉书》，预修《崇文总目》《国朝会要》《集韵》等书，仁宗时参与制定明堂礼仪、雅乐制度等。

⑧草泽：此谓在野未仕之人。晋左思《泳史诗》："何世无奇才，遗之在草泽。"

⑨赵杨张谢章臬胡:此句参见本诗①注。

⑩经生字:指专以抄缮经书为业的人所写书法。

⑪膻芗:指祭祀时烧牛羊脂的气味。此谓名家书法。

⑫沙底求:参见注①。赵超《中国古代石刻概论》:"当地传说,曾经有一座清代碑刻上记载了明代黄河决口时搜集城中碑石运至北门外筑堤防洪的史事。"

为刘王言书刁遵墓志拓后[①]

薛宁廷

刘郎历落一酒人，诗篇富不救寒饿。
二豪侍侧如螟蛉[②]，往年曾骂将军坐。
渊才壮游耻言贫[③]，巨囊时夸蹇驴驮[④]。
家近南皮百战场，拓跋旧姓刁氏大[⑤]。
玉鱼金碗出人间[⑥]，幽石刓缺苔藓涴。
牧童敲火牛砺角，古寺墙阴或枕卧。
庸夫俗子肯顾渠[⑦]，阅世阅人同涕唾。
偶然鉴赏等和璞[⑧]，百钱役使双肩荷。
归来洗剔手自拓，纸光墨彩不胫播。
请者即与买者勤，廉取曾不居奇货。
当时书丹例不名，渔洋并记安平那[⑨]。
北海家法卫夫人[⑩]，钟王滥觞欧褚佐。
我读其文玩其书，洗盏酌君为君贺。
从此艺林寿刁遵，好事更传君一个。
精光夜夜动星文，弢藏莫遣雷轰破[⑪]。
作诗漫附《石鼓歌》，酒酣或可相赓和[⑫]。

薛宁廷(生卒年不详)，字补山，洛南(今陕西洛南)人。乾隆丁丑(1757)进士，改庶吉士，授编修。著有《洛间山人集》。

【注释】

①刘王言:即刘克纶,渤海(今河北南皮)人。生平不详。拓本后有题跋。《刁遵墓志》:全称《洛州刺史刁惠公墓志铭》。《中国书法鉴赏大辞典》:北魏熙平二年(517)十月刻。正书。二十八行,行三十二字。74cm×64.2cm。石右下角残,缺一百五六十字。中间漫漶二十余字。志阴二列:一列十四行:一列十九行。清雍正年间河北南皮出土(一说山东广尧出土)。案:本碑确系从山东南皮(今属天津)刁公楼刁氏墓中出土。曾归乐陵刘克纶、盐山叶氏、南皮高氏、南皮张之洞。初拓本六行"父雍"之"雍"字只有线纹而未损。上海艺苑真赏社、北京文物出版社有影印本。赵万里辑入《汉魏南北朝墓志集释》。清王昶《金石萃编》收录。清刘克纶跋云:"兹志端楷古秀,盖去晋未远,而风格犹存。且今之书法目唐而溯晋,此志书法则由晋以晋唐。"清包世臣《艺舟双楫》评曰:"北魏《刁惠公墓志》与《经石峪》大字、《云峰山五言》、《郑文公碑》为一种,皆出《乙瑛》、有云鹤海鸥之态。"清康有为《广艺舟双楫》评曰:"《刁遵志》如西湖之水,以秀美名寰中。"杨震方《碑帖叙录》云:"六朝墓志以峻劲胜,此志有六朝之韵度而无其习气,转折回环居然两晋风流,唐人若徐浩,颜真卿等皆胎息于此。"刁遵,北魏重臣刁雍之子,官至洛州刺史等职,墓志所载刁遵从政的经历,内容与《魏书·刁雍传》略同。

②语见《文选·刘伶·酒德颂》:"二豪侍侧焉如蜾蠃之与螟蛉。"二豪:贵介公子、缙绅处士。螟蛉:虫名。《诗·小雅·小宛》:"螟蛉有子,蜾蠃负之。"此谓对功名利禄的蔑视。

③渊才:谓渊博的才能。

④巨囊:谓学识宏富。此句化用唐李贺事。《唐书·李贺传》:"每旦日出,骑弱马,从小奚奴背古锦囊,遇所得投书囊中,及暮归足成之。"

⑤拓跋:北魏皇族之姓。北魏自称黄帝之后,受封北土。谓黄帝以土德王,鲜卑语称土为拓,称后为跋,故以拓跋为氏。刁氏大:指刁雍功绩卓著,为薄骨律镇将清明,治水改土,所建城诏为"刁公城"。

⑥语见唐杜甫《诸将》诗曰:"昨日玉鱼蒙葬地,早时金碗出人间。"玉鱼指殉葬品。

⑦顾渠:注意、关注他。渠,他。

⑧和璞：即“和氏璧”。

⑨渔阳：古地名，在今北京密云西南。安平：古地名，在今山东淄博东。

⑩北海：指李邕。

⑪弢藏：隐藏。明袁宏道《读〈论语〉》：“固者，收敛弢藏之谓也。”雷轰破：指《荐福寺碑》事。

⑫赓和：唱和。宋杨万里《洮河和梅诗序》：“吟咏之不足，则尽取古今诗人赋梅之作而赓和之，寄一篇以遗予。”

岣嵝碑歌

赵　翼

满堂蝌蚪何蜿蜒，砉然鸿濛落我前[1]。
十指欲扪不敢近，中有神圣千万年。
伊昔昏垫五行汩[2]，龙汉余劫留水厄[3]。
人命惨填鱼腹椁[4]，民居争结鸟巢窄。
黄熊九载绩弗效，圣子起任平成责[5]。
斋夔感梦苍水使，告以宛委贮金策[6]。
肃刑白马启石函，玉字银编妙寻绎[7]。
遂乘山樏跨泥橇，分酾洚洞辟壅隔[8]。
涂山弗顾子泣呱，幰辕并愁妻见色[9]。
亥章奉令茧跟踵[10]，支祁就缚销骨骼[11]。
山河两戒次第清[12]，万古坤舆奠衽席[13]。
功成勒铭告蒇事[14]，岣嵝山尖斫贞石。
文括山海岳渎经[15]，字挟沮诵仓颉迹。
尧碑舜碣不可见[16]，世间点画此最昔。
开天古篆形模奇，难与后人较波磔。
想见摩崖作擘窠，六丁下照火光赤。
我闻此碑久失稽，道人偶见旋复迷。
杜陵所观已赝本[17]，肥而失真烛若犀。
昌黎亲到猿猱窟[18]，千搜万索无端倪。

此刻何时出磨洗，使我创睹惊且喜。
得非铁石充逸少，或者朱繇貌道子[19]。
目无罔两双明瞳，真假谁能定片纸。
我重圣德垂寰瀛，珍之不啻尺璧莹。
洪荒秀擢数字外，口不能读心敢轻。
盲翁扪籥但敢似[20]，叶公好龙固为名[21]。
况兹笔力自奇古，不真亦是好手成。
貌荐敖即衣冠气[22]，妒阏氏亦傀儡精[23]。
君不见七十七字长八尺，蛟螭攫拏龟鱼掷。
顽虫蚀木蛀眼枯，雄雷劈山斧痕裂。
凿椎欲破浑沌窍，铸鼎直写神奸魄。
峄碑猎鼓空尔奇[24]，籀斯安有此体格[25]。
纵输明堂琥璜价[26]，也比宫县追蠡迹[27]。

赵翼(1727—1814)，字云松(一作耘松)，号瓯北，江苏阳湖(江苏常州)人。乾隆进士，授编修。累官贵西兵备道。辞归主讲安定书院，潜心著述，诗论主独创，反摹拟。诗与袁枚、蒋士铨齐名，时称“江左三家”。尤精史学，考据精微，著有《瓯北全集》等。

【注释】

①砉然：象声词。常以形容破裂声、折断声、开启声、高呼声等。此谓超逸、分明之意。章炳麟《訄书·征七略》：“略者，封畛之正名。《传》曰：天子经略，所以标别群书之际，其名实砉然。”

②昏垫：陷溺、迷惘无所适从。《书·益稷》：“洪水滔天，浩浩怀山襄陵，下民昏垫。”五行汩：语见《书·洪范》：“我闻在昔，鲧陻洪水，汩陈其五行。”《传》：“汩，乱也。”扰乱、弄乱。五行指古代称构成各种物质的五种元素，即水、火、

木、金、土。

③龙汉：指道家谓天地之数五劫之一。五劫，为龙汉、赤明、上皇、开皇、延康。龙汉为始劫，一运历九万九千九百九十九劫，气运终极，天沦地崩，四海冥合，乾坤破坏，无复光明，经一亿劫，天地乃开，劫名赤明。赤明经二劫，天地又坏，无复光明。具更五劫，天地乃开。清钱谦益《登齐云岩·谒玄天太素宫》诗："东海几经龙汉劫，北宫长列羽林军。"水厄：指溺死之灾。《醒世恒言·马当神风送滕王阁》："郎君奇才，能动江神，乃得获安：不然，诸人皆不免水厄。"

④腹枵：即枵腹、空腹，指饥饿。《明史·福王常洵传》："王府金钱百万，而令吾辈枵腹死贼手。"此谓溺水之人都成了鱼的佳饵，被鱼吃到肚子里。

⑤此谓鲧、禹父子治水一事。《史记·夏本纪第二》："当帝尧之时，洪水滔天，浩浩怀山襄陵，下民其忧。尧求能治水者，群臣四岳皆曰鲧可。尧曰：'鲧为人负命毁族，不可。'四岳曰：'等之未有贤于鲧者，愿帝试之。'于是尧听四岳，用鲧治水。九年而水不息，功用不成。于是帝尧乃求人，更得舜。舜登用，摄行天子之政，巡狩。行视鲧之治水无状，乃殛鲧于羽山以死。天下皆以舜之诛为是。于是舜举鲧子禹，而使续鲧之业。"黄熊：《正义》：鲧之羽山，化为黄熊，入于羽渊。熊音乃来反，下三点为三足也。《左传·昭公七年》："昔尧殛鲧于羽山，其神化为黄熊，以入于羽渊。"圣子即禹。

⑥⑦斋夔、肃刑：《史记·太史公自序第七十·正义》："《括地志》云：'石箐山一名玉笥山，又名宛委山，即会稽山一峰也，在会稽县东南十八里。'《吴越春秋》云：'禹案〈黄帝中经〉九山，东南天柱，号曰宛委，赤帝左阙之填，承以文玉，覆以盘石，其书金简青玉为字，编以白银，皆瑑其文。禹乃东巡，登衡山，血白马以祭。禹乃登山，仰天而笑，忽然而卧。梦见绣衣男子自称玄夷仓水使者，欲倚覆釜之山，东顾谓禹曰：'欲得我山神书者，斋于黄帝之岳，岩岳之下，三月季庚，登山发石。'禹乃登宛委之山，发石，乃得金简玉字，以水泉之脉。山中又有一穴，深不见底，谓之禹穴。"感梦指受梦的启发。金策：古代记载大事或帝王诏命的连编金简。

⑧遂乘句：也指大禹治水事。山樏：山行用具。洚洞：水盛，弥漫无际。《孟子·滕文公下》："洚水者，洪水也。"壅隔：阻绝不通。三国魏王粲（仲宣）

《登楼赋》:“悲旧乡之壅隔兮,涕横坠而弗禁。”

⑨涂山:指涂山氏,禹妻。《史记·夏本纪第二》:“禹曰:‘予(辛壬)娶涂山,(辛壬)癸甲,生启予不子,以故能成水土功。’”轘辕:山名,山路曲折回环十二曲。此句见《汉书·武帝纪》颜师古注引《淮南子》云:“禹治洪水,通轘辕山,化为熊。谓涂山氏曰:‘欲饷,闻鼓声乃来。’禹跳石,误中鼓。涂山氏往,见禹方作熊,惭而去。至嵩高山下,化为石,方生启。禹曰:‘归我子!’石破北方而启生。”此谓禹同涂山氏离异事。

⑩亥章:指相传禹臣太章、竖亥事,两人皆善行事。见《淮南子·地形训》。茧跟踵:指脚后跟的茧。

⑪此见《太平广记·卷四六七李汤》条引《戎幕闲谈》云:“禹理水,三至桐柏山,惊风走雷,石号木鸣,五伯拥川,天老肃兵,功不能兴。禹怒,召集百灵,授命夔龙,桐柏等山君长稽首请名。禹因囚鸿蒙氏、章商氏、兜卢氏、犁娄氏,乃获准涡水神,名无支祁。善应对言语,辨江淮之浅深,原隰之远近。……”又见唐李肇《唐国史补》卷上:“楚州有渔人,忽于淮中钓得古铁锁,挽之不绝,以告官,刺史李阳大集人力引之。锁穷,有青猕猴跃出水,复没而逝。后有验《山海经》云:‘水兽好为害,禹锁于军山之下,其名曰无支奇。’”

⑫两戒:《新唐书·天文志》:“一行以为天下山河之甸有,存乎两戒。北戒限戎狄,南戒限蛮夷。”此谓唐释一行提出的我国地理现象特点。北戒相当于今青海、陕北、山西、河北、辽宁一线;南戒相当于四川、陕南、河南、湖北、湖南、江西、福建一线。

⑬坤舆:指大地。地载万物,像车子运载东西。《易·说卦》:“坤为地……为大舆。”此谓朝堂宴享时所设的席位。

⑭蒇事:指事情办理完成。

⑮山海:指《山海经》。书中记述各地山川、道里、部族、物产、祭祀、医巫、原始风俗、庞杂怪异,远古神话传说和史地文献材料甚多。此书最早见录于《史记·大宛传·论》。岳渎:五岳四渎的简称。渎:江河大川。《释名·释水》:“天下大水四,谓之四渎,江、河、淮、济是也。”也作“岳渎”。

⑯尧碑舜碣:详见前注。

⑰杜陵:指杜甫。

⑱昌黎：指韩愈。

⑲语见《佩文韵府·苏轼诗》："已将铁石充逸少，更补朱繇为道玄。"朱繇，《佩文韵府·国绘宝鉴》："朱繇，长安人。工画释道，妙得吴道元笔意。所画未有不以为法者，时出新意动人耳目。"

⑳盲翁扪籥：此谓不经实践，不能得到真知。参见前注。

㉑叶公好龙：此谓只是表面上而并非真诚地爱好某事物，或谓人爱好是假，惧怕是真。见前注。

㉒此谓真假难辨。事见《史记·滑稽列传》。楚相孙叔敖死，优孟着孙叔敖衣冠，摹仿其神态动作，楚庄王及左右不能辨，以为孙叔敖复生。

㉓阏氏：汉时匈奴王妻妾的称号。傀儡，用土木制成的偶像，即木偶。此谓因其所好被利用而不能自主。

㉔峄碑猎鼓：指《峄山碑》《石鼓文》。

㉕籀斯：指史籀、李斯。

㉖琥璜：琥指雕成虎形的玉器。《周礼·春官·大宗伯》："以玉作大器，以礼天地四方……以白琥礼西方。"璜指半圆形玉器，古代朝聘、祭祀、丧葬时所用的礼器。也作装饰用。

㉗蠡迹：指器物因腐蚀或磨损而剥落所至的痕迹。

题马香谷所藏王履吉借券手迹[1]

吴寿昌

雅宜山人品最高，夙尚丘壑怀清操[2]。
陶谢诗格力摹古[3]，钟王墨妙勤挥毫。
尔时吴中盛风雅，从空坛坫来英髦[4]。
袁家伯仲文父子，一门名誉无凡毛[5]。
山人结交殊不俗，往往觞咏称吾曹[6]。
即凭遗券证往迹，姓氏落落参翔翱。

券中借主为袁兴之，居间为文寿永。

因思山人洁持己[7]，不苟一介防贪饕[8]。
乞米大夫岂得已[9]，与钱司业非滥叨[10]。
相须缓急亦偶尔，约剂贷息心劳劳[11]。
此非财贿屑计较，或惧嫌隙由锥刀。
名流琐事昔争羡，高人绝艺今重遭。
我观笔势特劲逸，戏鸿舞鹤离尘嚣。
流传片楮等尺璧，不待碑板光难韬。
往时长史判牍尾，公庭赚取滋喧嘈[12]。
将毋此券亦类是，那忍焚折伤坚牢。
马君吴人僻嗜古，所好物聚烦爬搔。
有时倾囊破羞涩，索及剩锦搜残膏。
其乡佳话奔行箧，纷罗题识追风骚。
慎无展卷起三叹，金尽复来聊自豪。

吴寿昌(生卒年不详),字泰交,号蓉塘,浙江山阴(今浙江绍兴)人。乾隆己丑(1769)进士,改庶吉士,授编修,历官侍讲。著有《虚白斋存稿》。

【注释】

①王履吉:王宠(1494—1533),又字履仁,号雅宜山人,人称“王雅宜”,长洲(今江苏吴县)人。为邑诸生,累试不利,贡入大学。工诗文书画,兼擅篆刻,行草书疏拓超逸,自成一家。小楷尤精,简远空灵。时名与祝允明、文徵明并称。画随笔点染,深得黄公望、倪瓒之趣。篆刻齐名文彭。诗好建安、盛唐。著有《雅宜山人集》。

②明何良俊《四友斋丛说》:“衡山之后,书法当以王雅宜为第一。盖其书本于大令,兼之人品高旷,故神韵超逸,迥出诸人上。”

③陶谢:指陶渊明、谢灵运。

④英髦:谓俊秀杰出的人。

⑤凡毛:本谓之鸟羽。引申为平凡庸俗之徒。

⑥觞咏:语见晋王羲之《兰亭集序》:“一觞一咏,亦足以畅叙幽情。”后以此谓饮酒赋诗。

⑦持己:犹持身,指立身、修身。宋曾巩《司封郎中孔君墓志铭》:“君事母孝,持己约,与人交,尽其义。”

⑧贪饕:谓贪得无厌。《战国策·燕三》:“今秦有贪饕之心,而欲不可足也。”

⑨乞米指唐颜真卿事。宋《宣和书谱》中收录有颜真卿《乞米帖》。帖云:“拙于生事,举家食粥而已数月,今又罄矣。寔用忧煎。”《佩文韵府·苏轼次韵米芾二王书跋尾诗》:忍饥看书泪如洗,至今鲁公余乞米。后戏称向人借贷的书信为乞米帖 。

⑩司业:即“国子监司业”。滥叨:此谓胡乱的吹嘘。

⑪约剂:古代用作凭据的文书、契券。

⑫指张旭。事见宋朱长文《续书断·神品》:“初尉常熟,有老叟陈牒,既判

去，不数日复来，君怒而责之曰：'汝何以细故屡扰官府也！'叟曰：'君笔迹奇妙，欲以藏箧笥耳，非有所论也。'因问所藏，尽出其父书，君视之曰：'天下奇书也。'自此益尽其法。"喧嘈：喧闹。

草书歌

铁　保

仓颉不识篆，虫鸟开天荒。
史籀不识楷，古法遗钟王。
圣人作书祖造物，天地不得留微茫。
草书有名理，盛自汉与唐。
杜度埒崔瑗[①]，狂素阶颠张[②]。
心法授受纵奇变[③]，牢笼百态惊愚盲[④]。
譬如彼苍铸万类，物具一体无相妨。
飞潜动植各有势，短长肥瘦谁能量。
又如将军坐帷幄，运筹百万网在纲[⑤]。
韩信兵多多益善[⑥]，指挥方位争趋跄[⑦]。
方其执笔时，意静神飞扬。
洪炉火激迸列缺，晶盘冰滑流珠芒。
苍鹰盘云缩爪甲，奇石攫壁春硠硠[⑧]。
阴阳姤接作向背，子母孕化交纵横。
枯槎百围卧瀚海，女萝千丈萦扶桑。
忽然墨冷笔华涩，陡接渤澥波澜狂[⑨]。
书成不快意，大叫周回廊。
举头天尺五，云物相低昂。
欲碾太山为研石[⑩]，欲抉东海为墨庄。
凌铄大块写生态，睥睨云汉摹天章。

二十八宿走且僵，帝女大笑挥霞觞[11]。

丈夫师古但师意，安能描头画脚忍与朽骨争嫫嫱[12]。

我歌草书歌未央，飘风骤雨来虚堂。

依稀不晓神灵意，莫向蛟龙攫处藏。

铁保(1752—1824)，本姓觉罗氏，后改姓董鄂，字冶亭，号梅庵，满洲正黄旗人。满族，乾隆进士，官至礼部侍郎兼副都统。嘉庆间出漕运总督，加太子少保。后迁两江总督，擢礼、吏部尚书。《清史稿》称其"优于文学，词翰并美"工书法，通诗文。著有《熙朝雅颂集》《白山诗介》《惟清斋全集》。

【注释】

①埒：等同，比并。《南史·何逊传》："时有会稽虞骞工为五言，名与逊埒。"

②阶：缘由，途径。指怀素的草法缘于张旭。《左传·襄二四年》："贵而知惧，惧而思降，乃得其阶。"

③心法：佛教称佛经经典文字以外，以心相传授的佛法。此谓对书法内涵而言。

④牢笼：包罗。《淮南子·本经》："乘太一者，牢宠天地，弹压山川，含吐阴阳，伸曳四时，纪网八极，经纬六合。"

⑤晋王羲之著有《题卫夫人〈笔阵列图〉后》，以兵法论书法。帷幄：军中的帐幕。《史记·太史公自序》："运筹帷幄之中，制胜于无形。"运筹：谋画策略。运筹百万网在纲，谓谋画策略千条万条，应抓住主要问题，抓住要害。纲是提网的绳。《书·盘庚上》："若网在纲，有条而不紊。"

⑥《史记·淮阴侯列传》："上常从容与信言诸将能不，各有差。上问曰：'如我能将几何？'信曰：'陛下不过能将十万。'上曰：'于君何如？'曰：'臣多多而益善耳。'"

⑦趋跄：步履有节奏貌。《玉台新咏·梁沈约·脚下履》："丹墀上飒沓，玉殿

下趋跄。”

⑧硠硠：石声，象声词。

⑨渤澥：即渤海。《汉书·司马相如传·子虚赋》：“浮渤海，游孟诸。”

⑩太山：即泰山。

⑪霞觞：犹霞杯，指美酒。

⑫师古谓继承古人优秀的书法传统，师意谓书法书情达意，书自家胸意，表现个性。此句鲜明表达了作者学习书法的观点、立场，强调在继承前人书法传统的基础上，要书出胸臆，有创新，表达书家的风格，表达书家的精神、学养，不能简单地刻意模仿。描头画脚：犹描头画角，谓刻意模仿，毫无创意。清袁枚《随园诗话》卷三：“阮亭之意，必欲其描头画角若明七子，而后谓之窥盛唐乎?”媸嫱：犹美丑，高下。媸，丑陋，丑恶。嫱，指古代宫女或美女。

集吴香亭太常斋见所藏孙雪居董香光书画合册作歌

（董书唐人五七言绝句八幅，孙为补图）

黄景仁

人言诗妙画难尽，我言是诗皆画境[①]。
人言书妙从画参，我言画亦书理兼[②]。
云闲董尚书[③]，书法昔无敌。
挥写唐人五七言，金壶汁破霞笺色。
汉阳太守孙雪居[④]，力追诗意为补图。
忽忘笔墨在何许，时见云烟空欲无。
咫尺何论万里势，萧瑟苍茫极能事。
是书是画两不分，呵成一片青霞气[⑤]。
汉阳烟树连晴川[⑥]，两公宦游争后先[⑦]。
我亦楼头访崔颢，昔人不见心茫然[⑧]。
古人多少登楼客，名籍谁应跨鹤仙[⑨]。
太常先生重毫素[⑩]，不薄今人尤爱古[⑪]。
寒宵觞客观宝台[⑫]，墨光酒气相旋舞。
我于斯事罕一优[⑬]，不嫌百读揩昏眸[⑭]。
只今墨妙知谁似，俯仰人间三百秋。

黄景仁（1749—1783），字汉镛，又仲则，号鹿菲子，江苏常州人。

乾隆诸生。四岁而孤，贫走四方。曾从邵齐焘、郑虎文游学。乾隆四十一年(1776)高宗东巡召试，名列二等。得陕西巡抚毕沅助，授为县丞，未官病卒。工诗，以奇新见长。骈文绝似六朝。亦善书画。著有《两当轩诗文集》《竹眠词》。

【注释】

①此指中国画与诗的融合，即诗情画意之谓。北宋苏东坡《东坡题跋·书摩诘蓝田烟雨图》云："味摩诘之诗，诗中有画，观摩诘之画，画中有诗。"北宋·黄庭坚《山谷集·次韵子瞻子由题〈憩寂图〉》云："李侯有句不肯吐，淡墨写作无声诗"。北宋张舜民《画墁集卷一·跋百之诗画》云："诗是无形画，画是有形诗。"

②此谓书画一家之谈。清·董棨《养素居画学钩深》："书成而学书，则变其体不易其法，盖画即是书之理，书即是画之法。如悬针垂露、奔雷坠石、鸿飞兽骇、鸾舞蛇惊、绝岸颓峰、临危据槁，种种奇异不测之法，书家无所不有，画家亦无所不有。然则画道得而可通于书，书道得而可通于画，殊途同归，书画无二。"近代吴昌硕在《中国画家丛书·吴昌硕·刻印》中云："诗文书画有真意，贵能深造求其通。"

③董尚书：即董其昌。

④孙雪居：孙克弘(1532或1533—1611)，一作克宏，字允执，号雪居，松江(今上海)人。以荫授应天治中，官至汉阳知府。明书画家、藏书家、工诗文、能书法。传世作品有《寒山拾得图》《雨景山水图》等。

⑤青霞气：犹高远之气。

⑥此句化用唐崔颢《黄鹤楼》中句："晴川历历汉阳树，芳草萋萋鹦鹉洲。"汉阳：地名，在今湖北武昌(黄鹤楼所在地)之西，汉水北面。烟树：烟云缭绕的树木或树林、树木繁茂状。晴川：指晴天下的江面。

⑦两公：指董其昌、孙雪居。宦游，指外出求官。此谓在汉阳作官。

⑧此句化用唐崔颢《黄鹤楼》中"昔人已乘黄鹤去，此地空余黄鹤楼。黄鹤一去不复返，白云千载空悠悠"前二联。茫然：失意貌。崔颢：(704—754)，

汴州(今河南开封市)人。唐开元十一年(723)进士,官终尚书司动员外郎。诗风清劲,苍凉、跌宕。《黄鹤楼》诗历来推崇,严羽称其为唐人律诗之首,蘅塘退士辑《唐诗三百首》将其放在七律第一篇。

⑨跨鹤仙:谓骑鹤成仙,旧指人死为仙去跨鹤西归。

⑩毫素:指毛笔和写字作画用的白色细绢,泛指纸笔或书画作品。宋秦观《陈用之学士挽词》:"愿写此情歌挽者,泪霑毫素不成篇。"

⑪唐杜甫《论诗绝句六首》之五有云:"不薄今人爱古人,清词丽句必有邻"。

⑫宝台:指搁置宝物或珍贵器物的底座。此谓董、孙的书画合册。

⑬一优:指美好的事物。此谓董、孙书画合册。

⑭昏眸:眼神模糊。

与故人季涵论书[①]

李宪乔

季生贸然来，袖出手中字。
盘辟竞点画[②]，邀我相指似。
我书本无法，敢为对以意[③]。
观书如相人[④]，神骨当有异[⑤]。
肤立岂能久，中乾固难恃。
颜柳苏黄徒，天与君子气[⑥]。
刻轹相耸削[⑦]，跌宕转严毅[⑧]。
正如冠剑臣，谈笑皆国计。
粪土弃么瓅[⑨]，空洞见胸次[⑩]。
有时就欹偃，白眼青天醉[⑪]。
却视黄泥人，颠倒灵娲戏[⑫]。
以此常自足，穷老无悲喟。
有志我未能，敬为吾友遗。
双钩与悬腕[⑬]，暇日请从事[⑭]。

李宪乔(1746—1799),字子乔,号少鹤,山东高密人。乾隆三十年(1765)拔贡生,四十一年(1776)召试举人。官广西顺州知府。性狷介,不随俗俯仰,与李秉礼以风节相勉励。诗文简劲有法度,与长兄宪噩、仲兄宪暠、以诗名称“三李”。袁枚见其诗文 ,叹为“今日之苏子瞻”。著有《少鹤诗文集》。

【注释】

①季涵:生平不详。

②盘辟:此谓书法点画回旋进退有致。

③此论宋苏轼在《石苍舒醉墨堂》诗中云:“我书意造本无法,点画信手烦推求。”意即如此。

④清刘熙载《艺概·书概》中云:“书,如也。如其学,如其才,如其志,总之曰如其人而已。”又“贤哲之书温醇,骏雄之书沈毅,畸士之书历落,才子之书秀颖。”

⑤清刘熙载《艺概·书概》云:“学书通于学仙,练神最上,练气次之,练形又次之。”“书贵入神,而神有我神他神之别。入他神者,我化为古也;入我神者,古化为我也。”“书之要,统于‘骨气’二字。”“字有果敢之力,骨也;有含忍之力,筋也。用骨得骨,故取指实;用筋得筋,故取腕悬。”前人卫夫人《笔阵图》中有“多骨丰筋”之谓,范仲淹《祭石曼卿文》出“颜筋柳骨”之语,诚如唐太宗云:“求其骨力而形势自生”也。

⑥此谓学书以天即自然、君子之气为上。清刘熙载《艺概·书概》云:“杨子以书为心画,故书也者,心学也。心不若人而欲书之过人,其动而无所也宜矣。”“写字者,写志也。故张长史授颜鲁公曰:‘非志士高人,讵可与言要妙?’”志士高人,君子也。清刘熙载《艺概·书概》云:“圣人作《易》,立象以尽意。意,先天,书之本也;象,后天,书之用也。”

⑦刻轹:本指欺凌,摧残。此当谓书法中形体、点画的变化,夸张或变形。耸削:指书法结构的险绝。

⑧严毅:威严刚毅。此谓书法如人之论。钟繇《笔法》云:“笔迹者,界也。流美者,人也。”诚如宋欧阳修《六一题跋》云:“颜鲁公书如忠臣烈士道德君子,其端严尊重,人初见而畏之,然愈久愈可爱也。”

⑨粪土:喻令人厌恶的事物。引申为鄙视。么𤩽:犹细微,细碎。此句谓鄙视那种不能直抒胸臆的庸俗之书。

⑩此谓扬雄“书为心画”之说。空洞指空无所有。《世说新语·排调》:“王丞相(导)枕周伯仁(𫖮)膝,指其腹曰:‘卿此中何所有?’答曰:‘此中空洞无

物,然容卿辈数百人。'"胸次:胸怀,胸间。

⑪攲偃:斜卧。此谓因酒放怀,潇洒自得之状。白眼青天:指晋阮籍事。

⑫此指神话传说女娲氏以黄土作人事。《太平御览·卷七八》引汉应劭《风俗通》:"俗说天地开辟,未有人民,女娲抟黄土为人,剧务,力不暇供,乃引绳絙泥中,举以为人。故富贵者,黄土人也,贫贱凡庸者,絙人也。"

⑬双钩:指学习书法中摹书的一种手段。沿着范本的书法形体勾勒轮廓。悬腕:指学书法运笔书写时的一种姿态,腕部不着桌面。

⑭从事:指处理事情。此谓学习或探讨书法。

仓颉造字台[①]

管世铭

万古不长夜，斯文焕初启。
羲皇画卦爻，厥佐得仓史[②]。
仰观星斗象，俯察蹄迒理。
作字代结绳，百度立纲纪。
功在尧文先，宣尼称后死[③]。
遗台如果在，庙食应千祀[④]。
胡令西来僧，筑室踞其趾[⑤]。
或云梵佉偻，本出同父耳[⑥]。
旁行及左行，渊源无异揆[⑦]。
斯言讵合经，儒者未敢是。
小学今废绝，俗书方填委[⑧]。
不知有籀斯[⑨]，安论蝌蚪起。
翻惭异域人，各守开辟规[⑩]。
谁当执此咎，已往无可訾。
又疑初造时，鬼哭何不知。
先民亦有言，识字忧患始[⑪]。

管世铭(1738—1798)，字缄若，号韫山，江苏阳湖人。乾隆戊戌四十三年(1778)进士，授户部主事，历官御史，正直不阿。其诗朗健深厚，生平不服袁枚。有“寸心自与康成异，不肯轻身事马融”之句。尤精古文,深于经术,著有《韫山堂诗文集》。

【注释】

①仓颉造字台:传说仓颉创造文字之台。遗址在陕西西安长安区郭社街办恭张村东南,有一高3.4米、周长13.5米的夯土台。相传仓颉随帝南巡至此,灵龟负书以授,遂筑台造字。

②羲皇二句:详见前注。

③宣尼:指孔子。

④庙食:指庙里祭祀用的食物。

⑤胡令:指佛教传入中国,建寺庙传教。

⑥或云二句:事见《法苑珠林》卷十五:"昔造书之主,凡有三人:长者曰梵,其书右行;次曰佉卢,其书左行;少者仓颉,其书下行。"梵、佉卢都为佛教所传造印度文字之人。佉卢文即古印度的一种文字,横书左行,属塞姆语系的阿拉米文系统,今已失传。

⑦异揆:不同标准。揆,尺度,准则。《孟子·离娄下》:"先圣后圣,其揆一也。"

⑧填委:纷集、堆积。

⑨籀斯:指史籀、李斯。

⑩开辟规:指印度文字与我国文字的书写习惯和规则。

⑪先民句:指文字狱而言。

杨兄鹤洲购赠元氏赞皇石刻有汉篆三公碑甚奇喜极复求沈君愚溪觅之[1]

黄　易

古人不可见，古迹亦有数。

灵奇秘幽邈[2]，难致空怀慕。

杨兄元氏来，古物欣所聚。

启箧见百幅，如涉山阴路。

墨翠开春岩，字明点烟鹭。

坛山强弩张，周穆王吉日癸巳篆。

白石神虎步[3]。汉白石神君碑。

封龙残字四，亦得褚欧趣[4]。唐李公绪碑。

最奇三公碑，琳琅汉玉箸。

虫蚀二百字，瘦蛟蟠老树。

疏密任意为，篆隶体兼具。

或屈玉折刀，或悬针垂露。

或疾若风行，或郁若云布。

辨文知冯君，祷降甘雨屡[5]。

绝类五凤砖[6]，证字亦有鲁。有鲁字，类五凤砖字。

欧赵录不同[7]，或未身亲遇。

我见诚奇缘，狂喜不能语。

平生嗜古癖，于此得饱饫[8]。

汉代六名山，元氏碑尤著[9]。
便欲策杖探，羁栖苦难赴[10]。
官阁有休文，神交讬心素。
遥结岁寒盟[11]，可同金石固[12]。
驰求三百番，疗我烟霞痼[13]。

黄易(1744—1801)，字小松。号为庵，秋影庵主。浙江钱塘人，监生。官山东兖州府济宁运河同知。于诗文书画之外，尤以篆刻著称，为“西泠八家”之一。著有《小蓬莱阁金石目》《嵩洛访碑目记》《武进访碑录》《秋影庵主印谱》。

【注释】

①杨兄鹤洲：生平不详。赞皇石刻：详见前注。三公碑：全称《汉常山相冯君祀三公山碑》，俗称《大三公山碑》。刘正成《中国书法鉴赏大辞典》记云：“‘□初四年’立。清翁方纲考为东汉元初四年(117)。清乾隆三十九年(1784)为元氏县令王治岐在元氏县城外访得。今在元氏县西北封龙山下。”清王昶《金石萃编》记云：“碑高六尺九寸五分，广二尺九寸。十行，行约二十字。今在元氏县。”清翁方纲《两汉金石记》：“此刻虽是篆书，乃是由篆入隶之渐，减篆之萦折为隶之径直。”梁启超在《碑帖跋》中评其：“以隶势作篆。”清王昶《金石萃编》录黄易之跋云：“乾隆甲午，三通馆方辑《金石略·长吏搜古碑上》之。朝阙西王君宰元氏得此刻，在城外野坡。石高四尺二寸，广二尺。字泐几不可辨。吴兴杨君鹤洲诧其奇，命余辨识得一百九十字，阙疑六字，知为汉□初四年祀三公山文，书法劲古，与《开母少室》诸篆刻相类是东汉中叶书。《集古》《金石》二录有《汉三公山碑》乃隶书。立于光和四年。碑今不存。此刻在隶碑之前尤可贵。”沈愚溪：生平不详。

②指神秘、深奥。清李渔《比目鱼·草札》：“将书缩作丸，不但传幽秘。”

③即《白石神君碑》。东汉光和六年(183)立。清王昶《金石萃编》记曰:“碑高五尺四寸五分,广三尺三寸,十六行,行三十五字。额题:白石神君碑五字篆书阳文。今在元氏县。”刘正成主编《中国书法鉴赏大辞典》云:“碑原在河北元氏县庄本庙,后移县学。……清初拓本十一行,‘太清’之‘清’字未损。上海艺苑真赏社有影印本。《中国美术全集》书法篆刻编(一)收入。”宋洪适《隶释》评其曰:“此碑虽布置整齐,略无纤毫汉字气骨,全与魏晋间碑相若,虽有光和纪年,或后人用旧文再刻者尔。”清翁方纲《两汉金石记》云:“是碑书法专主方整,在汉隶中最为洁齐者,然风骨遒劲,似犹在《校官碑》隶法之上,不得以其近似六朝、唐人而慨疑之。”

④依诗中自题记当指“唐李公绪碑”。

⑤《祀三公山碑》文云:“□初四年常山相陇西冯君到官……领属吏民,祷祀兴云,肤寸遍雨……”

⑥指《鲁孝王刻石》,详注见前。

⑦指欧阳修《集古录》、赵明诚《金石录》。

⑧饱饫:饱食,吃得很饱。此谓学到很多东西。也作“饫饱。”

⑨河北省元氏县有六神山,三公山、封龙山、白石山等均为其一。

⑩羁栖:指淹留他乡。

⑪岁寒盟:指困境中的朋友。《文选·晋潘安仁(岳)·金谷集作》诗:“春荣谁不慕,岁寒良独希。”

⑫金石固:喻交谊的牢固久长。《韩非子·守道》:“守道者常怀金石之心,以死子胥之节。”

⑬烟霞痼:喻酷爱山水胜景之癖好。《北史·徐则传》:“飡松饵术,栖息烟霞。”

观磨崖碑作[1]

王初桐

七十二君辇道荒，云亭踪迹俱微茫[2]。
祖龙之碑既无字[3]，金函玉检疑荒唐[4]。
开元天子履全盛[5]，意气直欲无轩皇。
东封自古称大典[6]，遂令下诏开明堂。
勒铭大抵示符瑞，挥洒御墨辉天章。
高文或出燕许手，长篇大幅何煌煌。
当时海宇本殷富，发扬蹈厉穷铺张。
八分淋漓六百字，穹崖屹立三丈强。
芝英鹤头体制别[7]，笔势仿佛酸枣兼中郎[8]。
焦山鹤铭鼎铭何足数[9]，庶与朱陵洞天岣嵝铭相方[10]。
惜哉天宝末，诸杨乱其纲[11]。
风尘澒洞一朝起，鼙鼓动地来渔阳。
珠沈玉碎铜狄毁，惟有此碑终古垂琳琅。
毋乃鬼神自有木甲护，不然安得风饕雨虐依旧光芒长。
流传完本世间少，颇思拓之以硬黄。
他时携归向吴会[12]，什袭珍作萧斋藏[13]。
奈何梯青蹑翠必钜费[14]，而我羞涩垂空囊。
耸肩仰面百遍读，口角流沫神扬扬。
信知岱宗大观此第一，秦松汉柏皆枯僵[15]。

王初桐(1730—1821),字于阳,号耿仲。嘉定(今属上海)人。官山东齐河县丞。治经史,精考据之学,工词兼善戏曲。著有《海右集》等。

【注释】

①磨崖碑:此指唐玄宗李隆基撰并书的《纪泰山铭》。唐开元十四年(726)刻。清王昶《金石萃编》记曰:“摩崖高二丈六尺,广一丈五尺,二十四行,行五十一字。额题‘纪泰山铭’四字并隶书。惟‘御制御书’四字及末行年月并正书。(碑)在泰山东岳庙后石崖南向。”明王世贞《弇州山人稿》评曰:“虽小变汉法,而婉转雄逸,有飞动之势。余尝登太山,见天门则见东可二里穹崖造天,铭画若鸾凤翔舞于云烟之表,为之色飞。”清孙承泽《庚子消夏记》评曰:“《太山铭》字大七八寸,雄伟可观,绝胜他书,是其最得意笔。”

②此谓上古到泰山封禅的七十二君之事。《史记·封禅书》云:“秦穆公即位九年,齐桓公既霸,会诸侯葵丘,而欲封禅。管仲曰:‘古者封泰山禅梁父者七十二家,而夷吾所记者十有二焉。昔无怀氏封泰山,禅云云;虙义封泰山,禅云云;神农封泰山,禅云云;炎帝封泰山,禅云云;黄帝封泰山,禅亭亭;禹封泰山,禅会稽;汤封泰山,禅云云;周成王封泰山,禅社首;皆受命然后得山;’”云亭:即前所引云云、亭亭二山之合称。云云山,泰山的支峰,在山东泰安市东南。亭亭山,泰山的支峰,也在今山东泰安市南。

③此指相传秦始皇登泰山时所立石碑。明谢肇制《五杂俎·地部二》:“秦始皇泰山立无字碑,鲜者纷纭不定。或以为碑函,或以为镇石,或以为欲刻而未成,或以为表望,皆臆说也。”另传为汉武帝立。清顾炎武《日知录·泰山立石》云:“岳顶无字碑,世传为秦始皇立。按秦碑在玉女池上,李斯篆书,高不过五尺,而铭文并二世诏书咸具,不当又立此大碑也。考之宋以前,亦无此说。因取《史记》反复读之,知为汉武帝所立也。”

④金函玉检:见前注。

⑤开元天子:指唐玄宗李隆基,开元为其年号(713—741年)。后人有“开元盛世”之谓。

⑥东封：谓帝王行封禅事，昭告天下太平。《史记·司马相如列传》载汉司马相如临终前作《封禅文》，盛颂汉德宏大，请武帝东幸封泰山、禅梁父，以彰功业。相如卒后八年，武帝从其言，东至泰山行封禅事。

⑦芝英鹤头：指古字体书法的两种体势。唐韦续《墨薮·五十六书》之"三十三、芝英书，汉武代有灵芝三，植于殿前，遂歌《芝房之曲》述焉，又名英芝。"又"三十六，鹤头书，与偃波皆诏版所用，汉家尺一之简是也，亦名鹄头。"

⑧酸枣兼中郎：酸枣谓刻帖讲，中郎指蔡邕。

⑨指《瘗鹤铭》和《焦山鼎铭》。《焦山鼎铭》：清王昶《金石萃编》记曰："鼎高一尺八寸，深九寸一分，围一尺九寸六分。铭十行行九字十字不等。今在丹徒县焦山寺。"又清王原祁《佩文斋书画谱》引顾炎武《金石文字记》云："今在丹徒县焦山寺中。铭九十三字。皆古文，蚀一字外为云雷之形，其人莫考。曰王格于周，曰司徒南仲殆，周时器也。"后有注。

⑩朱陵洞天：道书洞天名，周回七百里，在湖南衡山县。唐陆龟蒙《和袭美伤开元观顾道士》诗："多应白简迎将去，即是朱陵炼更生。"

⑪此指"安史之乱"，详见前注。

⑫吴会：指今江苏东部、浙江西部一带。秦设会稽郡，东汉分为吴郡、会稽郡二郡，合称吴会。

⑬萧斋：书斋的别称。唐李肇《国史补》云："梁武帝造寺，令萧子云飞白大书萧字，至今一'萧'字存焉。李约竭产自江南买归东洛，匾于小亭以玩之，号为萧斋。"其后归张彦远叔祖，于所居修善里构亭，号曰：萧斋。后沿用为书斋之称。

⑭梯青蹑翠：犹登山涉水。形容寻宝的艰辛。钜费：犹巨费，花费大。

⑮秦松汉柏：秦朝的松汉代的柏。形容岁月的久远、无情。《史记·秦始皇本纪》："（始皇）乃遂上泰山，立石，封，祠祀。下，风雨暴至，休于树下，因封其树为五大夫。"后也称松为"五大夫"。岱岳观里有汉柏。

舟泊浯溪观颜鲁公所书中兴颂碑刻歌

朱　霈

营州健儿胡旋舞，三郎西走铃淋雨[①]。

大唐玉玺日角归，白衣黄衣拥灵武[②]。

承平无事李郭闲[③]，内家张后外李父[④]。

道州刺史据国忧[⑤]，瀼西贼退示官府。

有时奋笔颂中兴，浯溪中开石壁竖。

歌功象德臣能为，那惭粹美誉皇甫[⑥]。

旁有皇甫湜诗石刻，云："中行虽富剧，粹美君可盖。"

峿台二铭莽荆榛，瞿令玉箸文无睹。

黄鲁直谓有浯台，东堂二铭在荆棘中，乃江华瞿令玉筋篆文，篆甚工，余遍寻不获。

平原太守颜清臣，下笔著石如没羽[⑦]。

悬崖突出作覆檐，穹碑千载无泐腐。

沧江阴雨愁蛟螭，古洞荒月走猰貐[⑧]。

真成细肌入鹰骨[⑨]，岂但猛力强牛弩。

想起挺笔神肃恭，冕冠凝立纷纠组[⑩]。

我皇神武玉检封，微臣奏技忝台辅。

二十四郡鉴臣忠，江淮睢阳同砥柱[⑪]。

宁知白首历三朝，令公老去邺侯拒。

宫人菩萨装道场，武士金刚作神主。

冀魏齐赵迭僭越，翻使忠良死伪楚。

我来访古忽涕零，摩挲石壁首重俯。
精光直贯牛斗寒，碧血难蚀土花聚。
当时谁见端书人，野花啼鸟空沙浦。
西江涪翁鬓如丝⑫，断崖僵立指画肚。
大书深刻落珠巩，已并颜拓供人取。
犹云老矣不能为，可惜少游归黄土⑬。
名士尚忧文不传，而况我辈争腐鼠。
春蛇秋蚓工未能⑭，祈茧老死等沙户⑮。
呜呼人生不作颜平原，气扫欃枪蔑貔虎⑯。
犹当出作元次山，万口颠连待字抚。
浪游狂咏等涂鸦，文士追随宁足数。
相如不贵复不文，封禅遗篇合一炬⑰。
回舟坚卧月光沈⑱，夜半寒猿叫枯树。

朱霈（生卒年不详），原名荣朝，字熙佐，一字约斋，安徽黟县人。乾隆癸卯举人。著有《望岳楼诗》。

【注释】

①此句指“安史之乱”事。营州健儿即安禄山、史思明。《旧唐书·安禄山》：“安禄山，营州柳城杂种胡人也。……至玄宗前，作胡旋舞，疾如风焉。……”《旧唐书·史思明》：“史思明本名窣干，营州宁夷州突厥杂种胡人也。”三郎，即唐玄宗李隆基，三郎即其小字，因其排行老三故称。铃淋雨：指唐玄宗马嵬坡事。唐郑处诲《明皇杂录》：“明皇既幸蜀，西南行。初入斜谷，霖雨涉旬，于栈道雨中闻铃音，与山相应。上既悼念贵妃，采其声为《雨淋铃》曲以寄恨焉。”

②指唐肃宗李亨事。《新唐书·肃宗皇帝》：“天宝三载，又更名亨。安禄山

来朝,太子识其有反相,请以罪诛之,玄宗不听,禄山反。……壬戌,裴冕等请皇太子即皇帝位。甲子,即皇帝位于灵武,尊皇帝曰上皇天帝 。”白衣:古指未仕者著白衣,犹后世称布衣。此谓指平民百姓。黄衣,此谓宫廷中的官员。

③李郭:指李辅国、郭子仪。李辅国(704—762),唐宦官,本名静忠。初入侍太子亨。安史之乱时,玄宗入蜀,他劝太子至灵武即位为肃宗。自任太子家令。判元帅府行军司马事,并改名辅国。后被唐代宗所杀。郭子仪(697—781),华州郑县(陕西华县)人。以武举异等累迁朔方节度使。天宝十五载(756),于河北击败史思明。肃宗至德二载(757),任关内河东副元帅,配合回纥兵,收复长安、洛阳。乾元元年(758)加中书令。次年,于相州为史思明所败,由此失去兵权。德宗即位,尊为尚父,进位太尉、中书令。

④张后即肃宗张皇后,后为李辅国所杀。又《旧唐书·李辅国》:“代宗即位,辅国与程元振有定策功,愈恣横,私奏曰:‘大家但内里坐,外事听老奴处置。’”参阅黄庭坚《书磨崖碑后诗》。诗中有句“内间张后色可否,外间李父颐指挥”。

⑤道州刺史:指元结。

⑥指唐皇甫湜《浯溪诗刻》。清王昶《金石萃编》记曰:“皇甫湜浯溪诗刻,石横广一尺九寸八分,高一尺七寸七分,十二行,行十一字。正书。在祁阳县。次山有文章,可惋只在碎。然长于指叙,约洁多余态,心语适相应,出句多分外。于诸作者间,拔戟成一队。中行虽富剧,粹美君可益。子昂感遇佳,未若君雅裁。退之全而神,上与千年对。李杜才海翻,高下非可概。文于一气间,为物莫与大。先王路不荒,岂不仰吾辈。石屏立衙衙,溪口啼素濑。我思何人知,徙倚如有赖。”

⑦没羽:比喻颜真卿笔力雄健。《史记·李将军列传》称“中石没镞”,也作“没羽”。

⑧猰貐:传说中兽名。《尔雅·释兽》:“猰貐类貙。虎爪,食人,迅走。”

⑨苏东坡《孙莘老求墨妙亭》诗句有:“颜公变化出新意,细筋入骨如秋鹰。”

⑩纷紃组:紃组。指丝绳带。《礼纪·内则》:“执麻枲,治丝兰,织任组紃。”此谓颜书中兴颂整齐有序。

⑪二十句:详见前注。

⑫涪翁:指黄庭坚。详注见。

⑬指宋黄庭坚题《中兴颂》诗一事。清王昶《金石萃编》记曰:“崇宁三年三月己卯,风雨中来泊浯溪。进士陶豫、李格、僧伯新、道遵同至中兴颂崖下。……三日裵回崖次,请□赋诗,老矣不能为文,偶作数语惜秦少已下世,不能得此妙墨刓之崖石耳。春风吹船着浯溪,扶藜上读中兴碑。平生半世有墨本,摩莎石刻发成丝……”详见前宋黄庭坚词条。

⑭春蛇秋蚓:比喻书法婉曲无状。语出《晋书·王羲之传论》:“(萧子云)仅得成书,无丈夫书,行行若萦春蚓,字字如绾秋蛇。”宋苏东坡《龙尾砚歌》:“粗言细语都不择。春蚓秋蛇随意画。”亦作“春蚓秋蛇。”

⑮宋苏轼《自金山放船至焦山》有“云霾浪打人迹绝,时有沙户祈春茧”诗句,意为不符实际的幻想和愿望。祈茧:祀神以求茧事的丰收。沙户:指沙洲上的人家。

⑯欃枪:彗星的别名。

⑰指汉司马相如临终前作《封禅书》,劝请汉武帝封泰山,禅梁父事。

⑱坚卧:犹卧着不动。

寻瘗鹤铭

李懿曾

焦山峭摩空，其下则水国。
谁知悬崖间，挂此数行墨。
爱鹤成鹤癖，鹤死瘗山侧。
鹤本神仙姿，魂魄游八极。
兹铭亦天人，人间讵易得。
或云逸少铭[1]，或云贞白刻[2]。
或云顾逋翁[3]，好事竞窥测。
我爱竹垞言[4]，心非唐后勒。
万古照寒流，鱼龙不敢蚀。
我寻潮落时，藓深半不识。
风涛夜有声，月影松桧黑。

李懿曾(？—1807),字渔衫,江苏通州人。乾隆癸卯副贡。

【注释】

①宋黄庭坚疑为东晋王羲之所为。清王昶《金石萃编·黄庭坚豫章文集》:“顷见京口断崖中《瘗鹤铭》大字右军书,其胜处乃不可名貌。以此观之《遗教经》良非右军笔画也。若《瘗鹤铭》断为右军书,端使人不疑。”宋苏舜钦有诗云:“山阴不见换鹅经,京口亲传瘗鹤铭,”也意指王羲之所书。

②贞白:即陶弘景,号华阳真逸。清王昶《金石萃编·欧阳修集古录》记

曰:“右《瘗鹤铭》题云华阳真逸纂刻于焦山之足。”又清陈德荣《焦山瘗鹤铭沦入江汜七百年矣家沧州公损紫募力士挽出之得五石凡七十一字复还旧观建亭山院因作长歌以纪其事》诗云:“上皇山樵弄神笔,银钩铁画常蜿蜒。”上皇山樵即陶弘景。

③顾逋翁:顾况,唐代诗人。长于诗歌工绘画。也自号“华阳真逸”。清王昶《金石萃编·欧阳修集古录》记曰:“华阳真逸是顾况道号,今不敢遂以为况者。碑无年月不知何时。疑前后有人同斯号者也。”

④竹垞言:竹垞即朱彝尊。朱彝尊《曝书亭集》评《瘗鹤铭》云:“淮阴张力臣乘江水归壑入焦山之麓,藉落叶而仰读《瘗鹤铭》辞,聚四石绘作图联以宋人补刻字,伦序不紊。且证为顾逋翁书。盖逋翁故宅虽在海盐之横山而学道句曲,遂移居于此。集中有谢王郎中见赠琴鹤诗,鹤殆出于性所好斯瘗之作铭,理有然者。自处士之图出足以息众说之纷纶矣。”

李斯泰山石刻题后

孙星衍

穆书失政和[①]，

世传《周穆王吉日癸巳书》原本以政和取入内府，乱后失之，今惟有宋人摹本。

猎鼓疑宇文[②]。

近时审定石鼓为宇文周时物，惟江卞沄布衣及予信之最坚。

继周数石刻，惟有斯篆存。

峄山会稽书[③]，摹勒非其真。

兹碑立榛莽，缺画鬼所扪。

迩来碧霞宫，复遭野火燔[④]。

岂其坑儒魂，来报焚书冤。

阿房三月灰，余焰犹复然[⑤]。

我言嬴秦罪，在废籀古文。

改篆而篆亡，毁经而经尊。

几令周孔字，禁抑不得传。

非有叔重功[⑥]，六义无渊原。

堂堂李丞相，独著《仓颉篇》[⑦]。

奉诏写石旁，下笔整不偏。

斥弃徒隶文，程邈讵敢干[⑧]。

法家尚刻削，此迹何真淳。

试读《逐客书》[⑨]，后愚而前贤。

观其遘时屯，变本亦可怜。

眇然访遗本，落落区宇间。

爱此匪恤私，持赠友意殷。

人身不及纸，完好无百年。

楚人得失弓，达者忘其人[10]。

题名傥留世，何必归子孙。

孙星衍(1753—1818)，字伯渊，又字渊如。江苏阳湖(今江苏常州)人。乾隆五十二年(1787)以一甲第二名进士及第。累官编修、刑部主事、员外郎、郎中、山东兖沂曹济兼管黄河兵备道、按察使、山东布政使等。引疾归。主讲扬州安定书院及绍兴戢山书院。《清史稿》称其“博览群书、勤于著述”，“深究经、史、文字、音训之学，傍及诸子百家，皆必通其义”。为清代著名经学家、校勘学家、金石学家。袁枚称其为“天下奇才”，并与之结为忘年交。工篆书。著述甚富。著有《尚书今古文注疏》《晏子春秋音义》《京畿金石考》《岱南阁集》《寰宇访碑录》《平津馆金石萃编》等。

【注释】

①穆书：指传为周穆王刻石即河北赞皇县坛山刻石。政和，宋徽宗赵佶年号，公元1111—1118年。此句清王昶《金石萃编》引王澍《虚舟题跋》云：“晋卫夫人谓李斯见穆王书七日兴叹，盖即此也。宋仁宗皇祐四年九月尚书宋祁自亳社之镇阳，遣人求取此字，郡守王君使人寻访得之岩石之上。州将刘庄因凿取以归龛至厅事壁间。宋吴兴施宿谓旧石以政和五年取入内府。则今所存者乃皇祐五年榷军事李中祐所刻别本也……”

②指石鼓文之断代。见前注。

③指传为秦李斯书的《峄山刻石》《会稽刻石》。

④碧霞宫:指秦泰山刻石移置碧霞元君祠,清乾隆初遭火事。详见前注。

⑤指项羽焚烧秦始皇阿房宫事。《史记·项羽本纪》:"居数日,项羽引兵西屠咸阳,杀秦降王子婴,烧秦宫室,火三月不灭。……"

⑥叔重:指许慎,著有《说文解字》一书详见前注。

⑦李丞相:指秦丞相李斯,相传著有《仓颉篇》七章,今佚。

⑧程邈:详见前注。

⑨《逐客书》:秦李斯作,秦始皇十年下令驱逐列国入秦的游说之士,李斯上书劝谏,逐客令乃止。唐杜牧《杜秋郎》诗曰:"秦国逐客令,柄归丞相斯。"

⑩传春秋楚共王出猎,遭失宝弓,左右请求之。共王曰:"止。楚人遗弓,楚人得之,又何求焉?"后指虽有所失而利不外溢。

题家藏汉延熹华岳庙碑轴子[①]

阮　元

太华三峰削不成，夜来碧色无深浅。

仙人染作延熹碑，飘带人间止三卷。

长垣汪鹏冲一册归商丘，宋荦，今归成藩。

但损偏旁最完善。

华阴东云驹郭宗昌又一函，椒花馆中见者鲜。

谓朱竹君学士家，以上二本皆剪裱，无人题名。

我今快得四明本，玉轴绨囊示尊显。

丰万卷楼全鲒埼亭范天一阁钱研擎堂三百年[②]，

入我楼中伴《文选》。予藏宋尤袤本《文选》

惊心动魄竹垞语[③]，七尺岩岩辟空展。

浑金璞玉天所成[④]，皤然不受人裁剪。全碑未剪整本。

唐宋题字皆分明，卫公两款夹额篆[⑤]。

全身平列廿二行，波磔豪氂尽能辨。

一字一朵青莲花，玉女翻盆墨云软。

己巳摹镌向北湖，市石察书书佐遣。

湖边更刻泰山碑，

时余以八月廿二卸印入觐，过杨州，以重摹秦泰山碑残字与摹华山碑同置城北四十里湖桥墓祠中。

岳色双双照人眼。

阮元(1764—1849),字伯元,号芸台,江苏仪征人。乾隆进士。官至体仁阁大学士,加太子太保、太傅。倡朴学,学通百家,著述甚富,是著作家、刊刻家、思想家,被尊为三朝阁老、九省疆臣、一代文宗。著有《经籍篆诂》《十三经校勘记》《山左金石志》《两浙金石志》《揅经室集》等。

【注释】

①题家藏汉延熹华岳庙碑轴子:即《西岳华山庙碑》,详注见前。(此即为世传“四明本”,为全拓未剪本)。

②丰指丰坊(1492—1563),即丰道生,字存礼,别归南禺外史,浙江人。明嘉靖进士,累任南京吏部主事。博学工文,通书法,性狂诞。家有“万卷楼”,藏书巨富。著有《春秋世学》《十三经训话》等。曾藏此碑“四明本”。全指全祖望(1705—1755),字绍衣,浙江人。乾隆进士,选庶吉士。学识渊博无涯,主蕺山、端谿书院讲席,为士林仰重。著有《鲒埼亭集》等。范指范钦(生卒年不详),字尧卿,又字安卿,号东明,浙江人。明嘉靖进士。官随州知州、工部员外郎、兵部右侍郎等。喜购书,辞归后建祖祠,筑天一阁藏书楼。藏书七万余卷。(今日尚存,倍受国内外专家学者关注。)著有《天一阁集》。曾收藏此本。钱指钱大昕(1728—1804),字晓征、辛楣,号竹汀,上海嘉定人。清乾隆进士,官至广东布政。幼慧善读,精天文地理、音韵训诂。曾主讲钟山、娄东、紫阳书院。著有《廿二史考异》等。曾从范天一阁处得此本。

③竹垞语:指清朱彝尊《金石文字跋尾》云:“汉隶凡三种,一种方整,一种流丽,一种奇古。惟延熹《华岳碑》正变乖合,靡所不有,兼三者之长,当为汉隶第一品”。

④浑金璞玉:指未炼的金,未琢的玉。喻人品纯真质朴。喻《华岳碑》之美。

⑤详见前清翁方纲《题延熹西岳华山庙碑歌为朱竹君赋》诗注。

游浯溪读唐中兴颂用黄文节诗韵[1]

阮　元

帆随湘转寻浯溪，登岸欲摩唐宋碑。
密林接叶山径寂，青虫当路垂秋丝。
桥边清波眼到底，乱石凿凿《藏鱼儿》[2]。
苍崖百尺悬于西，削成绝壁鸟不栖。
碑乃鲁国之所写，颂乃次山之所为。
三千里外有水部[3]，十四年后无太师[4]。
人贤地胜文笔古，过客墨拓争洒挥。
壁立积铁屹不动，安者见安危见危。
江湖岂独漫郎宅，又遣山谷来题诗。
各人忠爱各朝事，大部楚泽骚人辞[5]。
事有至难最可叹，靖康俄与灵武随[6]。
惟有溪边古渔父[7]，欸乃湘烟无所悲[8]。

【注释】

①黄文节：指宋黄庭坚。清王昶《金石萃编》收录有黄庭坚游浯溪所题诗文，参见前清朱霈所作《舟泊浯溪观颜鲁公所书中兴颂碑刻歌》诗。

②凿凿：此谓鲜明貌。《诗·唐风·扬之水》："扬之水，白石凿凿。"

③水部：古代官名。魏尚书有水部郎，隋置水部侍郎。唐改置水部郎中员外郎，为工部四司之一。明清改为都水司。

④太师：古三公之一。《书·周官》："立太师、太傅、太保，兹惟三公，论道经邦，燮理阴阳，官不必备，惟其人。"

⑤此谓《楚辞》,《楚辞》为骚体类文章的总集,西汉刘向辑,收录有战国楚人屈原、宋玉、景差诸赋。因均具有楚地文学样式、方言声韵,风土色彩,故名之。泛指文人墨客的诗词。

⑥此谓唐“靖康之变”和肃宗灵武称帝一事。

⑦渔父:指捕鱼的老人、渔翁。《楚辞·屈原·渔父》:“渔父莞尔而笑,鼓枻而去。”

⑧欸乃:指《欸乃曲》。唐元结作。尝自作序曰:“大历初,结为通州刺史。以军事诣都使。还州,逢春水,舟行不进,作‘欸乃曲’,令舟人唱之,以取适于道路云。”后以之为词调,单调二十八字,四句三平韵。

题金桧门德瑛先生自书观剧诗册

王　苏

苏少时藏桧门先生书元人七律一首，笔法类褚河南，后出邹锡麓师门下，于先生为小门生，因以所藏归先生之孙筠泉孝继光禄。嘉庆壬申，筠泉从兄素巾太守出先生手书《观剧》诗册，命缀数语其后，盖乾隆庚辰八月，书与门生杨闳度潮观，近为书贾所得，先生第十二孙小山孝柏购归者也。

少时藏弆先生书[①]，五十六字蟠骊珠[②]。
高句丽纸老蚕茧，河南笔妙包欧虞[③]。
岂知翰墨有瓜葛[④]，门生门下称生徒。
能诗光禄守家法[⑤]，书画不许寒具污[⑥]。不设寒具，筠泉斋名。
急搜行箧出真迹，珍比遗笏归魏谟[⑦]。
瓯山不见锡山远，兰亭真本人间无。
揭来晋陵访老守[⑧]，衔杯共补消寒图。
酒阑郑重出诗册[⑨]，册纸虽破墨未枯。
当时观剧卅绝句，丝竹陶写聊自娱[⑩]。
识是先生暮年笔，书成醉倩门生扶[⑪]。
何期零落入书肆，肯令散乱抛中衢。
贤孙购得谨什袭，赵璧价抵千瑶瑜[⑫]。
架笔安用青珊瑚，荐地安用红氍毹。
人生如戏戏易散，登场傀儡空喧呼。
若非老笔传幻景，焉得冷眼留真吾。

如今试问吟风阁[13]，更有何人唱鹧鸪[14]。杨刺史有传奇数种。

王苏（生卒年不详）字侪峤。江苏江阴人。乾隆庚戌（1790）进士，改庶吉士，授编修，历官卫辉知府，为人正直。于“诗感物造端，情辞婉约”。著有《试畯堂诗集》。

【注释】

①藏弆：亦作“藏去”。《新唐书·胶东王·道彦传》：“神通未食，不敢先，即有所分，辞以饱，乃藏弆以待。”

②蟠：盘伏。屈曲。

③河南笔妙包欧虞：指融合褚遂良、欧阳询、虞世南的笔法。

④瓜葛：瓜葛均为蔓生植物，喻互相牵连。此谓师生而言。

⑤光禄：古代官名。

⑥寒具污：寒具指汉人称冷食物品，即馓子。用糯米粉和麦油煎制成，寒食节禁火时代餐用。

⑦遗笏：先人遗下的朝会手板。指后代荫袭的官职俸禄。魏谟（794—859），字申之，巨鹿（今河北）人。郑国公魏征五世孙。登进士第，官至吏部尚书等职。

⑧晋陵：古郡名。即现江苏省常州市。

⑨酒阑：指酒筵将尽。

⑩陶写：陶冶性静，排遣忧闷。《世说新语·言语》：“年在桑榆，自然至此。正赖丝竹陶写，但恐儿辈觉，损其乐欢之绪。”

⑪醉倩：醉里请人给自己做事。也可作“醉遣”讲。

⑫赵璧：即和氏璧。瑶瑜，指美玉。

⑬吟风阁：清杂剧名。清杨潮观撰。共四卷，三十二折，每折一事。杨潮观（生卒年不详），字闳度，号笠潮，江苏无锡人。为官邛州时，觅得卓文君妆楼旧址，因建楼名为“吟风阁”。所著杂剧集冠以此名。

⑭鹧鸪：此谓曲牌名。

题吴天发神谶碑[1]

唐仲冕

峄山碑经野火焚，泰山刻石亡斧斤。

祖龙文字虽奇古，遗壁空说滈池君[2]。

吴皓淫虐浮于政[3]，小国亦侈封峦文。

国山未禅岩山刻[4]，上天帝言山出银[5]。

天玺元年泰月朔[6]，费雩行视华核闻[7]。

其年阳羡表石室，明年天纪纪功勋[8]。

是时临平湖开石印发[9]，一千二百八十符瑞何纷纭。

五稔青盖已入洛[10]，三段残碣徒埋云。

独有皇休明，小篆妙入神[11]。

此碑险劲复沈著，一洗东京软美气习追先秦。

历千五百有余载，自山转徙亲香芸。

筹思亭后几再砺[12]，尊经阁下宜三熏[13]。

如何岁在乙丑之皋月，嘻嘻出出起束缊[14]。

圣人意盖诛矫诬[15]，燔之俾与臣斯泯[16]。

日余宰临津[17]，善卷洞侧摩米囤[18]。

今得此碑火前拓，犹识竹根钗股春潮纹。

惜哉如此笔，胡弗写皇坟[19]。

诗题炯戒忽发慨[20]，若令长在山谷今犹存。

唐仲冕(1753—1827)字六枳，号陶山居士，湖南善化(今属湖南长沙)人。乾隆五十八年(1793)进士。由知县历官陕西布政使。著有《陶山诗录》。

【注释】

①天发神谶碑:三国吴天玺元年(276)七月立。篆书。相传为华核文、皇象书。亦称《天玺纪功颂》《纪功颂》《吴孙皓纪功碑》《三段碑》《三击碑》等。原石呈圆幢形,环而刻之。原石旧在江苏江宁天禧寺。后移筹思亭,又移尊经阁、江宁县学。宋时已断为三段,存二百余字。后有宋胡宗师、石豫,明耿定向题跋三则。清嘉庆十年(1805)毁于火,遂原石拓本难得。后有重刻本数种,主要有:阮元刻于江苏甘宁的阮氏本;林凤年刻于四川的林氏本;翁方纲刻的翁氏本;俞挺据陈丰藏本刻于西湖书院的俞氏本;杨守敬刻的杨氏本;故宫博物院藏有宋拓本。清周在浚著《天发神谶碑考》、清吴王搢辑著《天发神谶碑考》、汪照《天发神谶碑续考》等,对此碑考订甚详。

此碑书体为篆,间有隶法,若篆若隶。起笔为方,收笔为尖,笔法怪奇、字势雄伟,在书法史上独具魅力。清杨宾在《大瓢偶笔》中云:"王僧虔称其沉着痛快;袁昂称其如歌声绕梁,琴人舍徽。今观其笔法生涩险劲,乃至如此。"张叔未则评曰:"吴《天玺纪功碑》雄奇变化,沉着痛快,如折古刀,如断古钗,为两仅来不可无一,不能有二之第一佳迹。"朱仁夫《中国古代书法史》评曰:"此碑字体结构,承袭始皇琅琊石遗风,篆意古远,其用笔则承熹平石经之刀折状,隶态淋漓,为前代书法艺术之集大成者……"金学智《书法美学谈》中评鉴云:"它的结体如篆,用笔如隶,而字形方整则非隶非篆,既不如隶之横逸旁骛,又不如篆之纵长垂曳,表现独具一格的美。"

此碑也传为苏建所书(《禅国山碑》的书者)。清王昶《金石萃编》、清王原祁《佩文斋书画谱》(录名为《吴皇象吴大帝碑》)、刘正成《中国书法鉴赏大辞典》、李光德《中国书学大辞典》等均有收录。

②滈池君:神话传说中水神名。《索隐》:"江神以璧遗滈池之神,告始皇之将终也。且秦水德王,故其君将亡,水神先自相告也。"

③吴皓:三国吴皇帝孙皓(243—284),字元宗,吴郡富春(今浙江富阳)

人。继孙休为吴主，264—280年在位。《三国志·孙皓传》称其"肆行残暴……虐用其民"，使之国力大衰。天纪四年(280)，东晋伐吴，孙皓归降，封归命侯。

④国山：指吴《禅国山碑》。此碑与《天发神谶碑》同年书刻。亦称为《封禅国山碑》《天纪碑》。因碑形微圆椭(呈圆幢形，四周刻书)也称之为《团碑》《圆碑》。篆书。清王昶《金石萃编》录曰："碑高一丈，围一丈；共四十三行，行二十五字。"碑现在江苏宜兴张朱镇。此碑书法，篆隶相间，笔画饱满，体势厚重，同《天发神谶碑》可谓异曲同工。清康有为《广艺舟双辑》评曰："笔力雄健冠古今。"宋欧阳修《集古录》记云："孙皓天册之年，禅于国山，致元天玺，因记其所获瑞物，刊石于山阴。"此碑可与《天发神谶碑》互为佐证。

⑤清王昶《金石萃编·杨士奇·东里集》记曰："考《吴志》天册元年，吴郡言：掘地得银，上有年月字，遂改明年为天玺元年……"

⑥桼月朔：即七月初一日。桼：清段玉裁《说文解字注·桼部》："桼，汉人多段桼为七字。"清翁方纲《两汉金石记》评《禅国山碑》中云："愚按是碑侈陈符瑞词多诬诞，即后人或取以考核史志前后年月究无确据，皆无关于著录之大者。惟篆势遒劲为三国孙吴时之迹，是为古物可玩耳。是碑玉皆书作'王'；一书作'弌'；四或作；'亖'；七皆作'桼'；皆古体之仅存者……"朔：即农历的初一日。

⑦华核闻：华核：(219—278)字永先，吴郡武进(今江苏丹徒)人。曾任中书丞。官右国史。孙皓即位营建宫殿，耗费金钱，华核上书劝谕，陈说利害等。后被免职。明《一统志》："吴后主立碣纪吴功德。吴录云其文东观令华核作，其字皇象书也"。《佩文韵府·史通》："吴有二国史之职，薛莹为左，华核为右。"闻：传布。此指华核作辞使吴功德广为传播。

⑧清王昶《金石萃编·宋赵彦卫·云麓漫钞》记云：《吴志》天玺元年，吴兴阳羡山有空石，长十余丈，曰：石室。郡表为瑞，遣廉司徒董朝兼大常周处封禅国山，大赦，改明年为天纪……

⑨临平湖：在今浙江余杭临平山东南。三国吴在此曾获宝鼎，也称之"鼎湖"。《佩文韵府·宋书·符瑞记》云："吴之未亡也，吴郡临平湖一旦自开，吴人以谓美祥。"故有传言曰："湖塞天下乱，湖开天下平。"石印：《佩文韵府·吴志·孙皓传注》记曰："历阳县有石山。临水高百丈。其三十丈所有七穿骈罗、穿

中色黄赤不与本体相似。俗相传谓之‘石印’;又云‘石印封发天下当太平’。下有祠屋,巫祝言石印神有三郎时。历阳长表上言‘石印发’。皓遣使以太牢祭历山以印绶拜三郎为王。”

⑩五稔:谷熟为稔。五稔即五年。青盖:为青色的车盖。汉制用于皇太子、皇子所乘之车。借指帝王。

⑪皇休明:即皇象,生卒年不详。(三国吴)广陵江都(今江苏扬州)人。休明为其字。累官青州刺史、侍中。书师法杜度,精篆、隶、章草书,时人谓之“书圣”。世传《急就章》《天发神谶碑》《文武帖》等为其所书。

⑫筹思亭:旧江宁县亭名。

⑬尊经阁:此指江宁县学藏书之所。旧学以经为重,故称尊经。清王昶《金石萃编·张铉·金陵新志》:“今江宁县有段石冈盖旧立碑处。据《丹阳记》晋宋时已折为三段。内一石上有转运副使胡宗师刻字言此石在府南天禧寺门外,半埋于土因辇置转运司,后圃筹思亭。时宋元祐六年,此石历八百十有五年矣。盖又不知何年自岩山徙至城南也。转运司今府治此石在细书阁(案:即指尊经阁)前,后又徙锦堂前碑刻中,归附后改台治。此石欹仆于地,其一段缺坏盖尝为人凿以他用而不果也。其第二段处有‘襄阳米芾’四字以为人磨砺几尽。至治□年,台掾杨益得之廨草中,与教授汤弥□训导李东戚光言于中丞石公珪治书,郭公思尽募民升至庙学门内之左。”

⑭此谓天发神谶碑遭火毁之时间。乙丑皋月:指清嘉庆十年(1805)五月。皋月:指农历五月。嘻嘻出出:象声词。《左传·襄公三十年》:“或叫于宋大庙,曰‘嘻嘻出出’。”此形容火的声势。束缊:本指引火之物,此谓诬陷。

⑮矫诬:指假托罪义,进行诬隐,《书·仲虺之诰》:“夏王有罪,矫诬上天,以布命于天。”

⑯俾:使。《书·汤诰》:“俾予一人,辑宁尔邦家。”斯:指秦时李斯书碑而言。

⑰宰:古代官吏的通称。此谓掌管地方的官。《公羊传·隐公元年》:“宰者何? 官也。”

⑱米囤:指《天发神谶碑》。

⑲皇坟:指三皇之《三坟书》。

⑳炯戒：明白的鉴戒。《文选·汉班固·幽通赋》："既讯尔以吉象兮，又申之以炯戒。"发慨：犹感叹。

汉淳于长夏承碑[1]

李宗瀚

无锡华夏中甫真赏斋旧本，后有丰道生、杨景西二跋，道生《真赏斋赋》云：夏承、娄寿，汉碑是也。陆谨庭孝广碑阙三十字，苏斋补书。

华中甫斋真赏著，夏承娄寿道生赋[2]。
娄碑不见夏碑存，谨庭秘笈来吴门[3]。
东京隶法评奇古，咄咄殊难一二数。
数行论赞丰与杨，阙三十字翁书补。
堂堂笔阵推中郎，此语传之秋涧王。
建宁刻先石经石，体沿篆籀垂楷则。
阴阳辟阖星云攒，如戟森竖如弧弯。
神奸慌惚窥夏鼎，威仪肃穆参汉官。
惜哉未校义门本，得自丹阳少剥损。

义门得丹阳孙仲墙本，剥损仅二十余字。

广平赝迹人间多，宝者不独徐芳远。

道生跋此碑云：今广平有碑，乃永乐间俗人重写，吾乡徐芳远遂以为法，无乃宝燕石者耶。

华山拓见今阮公，酸枣苏斋摹亦工。
芒角体势参假借，书丰作丰从同同。

曾见阮云台尚书华山宋拓本，及翁覃溪先生所摹酸枣碑‘豊’皆作‘豊’。二碑前人并谓是中郎书，即比字之假借，与夏碑询出一手。

华家雕落谨庭死，千七百年留一纸。

芝英见瑞岂偶然，前人目此碑为芝英体。过眼云烟良足纪。

李宗瀚(1769—1831)，字公博，号北溟，又号春湖，江西临川人。乾隆进士，改庶吉士，授编修，官至工部侍郎。诗承家学，酝酿古厚志趣高远。嗜金石文字，所藏名拓至数十百种，筑湖东楼度之，以《汉夏承碑》《隋丁道护法寺碑》《唐虞世南夫子庙堂碑》《唐褚遂良孟法师碑》为最，世称"临川四宝"。著有《静娱室偶存稿》。

【注释】

①此诗见于文物出版社《明拓夏承碑》影印本后。

②华中甫：即华夏，明大收藏家。以庋藏宏富名动一时，精选所藏名人墨宝刻《真赏斋帖》三卷。上卷收魏钟繇《荐季直表》，中卷收东晋王羲之《袁生帖》，下卷为《王氏宝章集》，经文徵明父子钩摹，刻帖名手章藻为之镌石，于嘉靖元年(1522)刻毕。相传据真迹钩摹，镌刻均善，纸墨俱佳，为世所重。清王澍评曰："为有明一代刻帖第一，出《停云馆帖》之上"。刻成不久，遭火毁。复又刻之，故有"火前本"和"火后本"之别。《娄寿碑》：全称《汉玄儒先生娄寿碑》。东汉熹平二年(174)正月立。原石旧在湖北襄阳光化县，早佚。隶书。碑额篆曰"玄儒先生碑"六字。刘正成《中国书法鉴赏大辞典》记云："传世可信拓本为明华夏真赏斋宋拓本，缺首数页，自'营以禄'起，有明丰道生及清多人题跋。山东济宁有重刻本及其他翻刻本。"明丰道生跋无锡华氏本云："此刻与《礼器》《张迁》等碑笔法相同"。清杨守敬《平碑记》评曰："或以之比《礼器》《曹全》谓之'三绝'"。

③文物出版社《明拓夏承碑》影印本录有清翁方纲三段跋文真迹。

一跋云：甲午夏得见吴山夫双钩本，戊戌夏又得见王虚舟双钩本，皆称得自杨景西明府有丰道生手跋，毕既明亦从此钩得者。今见是本，果有丰道生手跋，并杨绳祖景西、毕宏述季明印。季明，一字既明也。其为虚舟、山夫二钩本所从出无疑。其三十字，与山夫钩本同。而虚舟钩本此三十字乃具在，则虚舟跋中亦称又见何义门、胡玉筒本者，其存阙同异，虚舟亦未之详也。按洪文惠《隶释》初不云中郎书，虚舟跋则援《隶续》语谓非出于本碑者，皆不足信。盖其指为中郎书者：一出《临汝帖》，一出王《秋涧集》也。而是本后丰道生跋亦遂断以为伯喈'芝英体'，是皆不因广平重刻本后有蔡邕伯喈字而传会者明矣。予尝平心论之汉隶皆无书人姓名，何从得出于本碑者而信之乎？至于中郎之迹，在东京最为有名，则诸碑中自宜多有其法。如中郎《隶势》云：'修短相副，异体同势，奇姿谲诞，靡有常制。'又窦臮《述书赋》云：'启戟弯弧，星流电转'皆与是碑相合。又李阳冰云：'蔡中郎以豊同豐'。予又尝以克字有点证《华山碑》与是碑合。则以是碑目为中郎书者，未必皆无稽之谈也。至于'芝英体'之说，则洪氏引庾元威语谓为其间之一体。初未尝定指为芝英也。考庾元威《书论(品)》有屏风百体，间以朱墨采色不著其状。是碑体参篆籀，而兼开正楷之法，乃古今书道一大关。据岂可以元威所云百体者目之乎丰跋所云中父者。华夏字中甫，别号东沙，无锡人。丰道生尝为作《真赏斋赋》云：夏承娄寿汉碑，乐毅东方晋刻。牙签锦笈以为藏，天球河图而比重者是也。赋后题云：嘉靖二十八年，岁在屠维作。噩月在鹑火之次日，在参前进士、天官尚书郎、南禺外史丰道生人叔著。正与此碑后跋同时所作。然则是本为锡山华氏真赏斋藏本，在当时最为烜赫有名之迹。今真赏斋右军《袁生》诸帖彪炳天壤，而是碑独不见称，即虚舟、山夫诸先生亦不知其为，真赏斋旧本良可欷也。徐芳远，名兰，号南塘。鄞人。累举不第。八分初法《淳于长碑》，晚年参以己意，时人谓其书与程南云并驰。都南濠云：徐兰与丰坊同时，好作隶字，不师汉人而师宋庐陵朱协极者也。予往年既手摹吴、王二钩本，今见比宋拓本然后知二钩本皆土木形骸，而其左右倚伏，阴合阳开之妙信为隶书圭臬。其有目以为奇怪者，非知言之选矣。此吴门陆谨庭所藏，不远数千里持以示。予爰为考论其始末，借临十日而归。谨庭博雅嗜古，珍藏金石书画，不减东沙居士之胜。赗躞光芒，文字灵异，将胥于是碑卜之也。乾隆四十六年春三月八日，北平翁方纲识(印)。

二跋云："真赏斋所藏宋拓《娄寿碑》亦有丰道生题识，后归于邵僧弥，又归于顾维岳，后又归于何义门。云碑首阙四十八字此本不知今在何处矣。倘仍在吴下谨庭必当访购与此宋拓《夏承碑》成合璧也。若竟得果此缘，谨庭当筑室重开真赏斋，予当作记书石耳。书此以订息壤。三月十二日，方纲又识”。

三跋云：“谨庭兄藏真赏斋宋拓《夏承碑》所阙三十字，予于辛丑春据王虚舟先生所摹胡玉笥双钩本为摹补之。越三年甲辰春，复见瑛君梦禅所藏成化本，其上半汉石原刻也。因复摹此补谨庭本后。此内‘风’字廓形、‘恋’字之九点掩映、‘歼’字之中小双弯，皆建宁原石如此 。而虚舟摹失者其余遇成化本下截泐处，亦间取虚舟所摹者足成之。闰三月望，北平翁方纲。”

隋丁道护书启法寺碑[1]

李宗瀚

何义门太史旧本，手题签存前，后有研山堂印、孙承泽印，最后有魏国公印，为宋贾秋壑钤记。

隋书罕署名，道护碑传二。
开皇仁寿年，兴国启法寺[2]。
后来信居上，书老笔亦恣。
六一得其精[3]，胡乃杨本嗜。
一夔殊已足[4]，观乐他且置。
骨体肖龙藏[5]，倍溢妍华致[6]。
化度虽后尘[7]，右方阐缄秘。
悦生堂不录[8]，销夏篇不记[9]。
两家印篆留，近入义门笥。
气压集古千，源导贞观四[10]。
其文颂金像，颇说佛灵异。
我闻菩提法，妙具千手臂[11]。
法法皆圆通[12]，始了第一义。
丁真合同参，谁问楞伽字[13]。

【注释】

①丁道护（生卒年不详）：隋谯郡（今安徽亳州）人，官至襄州祭酒从事。书善正楷。书风平正淳和，继‘二王’遗韵，启唐楷先声。马宗霍《书林藻鉴》云：“隋以丁道护书所得之法为最多。蔡襄谓其兼后魏之遗。赵孟坚谓其有

右军一榻直下之妙。则由内承周齐之绪，外沐梁陈之风，淳朴未散，纤丽相乘，固时会有以成之耳”。主要代表书迹有《兴国寺碑》《启法寺碑》二种。《启法寺碑》：隋仁寿二年(602)刻。周彪撰文，丁道护书。原石立于湖北襄阳启法寺。早佚。李光德《中国书学大辞典》记云：”世所传惟一原拓本，康熙间(1662—1722)归何义门家，继属临川李宗瀚秘藏孤本，李氏作为‘临川四宝’之一，喧传于世。尝入吴荷屋处，再移罗振玉手，已而流入日本，为日本赞州大西氏帖祖斋之宝物。据此孤本，先后刻有《墨缘堂摹古帖》本、《望堂金石集》本，上海有石印本行世，日本博文堂有影印本。”

②兴国：指丁道护书《兴国寺碑》。清王原祁《佩文斋书画谱》收录有此碑和《启法寺碑》。书中引宋赵明诚《金石录》云：“右隋兴国寺碑阴丁道护书。道护所书《兴国》《启法》两寺碑皆在襄阳。欧阳公尝得《启法寺碑》列于《集古录》中……”

③六一：指欧阳修。

④一夔：指有特殊才华的人。此谓丁道护和其所书碑石。夔：人名，相传为尧(一说舜)时乐正，仅有一足。“足”是足够之意，指有夔一人，就可以制乐。

⑤龙藏：指隋《龙藏寺》碑。全称《正定府龙兴寺碑》。正书。清王昶《金石萃编》、清王原祁《佩文斋书画谱》、刘正成《中国书法鉴赏大辞典》、李光德《中华书学大辞典》等均有收录。清翁方纲评论《龙藏寺》与《启法寺》二碑时，认为：两碑相比，《龙藏寺》镌手不工，而《启法寺》以运笔清迥胜。清杨守敬《平碑记》评曰：“道护在当时甚有书名，《集古录》皆推此碑之佳。余谓此碑诚古朴，然尚恐不及《龙藏寺》之精妙也。”

⑥华致：指书法用笔美妙的情趣。

⑦化度：指唐欧阳询书《化度寺碑》。此句指隋《启法寺碑》(隋《龙藏寺碑》等一些墓志碑刻)开先唐楷法先河。

⑧悦生堂：南宋贾似道斋号。著有《悦生所藏书画别录》。录载历代名人书法四十二卷，名画五十八卷。悦生堂藏庋宏富。

⑨销夏篇：指清孙承泽《庚子销夏记》。

⑩此谓《启法寺碑》开唐贞观时欧、虞、褚、薛四家之先河。朱仁夫《中国古代书法史》中引《书法艺术》一书云：“《龙藏寺碑》瘦劲宽博、平正冲和的气

息,《丁道护碑》深朴遒丽的面貌,《孟显达碑》的严谨,《董美人墓志》《苏慈墓志》的精工秀美,《曹植庙碑》的雄伟古拙,《赵芬残碑》《贺若谊碑》的端正方挺,《信行禅师砖塔铭》的匀稳精能,实开欧、虞、褚、颜先河——他们都是由此出发,攀上楷书的顶峰。”

⑪菩提:佛教用以豁然彻悟的境界,又指觉悟的智慧和觉悟的途径。梵文bodhi的音译。意译为“觉”“智”“道”等。妙具千手臂:指千手观音,源本《大悲咒》经,即唐迦梵达摩译《千手千眼观世音菩萨广大圆满无碍大悲心陀罗尼经》。

⑫法法:当谓佛教中的不同宗法。第一义:佛教指最上乘最高深的妙理。《大乘义章·一》:“第一义者,亦名真谛,第一是其显胜之日,所以名义。”也指佛法同书法。

⑬丁真:指丁道护的真楷书法。同参:指佛法与丁之书法相融合共研究探求。楞枷:指佛经《楞伽经》。是大乘佛法修行中一部非常重要的经典。

唐虞世南夫子庙堂碑[1]

李宗瀚

唐石原本得千有四百四十六字，缺字仅四之一，以陕本装补，前有康里氏、康里傅修二印，后有云门山樵张绅跋。苏斋考证甚详。

黄银印赐著作郎[2]，世间石墨珍璆琅[3]。

画腹艺从天道悟，如神笔妙知器藏[4]。

文辞书翰皆可喜，一时毡拓来四方。

周额削后石刓缺[5]，越千余年浸散亡。

旧本并希城武陕，原刻漫漶贞观唐。

山谷昔赏荣咨道[6]，月峰曾录韩存良[7]。

我生已晚去古远，南辕北辙徒伥伥[8]。

何期神物有呵护，康里元册留唐装[9]。

唐初同文变六代，东观帖出无道场[10]。

郎官石记谁遽拟[11]，见王元美敬美郎官记跋。

九成化度差颉颃[12]。

巍然太华秀真骨，后来宛列儿孙行。

全碑仅阙四之一，补以摹刻中令王。

圆机残字人争购，此拓岂止千金偿。

乍惊秀郎过智永，匪特峭劲如欧阳。

鲁器不欹见中正，隋珠在握含光芒。

层台缓步行人选，雍容合傍夫子墙。

金声玉振跻大雅，龙蹲风跱开文祥。
若准孔门用诗例，譬曹入室刘升堂[13]。
昭人颖达具虞法[14]，下侪潘陆坐庑廊[15]。
当时五绝褒秘监[16]，献规一体观文皇。
右军腕助天戈舞，北堂文播儒风扬[17]。
俗学但以书貌取，毋乃优孟之冠裳。
天吴紫凤久颠倒[18]，而况错杂淆玄黄[19]。
覃溪老人霜鹘眼[20]，赏论不数云门张[21]。
考证诸家负真鉴，何王徐辈所未详。义门、篛林、坛长。
问字日就草元阁，百花放艳虹腾光。
子山篋邀文靖赏[22]，虞家笔让来儿飏。
匹夫怀宝不知戒，敢诩家学私青箱。
拟谋镌字光宅手，重排曲阜阶楹旁。
斯文废坠倘竞举，几研小胥犹可当[23]。

【注释】

①虞世南(558—638)：字伯施，越州余姚(今属浙江)人。曾仕南朝陈、隋，官至秘书郎，后为窦建德之黄门侍郎。入唐官至秘书监，封“永兴县子”，世称“虞永兴”。博学善文辞，工书法，亲承智永传授，书致圆融遒逸，外柔内刚，风神肃散，自开面貌，为唐初欧阳询、褚遂良、薛稷之四大家。传世书作有《夫子庙堂碑》《破邪论》等。书论有《书旨述》《笔髓论》。编有《北堂书抄》一百六十卷。

虞世南博学经史，妙于辞翰，《旧唐书》记曰：“太宗尝命写《列女传》以装屏风，于时无本。世南暗疏之，不失一字。……太宗重其博识，每机务之隙，引之谈论，共观经史。世南虽容貌懦软，若不胜衣，而志性刚烈，每论及古先帝王为政得失，必存规讽，多所补益。太宗尝谓侍臣曰：‘朕因暇日与虞世南商略古今,有一言之失,未尝不怅恨,其恳诚若此,朕用嘉焉。群臣皆若世南,天下何忧不理’。太宗以是益亲礼之,尝称世南有五绝:一曰德行,二曰忠直,三曰博学,四曰文辞,五曰书翰。”

宋《宣和书谱》记曰:“释智永善书,得王羲之法。世南往师焉,于是专心不懈,妙得其体。晚年正书,遂与王羲之相后先。当时与欧阳询皆以书称,议者以谓欧之兴虞,智均力敌,亦犹韩庐之追东郭兔也。虞则内含刚柔,欧则外露筋骨,君子藏器,以虞为优。盖世南作字不择纸笔,皆能如志,立志沉粹,若登太华,百盘九折,委曲而入杳冥。”

《夫子庙堂碑》:唐武德九年(626)立。虞世南撰并书。正书三十五行,行六十四字。相传贞观年间(627—649)仅拓数本分赐近臣,不久石毁。武周长安三年(703),武则天后命相王旦重刻,额篆六字,未见传。后世主要翻刻本有:1.陕西本:也曰“西庙堂本”。五代时王彦超刻。尾后附刻王跋。现存陕西西安碑林。也称“西安本”“长安本”。2.城武本:也称“东庙堂本”。元至正年间(1264—1294)重刻于山东城武。现在山东城武县学。3.临川本:清临川李宗瀚重刻,底本相传为此唐拓本。宋黄庭坚《山谷集》评曰:“顷见摹刻虞永兴《孔子庙碑》,甚不厌人意,意亦疑石工太远。今观旧刻,虽姿媚而造笔之势甚遒,固知名下无虚士也……见旧刻乃知永兴得智永笔法为多,又知蔡君谟真行简札能入永兴之室也……虞永兴常被中画腹,书未年尤妙,贞观间亦已耋矣,而是书之工,唐人未有逮古者。”清翁方纲为此著有《孔子庙堂碑考》二卷,引据论证,考释甚详。认定临川本及所述此本为唐石原拓本。

②黄银句:明都穆《金薤琳琅》记曰:“予家藏旧拓唐刻因参校以足其文,尝记在京师时见世南真迹,谓以此文石本进呈,太宗特赐王羲之黄银印一颗。则世南之书贵重于时固已如此。”又清王昶《金石萃编·苍润轩帖跋》云:“永兴亲授笔诀永禅师。当时进呈石本,唐太宗以右军黄玉印赐之。今谢表勒在《群玉堂帖》……”

③璆琅:泛指美玉。《尔雅·释地》:“西北之美者,有昆仑虚之璆琳、琅玕焉。”

④画腹句:详见前注。

⑤周额削后:清顾炎武《金石文字记》记曰:《旧唐书》宣宗太中五年十一

月，国子祭酒冯审奏文：宣王庙碑始太宗立之，睿宗篆额加‘大周’二字，盖武后时书也，请琢去伪号，从‘大唐’字。从之此，‘大周’字削，而相王之衔独存也……”清王昶《金石萃编·宋赵明诚·金石录》记云：“右《唐孔子庙堂碑》，虞世南撰，武德时建。而题云‘相王旦书额’者。盖旧碑无额，武后时增之尔。至文宗朝冯审为祭酒请琢去周字。而唐史遂以此碑为武后时立者误也。睿宗所书旧额云‘大周孔子庙堂之碑’。今世藏书家得唐人所收旧本独有存者云。”

⑥荣咨道：生平不详。清王昶《金石萃编·黄庭坚·豫章文集》记曰：“荣咨道尝以二十万钱卖碑，即此碑……”

⑦月峰：明孙鑛，字文融，号月峰。浙江余姚人。累官至兵部尚书。博览群书，擅于书画鉴藏，著有《书画跋跋》等。著述颇丰。韩存良：指韩宗伯。明孙鑛《书画跋跋·虞永兴孔子庙堂碑》：“及后见敬美（王世懋）亟称韩宗伯（存良）家唐拓之妙，因以从韩索观之，则笔笔皆蹲注法，转折处特峭劲，颇似欧书，宛然手书状，绝无僵笔，乃知僵者乃摹刻手拙耳，倘得高手，取韩本钩勒入石，应胜关中石。”

⑧南辕北辙：欲往南行而车向北。喻行为与目的相反，背道而驰也。伥伥：指无所适从。《荀子·修身》：“人无法则伥伥然。”

⑨康里元册：指元康里巎巎鉴藏的唐拓本。

⑩东观：指宋黄伯思所著《东观余论》。

⑪郎官石记：指唐张旭《郎官厅壁记》：唐开元二十九年(741)十月刻。陈九言撰，张旭书。明都穆《金薤琳琅》载记明王世贞藏有宋拓孤本。孙鑛《书画跋跋·张长史郎官壁记》记云：“王氏（王世贞）跋一：‘张长史以草圣名，楷法独有《郎官壁记》。……此刻在宋已少，吾吴仅有都太仆玄敬一本，寻入王文恪家，文恪亲为跋于装池之四傍：‘余闻此三十年矣而始得之。所藏《九成》《庙堂》《化度》诸楷帖，皆辟三舍矣！因敬题其后’。此楷法最有名碑，恨无从得见。吴中好事者多，何不摹刻一本。”

⑫九成化度：指唐欧阳询《九成宫醴泉铭》和《化度寺碑》。

⑬譬曹句：曹、刘指汉时“建安七子”之两子：曹植、刘桢。明胡应麟《诗薮·内编》卷二云：“建安首称曹、刘。”入室升堂：《论语·先进》：“由（子路）也升

堂矣。未入于室也。"喻学问技艺的成就达到精深阶段。明王世贞《题沈民望姜尧章读书谱》云:"然此卷行笔圆熟,章法尤精,称米南宫(芾)入室。"

⑭昭人颖达:此谓《昭仁寺碑》和《孔颖达碑》。《昭仁寺碑》,唐贞观四年(630)刻。朱子奢撰,无书者名。其书前人多传为虞世南书。清王澍《虚舟题跋》云:"《庙堂》丰逸,此则瘦劲,面目虽似,神骨虽殊。"自古争论莫衷一是,众说纷纭。《孔颖达碑》:唐贞观二十二年(648)刻,于志宁撰。书者不详,风格酷似虞世南,但非其书,因虞早于十二年前去世。

⑮潘陆:指晋潘岳和陆机,二人皆以文名,后多以"潘陆"相称。《宋书·谢灵运传》:"史臣曰:降及元康,潘陆特秀。"

⑯五绝:详见前注。

⑰北堂:指虞世南所编《北堂书钞》一书。

⑱此句化用唐杜甫《北征》:"天吴及紫凤,颠倒在裋褐。"《杜诗详注》释曰:"赵注:天吴,海图所画之物。紫凤,旧绣所刺之物。剪旧物以补竖衣,故拆移而颠倒也……"

⑲玄黄:黑色与黄色。《易·坤》:"夫玄黄者,天地之杂也,天玄而地黄。"

⑳覃溪老人:指清翁方纲。著有《孔子庙堂碑考》二卷。

㉑云门张:指云门山樵张绅。明山东济南人。字士行,号仲绅,又号云门遗老、龙门遗老等。官至山东参政。博通经史,清辨纵横。工书法,精鉴赏。法书名画多有题跋,著有《法书通释》二卷。

㉒子山:指元康里巎巎。文靖:元代著名学者、诗人虞集的谥号。

㉓小胥:指小吏。

唐魏栖梧书文荡律师碑[1]

李宗瀚

碑在许州阳翟县，立于开元十三年，赵明诚《金石录》注魏栖梧书。此本翦去魏名，窜去碑字，托名于褚以增价。后有涿鹿冯相国手跋云：'褚书禊帖等皆表表耳目间，此碑不一二见。'盖已訾异为褚迹矣。王篛林《竹云题跋》内辩证最确。覃溪先生重书，篛林跋语，改题《魏栖梧》，并加考证。

买褚得薛前闻曾，我今所得添嘲评。
文荡师碑录明诚，魏栖梧乃褚名更。
婵娟来迟罗绮胜[2]，是耶非耶宛平生。
冯公击赏逾兰亭[3]，有若似圣子夏盲。
翁王后先详证明[4]，洗出真面庐山青。
河南遗法二薛承[5]，薛稷亦是魏家甥。
当时薛魏世并称，北海仙手太湖精[6]。
开元之间继有声，栖梧合系宰相征[7]。
不见姓字唐表登，石趺久化夏后城[8]。
仅传此纸仍难凭，古来几辈书入能。
一艺并悭身后名[9]，消磨岁月三折肱[10]。
捧心丧志予其惩[11]。

【注释】

①魏栖梧：生平不详，唐玄宗时人。官著作郎。书师褚遂良，时有“薛魏”之称。《文荡律师碑》：也称《善才寺碑》。全称为《大唐河南府阳翟县善才寺文

荡律师塔碑铭并序》。唐开元十三年(725)十月立。卢涣撰,魏栖梧书。正书。碑署褚遂良书。据清翁方纲、王澍鉴定考证书款为后人移改,定为魏栖梧书。原石久佚。拓本仅此清临川李宗瀚旧藏一本。册凡二十九页,页五行,行七字。李光德《中国书学大辞典》记曰:“是碑乃研考魏栖梧书法唯一资料,颇为珍贵。宋拓孤本尝藏宋内府,寻流落人间,据传于宋蔡京、清冯铨诸人之手。继归李宗瀚,属‘临川李氏四宝’之一,著闻于世。有翁方纲、冯铨、阮元、李宗瀚诸家跋。后流入日本,今为三井氏听冰阁之宝笈。有影印本。”清翁方纲跋曰:“王篛林(澍)论褚法云:‘稍纵逸则为魏栖梧;步趋不失尺寸则为薛稷’。所谓稍纵逸者即指此碑也。盖唐世书家习褚者多,而此尤得其神理。然魏著作书此碑,其于褚法宝乃步趋不失尺寸,若薛少保又加以妍美矣。褚书上溯钟、王,近亚虞、欧,此碑格韵在《圣教序记》《房梁公碑》二者之间,善学褚法者于此碑求之有余师矣。又岂必以纵逸目之乎?”

②唐张怀瓘《书断·妙品》评褚遂良书云:“真书甚得其媚趣,若瑶台青琐,窗映春林,美人婵娟,似不任乎罗绮,增华绰约,欧、虞谢之……”

③冯公:指冯铨。

④翁王:指翁方纲、王澍。

⑤河南:指褚遂良。二薛:指薛稷、薛曜二兄弟。

⑥北海仙手:指唐李邕(678—747),字太和,江都(今江苏扬州)人。开元中官为汲郡北海太守,世称“李北海”。书学王羲之,后变为自家风貌。以行书书碑,时称“书中仙手”。宋《宣和书谱》记曰:“邕初学、变右军行法,顿挫起伏,既得其妙,复乃摆脱旧习,笔力一新。李阳冰谓之‘书中仙手’,裴休见其碑云‘观北海书,想见其风采’”。太湖精:指张旭。

⑦此指魏栖梧当是魏征之后人。

⑧石趺:碑下的石座。

⑨悭:缺少。

⑩三折肱:《左传·定十三年》:“三折肱,知为良医。”喻对事物反复观察,方有经验,造诣始精。此谓对古代书法的学习、临摹或鉴赏而言。

⑪惩:鉴戒。丧志:丧失志气。《书·旅獒》:“玩人丧德,玩物丧志”。

唐高福墓志[1]

张廷济

开元片石缜于玉，高将军父曰延福。
延福名福史不传，或以字行故不录。
高氏五望渤海一，力士冯出非其族。
李千里上金刚同，给事左右坐累逐。
君养为子姓冒高，父以子贵君何恧[2]。
先天中诛岑萧窦[3]，功拜监门朱紫服。
员外置迁中大夫，终始哀荣礼以笃。
力士阶封渤海公，来廷坊里兴祠屋[4]。
一扣钟礼十万钱[5]，五硙日僦三百斛[6]。
事付林甫天心回[7]，辔失辅国逆胆缩[8]。
贪痴可罪忠可褒，赠官不枉扬州督[9]。
君卒开元全盛时，丹旐风飞原白鹿[10]。
仓皇不从蜀道难，悲酸免共巫州哭[11]。
学士撰碑书者谁，院体精妍共结束。
怀仁集书颖久颓[12]，今见山阴真面目。
一自石载三吴船，秦关碑肆镌还覆。
笔画疲茶神已非[13]，非特界文遗卦局[14]。
佳刻若此世所稀，书家日使千毫秃。
曩是笑说咸阳农，柱础几何遭斫劚。

《关中金石记》:此石向在咸阳农家,欲为柱础者数矣。开元十二年甲子至今己亥,一千一百十七年。

张廷济(1768—1848),字顺安,号叔未,浙江嘉兴人。嘉庆三年(1798)解元。著有《桂馨堂集》《清仪阁题跋》。《晚晴簃诗汇》称其"叔未诗多题咏金石书画,古藻新声,与覃溪伯仲。所藏图籍文具、物各为诗……"

【注释】

①唐高福墓志:唐开元十二年(724)刻。孙翌撰,书者不详。全称《大唐故中大夫守内侍上柱国渤海高府君墓志铭》。清王昶《金石萃编》记曰:"石高广具三尺一寸五分。二十七行,行二十七字。行书。"高福者,高力士之养父。字延福。也称《高延福墓志》。李光德《中华书学大辞典》记曰:"《高福墓志》在行、楷之间。笔法遒丽,大似《淳化阁帖》中王羲之书,恐为习王书者所为。'郭尚先谓:《高福墓志》无书者名。清婉独绝,自内史出者。在是时争尚肥厚中,尤为难得,云云。诚系清瘦妍丽一石。清乾隆(1736—1795)初,出土长安,农家作为柱石。乾隆四十六年(1781)五月,毕沅以二万钱购于陕西咸宁,移置其灵严山馆,始名于世。沅督陕时,获得唐墓志四种,携归苏州,此即其一。沅尘事籍没,石为元和县令唐某攫取。尝归嘉兴张叔未,吴县蒋敬臣,长白端方,今不详踪迹"。清王昶《金石萃编·毕沅·关中金石记》云:"此碑向在农家,几为柱础者数矣。乾隆辛丑五月余以二万钱购得之,今移置于灵严山馆。"

②恧:惭愧。

③《旧唐书》载:"(高力士)先天中,预谋诛萧岑等功,超拜银青光禄大夫行内侍同正员。"

④⑤⑥⑦⑧来廷坊里以下:《旧唐书·高力士传》载曰:"天宝初,加力士冠军大将军、右监门卫大将军,进封勃海郡公。七载,加骠骑大将军。力士资产殷厚非王能拟。来庭坊造宝寿佛寺,兴宁坊造华封道士观。宝殿珍台侔于国

力。于京城西北截沣水作碾，并转五轮日破麦三百斛。……玄宗幸蜀，思艺走投禄山，力士从幸成都。进封齐国公。从上皇还京。……因侍上皇登长庆楼，为李辅国所构配流黔中道。……”林甫，指李林甫。辅国：指李辅国，与高力士同为宦官。

⑨扬州督：《旧唐书·高力士传》：“（高力士）北望号恸呕血而卒。代宗以其耆宿保护先朝，赠扬州大都督，陪葬泰陵。”

⑩丹旐：祭祀或丧礼时用的铭旌。原白鹿：即白鹿原。清王昶《金石萃编·高延福墓志》载曰：“碑云迁定于京兆府白鹿原之西隅……”

⑪《旧唐书·高力士传》：“力士至巫州地多荠而不食，因感伤而咏之曰：两京作芹卖，五谷无人采。夷夏虽不同，气味终不改。”

⑫即《释怀仁集王书圣教序》。参阅前注。

⑬疲苶：特别困乏之貌。

⑭卦局：夫万物之数，从一而起……局之线道谓之枰，线道之间谓之卦。局方而静……本指围棋上的方格子。此谓碑上的方格界线。

隋美人董氏墓志铭[①]

张廷济

杨花落尽隋宫树，幽珉犹记美人墓。
雄龙雌凤欢几何，一十九年等闲度。
裁文和泪秀庶人，花台非复当时春[②]。
金凫玉鱼世已出[③]，传红写翠人空陈。
阿糜然豆大煎迫[④]，帝子游魂归不得。
古时尘满鸳鸯茵，地下相逢泪亦滴。
只今龙首草离离[⑤]，三尺碑留董氏姬。
莫叹容华易销歇，独孤免骂阿云儿。

【注释】

①隋美人董氏墓志铭:隋开皇十七年(597)十月刻。正书。二十一行,行二十三字。清末道光间陕西兴平出土。刘正成《中国书法鉴赏大辞典》记曰:“《美人董氏墓志》曾归上海陆剑庵、徐渭仁。清咸丰三年(1853)毁于兵事。拓本遂希。原石首行‘墓’字‘土’部二横间有点,翻刻本无。赵万里辑入《汉魏南北朝墓志集释》。文物出版社有影印本。”李光德《中华书学大辞典》记曰:“志文有乖达史实处,故世存伪刻之说。但书法整正遒劲,绝非后人所能及,系隋代墓志最上乘者。汪鋆列举质疑四条,亦曰:‘文体婉妙,为陈、隋间手笔。字迹端妍含古意,与欧(阳询)、虞(世南)相伯仲,堪以为宝。’梁启超称其‘结体极平整而不极滞,行笔极韵秀而不靡弱,信乎为隋书,无体不备也。’梁氏以为汪鋆所质疑四条深值耐思,有确论:‘食肉不食马肝未为不知味,学书者姑舍是可耳’。志石出土后,道光年间归上海徐渭仁,渭仁因其室曰‘隋轩’。后佚。原石拓极难得,多见摹刻本行世。‘西安本’颇能相似。惟原石

'墓'字下'土'旁存圈点,复刻无之,以此加以辨别。'才人''美人'系隋炀帝时所置,为宫中女官。"朱仁夫《中国古代书法史》评曰:"此碑有雄强古朴之质,隋碑则有端庄遒媚之美,《董美人墓志》脱出了北魏的旧风,以端庄妍美、峻严挺拔,骨秀而不瘦、肌丰而不肥的崭新姿态出现在隋代,故有隋朝楷书至《董美人墓志》而大备之说,有人将它称为'隋轩',可见声誉极高。"刘正成《中国书法鉴赏大辞典》评赏曰:"《董美人墓志》上承北魏旧体,下开唐朝新风,在书法艺术的发展史上起到了承前启后的作用。"美女:古代宫廷之女官称号,自汉至明皆有之。

此诗墨迹数本载录,其中上海古籍书店影印册录有其诗序及诗尾墨迹。其序云:"才子美人十五、隋炀帝时制,开皇时未有此名也。案董是蜀王秀宫人,何以终于仁寿宫山第,史之未详也。上海友人徐紫珊谓仁书来云陆耳,山副宪第五子剑庵官兴平得此石,令归其家墨其文索诗。"诗尾署曰:"道光庚子三月十八日录(去年春初所作请)便斋五兄云人一笑。小弟张廷济稿,年七十三。"

②《董美人墓志》文云:"去岁花台,临欢陪践。今兹秋夜,思人潜泫。"

③金凫玉鱼:此当谓董美人之殉葬物品。

④阿麼:隋炀帝之小字。亦称"阿麽"。唐苏鹗《杜阳杂编》:"阿麼,炀帝小字也。"《隋书·炀帝传》:"炀皇帝讳广,一名英,小字阿麼,高祖第二子也。"煎迫:煎熬逼迫。

⑤龙首:墓志文云"其年十月十二日葬于龙首原。"

李阳冰般若台篆字歌

梁章钜

衡阳峋碑不可扪，岐阳石鼓科臼翻。
侯冈控飞籀史化[①]，上蔡真刻焚余瘢[②]。
吾闽荒远迹愈鲜，按图十一犹疑悭。
神工鬼斧凿不到，搜奇往往嘲岩峦。
山灵奋激海若怒，风雨倒卷蛟螭蟠。
夜深锁纽向绝壁，伶俜百怪走且颠。
谁其尸者唐李监[③]，长剑快戟森乌贲。
三才万汇睨倏忽，挥斥流宕穷倪端[④]。
宝鼎跃水有神助，古溜过石无新痕[⑤]。
坐令光价耀寰宇，仰揖汉碣睎秦砖[⑥]。
世间精诣岂逸致，当年篆室窥真源。
以豊同豐中郎惑，将朿作宋丞相惛[⑦]。
苦心订讹告采访[⑧]，想见雪泣忘眠飧。
千秋万岁自有故[⑨]，造化亦乐当镌刓。
我来茧足奈屡失，乍见画肚愁难援。
围尺深寸语易晓[⑩]，匪夸趯繐兼窥巡[⑪]。
香台销歇般若寂，壮观孰识华岩巅。
纷纷耳食称四绝[⑫]，那得精鉴祛烦冤。
掎裳联襻矜不语[⑬]，牧童愕眙山鸟喧[⑭]。
呼觞历历记踉肘，走笔欲补欧阳篇[⑮]。

梁章钜(1775—1849),字茝中,号芷乡,又号退庵,别署茝林、茝邻、古瓦研斋。福建长乐人。嘉庆(1802)进士。官至江苏巡抚兼署两江总督。从翁方纲(苏斋)学书,通考证,精鉴赏、富庋藏。著述颇丰。书善楷、篆、隶、行,草也佳。尝与伊秉绶(墨卿)、吴荣光(荷屋)、朱为弼(椒堂)诸子游。著有《退庵所藏金石书画跋尾》《退庵题跋》《二思堂丛书》等。

【注释】

①侯冈:指仓颉。此为复姓,也作"侯刚"。宋姚宽《西溪丛话·卷上》:"上古文篆者,黄帝史衙人仓颉所作也。仓颉姓侯冈氏"。

②上蔡:指李斯:瘢:疤痕。

③李监:即李阳冰。

④倪端:头绪。

⑤古溜:指溜水。此谓瀑布或涧水、溪水。

⑥汉碣:指汉碑。晞:晓,天明。此当谓出现或出土。

⑦唐李阳冰《论篆》云:"常痛孔壁遗文,汲塚旧简,年代浸远,谬误滋多,蔡中郎以'豊'同'豐'。李丞相持'束'为'宋',亦魚鲁一惑,泾渭同流,学者相承,靡所迁复"。惛:指神志不清。《庄子·知北游》:"惛然若亡而存。"

⑧此句谓李阳冰精研古篆之状。唐李阳冰《论篆》云:"吾志于古篆殆三十年,见前人遗迹,美则美矣,惜其未有点画,但偏傍摹刻而已。……每一念至,未尝不废食雪泣,揽笔长叹焉。"雪泣:谓揩试眼泪。唐李白《自溧水道哭玉炎》诗:"有言不可道,雪泣忆兰芳。"

⑨语见《战国策·楚一》:"于是楚王游于云梦,……仰天而笑曰:'乐矣,今日之游也? 寡人万岁千秋之后,谁与乐此矣'"千秋万岁:形容岁月长久。此谓世事的变迁。

⑩围尺深寸:清黄任《李阳冰般若台篆字歌》云:"围以径尺深经寸,量度不实见者狃。"

⑪趩趪:指周《石鼓文》:“其来趩趩”。“趪𩥄”。趩:《说文》:“趩,行声也。一曰不行儿,从走,异声,读若敕”。趪:《说文》:“趪,走意,从走,宪声”。窺巡:秦李斯《泰山刻石》:“窺巡远黎”。《史记·秦始皇本纪》引作:“亲巡远方黎民。”窺:《说文》:“窺,至也,从宀,亲声”。

⑫四绝:此指李阳冰《镜水忘归台铭》《城隍庙记》《处州新驿记》和此碑。

⑬掎裳联襼:襼,衣袖。《文选》潘安仁《藉田赋》云:“蹑踵侧肩,掎裳连襼。”意即牵裳连裙,形容人多。

⑭愕眙:惊视。《后汉书·班彪传·班固·西都赋》:“虽轻迅与僄狡,犹愕眙而不敢阶。”

⑮欧阳篇:指宋欧阳修咏李阳冰《石篆诗》。参见前注。

苏斋观岱顶秦篆新剔十字[①]

泰安令蒋伯生因培拓寄

梁章钜

名山第一磨崖奇，古今第一小篆师。

嵯峨文字压钟隶，伯生曾跋曹丕碑[②]。

虞伯生题钟繇为曹丕作勸进碑，诗云：李思（案为斯）文字更嵯峨。

又一伯生生苦晚，汲古动我深嗟咨[③]。

廿九字石毁复得，七十余载神护持。

岱史纵迷北平许[④]，具名犹备去疾斯。

夜虹熊熊玉女池，风雨离合元君祠。

残星镇地作光怪，渍溜裂石无差虒。

飘然片纸远飞到，挂壁隐隐森鳞而。

如麟一角凤一羽，已冠石墨千圆骊。

申屠徐郑并敛手[⑤]，何况汝刻之罘遗[⑥]。

我生五岳未涉一，远梦直蹑鹅峰陲。

安能三日坐卧对，更胝右手精毡椎[⑦]。

墨缘漫讬刘斯立[⑧]，眼福敢比江邻几[⑨]。

先向蒋侯乞拓本，岱云冉冉来棼楣[⑩]。

【注释】

①苏斋：指翁方纲。岱顶秦篆：指秦《泰山刻石》。

②曹丕碑：即指《上尊号碑》。全称《公卿将军上尊号奏》，也称《劝进碑》

《百官劝进表》《上尊号奏》。清王昶《金石萃编》记曰:“碑高八尺七寸,广七尺,三十二行,行四十九字。额题:公卿将军上尊号奏,八字篆书阳文。今在许州繁城(今属河南省临颍繁城镇)。”

③汲古:谓专研古籍好像汲水一样。唐韩愈《秋怀》诗:“归愚识夷涂,汲古得修绠。”

④北平许:人名不详。清王昶《金石萃编·毕沅阮元·山左金石志》记曰:“聂剑光叙《泰山道里记》云:秦篆刻石先是在岳顶玉女池上,后移置碧霞元君祠之东。庑石高四尺,四面广狭不等。载始皇铭辞及二世诏书。世传为李斯篆,字经二寸五分。宋人刘跂亲为摩拓得字二百二十有三。近年来摹本仅存:臣斯以下二十九字,末有明北平许□隶书跋。乾隆五年庙灾,碑遂亡。元藏旧拓本,笔意同琅琊石刻惟字形较大,首端界一线中有裂痕。首行上‘泐’二字下‘泐’,一字,四行‘请’字下有分书两行,云:岱史载秦篆碑仅存此二十九字,余至泰山顶上从榛莽中得之,恐致湮没。因□之以□□古之遗迹云。北平许□并题。字径一寸。其城同岳庙一石乃从此翻出者真优孟衣冠也。”

⑤申屠徐郑:指申屠駉(子迪)、徐铉、郑文宝。

⑥汝刻:即《汝帖》。此谓《汝帖》收录有秦李斯《之罘刻石》。

⑦毡椎:指拓碑之用拓团。

⑧刘斯:指宋人刘跂。详见前注。

⑨江邻几:此谓见清王昶《金石萃编·欧阳修·集古录》记云:“余友江邻几谪官于奉符。尝自至泰山顶上视秦所刻石处,云石顽不可镌凿,不知当时何以刻也。四面皆无草木而野火不及,故能若此之久。然风雨所剥其存者才此数十字而已。”

⑩棼楣:楼阁的栋梁。《后汉书·班固传上》:“虹霓回带于棼媚。”

德明府以题孙虔礼书景福殿赋真迹诗见示次原韵[1]

李兆洛

艺极犹悬权[2]，识贸或斡鼎。
要能天际翔，庶不鼠穴骋。
章草篆之出，阡陌破丘井。
崔张趋简易[3]，有苦竿取景。
当涂典午间[4]，绵密转清迥[5]。
右军守恬畅[6]，如水以淡永[7]。
大令剧飞腾，翼翼贺项领。
双源遂分导，百旐揭一隼。
文皇负真气[8]，纵送剂宽紧。
兀幂屏风书[9]，想见龙德静。
咄哉挺虔礼，骖騑一何猛。
书谱入大王，区埒辨町町[10]。
瘤堕卻针脑，蚤正必眠绠[11]。
兹赋追阿敬[12]，推陈更标颖。
一扫旭兼素[13]，重睹芝与靖[14]。
离垢参书禅，妙香可默省[15]。
镌之璆琳珍，长使奎壁耿。
苟非洞见垣，所恐砾粿矿。
肘腕论回旋，走也谢不敏。

愿焉矢盍各[16]，率尔子毋哂[17]。

李兆洛(1769—1841)，字申耆，晚号养一老人。江苏阳湖人。嘉庆十年(1805)进士。官安徽凤台知县。著有《养一斋集》。

【注释】

①孙虔礼：孙过庭(646—691)，字虔礼，吴郡(今江苏苏州)人。一作陈留(今河南开封)人。官至华府录事参军。善书法，尤工于草书，其《书谱》墨迹，文书并茂，笔势纵横。宋《宣和书谱》评曰："好古博雅，工文辞，得名翰墨间。作草书，咄咄逼羲献。尤妙于用笔，俊拔刚断，出于天材，非功用积习所至。善临模，往往真赝不能辨。文皇尝谓'过庭小字书乱二王'。盖其似其可知也。"《景福殿赋》：清王原祁《佩文斋书画谱·戏鸿堂法帖》记曰："书家评孙过庭章草用笔隽拔，如丹崖绝壑，笔势坚劲，予不能无疑。观此帖用笔稽古有汉魏之风，终卷结字无点画差谬。《书赋》云：千纸一类，一字万同。盖知其非虚谈也。近见王内翰所藏，《书谱》真迹与此赋极相类。又有墨本《千文》差不逮矣。建中靖国元年春三月曾肇题于玉堂之西轩。"今人李光德《中华书学大辞典》记云："《景福殿赋》传为唐孙过庭书。三国魏夏侯惠、韦诞、何晏等著作《景福殿赋》，而历来书何晏此赋者甚夥，传世作以孙过庭草书尤著名。是赋篇幅最长，但刻入明《戏鸿堂帖》者仅二十行，四百余字。可藉清《墨妙轩法帖》刻本观其全貌。是书笔法圆润，与孙氏代表作《书谱》大相径庭，别有一种秀媚意趣。真迹藏清内府。道光年间(1821—1850)西涧堂复刻之。今亦存。日本《昭和法帖大系》有影印本。"

②悬权：犹悬法、悬规。此谓法度、模范而言。

③崔张：指崔瑗、张芝。南朝王僧虔《论书》云："承阅览秘府，备睹群迹，崔、张归美于逸少，虽一代所宗，仆不见古人之迹，计亦无以过于逸少。"

④当涂典午：当涂指三国魏的代称，典午指晋朝的代称，此谓晋时期。《北齐书·王琳传·朱玚致徐陵书》："故典午将灭，徐广为晋家遗老；当涂已谢，马孚为魏室忠臣。"

⑤绵密：细致周密。清迥，清新旷远。清包世贞《与杨季子论文书》："足下性嗜古书，尤耽齐、梁诸子，而下笔顾清迥柔厚，骎骎有西汉之意。"

⑥恬畅：恬静豁达。

⑦如水以淡永：意即君子的交情、情操如水之长久。唐白居易《张十八员外以新诗二十五首见寄》云："阳春曲调高难和，淡水交情老始知。"

⑧文皇：指唐太宗。

⑨奡：通"傲"。指雄放奇逸的书风。《屏风书》，指唐太宗书《屏风帖》。清王原祁《佩文斋书画谱·戏鸿堂法帖》："右唐太宗《屏风书》，余从兄季平家所藏，盖从祖绍兴初为江西漕，属以重贿得于北人之南渡者十一幅皆绢素也。其上杂绘禽兽水藻之文犹隐可认。按《唐会要》正观十四年四月二十二日，上自为真草书屏风以示群臣，笔力犹劲为一时之绝，诚可宝也。淳熙九年冬十一月，祝宽夫公济跋。"又《弇州山人稿》谓："文皇尝作真草书古帝王龟鉴语为二屏风示君臣，今所存者草书耳。轻俊流便，宛然有右军永兴风度。惜天骨小乏，戈法稍滞，后有祝宽夫、姜夔、王允初跋亦佳。姜遂题字荒伧不知体，大可笑也"。明孙鑛《书画跋跋》云："文皇书真有晋人法，其书真草屏风亦善事，其真迹在宋时已不闻鉴赏，则摹刻当在唐时。此拓本今时罕传，应是宋物。"

⑩町町：平坦状。此谓书法的平正。

⑪蚤正：此谓先端正自己行为，使合乎法度。蚤，通"早"。《荀子·儒效》："(仲尼)必蚤正以待之。"绠：汲水器上的绳索。唐刘禹锡《武陵观火》诗云："操绠不暇汲，循墙还避逾"。

⑫阿敬：指王献之，子敬。

⑬旭兼素：指张旭、怀素。

⑭芝与靖：指张芝、索靖。

⑮默省：犹默想。

⑯盍各：犹各抒己见。语见《论语·公冶长》："颜渊、季路侍。子曰：'盍各言尔志'。"

⑰率尔：指随便、无拘束貌。语见《论语·先进》："子路率尔而对。"哂：微笑，讥笑。

法云寺观元照禅师藏怀素藏真律公帖题其后[1]

晏贻琮

粥香长者善调香，优昙华钵金轮王。
庄严妙相三十二[2]，夜放顶上真毫光。
我师头陀现本色[3]，须弥照耀东南方。
天晴无风日开霁，蠹书一一珊瑚装。
中有藏真律公帖，目未及睹眉先扬。
想当解衣气磅礴，笔力可挽千石强。
真龙夭矫自空下，飞腾入腕何茫茫。
须臾百纸立扫尽，墨痕一缕中藏芒。
王氏之间伯仲耳[4]，神妙不数崔与张[5]。
弇州论书以年断[6]，强作解事欺聋盲。
师归兜率已千载[7]，字向纸上犹轩昂。
护持幸仗佛力大，恒沙算数知无量。
千文一卷绝可惜，面目虽是神先亡。
流传要亦自有数，书妙所贵刻手良。
从来得师笔外意，宋人独许涪翁黄[8]。
天门荡荡不可至，日暮怅望疲津梁[9]。
低徊掩卷复三叹，跋尾为君歌此章。

晏贻琮(1788—1815)，字幼瑰，号湘门，湖南新化人。嘉庆丁卯(1807)举人。著有《过且过斋诗集》。

【注释】

①怀素藏真律公帖：刻帖，草书。北宋元祐八年（1093）游师雄据真迹上石，现藏陕西西安碑林。刘正成《中国书法鉴赏大辞典》记曰："（刻石）分五截刻，上两截刻《藏真律公帖》。《藏真帖》五十六字，《律公帖》分二段：一段二十五字，一段六十七字。下三段刻宋周越等人跋记及《李白赠怀素草书歌》。日本《书道全集》、陕西人民美术出版社《西安碑林书法艺术》著录。北京故宫博物院有影印本。"宋周越跋云："怀素之书有飞动之势，若悬崖坠石，惊电遗光，壮士拔剑，神采动人；而回旋进退，莫不中节。"明王世贞跋云："《藏真》《律公》二帖乃游丝笔，萦回悦渺中有挽强饮石之劲，至不易得。"又"跋尾周越书，得其遗意，蒋之奇有苏、黄法，皆可重也。"孙鑛《书画跋跋》跋王世贞跋云："此帖是用张长史水笔作颜尚书行押法，内甚称羡二公，岂有意效之耶？肆笔乱写，颇有不成字及类推稚笔处，然意态自妙，盖草法力深故耳。周越书仅见此。固此佳，何为彼时人不甚许之？蒋颖叔是苏、黄前辈，乃顾肯效其书，古人服善如此。"明汪砢玉《珊瑚网》跋云："三帖乃游丝笔，萦迴悦渺，有挽强饮石之劲，至不易得。董逌称其真出钟、草出张，真字不见于世，惟草独传，体制该备，迥出唐诸子也。"

②妙相三十二：指佛有三十二相。如目如青莲花，手如兜罗绵，胸有卍字，发作螺文之类皆是。

③头陀：梵语称僧人为头陀，义为抖擞。谓少欲知足。

④王氏：指"二王"。

⑤崔与张：指崔瑗、张芝。

⑥弇州：指王世贞。

⑦兜率：即兜率天，佛教语，为欲界六天中的第四天。兜率，妙足，知足之意。泛指人死后所登之"天界"。唐白居易《祭中书韦相公文》云："兜率天上，岂无后期。"

⑧涪翁黄：指黄庭坚。

⑨津梁：本为桥梁，此谓起桥梁作用之事物。《晋书·孔安国传》："可以本官领东海王师，必能导达津梁，依仁游艺。"

宋拓玉枕兰亭歌[①]（藏春木家）

张祥河

兰亭一百十七刻[②]，理庙秘玩归平章[③]。

权奸奇计事风雅，定武影本明镫旁。

缩成小体五字损，觥觥武爵酬廖王[④]。

洛神当年并镌玉[⑤]，于阗灵璧争辉光[⑥]。

杭州一唱歌舞绝[⑦]，谁其拓者声琅琅。

性命毛轻物山重，前有赵叟今萧郎[⑧]。

遂令怀璧后人与，孤儿负石空逃亡。

康熙朝为闽中萧长源给谏所有，耿逆欲之，靳不与，后遂遇害，其子静君携之走金坛。

我思昭陵閟茧纸，玉盌竟发天苍黄[⑨]。

戎温无赖委瓦砾[⑩]，钩填真迹推初唐。

斑斑要录姓名具，褚冯韩赵诸葛汤[⑪]。

馆客称功技狡狯[⑫]，福华撰罢摹欧阳[⑬]。

此书无异辱金辱，妓围朱蜡罗东堂。

休论葛岭半闲废，已见赵家全土荒[⑭]。

珠玉侈心建多宝[⑮]，冰山失势难久藏[⑯]。

木棉肯为天下死，惜未俱碎投河漳[⑰]。

名流工作荔支喻[⑱]，肥瘦乃复穷铦铓[⑲]。

咄哉虚舟遇静君[⑳]，宋刻宋纸拓最良。

同时退谷字藏颖[㉑]，两公一笑临池狂。

世间抵掌优孟辈，痴蝇讥恐贻南昌[22]。
何如涤笔向湖水，蟋蟀秋高金粟香。

张祥河(1785—1862)，华亭(今上海松江)人。原名公璠，字元卿，号谢舫，又号诗舲，别署鹤在、法华山人，四铜鼓斋，醉卿侯，晚号诗道人。张照从孙。嘉庆廿五(1820)年进士，官至工部尚书。工诗善书画，庋藏宏富。著有《四鼓铜斋论画集刻》《小重山房集》《诗录》等。

【注释】

①玉枕兰亭："清梁章钜《归田琐记·玉枕兰亭》记曰：'今人熟闻《玉枕兰亭》之名，而不知其有三本：其一见《太清楼帖序》云：唐文皇使率更令以楷法摩《兰亭》藏枕中，名《玉枕兰亭》。其二，则宋政和间，营缮洛阳宫阙，内臣见役夫所枕小石有刻画，视之，乃《兰亭序》，只存数十字。其三则贾秋壑(似道)使廖莹中以灯影缩小，刻之灵璧石者。'"参阅前注。

②据史料记载，《兰亭序》刻本，至宋初已达一百一十七种。清王原祁《佩文斋书画谱·兰亭集刻》录云："《兰亭》一百一十七刻，装 作十册。乃宋理宗内府所藏。每版有内府图书钤缝玉池上，后归贾平章。至国朝有江南八十余年之间，凡有易数主。"

③理庙：指宋理宗皇帝赵昀当朝时。平章：指贾似道(1213—1275)台州(今浙江临海一带)人。字师宪，号秋壑，又号半闲老人。宋理宗赵昀时，以姊为贵妃，除两淮制置大使，累拜右丞相，度宗赵禥时，以太师平章军国事，封魏国公，赐第葛岭，作"半闲堂"。权倾朝政，元兵破建康，贾似道单舸奔扬州，后为郑虎臣所杀。贾虽为奸臣，却庋藏宏富，精于鉴赏。贾依仗权势，将北宋宣和、南宋绍兴秘府所藏据为己有。今人时见法书上钤有贾氏鉴赏之印迹。当与其家食客廖莹中，竭力将《淳化阁帖》及《定武兰亭》《洛神赋十三行》等大家墨迹入石，为后世所称《贾似道本》帖。廖莹中还以贾氏所藏《淳化阁帖》钩摹，命王用和刻之，世称"廖莹中本"，也称"世采堂本"。

④觥觥：此谓喝酒时的碰杯声。武爵：指贾似道中之食客。廖王：即廖莹

中、王用和。

⑤洛神：指东晋王献之《洛神赋十三行》，也即《玉版十三行》。南宋高宗赵构得王献之书《洛神赋》真迹九行，贾似道得之四行，共十三行。贾令廖莹中刻于碧玉石上，故名。也称《碧玉版》。

⑥于阗灵璧：于阗指于阗之玉。于阗，古西域国名，在今新疆和田一带。《汉书·西域传上》："于阗国，王治西域，去长安九千六百七千里……多玉石。"灵璧，指灵璧石，产于安徽灵璧的磬石山。见前注。

⑦杭州一唱歌舞绝：此谓南宋王朝纸醉金迷、歌舞升平，使宋军兵败杭州，贾似道单舸逃扬州。宋诗人林升有诗《题临安邸》一首云："山外青山楼外楼，西湖歌舞几时休。暖风熏得游人醉，直把杭州作汴州。"

⑧前有赵叟今萧郎：参阅前注。

⑨玉盌：也作"玉椀"。泛指帝王的殉葬之物。

⑩戎温：此谓战争。

⑪褚冯韩赵诸葛汤：指唐时褚遂良、冯承素、韩道政、赵模、诸葛真、汤普彻。

⑫狡狯：戏言、玩笑。南朝宋刘义庆《世说新语·文学》："我尝与诸人道江北事，特作狡狯耳，彦伯遂以箸书。"

⑬欧阳：指欧阳询摹《兰亭序》。

⑭赵家：指宋赵氏王朝。

⑮珠玉侈心：谓见财宝而生贪心。

⑯冰山失势：冰山遇天暖和消融，喻不可长久依赖的靠山。《初刻拍案惊奇》卷二："那些人依附内相，原是冰山，一朝失势，破败死亡，此是常理。"

⑰木棉句：指贾似道事。木棉：指"木绵菴"，故址在今福建漳州市南。南宋末贾似道误国，诏贬循州安置 。会稽县尉郑虎臣请行。至漳州木绵菴，将贾杀之。

⑱荔支：即"荔枝"。此谓龙眼，别名荔枝奴。

⑲肥瘦：此谓版本中字迹的肥瘦。如"定武肥本""定武瘦本"。

⑳虚舟：指清王澍。静君，诗本注为萧长源之子。

㉑退谷：指清孙承泽。孙尝云："余生平酷爱《兰亭序》，不啻昔人所谓《兰

亭》癖者。”

㉒此句指黄庭坚论书事。宋黄庭坚《山谷文集》记云:“往尝有丘敬和者摹仿右军书,笔意亦润泽,便为绳墨所缚,不得左右。予尝赠之诗,中有句云:‘字身藏颖秀劲清,问谁学之果《兰亭》。大字无过《瘗鹤铭》,晚有石崖《颂中兴》。小字莫作痴冻蝇,《乐毅论》胜《遗教经》。随人作计终后人,自成一家始逼真。’”参阅前注。

文信国公祠唐云麾将军李秀残碑用坡公《石鼓歌》韵柬茮堂京兆[1]

张祥河

京畿曩咏岁丁丑[2]，古墨斋名景李叟[3]。
未识残碑苔藓文，今看劲笔龙蛇走。
卓哉好古少京兆，石拓摩挲开笑口。
新诗旧记相伯仲，石门平湖若先后。

康熙朝，少京兆石门吴公涵有《断碑记》。

堪嗟六础留止二，何异石鼓文存九。
笔阵希踪大令王，姜芽敛手元和柳[4]。
当年范阳镵翠珉[5]，兀峙秦中望珠斗[6]。
两书云麾最惬心[7]，千载风生见回肘。
世间神物有通塞，一则亭台一蒿莠。
良乡博士乃瞽夫[8]，闽人董生真石友。
重毡遂喜犨驼背，大药终非弃马彀[9]。
模糊镜上骞凤鸾，漫漶行间杂科蚪。
光价腾时始完平[10]，咏歌纪事惟商耉[11]。

明黎公惟敬，王公敬美皆著《古墨斋记》。

繄公直节著开宝，不顾群奸互唧嗾[12]。
信国丹忱共日星，神祠素壁依尊卣。
升香肃肃来生徒，奏鼓蓬蓬警矇瞍。

观经何啻门鸿都，阙字难稽山岣嵝。
依稀圆璧瓦砾残，洗刷清泉尘网厚。
大梁携归一已私[13]，前尹流传万历某。
墨华古月宜碧空，宦橐黄金等乌有。
何如艺苑示戈磔[14]，顿使幽岩脱械杻[15]。
坚贞不碍砺角牛，巧诈还当嗤瓦狗。
延陵微意寓激劝[16]，柴市忠魂得配偶[17]。
方今太平任儒术，起化黉宫首善首[18]。
正气堂堂式仰瞻，伪学纷纷亟攻掊[19]。
读书益智文可绎，广孝移忠义有取。

读书益智，广孝移忠。摘用碑语。

欧阳集录富金石，昌黎进解磨光垢[20]。
真贻模概国士资[21]，况置豆笾官吏守[22]。
珊瑚不减交柯珍，杞梓无妨数尺朽。
岐阳高唱凤翔和，欲附长篇此同寿。

【注释】

①文信国公：即文天祥(1236—1283)，字宋瑞、履吉，号文山。吉州吉水(今江西吉水)人。宝祐四年(1256)二十岁时举进士，理宗亲拔第一。历知瑞、赣。后除右丞相兼枢密使。卫王立，加少保，封信国公。南宋末年主政，领导抗元。景炎二年(1277)，被元兵所败被俘。作诗《过零丁洋》以“自古人生谁无死，留取丹心照汗青”明志。又作《正气歌》千古绝响、悲壮感人。至燕，不屈而死。工书法，善文辞，画亦精妙清劲。著有《文山先生全集》。传世书迹主要有《篆玉带砚铭》《珊瑚帖》等。《唐云麾将军李秀残碑》：也称《李秀残碑》《云麾将军碑》。唐天宝元年(742)正月立。李邕撰并书，刘正成《中国书法鉴赏大辞典》记云：“原碑被裂作柱础，明万历六年(1578)李荫、邵正魁、董

凤元于县署中掘地得之,仅六石。县令王惟俭携四石至大梁,后遂佚,仅存二石。今在北京文天祥祠。行书。清王昶《金石萃编》录云:‘碑仅存二,圆础径皆一尺七寸五分。各十二行,中行十二字。行书。今在顺天府文丞相祠。乾隆四十三年春,顺天府尹吴君绶诏拓以见赠。’”此碑与《李思训碑》同为李邕所书,并称大小将军碑。清王昶《金石萃编·明沈榜·宛署杂记》评曰:“书法之妙,出入二王,而奇伟倜傥类其为人。杜工部所谓‘碑版照四裔’,李集贤以为‘书家仙手’,其流品可知已。是虽摧剥之余,见之犹令人起敬,况其解衣盘礴时邪。”清翁方纲《复初斋文集》评云:“是碑北海书之最遒美者,远在陕北《云麾》之上。”李邕书法师承王羲之,但王书以秀逸胜,李邕书以豪健著称。前评云“右军如龙,北海如象”“右军如凤,北海如鹰”。李邕步唐太宗之后尘,大力以行书入碑,有“撰碑八百首”之谓。唐时,李邕之文章、书翰、正直、辞辨、义烈、公论为谓“六绝”。与李白、杜甫、高适等交游甚密。杜甫为诗以《赠秘书监江夏李邕》赞之:“忆昔李公存,词林有根柢。声华当健笔,洒落富清制。风流散金石,追琢山岳锐。情穷造化理,学贯天人际。干谒走其门,碑版照四裔。名满深远望,森然起凡例。”京兆:古代官名。此谓管理京都的官员。《汉书·百官公卿表·注》:“京,大也;兆者,众数;言大众所在,故云京兆也。”茮堂:朱为弼(1771—1840),字尤甫,号茮堂。浙江平湖人。嘉庆十年(1805)进士。官漕督。通金石,善刻印,工山水,涉笔便古。著有《茮声馆诗文集》《吉金文释》等等。

②京畿:国都所在地及其行政管署所管辖地区。曩咏,昔日之歌咏。

③古墨斋:清顾炎武《金石文字记》云:“万历初,宛平令李荫署中掘地得六础,洗视乃此碑,存者百八十余字,碑首存唐故云三字。因筑室砌之壁间,名曰:古墨斋。后移少京兆署中止二础。其四础相传万历末王京兆惟俭携之大梁。”又清王昶《金石萃编·燕都游览志》记云:“古墨斋在宛平县署内。唐李北海所书:云麾将军碑,邑令李荫购得甃之署壁,傍构卜亭植柳时花,以为公余退思之地。”

④此句化用唐刘禹锡《酬柳柳州家鸡之赠》诗:“柳家新样元和脚,且尽姜芽敛手徒。”姜芽:喻笔姿。元和柳:指柳宗元。

⑤范阳:古郡名。唐天宝时为幽州置,旧址在今北京城西南。此谓指《李

秀碑》立之地域。

⑥兀峙:高耸状。此句谓李邕书《李思训碑》。碑在陕西蒲城,故谓秦中。

⑦两书云麾:指大小云麾碑。《李思训碑》为大,《李秀碑》为小。

⑧良乡博士句:清王昶《金石萃编·吴涵·云麾将军断碑记》录云:"《李秀碑》刻于天宝中,在今良乡县地。其后碑石既断。良乡学博士某断为柱础。又若干年重修学宫弃础杂置瓦砾间。闽人董生见之以告宛平令李荫。荫书良乡令辇致宛平署中凡六础,荫既得石嵌于署壁,号为古墨斋。时嘉靖中事又若干年,移入京兆少尹署。而王京兆惟俭携四础之大梁,今所存者遂止二础……"

⑨大药:谓道家之金丹。此当谓《李秀残碑》。马彀:谓持弓弩的骑兵。

⑩完平:即北平。指今北京。

⑪商耇:《书·康诰》:"汝丕远惟,商耇成人,宅心知训。"

⑫唧嗾:虫类飞鸣之细声。

⑬大梁:古地名,在今河南开封。

⑭戈磔:此谓"永字八法"之两法,泛指书法。

⑮械杻:手铐脚镣。在手为杻,在足为械。

⑯延陵微意:指春秋时吴公子季札让国避居事。喻之高风亮节。激劝:激发勉励。唐颜真卿《怀素上人草书歌序》:"某早岁尝接游居,屡蒙激劝,教以笔法。"

⑰柴市:指文天祥就义处。在今北京宣武门外菜市口。

⑱黉宫:古之学校。元洪希文《踏步行·示观堂》词:"郡国与贤,黉宫课试,书生事业从今始。"首善:谓最好的,模范。明天启二年,邹元标、冯从吾于北京宣武门内建首善书院。

⑲伪学:此谓冠冕堂皇的假道学。攻掊:攻击。

⑳昌黎:指韩愈《石鼓歌》。

㉑模概:榜样,风范,犹"模楷"。

㉒豆笾:指祭器。木制为豆,竹制为笾。

吴思亭《焦山鼎铭拓本》书后[1]

李贻德

今年二月扬江舲，烟中瞥见焦山青。
鹅山风利那得泊，枯木堂远心泂溁。
夙闻周鼎不可见，仰首徒叹山岭嶅[2]。
延陵季子性爱古，忽示旧拓神为惊。
司徒南仲名最著，出车常武功恢闳。
毛公知人贵论世，文宣两属非调停。

《出车》诗："王命南仲。"毛传："王，殷王也。盖以为文王时人。"《常武》篇则云："王命南仲。"于太祖则以为宣王时人矣。

郑君据前以定后[3]，谓此不与共和盟。

《常武》篇笺云："南仲，文王时武臣也。"

后生疑信敢抉择，古今未必无同名。
方叔召虎相先后，人表叙次如列星。
王格周庙岂西伯，证以此鼎疑益明。
可知名同代则异，此鼎当自中兴成。
是时雕戈挽天步，猃狁既伏淮夷清。
虎臣矫矫奏肤绩[4]，亟于图室酬藩屏[5]。
无专受赍自郑重，"无专"二字，旧释作"世惠"，阮氏《稽古斋》始定为"无专"。

入门卓立当中庭。

入门，旧释作"佥"，翁覃溪先生定为内门合写，渊如夫子定为"入门"二字，更精。"立中庭"，薛尚功定为"立字"，竹垞先生然之。《周礼》·大宗伯)注云：王将出命，假周庙，立依前，南乡，傧者进，当命者延之，命使登。《祭统》云：所谓北面即谓立也。《尔雅》："中庭之左右谓之位。"则中庭非位名矣。

史友册令令、命，古字通。司徒右，时制小异参礼经。
彤矢鋈勒耀圭卣，玄衣缟韠尊葱衡。
对扬休命不敢忽，归作彝器荐芳馨。
万年子孙永宝用，至今呵护归山林。
摩挲此本已神王，跋语况有乡先生。
竹翁嗜古如菖芰[6]，剖析奇字秋毫精。
销金祸比爇书烈[7]，余怒犹欲屏秦嬴。
吾乡文献久阒寂，八万卷散留孤亭。
流传手泽入君手，宝之何啻千琼莹。
籀文墨妙两奇绝，展对恰喜冬曦晴。
后尘欲步愧未肖，巨制益服华阳铭。思亭有《瘗鹤铭》诗。

李贻德(1783—1833)，字天彝，号杏村，又号次白，浙江嘉兴人。嘉庆二十三年(1818)举人。著有《揽青阁诗钞》等。

【注释】

①《焦山鼎铭拓本》：参见前注。清王士禄、张廷济、徐同柏、朱彝尊、翁方纲等对此鼎铭多有研究，并有著作于世。《焦山鼎铭》也称"无惠鼎"，为西周末期青铜器，时为宣王(姬静)之作。有铭文十行，凡九十二字。

②峇：同"嵘"。《玉篇·山部》："嵘，崝嵘。峇，同嵘。"

③郑君：当指郑樵。

④肤绩：当谓大的功绩。

⑤藩屏：护卫。《左传·僖公二十四年》："昔周公吊二叔之不咸，故封建亲

戚以藩屏周。”

⑥竹翁：指朱彝尊，朱辑有《焦山周鼎题跋册》，后流入日本。菖芰：指菖蒲和菱。

⑦销金：熔化金属。

题黄山谷帖

李家骏

怪石灵槎笔下生，临渊不测霎神清。
只知诗到苏黄尽[①]，染翰谁传奕世名。

李家骏(生卒年不详)，字金门，一字芝农，河内(今河南沁阳一带)人。诸生。著有《有真意轩诗存》。

【注释】

①金人元好问《论诗绝句三十首》之二十二云："奇外无奇更出奇，一波才动万波随。只知诗到苏黄尽，沧海横流却是谁。"

题王叔和(宪中)所藏磬石本兰亭叙

宗稷辰

杨升庵[1]跋云：房玄龄等摹帖《兰亭》，镌玉版九、石版三，此为濠州磬石，亦称灵壁者也。色如墨，叩之琅然。'晤'旁微缺，'会'字磨灭，'群、右、带、流'字有损，背有右军像。成化中，贾人得之日本。案：此帖虽小与玉枕，缩体略相似，钩刻俱不工，恐是升庵所为，姑微风之以俟真鉴。

升庵嗜古多创奇，岣嵝石鼓纷陆离。
此本本从日所出，想自通倭初得之。
浮沈海外无人识，落寞千年谁拾得。
成嘉相去亦有年[2]，毡蜡不伤惟角折。
迨今阅世更长久[3]，宝物自当不胫走。
真赏偏逢节相迟，张制府百龄得此石，藏之江宁节署。
总呵定有灵祇守。
颇类遗经估舶传，鉴家过眼认云烟。
人间晚出宜珍异，玉磬声高玉枕前[4]。

宗稷辰(1792—1867)，字涤甫，(一作迪甫)，号涤楼。浙江会稽人。道光元年(1821)举人。历官山东运河道。主湖南、群玉、濂溪、虎溪书院，后归主戢山书院。著有《躬耻斋集》。

【注释】

①杨升庵:杨慎(1488—1559),字用修,号升庵。四川新都人。明正德六年(1511)殿试第一,授翰林修撰。博览群书,也好鉴藏。著有《墨池琐谈》等著。详见前注。

②成嘉:指明宪宗成化年,明世宗嘉靖年间。

③迨今:至今,从今。

④玉枕:指《玉枕兰亭》。

何玉史索观香南精舍宋拓圣教第本题长歌代跋因次元韵答之[1]

觉罗崇恩

永和九年春禊罢，临河一序矜初写[2]。

写字上声，马韵，子贞误押。今姑叶，读作写。

真迹鼠茧閟幽宫，模本欧虞各腾驾。

古德慈悲惧散逸，妙腕玲珑运神化。

织珠为衣了无缝，融金铸镜光四射。

因之圣教广流布，欲与兰亭互陵跨。

谬说昔被子固惑[3]，院体曾为通微诧。

抵鹊昆山未知宝，获雉陈仓乃称霸。

东洲居士书学精[4]，慧眼能窥古贤罅。

虞褚尚难逃斥呵，赵董那不担惊怕。

独于仁师颇倾倒，谓虽集书犹蕴藉。

敝斋翠墨兹甲观，秘笈黄庭轶丙舍[5]。

棐几今传拟星凤，叠石何敢方嵩华。

品题洵足永千秋，鉴赏尤宜清九夏。

两家书画舫中珍，奕奕虹光生午夜。

觉罗崇恩(生卒年不详)，字仰之，号语铃，晚号敔翁，满洲旗人。与何绍基友善，唱酬之作尤多，富收藏，工书画，精鉴赏。官山东巡抚。著有《香南居士集》。

【注释】

①何玉史：指何绍基。《宋拓圣教》："指《释怀仁集王书圣教序》。唐咸亨三年(672)十二月刻石。唐太宗李世民撰序，高宗李治撰记，释怀仁集晋王羲之书，文林郎诸葛神力勒石，武骑尉朱静藏镌字。行书。三十行，每行字数不一。"碑额刻有七佛像。原碑在陕西西安弘福寺，现藏于陕西西安碑林。清王昶《金石萃编》、王原祁《佩文斋书画谱》均有著录。今刘正成《中国书法鉴赏大辞典》记云：传世拓本极多，以明张应召及北京沈乙龠旧藏本为最，文六行"纷"字之"分"部笔可见。今皆藏北京历史博物馆。其次则张则之藏王梦楼补阙本、天津博物馆藏"墨皇本"、上海博物馆藏翁方纲本、陕西博物馆藏刘正宗本。一九七二年陕西西安碑林发现一宋拓整幅，亦希观。上海书店、北京文物出版社等皆有影印本。宋黄伯思《东观余论》评云："《书苑》云：'唐文皇制圣教序时，都城诸释诿弘福寺怀仁集右军行书勒石，累年方就，逸少真迹咸萃其中。'今观碑中字，与右军遗帖所有者纤微克肖，《书苑》之说信然。近世翰林侍书辈，多学此碑，学弗能至，了无高韵，因自目其书为院体。由唐吴通微昆弟忆有斯目，故今士大夫玩此者绝少。然学弗至者自俗耳，碑中字未尝俗也。非深于书者不足以语此。"明王世贞《弇州山人稿》中云："《圣教序》书法为百代模楷，病之者第谓其结体无别构，偏傍多假藉，盖集书不得不尔。……极备八法之妙，真墨池之龙象、兰亭之羽翼也。"清梁巘《承晋斋积闻录》："宋拓怀仁《圣教序》，锋芒俱全，看去反似嫩。今石剥落，锋芒俱无，看去反觉苍老。"朱仁夫《中国古代书法史》评云："这虽然是一篇'百衲'书法作品，但拼帖巧妙自然，独具匠心，行气贯穿，连字中的破锋，牵丝也都忠实地表现出来，位置天然，章法秩理，平和简静，实在难能可贵。"

②临河一序：即《兰亭序》。

③子固：宋代曾巩。著有《元丰金石跋尾》《元丰题跋》等。

④东洲居士：指何绍基，著有《东洲草堂金石跋》《东洲草堂书论钞》等。

⑤黄庭：指王羲之《黄庭经》。丙舍：指三国魏钟繇《墓田丙舍帖》。

巢经巢观李少温篆书元次山浯溪铭拓本用皇甫持正题浯溪石韵[①]

莫友芝

道州山水篇[②]，刻划固琐碎。
疏花透凝寒，落落自真态。
名流必好事，矧以生聚外。
隐于柳诸记，举帜作先队。
少温六书学，醇驳难互盖。
平生斯翁后，笔迹负精裁。
居然参中兴[③]，千载两无对。
斯铭在乾嘉[④]，谭者莫能概。
眼明经巢生，剜剔功实大。
双胼饱群蛒[⑤]，万本匈流辈[⑥]。
晴窗检奇踪，幽梦入秋濑[⑦]。
巉巉双石门[⑧]，向我宁有待。

少温此书就江岸石窊曲刻之，下距中兴磨崖十丈许，半没泥沙，半封苔藓。嘉庆以前，皆谓已逸，故金石家悉未著录。道光戊子，子尹在程春海侍郎视学湖南时，幕中经此游观，始搜剔出之，手为群蛒所毒，肿两月余乃愈。

莫友芝(1811—1871)，字子偲，号郘亭，别号眲叟。贵州独山人。嘉庆四年(1799)进士。官至知县，好学博识，善书画，诗文，精金石考据。著述甚富，有《金石笔谈》《郘亭诗抄》等。

【注释】

①巢经巢：郑珍（1806—1864），字子尹，号柴翁。贵州遵义人。道光十七年（1837）举人，官荔波教谕特用知县。李少温：唐李阳冰。元次山：唐元结。《浯溪铭》：李光德《中华书学大辞典》记云："《浯溪铭》，镌刻年月不详，当与（唐庼）所刻大历三年（768）同时。唐元结撰，书者未详，或拟为瞿令问、季康、袁滋之笔。篆书三十二行，行四字。摩崖刻。在湖南祁阳县浯溪。刻于《大唐中兴颂》对面东崖。久掩埋于蔓草荆棘中，旧时或以为已毁损。一九五七年湖南省文物普查时，披荆斩棘，始复寻获。此铭在一块凸之岩石上，字随石奇斜，多漫漶不清，且藓苔厚茂，难以拓得，故拓本甚少。"皇甫持正，即唐皇甫湜有诗刻于此。

②道州：指元结，时为道州刺史。

③中兴：指《大唐中兴颂》。

④乾嘉：此谓清乾隆、嘉庆年间的考据学派，以戴震、惠栋、王念孙、段玉裁为代表，继承古文经学的训诂方法，对古籍和史料的整理、考订与辨伪做了较大贡献。

⑤蛒：一种毛虫，有毒，螫人。

⑥訇：喧哗纷扰。流辈：即同辈，同流。《魏书·李冲传》："冲善交游，不妄戏离，流辈重之。"

⑦秋濑：秋日湍急之水。

⑧双石门：此谓《大唐中兴颂》《浯溪铭》相对为石门。

厂肆式古堂主人以宋拓本蜀石经残本见示作歌纪之[1]

叶名沣

式古堂中富名翰[2]，示我一册尤魁奇。

发编古采动心目，孟蜀刻石存孑遗。

《春秋左氏》第十五，一万二千文有奇。

居宜切。拓本卷首，行题“春秋经传集解襄二第十五”。次行题“杜氏尽十五年来末行经七千九十三字，注五千二十四字”。

以注附经昔未见，潜研数纸当时推。

钱辛眉詹事大昕得左氏昭二年残拓，三十五行，甚宝贵。见《潜研堂金石》跋尾。

廿年前遇陈仲虎，模版成帙欣相贻。

醵金将助幸同学，风流儒雅堪追思。

陈雪峰文学宗彝，得吴门黄氏景钞毛诗残本，《召南》首章有缺文，《邶风》蜀全。又从车秋舲持谦得左氏残字三叶，与钱詹事跋尾悉合，同人助赀合刊成册。雪峰，一字仲虎。

安得好事踵斯举，万本流播经生帷。

淮东丁叟储汴刻，昨者刘览今神驰。

丁俭卿封翁晏于淮安书肆，得北宋汴学《石经》一束，装为四巨册，予曾寓目，考证各书，并为跋。

矧兹宝墨更希有，摩挲何让商周彝。

率更笔势宛亲授[3]，余事亦复凌等夷。

孙逢吉朋吉张绍文德昭杨钧周德贞各骋誉，写孤经者知为谁。

惜哉计赢不能夺，持璧欲返空嗟咨。

叶名沣(1811—1859),字润臣,号翰源,湖北汉阳人。道光十七年(1837)举人。历官内阁侍读,改浙江候补道。博学好古,工诗,精金石考订。著有《敦夙好斋诗》。

【注释】

①厂肆:指古集市贸易之所。式古堂:清卞永誉斋号。卞永誉(1645—1712),隶汉军正白(一作镶红)旗,一作正蓝旗。字令之,号仙容、仙客、非是。官至刑侍郎。工书法绘画,庋藏宏富,精鉴赏。著有《式古堂书画汇考》六十卷。《蜀石经》:后蜀主孟昶命毋昭裔等镌刻。始刻于广政七年(945)。刻有《孝经》《论语》《尔雅》《周易》《尚书》《周礼》《毛诗》《仪礼》《礼记》《左传》凡十种。而《公羊》《谷梁》二传、《古文尚书》分别由宋田元均、晁公武所补刻。石立于蜀成都府学。也称"成都石经""益州石刻"。李光德《中华书学大辞典》记云:"吴任臣《十国春秋》列举此经之书者张绍文、孙明古、孙逢吉、周德贞、张德钊,并记明各自所书经名。此石经至宋末元初已湮灭,清代有出土,至今共出土残石数十件。据陈宗彝《蜀石经残字》、刘体乾《孟蜀石经残字》等影印本可窥其概貌。有关著录有:王昶《蜀石经残字考》、冯登府《蜀石经考异》、缪荃孙《蜀石经校记》、罗振玉《蜀石经春秋谷梁传残石》。"

②清卞永誉辑有《式古堂书画汇考》六十卷,其《书考》《画考》各三十卷。是书采录前人书画之作与其所见所闻者汇编而成。每作注明尺寸,用纸及书体,附录题跋,鉴赏印、收藏印俱录。可谓体例精备,搜罗宏富,亦为巨制,可与王昶《金石萃编》相伯仲。

③率更:指唐欧阳询。

书磨崖碑后用山谷诗韵

杨季鸾

悬崖下俯潆洄溪，行人系艇寻残碑。
乔松冻折已偃盖，老柳风动仍垂丝。
欲循石桥叩梵宇，试步沙岸询渔儿。
潇水之北湘流西，此间漫郎昔所栖。
小臣一颂照千古[①]，不秉忠义谁能为。
镌书石壁字如斗，恨我不识颜太师。
双悬日月事可纪，付与大笔淋漓挥。
当时赍册尚有理，何乃暮齿贻忧危。
兴庆宫前子职废，山谷讽刺来题诗[②]。
宜阳一谪叹不返，剔藓剩读轩昂词。
长欲山灵护文字，毋使瞬与烟云随。
临流踯躅不忍去，怀古更为前贤悲。

杨季鸾(生卒年不详)，字紫卿，宁远(今湖南宁远)人。监生。著有《春星阁诗钞》。

【注释】

①小臣：此谓唐元结。

②山谷：宋黄庭坚有诗刻于磨崖碑侧。见前注。

铁门限歌

许乃嘉

铁门限，
乃在吴兴永欣寺，智永禅师飞锡至。
禅师逸少七世孙，家传笔阵妙入神①。
佛阁学书三十载，书法入门力不怠。
铁砚一片磨欲穿，手提大笔挥如椽。
禅师笔力坚如铁，腕下烟云吐磅礴。
禅师深闭不二门，户外求书晨至昏。
禅师丈室限为灭，裹以铮铮不屈之铁叶。
日书贝叶经，夜然长明灯。
佛法书法上上乘，呜呼不数怀素僧。

许乃嘉（生卒年不详），字颂年，仁和（今浙江杭州）人。诸生。

【注释】

①笔阵：指王羲之《笔阵图》。

太学石鼓歌

曾国藩

韩公不鸣老坡谢[1]，世间神物霾寒灰。
我来北雍抚石鼓，坐卧其下三徘徊。
周宣秉旄奠八柱[2]，岐阳大狩鞭风雷。
四山置罦帀天布[3]，群后冠带如云来。
东征北伐荡膻秽，方召啴啴何雄哉[4]！
铭功镌石告无极，欲镇后土康八垓。
自从七国战龙虎，荒荒王迹沦蒿莱。
嬴颠刘蹶六代沸[5]，把酒但劝长星杯。
陈仓流落一千载，霜饕日剥空黄埃。
国子先生老好事，欲比郜鼎珍琼瑰。
东都相公守右辅[6]，始舁泮沼剜苍苔。
五季蜩螗颇星散[7]，司马刺史初重恢[8]。
是时十鼓嗟失一，抛弃不辨何山隈。
博搜民间得异臼，秦关复赎连城回。
宣和天子向儒雅[9]，太清书画千云堆[10]。
诏移此石归汴水，圆桥观听何轰豗。
行填字钩发光怪，照耀艮岳金碧开。
岂知六龙卒北狩，法物曾不禳凶灾。
高车大牛辇万货，填坑咽谷惊三才。

是鼓苍黄亦北徙，重器始此蟠燕台。
道园诗翁主太学[11]，兴举百废扶倾颓。
中门两枨与位置，华楹大栋增崔嵬。
承以砖坛护以槛，清阴四幂连疏槐。
迩来春秋阅五百，光气夜夜腾斗魁。
圣清文明迈巢燧，搜抉书契穷根荄。
从臣技能半史籀，别作新鼓相追陪。
小儒昏钝无所识，得从棫朴备条枚[12]。
细思物理穷显晦，茫茫人事不可推。
作歌聊继二公后，不羞驽蹇随龙媒[13]。

曾国藩(1811—1872)，字伯涵，号涤生。湖南湘乡人。道光十八年(1838)赐同进士出身。中国近代政治家、战略家、理学家、文学家。官至武英殿大学士，两江总督，封一等毅勇侯，赠太傅。谥文正。著有《曾文正公全集》等。

【注释】

①韩公不鸣老坡谢：指韩愈、苏东坡。

②八柱：古代神话传说中撑天的八根支柱。《楚辞·屈原·天问》："八柱何当？东南何亏？"

③置罘：亦作"罝罘"。详见前注。四山：指秦李斯的《峄山刻石》《泰山刻石》《琅琊刻石》《会稽刻石》。

④方召：方叔。召公：见前注。啴啴，多而威武。《诗·大雅·常武》："王旅啴啴，如飞如轮。"

⑤嬴颠刘蹶：指秦始皇、刘邦，此谓秦汉的更迭。

⑥东都：指洛阳。相公：宰相尊称也。名辅：右内史的别称。此指当时的

京西地区。

⑦蜩螗:蝉的别名。

⑧司马刺史:清诸锦《太学释褐观石鼓因读韩苏二诗同同年李巨州一百韵》:"赖有司马池,太庙十驼橐。"

⑨宣和天子:详见前注。

⑩太清书画:指北宋《太清楼续帖》,也称《元祐秘阁续帖》。

⑪道园诗翁:指元虞集。

⑫棫朴:《诗·大雅》篇名。意即根枝茂密,喻人才众多,国家兴旺。条枚:树枝。

⑬龙媒:骏马。《汉书·礼乐志·天马歌》:"天马徕,龙之媒。"唐杜甫《昔游》:"有能市骏骨,莫恨少龙媒。"

黎召民仪部以其先大父楷屏先生所藏《玉板十三行帖》见示并赋五言古诗要余题识仪部少孤尝值邻火母冯太夫人仅挈此帖出余感其事因赋长句以书帖后[1]

冯誉骥

黎君示我苕华刻[2]，东晋琅琊有遗迹。
藏弆偏劳两世心，传观颇讶百年物。
当年购此鄱阳君，同时题者文章伯。
翰墨缘深见素风，尊彝器古留先泽。
从来云烟倏聚散，未必鬼神真护惜。
通灵或戏长康画[3]，佚书难诵河东箧[4]。
得失自我无愧耳，大惧典型付沦佚。
君家秘宝几经厄，邻家中宵怪事发。
仓皇急启晏婴楹[5]，摩挲永近宣文室[6]。
想当一炬光熊熊，定有百灵呼出出[7]。
我知精诚动真宰，要使坚贞绍青白。
贯虹漫诩米家船，委尘空幸岐阳碣。
夙思赞述苦未遑，辱君今厕诸贤末。
姜芽敛手窃自愧，敢从点画论波磔。
风流庭树怅哦松，黯淡闺灯钦画荻。
请赓灵运祖德诗[8]，附题子固兰亭帖[9]。

冯誉骥(？—1883),字仲良,号展云,广东高要(今肇庆)人。道光二十四年(1840)进士,改庶吉士,授编修,官至陕西巡抚。诗书兼擅。著有《绿伽楠馆诗存》等。

【注释】

①《玉板十三帖》:指晋王献之小楷《洛神赋》玉版十三行。详见前注。

②苕华:美玉名。《竹书纪年》:"女无子焉,断其名于苕华之玉,苕是琬,华是琰。"后也因以为美女。

③长康:即晋顾恺之,是其字。唐李嘉祐《访韩司空不遇》:"图画风流似长康,文辞体格效陈王。"

④河东箧:指亡佚的书籍。《汉书·张安世传》:"上行幸河东,尝亡书三箧,诏问莫能知,唯安世识之,具作其事。后购求得书,以相校无所遗失。"

⑤晏婴楹:见《晏子春秋》:"晏子病,将死,凿楹纳书焉,对其妻曰:楹语也,子壮而示之。"

⑥宣文室:指古代帝王的大室。《说文》:"宣,天子宣室也。"

⑦出出:此谓连续不断。

⑧灵运:即南北朝诗人谢灵运。祖德诗指谢所作《述祖德诗》。赓:意为继续。

⑨子固:指南宋书画收藏家赵孟坚。相传开庆元年(1259)他曾得书法珍品五字拓本《兰亭帖》,夜间泛舟归家途中遇风覆舟,其"被湿衣立浅水中,手持禊帖示人曰:'兰亭在此,余不足惜也。'"因题八字于《兰亭帖》卷首云:"生命可轻至宝是保。"

汪舟次先生临晋唐诸帖卷

陈元鼎

北碑南帖派徒分[①]，书到通神自不群。
总向山阴探龙颔[②]，得鳞得爪尽拏云。

能于撅拓贯毫芒，熠熠千灯共一光。
想见临池得意处，金壶浓泛墨花香。

鸿词诸老各精神[③]，却忆先人蹑后尘。
都为文名掩书法，劫灰无处觅青珉。

陈元鼎(生卒年不详)，字实庵，号芰裳，浙江钱塘(今浙江杭州)人。道光二十七(1847)进士，改庶吉士，授编修。工诗词，善摹绘，著有《实庵存稿》。

【注释】

①北碑南帖：清阮元著有《北碑南帖论》和《南北书派论》二书，提倡书分南北之"南北书派论"，崇帖为之"南派"，尊碑为之"北派"，"抑帖扬碑"，清代书风为之一变。后人谓之"碑学"。其后包世臣著有《艺舟双楫》、康有为著有《广艺舟双楫》，师承所说，推波助澜。

②山阴：指"二王"。龙颔：指骊龙的下巴，传说其下有珠。参见前注。

③鸿词：即"博学鸿词科"的省称。

盂鼎歌[①]

潘祖荫

盂鼎出岐阳，刘燕庭吴子苾皆著录。皆著录[②]。

字画独环奇，文从悉可读。

盂名古无征，王命寔严肃。

辞多戒酗醵，文有云："在雩即事，口酒无敢酗，有燕丰祀无敢醵。"雩，即鄠也。旨与酒诰续。

盖是周大夫，掌酒食畿禄。

殷以沈湎亡，周鉴凛坠谷。

立监又佐史，申诫遍臣仆。

文王与武王，字左皆从玉。

文王字三见，"玟"，武王字一见，作"珷"，此他器所无。

边侯边伯先，受田作汤沐。文有云："迁侯田。"案《左氏传·庄十九》，边伯之宫近于王宫，边侯，疑边伯之先。其所田则受田也。

南公南仲祖，世卿著氏族。文有云："荆乃嗣祖南公。"又云："锡乃祖南公旂。"又云："用作祖南公宝鼎。"案：南为殷时国。诗之南仲，盖其后也。

成周事弗具，坠简久沈陆。

幸赖彝器存，十可证五六。

勿详宁阙疑，信耳且凭目。

苟其迹可搜，奚惮指画腹。

伟兹宗周物，郑重等球箓。

何取轻诋諆，鲁赝同垢黩。

况夫通借例，多足证故牍。

過遇建字形殊，我其迈相先王過崗按：原字为“𨗊𡴭”，𨗊为隶写篆字“過”，“𡴭”同“崗”字字与宗周钟迈相字间，阮仪征彼释为建，非是废法音同属。忽法朕命，法即废也。

佞古吾岂敢，聊破众疑蓄。

潘祖荫(1830—1890)，字伯寅，号郑盦。江苏吴县人。咸丰二年(1852)一甲三名进士，授编修，官至工部尚书。博学，雅好收藏，于商周以来文字尤富。著有《攀古楼彝器图释》等。

【注释】

①盂鼎：刘正成《中国书法鉴赏大辞典》记云：“《大盂鼎铭》，西周康王时器铭。相传此鼎于清道光间在陕西眉县礼村出土。拓本。大篆。铭文十九行，二百九十一字。现藏中国历史博物馆。《三代吉金文存》收入。”又李光德《中华书学大辞典》记云：“大盂鼎，西周时代青铜器。郭沫若考为康王(剑)时所制，世人多从其说。清道光间(1821—1850)与小盂鼎同出土于陕西省岐山礼村沟岸中。鼎身颇大，圆腹，三足，腹与足部俱饰兽面纹。鼎高一百零一点九厘米，口径九十余厘米，体重一百五十三点五公斤。腹内壁铸造铭文二百九十一字，记载周康王二十三年贵族盂受策命时，周王昭告立国之经验暨殷丧国之教训，命盂效忠，赐给盂奴隶一千七百多名以及物品累累，此铭文亦为考究西周奴隶社会历史重要之资。……书法体姿整严，笔势雄伟，气宇旷达，多存殷商遗法。抗战时，鼎曾埋藏避兵燹。后藏上海博物馆。今存中国历史博物馆。”

②刘喜海(1793—1852)：字吉甫，号燕庭，又署燕亭，味经书屋，嘉荫簃。山东诸城人。刘墉之孙，官汀州太守。工书，擅篆，隶，好金石，喜封泥，庋藏

丰厚。著有《嘉荫簃论泉绝句》二卷、《长安护古编》《鼓山题名石刻》《海东金石苑》《三巴金石苑》《苍玉洞宋人题名》《海东金石苑补遗》等。吴式芬(1796—1856),字子苾,号诵孙,又署双虞壶斋。山东海丰(又山东无棣)人。道光十五年(1835)进士。官至内阁学士。善书,诸体兼能。嗜金石碑版,凡鼎彝、碑碣、砖、镜之文均拓藏之,集成《捃古录》二十卷。著有《金石彝目分编》《双虞壶斋印存》《封泥考略》等。

题何子贞篆册为赵生仲举[①]

翁同龢

蝯叟篆势天下奇，如藤如铁如蛟螭。
直将古意变斯凝，结绳而上追皇羲。
非昔先生振奇士，图书碑版兼鼎彝。
收藏此册来诧我，意我俗眼骇且嗤[②]。
岂知我亦有奇癖，先得一本无参差。
呼樽並几发幽赏，相视莫逆穷谐嬉。
吁嗟非昔今何在，旧山楼下绝履綦[③]。
有时篮舆过君舍[④]，路人怪我垂涕洟[⑤]。
寻常草木尚敬止[⑥]，何况祕笈长留贻[⑦]。
遗孤抱册忽致赠，谓於日记中得之。
苦言恻恻不忍听[⑧]，展视惘惘若有思[⑨]。
平生交游遍天下，名流韵士如风驰。
叶（润臣）景（剑秋）沈（仲夏）潘（伯寅）凋谢尽，
我箧不受一物遗。
森然此例在朋友，九原可鉴千夫知[⑩]。
西风吹雨水洊至[⑪]，遑恤已病愁民饥。
锦鲸卷还坐悲啸[⑫]，空堂且咏东洲诗。

翁同龢(1830—1904)，字叔平，一字声甫，又作笙甫，号笙龤，韵斋，别署均斋，松禅老人，瓶生，瓶庐，瓶笙，瓶庵居士。咸丰六年

(1856)进士，江苏常熟人。同治、光绪帝师。官至协办大学士。谥文恭。博学、工诗善画，尤以书法名世。支持光绪帝变法，被慈禧太后革职还乡。著有《瓶庐诗文稿》《翁文恭日记》《松禅相国尺牍》等 。

【注释】

①何子贞：何绍基(1799—1873)，字子贞，号东洲，又号蝯叟，别署猨叟，东洲居士、猨臂翁，凌汉子。湖南道州(今湖南道县)人。道光十六年(1836)进士。授编修，主讲城南书院等。博通经史，师承阮元，嗜金石，精书法。著有《何蝯叟日记》《东洲草堂金石跋》等。清杨守敬评云："子贞以颜平原为宗，其行书如天花乱坠，不可捉摹，篆书纯以神行之，不以分布为公。隶书学《张迁》几逾百本。论者知子贞之书，纯以天分为事，不知其动笔有如此也。然学之而不免于轻佻者，以胸襟自劣于子贞也。"此册未见著录。

②嗤：讥笑。

③履綦：足迹、踪影。

④篮舆：古代供人乘坐的交通工具，形制不一，一般以人力抬着行走，与轿子类似。

⑤涕洟：眼泪和鼻涕，哭泣状。

⑥敬止：敬仰。止，语词。《诗·大雅·文王》："穆穆文王，于缉熙敬止。"

⑦秘篚：此谓珍贵的书翰。

⑧恻恻：伤痛。

⑨惘惘：失意，迷惘。

⑩九原：九州之土。《国语·周下》："汩越九原。"

⑪洊至：再至，相继而至。《易·坎》："水洊至，习坎。"

⑫锦鲸：此谓华美壮观的书翰。

焦山古鼎歌

赵佑宸

昔我视学圣人邦，获观礼器心则降。
丁卣已爵灿成列[①]，奇文斑驳声琤琮[②]。
今我出守来京口，又见周鼎神为悚[③]。
形奇制古非近玩，云雷周匝光黯黮[④]。
史游皇象不复作，后儒窥测皆莛撞。
世惠无专文互异[⑤]，辨论啧啧徒纷庞[⑥]。
抉剔根本赖博雅，新城诗笔健能扛[⑦]。
惟王召史册南仲，颇侧弗作为骏厖[⑧]。
用锡彤矢戈雕戟，銮旂鋈勒干矛鏦。
篆铭在腹永宝用，想见人厚工亦庞。
有明青词恣饕餮，负之而去西渡江。
云烟过眼覆公𫗧[⑨]，巧取豪夺何愚戆[⑩]。
神物岂为权贵用，言归净土伴经幢。
钤山已同冰山倒，焦山终古长崆峣[⑪]。
我来管领行自愧，会当与汝居空窗[⑫]。
摩挲吾亦爱吾鼎，赖汝永永镇惊泷[⑬]。

赵佑宸（生卒年不详），字粹甫，号蕊史，鄞县（今浙江宁波）人。咸丰六年（1856）进士，改庶吉士，授编修。历官大理寺正卿。著有《平安如意室诗钞》。

【注释】

①丁卣已爵:泛指周时秦铜器。清王原祁《佩文斋书画谱·宋·薛尚功·钟鼎彝器款识》录有“祖丁卣”“祖已爵”等 。

②琤玐:象声词。

③悚:恐惧。

④黯黮:阴沉冥暗。

⑤世惠无专:参见前李贻德《吴思亭焦山鼎铭拓本书后》诗句注。

⑥纷庬:此谓争论不休,语言杂乱。

⑦新城诗笔:参阅前注。

⑧骏厖:犹言笃厚。也作“骏蒙”“骏龙”。《诗·商颂·长发》:“受小共大共,为下国骏厖。”

⑨覆公悚:《易·鼎》:“鼎折足,覆公悚。”悚,鼎中的食物。

⑩愚蠢:笨拙。《韩非子·忠孝》:“古者黔首悗密蠢愚,故可以虚名也。”也作“蠢愚”。

⑪崆岘:山石高峻貌。

⑫空谾:犹空旷,空阔。谾:长大貌。

⑬惊泷:此谓激流。

延陵十字碑歌[1]

程　畹

凡事传信休传疑，请各试观十字碑。
有吴君子延陵垂，人虽往矣墓在斯。
篆法敦古书者谁，天遗一老何能辞。
翱翔鸾凤蟠蛟螭，夕阳丰草蹲熊罴。
想见大笔濡淋漓，游夏袖手从旁窥[2]。
南游不到非支离[3]，铭幽刻石远致之。
帖小碑大临摩岐，君子季子无殊规。
阳冰变化碑所基，欧阳集古胡游移。
圣贤䜣合沦肝脾，泰伯至德人不知[4]。
幽光阐发惟宣尼，季札一脉非旁枝。
让乃家法孙能为，祸福得失天维持。
一毫计较公变私，论人成败圣所嗤。
呜呼两字潜含悲[5]，赞叹欲绝猜缁帷。
蔡邕文学乡里儿，石经且许金门施。
石鼓剥落斜复欹，昌黎尚惜空弃遗。
先圣手泽何瑰奇，书以人重观忘疲。
安得颁为天下师[6]，羹墙如见当临池[7]。
我欲言之分渐卑，天风飒飒碑前吹。

程畹（生卒年不详），字兰畦。江苏仪征人。诸生。著有《啸云轩诗文集》。

【注释】

①延陵十字碑：即《延陵季子墓字》。李光德《中华书学大辞典》记云：“传周代孔丘书。有古文‘乌延陵封邑’云云十二字。刻入《淳化阁帖》。秦观云：‘鲁司寇仲尼书吴(季子墓铭)也。铭在季子墓上，其字皆径尺余。唐张从申记云：‘旧石淹灭，开元(713—740)中玄宗(李隆基)命殷仲容摹拓。大历(766—779)中，萧定重刻于石。此小字者，盖后人依仿为之者也。’遂得知《阁帖》刻出前之情。”宋董逌《广川书跋》中记云：“《延陵季子墓字》，世传仲尼(孔丘)书。今入淳化官帖中，其字如书简牍，不类丰碑石柱上所刻也。书亦稍异于籀文。”明孙鑛《书画跋跋》记云：“夏禹并吾夫子书，亦俱有一二古文，夫子(孔丘)书，人传是《季札墓铭》，今惟‘有’‘吴’‘子’‘之’四字可识，‘君’字尚在疑似，并余七字俱须俟通篆者辨之。”清王澍《虚舟题跋》云：“此伪书者，窃取《延陵季子碑》于十字中节去五字，又于前后妄增七字，共十二字，以为是孔子书。按《延陵碑》字长径尺，篆法敦古，李阳冰学《峄山碑》，得此而后变化。则此碑即非孔子，亦断不是汉以后人作。”

②游夏：即孔子学生子游(言偃)与子夏(卜商)的并称，二人均长于文学。《论语·先进》：“……文学：子游、子夏。”

③南游不到：《史记·仲尼弟子列传第七》：“南游至江，从弟子三百人，设取予去就，名施乎诸虞。”《索隐》按“今吴国东南有淡台湖，即其遗迹所在。”

④泰伯：指周太王长子仲雍。太王欲立仲雍弟季历为后，泰伯仲雍奔避荆越，文身断发，泰伯自号句吴，为春秋吴国始祖。

⑤呜呼：《左传·哀十六年》：“呜呼哀哉，尼父！无自律。”此谓哀痛。古祭文辞中多有呜呼一语。

⑥指清康熙帝谒孔子庙，为孔子庙大成殿题“万世师表”。天下师，犹万世师表，谓在学问道德上永远值得学习的榜样。晋葛洪《神仙传》：“老子岂非乾坤所定，万世之师表哉！故庄周之徒，莫不以老子所宗也。”

⑦羹墙：思慕圣贤追念先辈之词。见《后汉书·李固传》：“昔尧殂之后，舜仰慕三年，坐则见尧于墙，食则观尧于羹，斯所谓聿追来孝，不失臣子之节者。”清顾炎武《前诗意有未尽再赋四章》：“因思千古同昏旦，几席羹墙尚宛然。”

题焦山定陶鼎拓本[1]

孙诒让

陶陵祭器尚流传[2]，大礼尊崇濮仪前[3]。

丁傅翦除元后寿[4]，宗彝零落二千年[5]。

孙诒让(1848—1908),字仲容,瑞安(今浙江温州)人。同治六年(1867)举人,官至刑部尚书。精于考据之说,著有《周礼正义》《墨子闲诂》等。

【注释】

①定陶鼎:清王原祁《佩文斋书画谱·博古图》:"盖与器铭共十六字。盖间有高庙二字。其字画复有变篆为隶之体,是其为高庙祀器无疑。"按高庙:指汉高祖刘邦。

②陶陵:指尧帝陵,尧为陶唐氏,故称。

③濮仪:谓朝中之争议。《宋史》载,宋仁宗无嗣,死后以濮王之子赵曙继位,为宋英宗。次年,诏议崇奉生父濮王典礼,侍御史吕海、范纯仁、吕大防、司马光等力主称仁宗为皇考濮王为皇伯,而中书韩琦、欧阳修等则竭称濮王为皇考。英宗因立濮王园陵,贬吕海、吕大防、范纯仁三人出外。因之史称"濮仪"。

④丁傅:指汉哀帝刘欣时有权势的外戚家族两姓,哀帝的祖母姓傅,母亲姓丁。元后:此谓天子。

⑤宗彝:指宗庙祭祀所用的酒器。

题吉日癸巳石刻

孙诒让

昆仑西母事微茫①，黄竹歌成已耄荒②。

不有骅骝千里足③，只愁徐偃是真王④。

【注释】

①西母：即神话传说中的西王母，为美貌之女神。《穆天子传》："吉日甲子，天子宾于西王母，乃执白圭玄璧以见西王母。"

②黄竹：古诗篇名。《穆天子传》："日中大寒，北风雨雪，有冻人。天子作诗三章以哀民，曰：'我徂黄竹。'"耄荒：年老昏聩。《书·吕刑》："惟后命，王享国百年，耄荒。"

③骅骝：周穆王八骏之一名。

④徐偃：相传周穆王时徐国国君，时称徐偃王，言其有筋无骨。后因称书法柔弱不挺者曰"徐偃"，笔之柔韧应手者曰"徐偃笔"。宋苏轼《东坡题跋·鲁直所藏徐偃笔》记云："鲁直出众工笔，使仆历试之，笔锋如著盐曲蟮，诘曲纸上。鲁直云：'此徐偃笔也。'"

舟中读阮太傅《重刻西岳华山碑》拓本[1]

谭宗浚

帝临高居奠八维[2]，兑位所宅金神司[3]。

厥有华岳崔以巍，林巅谷越相蔽亏。

群峰刺天白差差，泄云不散阴雾披。

荒霾陡绝人莫窥，升降灵霨嘉颖滋[4]。

福庇黎庶除疠疵[5]，在昔炎祚朝政隳。

浮屠媚鬼兴淫祠，诅祝妖惑崇祥禨[6]。

况兹岳渎尊神祇[7]，宜有翠琬铭丰碑。

陈留征士鸾鹤姿[8]，博赡渊雅工文词。

真迹妙绝时人推，群龙宛宛出水嬉[9]。

五采凤羽垂褵褷[10]，想当落笔纵横时。

腕力臬拄如悬丝[11]，偃仰回复无不宜。

千年巨碣争护持，剥蚀青翠蟠蛟螭。

宝光迸射来天墀，上掩奎宿腾斗箕。

帝曰斯宝诚绝奇，六丁下取雷电随。

地媪摇撼惊莫支，嘉靖中地震，此碑遂毁。

人间传拓嗟渐希。

三卷同异纷差池[12]，琅环馆主持使麾。

倩工摹刻重补治，缜密方劲争毫厘。

益以别本全无遗，若金镕矿玉泯玼。

原碑有阙字，以成亲王所藏长垣本别摹刻补上。

嗟哉隶法明季衰，破列轨范争佤离[13]。
国朝嫥雅多大师，远溯秦汉卑献羲。
竞辟阃奥开藩篱[14]，末流泛滥吁可嗤。
体制诡越遗羁羁，或乃丑拙兼斜欹。
方若画屋圆穿锥，俯趋鼠穴遗坦夷。
刻画西子成戚施[15]，古法渐邈谁复追。
此碑摹刻时代迟，朗若刮目黄金篦。
惟川有渎山有基，正谛在是奚外歧[16]。
况今廿载兵尘驰，潢池盗弄烦鞭笞[17]。
啸聚妖丑藏魅魑，文选楼前劫火悲[18]。
汉原秦畤多旌旗[19]，朱门贵邸罗尊彝。
亦复散佚随仆厮，深山陵谷安可知。
他时岁月随迁移，购此或亦千金赀。
我闻岳庙临西陲，碣铭壁画镌厜㕒[20]。
何时赤手携毡椎，搜剔榛莽穷险巇[21]。
或有铭碣前代垂，与此合卷装琉璃[22]。
平生宿愿难遽期，侧身西望长嗟咨。

谭宗浚(1846—1888)，字叔裕，广东南海人。少承家学，下笔千言，同治十三年(1874)进士。授编修，官至云南盐法道。著有《荔村草堂诗钞》《于滇集》等。

【注释】

①阮太傅《重刻西岳华山碑》拓本：指清阮元重刻《西岳华山碑》。阮元《题家藏汉延熹华岳庙碑轴子》诗中记其事。参见前注。

②八维:指四方(东、南、西、北)和四隅(东南、西南、东北、西北)合称八维。

③兑位:指西方。古人以八卦配八方,兑为西方。《佩文韵府·晋书·刘曜载记》:"曜梦三人,金面丹唇东向太史令,任义曰:东为震位,王者之始;次也金为兑位,物衰落也。"金神:西方之神。秋之神。《汉书·五行志上》:"金,西方,万物既成,杀气之始也。"

④灵霔:即灵雨、时雨。

⑤福疵:赐福保护。疠疵:疫病灾害。

⑥祥禨:谓祭鬼神以求福祥。《列子·说符》:"楚人鬼而越人禨。"张湛:"禨,祥也。信鬼神与禨祥。"

⑦神祇:天神与地神。《书·汤诰》:"尔万方百姓,罗其凶害,弗忍荼毒,并告无辜于上下神祇。"

⑧陈留征士:指蔡邕。

⑨群龙:此谓蔡邕书《西岳华山碑》。

⑩褵褷:羽毛初生时濡湿黏合貌,形容碑中书法圆润。

⑪臬拄:此谓书法线条的健劲瘦挺。

⑫三卷:指《西岳华山碑》的三个拓本,即"长垣""华阴""四明"三本。清阮元《题家藏汉延熹华岳庙碑轴子》诗云:"仙人染作延熹碑,飘带人间止三卷。"

⑬仳离:指分离。

⑭阃奥:本为深迂的内室,喻学问或事理的精深奥妙所在。《三国志·魏志·管宁传》:"娱心黄老,游志六艺,升堂入室,究其阃奥。"

⑮戚施:谓俳优,滑稽可笑。《国语·郑语》:"侏儒戚施,实御在侧,近顽童也。"

⑯歧:岔路。

⑰潢池盗弄:指叛乱、造反。《汉书·循吏傅·龚遂》:"海濒遐远,不霑圣化,其民困于饥寒而吏不恤,故使陛下赤子盗弄陛下之兵于潢池中耳。"

⑱文选楼:在湖北襄阳。南朝梁昭明太子肃统建。集刘孝威、庾肩吾等十余人,于此辑《文选》故名。又清阮元居江苏扬州文选巷,建楼五间藏书,题

曰“文选楼”,所辑书名《文选楼丛书》。阮元还著有《扬州隋文选楼记》一书。

⑲汉原秦畤:泛指秦汉时的宫殿庙宇。原指原庙。畤,即古代人们祭天地五帝之所。秦时有四畤:密畤、上畤、下畤、畦畤。汉有一畤:北畤。

⑳磶:柱下石。汉张衡《西京赋》:“雕云玉磶,肃栭云楣。”㕒㕒:山峰高峻。《尔雅·释山》:“萃者㕒㕒”。

㉑险巇:难险。

㉒琉璃:指装帙书画坊之处。明清以来,北京南城海王村有书画古董交易厂肆,世称“琉璃厂”。

盂鼎铭拓本为伯寅侍郎赋[①]

李慈铭

粲粲盂鼎铭[②]，吴子苾阁学陈寿卿编修考已备[③]。

侍郎精古籀，抉摘无遗义。

我所三摩挲，尤在玟珷字。

铭文“玟王”三见，“珷王”一见，俱左加玉字。

于古无可征，请更对以意。

吕伋谥丁公[④]，《说文》作玎谊。

丁癸本殷号，周人始制谥。

偏旁随事增，古盖有斯例。

唐虞及三代，以玉供神事[⑤]。

大夫有石宔，郊宗详其制。

王公当用玉，疑非起后世。

谥为作主用，加玉所以志。

此乃真古文，千钧一发系。

寄语一孔儒，挢舌莫诧异。

《说文》所引玎公，盖出《左传》“徼福于太公、丁公”句，许氏序言所称《左氏传》皆古文，其所见作玎公也。

所贵金石文，为可证故书。

佚事或创获，小学犹其余。

兹鼎郑重言，宗周王命盂。

锡以鬯一卣，黻冕车旗俱。

邦司四百人，仆驭至庶夫。皆铭中语。

是当为重臣，何以名泯如。

成王廿三祀，

铭末云："唯王二十又三祀。"以其文屡言文王、武王，且据《洪范》称祀，此亦称祀，盖周初尚殷时之语，则当为成王廿三年无疑也。

警酒资訏谟。铭中有"无敢酗，无敢醵"等语。

初疑武之穆，盂本可通邘。

《左传》："邘晋应韩武之穆也。"《汉书人表》以邘侯与伯禽、吕伋同列五等，邘后入晋为邘邑，亦作盂。《韩非子》有盂献伯，与叔向同时。邘即今山西盂县也。

然此述王命，岂容以国呼。

又疑盂于借，唐叔字子于。

然曰祖南公，世系难强巫。铭中三称"乃祖南公"。

班表有邘叔，时地亦未殊。

《人表》又有邘叔，在第四等，亦当成王之世。

其人又无考，傅会滋成愚。

祝雍与陶叔，一例同嗟吁。

大戴公《冠礼》云："周公使祝雍祝王。"《左传·定四年》云："陶叔授民。"二人皆成王时，而它无所见。此盂亦其类也。

仰屋徒自笑，秋风在庭梧。

李慈铭(1830—1894)，字式侯，号莼客，又署花阴生，越缦老人。光绪六年(1880)进士，拜户部侍郎，历官山西道监察御史。善诗赋，工书法绘画。博综群籍，尤精经史。著有《越缦堂日记》《白华绛跗阁诗钞》等 。

【注释】

①盂鼎铭拓本:参见前潘祖荫(伯寅)《盂鼎歌》。

②粲粲:鲜明貌。《诗·大雅·大东》:“西人之子,粲粲衣服。”

③吴(子苾)阁学:吴式芬参见前注。陈(寿卿)编修:陈介祺(1813—1884),字寿卿,号董斋,晚号海滨病史,齐东陶父,山东潍县(山东潍坊)人。道光二十五年(1845)进士.官至翰林院编修。一生嗜好收藏文物,并考订成册。是清代著名金石、考古、藏书、书画家。著有《簠斋吉金录》《十钟山房印举》等诸多著作。与江苏学者潘祖荫誉为“南潘北陈”,对后世影响很大。

④谥:古帝王、贵族、大臣、士大夫死后,依其生平事迹给予的称号。

⑤以玉供神事:《周礼·春官、大宗伯》:“以玉作六器,以礼天地四方,以苍璧礼天,以黄琮礼地。”

题张叔平红崖碑后[1]

司炳煃

张君好游复好奇，逍遥不受名利羁。
东行泰岱西咸池[2]，凌跨三湘吊九疑[3]。
茧足不遗蛮与夷，直到吾黔罗甸之边陲[4]。
红崖山石如猊狮[5]，红崖文字如龙夔。
缩本赝木相离支，怀古徒兴三代悲。
何君不畏艰与危，何君不惮熊与罴。
崖悬万仞身悬丝，阴气肃肃砭人肌。
扪萝擗虺右手胝，摹拓岂任庸奴为。
风神号怒山神私，忽跃忽叫交奔驰。
夺其所宝心怨咨，旁人亦道君是痴。
谓以性命博文辞，君方惊定神怡怡。
大呼武侯报以诗[6]，诗所难写记补之。
柳公谢公笔淋漓[7]，仿佛如见磨砻断壁挥毫时。
此图二丈如披帷，张之老屋气漫弥。
毒龙猛兽相撑持，金仙蛮鬼杂怒嬉。
日轮月殿云垂围，大圈小圈光陆离。
云黄海黑风凄其，长画短画盘蛟螭。
阴阳万象供炉锤，观者揖君相叫噫。
或疑或喜或眦睢，口量手揣心是非。
谓是好古邹君叔绩不及知[8]，可怜甘受世人欺。

吁嗟乎，可怜甘爱世人欺，岂独石鼓铭文岣嵝碑。

司炳煃(1851—1931)字煜兹,贵州贵阳人。光绪十一年(1885)举人。官仁怀教谕。著有《宁拙堂诗集》等。

【注释】

①张叔平:不详。红崖碑:朱仁夫《中国古代书法史》记云:“贵州红崖摩崖石刻,传说是夏朝征鬼方的遗迹,其字不知何体,时人不能辨认,也只能存疑。”

②咸池:指东方的天泽,神话中谓日浴之处。

③三湘:潇湘、资湘、沅湘。此泛指洞庭湖南北、湘江流域一带。九疑:山名。此谓虞舜。《史记·五帝纪舜》:“(舜)葬于江南九疑。”

④罗甸:古国名,地当在今贵州省中部。明田汝成《炎徼纪闻·奢香》:“火济者,蜀汉时佐丞相亮,刊山通道,擒孟获有功,封罗甸国王。”

⑤猊:即狮子。

⑥武侯:诸葛亮(181—234),字孔明,琅琊阳郡(今山东沂南)人,汉末隐居隆中(在今湖北襄阳),留心世事,号为“卧龙先生”。后刘备三顾茅庐,请其为相,建立蜀汉政权。刘禅即位,封武乡侯,领益州牧,曾五次出兵中原未果,病逝于五丈原中。著有《诸葛亮集》。

⑦柳公谢公:待考。

⑧邹君叔绩:邹汉勋(1805—1854),字叔绩。湖南新化(今湖南娄底)人。咸丰元年(1851)举人。清代著名学者,是我国近代杰出的舆地学家。是我国近代舆地学的奠基人。与当时驰名京都的魏源的经史、何绍基的书法并称为“湘中三杰”。

禽彝铭[1]

葛嗣溁

延陵手拓禽彝铭[2]，古香著纸松烟青。
二十三字科斗形，钱氏阮氏诠释精[3]。
粤稽周鼎东迁后，彝器铭勋历年久。
释某为谋又作右[4]，偏旁阙略通篆籀。
王祭于社名曰宜，公谋诸禽司其仪。
受脤交福称厥职[5]，锡金百锾禽作彝[6]。
伊昔《春秋》严笔削，许男何不书侯爵。
杞滕自贬齐晋雄[7]，黜陟无权视强弱。
古今大谊惟尊王，诸侯助祭登庙堂。
《黍离》以降竞蚕食[8]，百千祀物嗟沦亡。
夔龙饕餮付残劫，毁及尊卣钟鼎鬵[9]。
此彝可宝铭可读，拓本相诒韫诸匮[10]。
墨云拥护蛟螭蟠，字字昆刀切玄玉[11]。
请编款识摹奇文，补入欧阳《吉金录》。

葛嗣溁(生卒年不详),字韬甫,号云威,浙江平湖人。光绪乙酉(1885)拔贡,戊子(1888)举人,户部七品小京官。著有《韬华馆诗稿》。

【注释】

①禽彝铭:刘正成《中国书法鉴赏大辞典》记云:"成王时器铭。拓本。大篆。铭文四行,二十三字。文物出版社《商周青铜器铭文选》(一)收入。"又

“赏析:铭文叙述了成王欲伐奄侯,由周公主持东征,与《康侯簋》所述紧紧衔接……是周公东征前王对其子伯禽的赏赐,……书法艺术贵在平易中见奇险,安闲中寓激奋,所谓大巧若拙,大智若愚者即是。《禽簋》铭文正有着上述特点。”

②延陵:指拓铭者。

③钱氏阮氏:指钱大昕、阮元。

④释其为谋又作右:铭文中“某”释作“谋”,“又”释作“右”。

⑤受脤:《左传·闵二年》:“帅师者,受命于庙,受脤于社。”脤:古祭祀社稷用的生肉。

⑥锡金百锾:铭文中有“锡金百锾”句。锾:古重量单位。《书·吕刑》:“墨辟疑赦,其罚百锾。”

⑦杞滕:杞指古国名,相传为周封诸侯国于夏禹后代东楼公,称杞国。今河南杞县即为旧址。《史记·陈杞世家》:“周武王克殷纣,求禹之后,得东楼公,封之于杞。”滕:指春秋诸侯国。此谓春秋战国时的互相争雄。《左传·隐十一年》:“滕侯、薛侯来朝,争长。”宋胡仲弓《春日杂兴》:“先后笋争滕薛长,东西鸥背晋齐盟。”此句可谓化用。

⑧《黍离》:《诗·王风》篇名。《诗序》:“《黍离》,闵宗周也,周大夫行役至于宗周,过故宗庙宫室,尽为禾黍。闵宗周之颠覆,彷徨不忍去而作是诗。”

⑨鬻:煮,《玉篇·鼎部》:“鬻,煮也。”

⑩匵:同“椟”。《论语·子罕》:“有美玉于斯,韫椟而藏诸?”

⑪昆刀:即昆吾刀(剑)。汉东方朔《十洲记·凤麟洲》:“昔周穆王时,西湖献昆吾割玉刀及夜光常满杯,刀长一尺,……刀切玉如切泥。”玄玉:指黑色的玉。《祀·月令·孟冬之月》:“(天子)衣黑衣,服玄玉,食黍与彘。”

蜀石经残本歌[1]

庐江刘健之体乾，得蜀刻《周礼》《左传》《公》《谷》四石经残本，介积馀索题，乃为此歌。

沙元炳

赢秦焚经传二世，孟蜀尊经传二世。
腐儒苦怨天梦梦[2]，天眷原不私文字。
我观广政经，成一百十二。
裸翠墨未完[3]，蜀社置毋家，百万黄金钱。
但为新朝儒学地，先石后木劳手民，到今石木无一存。
盲左诗礼出臭朽[4]，捃拾旧数赵黄陈[5]。
庐江刘翁欧赵选[6]，收揽《周官》及三传。
艺风师指缪筱珊是今柳东，指冯登府，曾著《石经考异》
钩考异同泐成卷。
我徒见跋未见经，骨不可揣从声听。
经兴经废等亡国，樊榭诗在吾听荧[7]。
年衰才退奈此石经何，西望蜀碧年年多[8]。

沙元炳（1864—1926），字健庵。江苏如皋人。光绪二十年（1894）进士，改庶吉士，授编修。博学，精金石书画鉴赏，庋藏甚富，多有题识，有跋文二卷。著有《志颐堂诗钞》等。

【注释】

①蜀石经残本:参见前叶名沣《厂肆式古堂主人以宋拓蜀石经残本见示作歌记之》。

②天梦梦:指昏乱。《诗·小雅·正月》:“民今方殆,视天梦梦。”

③禩:《说文·示部》:“禩,祀或徒异。”

④臭朽:谓腐朽如尘灰。

⑤捃拾:采集。赵黄陈:宋赵明诚著有《金石录》;黄指吴门黄氏景钞;陈指清陈宗彝得吴门黄氏景钞毛诗残本。参见前叶名沣诗注。

⑥欧赵:指宋欧阳修、赵明诚。

⑦樊榭诗:樊榭指唐陆龟蒙《四明山诗·樊榭》诗:“樊榭何年筑,人应白日飞。至今山客说,时驾王麟归。乳蒂绿松嫩,芝台出石微。凭栏虚目断,不见羽华衣。”听荧:惶惑。《庄子·齐物论》:“是皇帝之所听荧也,而丘也何足以知之!”成玄英疏:“听荧,疑惑不明之貌也。”

⑧蜀碧:指《蜀碧》,清彭遵泗撰。此书记载明末张献忠军在四川的活动。鲁迅评此书:这是“讲张献忠祸蜀的书,其实不但四川人,而是凡有中国人都应该翻一下的著作。”此指战乱而言。

读《虞永兴夫子庙堂碑》有感[①]

曹树德

右军工书穷神化，嫡派相承虞永兴。
内含刚健外婀娜，天然墨妙超人群。
把玩再三不忍释，置之座隅忘朝昏。
如与有道相接对，顿教方寸谈俗氛。
书法至唐乃大盛，欧褚颜柳世所敬。
率更猛将挽强弓[②]，深入时或摧其锋。
河南绰约如美女[③]，薄媚不任罗绮丛。
平原雄杰迈千古[④]，字以人重谁敢攻。
诚悬清劲亦可喜[⑤]，人谓结体同鲁公[⑥]。
行间究少飘逸气，魏晋风流已扫地。
唯有秘监擅众长[⑦]，有如君子善藏器。
但论行草亦偏工，暮年所得更深邃。
兰亭茧纸空复空，即此已可追其踪。
晚近俗书体尤弱，妩媚衹成俳优风[⑧]。
临摹虽工神气失，枯枝断梗将无同。
书法与世相流转，识者观此忧忡忡。

曹树德（生卒年不详），字树滋，四川绵竹人。诸生，官教谕。善诗、工书法，精鉴赏。著有《紫岩吟稿》。

【注释】

①《虞永兴夫子庙堂碑》:参见前清李宗瀚《唐虞世南夫子庙堂碑》注。

②率更:指唐欧阳询。

③河南:指唐褚遂良。

④平原:指唐颜真卿。

⑤诚悬:指唐柳公权。

⑥结体同鲁公:此谓“颜筋柳骨”意。

⑦秘监:即虞世南。

⑧俳优:古代以乐舞谐戏为业的艺人。如同今日之喜剧演员。

书怡亭铭拓本后[1]

甘树椿

观音岩畔波初起，银涛直泻天万里。

怡亭寂寞山月高，空余断碣沈江底。

大书深刻永泰年，铭者裴虬笔如椽[2]。

李莒八分阳冰篆[3]，卿云采绚星珠联。

吁嗟乎！

世事白衣幻苍狗，陇西词客今何有。

武昌江上片石存，遂使姓名长不朽。

君不见，嘉祐七年上泉书，苔纹剥蠹沦瓦缶。

荆门州北二十里上泉寺，有嘉祐壬寅石刻，字体离奇，而姓名剥蚀，不知何人书也。

甘树椿（生卒年不详），字雨亭，湖北潜江人。贡生，著有《灵庵先生遗诗》。

【注释】

①怡亭铭：李光德《中华书学大辞典》记云："唐永泰元年(765)刻。前六行为篆书序文。李阳冰书，行四字，凡二十二字，字长三寸四分。后八行为隶书铭词，裴虬铭，李莒书，行八字，凡五十八字。此种一碑两人用篆与隶书写者，恐为他碑所无。末刻小楷二行，漫灭不能识。现在湖北江夏。《集古求真》续编曰：'此刻尚是原石，犹未甚剥落，乏见少温（李阳冰）真面。'字数虽少，颇为人重。但碑立武昌江中，非待水涸不得拓，故传本甚少。有复制本行世。"

元郑杓、刘有定《衍极并注》记云:“李阳冰《庶子泉铭》《怡亭刻石》《二世诏》无是过也。注:……怡亭在武昌江水中小岛上,武昌人谓其地为吴王散华滩。怡亭,裴鶠造,李阳冰名而篆之。裴蚪(虬)铭,李莒八分书刻于岛石,常为河水所没,故世罕传。……”

②裴虬:生平不详。

③李莒:清王原祁《佩文斋书画谱·唐书·宰相世系表》。“李莒,华从弟,越州录事参军。”又欧阳修《集古录》记:“怡亭在武昌江水中小岛上,武昌人谓其地为吴王散花滩。裴鶠造,李阳冰名而篆之。永泰元年裴虬铭,李莒八分书刻于岛石。”

题云峰山郑道昭石刻[1]

张纶英

巍巍云峰山，千仞不可极。
猿猱愁攀援，飞鸟苦难越。
壮哉郑将军，振衣造云阙。
峭壁恣濡翰，云崖留真迹。
怒涛腕底生，迅雷笔端出。
飒飒龙蛇飞，矫矫鸾凤活。
字蕴天地精，墨洒山川泽。
妍姿悦仙灵，刚锋惊鬼物。
深淳李程规[2]，坚劲钟张骨[3]。
烟霞常呵护，风雨不敢蚀。
千载仰遗型，神采犹奕奕。
斯山藉公灵，海内凭研习。
愧我性庸愚，临摹空仿佛。
展卷每流连，抗怀长叹息[4]。

张纶英(1798—?)，字婉紃，阳湖(今江苏武进)人。张琦之三女。《诗话》称其“作书由北碑上溯西晋，归宿于汉，刚健沈毅，不可控制……每晨作书数百字……尝中夜不寝，辄起临池。家人劝少休，曰：‘吾一日不作书，若有所失，欲罢不能矣。’中年始为诗，不苟作，长于五言，神似陶、谢”。

【注释】

①云峰山郑道昭石刻:云峰山在今山东莱州。郑道昭(? —516),字僖伯,自号中岳先生,荥阳开封(今属河南)人。北魏大臣郑羲幼子。博览群书,善诗赋,工书法。官至青州刺史。在山东莱州为官时,于云峰山、太基山、天柱山岩壁刻《郑文公碑》《观海童诗》《东堪石室铭》《论经书诗》等三十余种。被誉为"书法北圣",南与王羲之齐名,有"南王北郑"之说。清嘉庆、道光年时被人访得,清包世臣、张琦、吴熙载等极力推重,尊为北碑之宗。清杨守敬评云:"道昭诸碑,遒劲奇伟,与南朝《瘗鹤铭》异曲同工,擘窠大书以为极则。"清康有为《广艺舟双楫》评云:"《云峰山石刻》体高气逸,密致而通理,如仙人啸树,游客泛槎,令人想象无尽。若能以作大字,其浓姿逸韵,当如食防风粥,口香三日也。"

《云峰山石刻》,清末吴式芬《捃古录》、陆增祥《八琼室金石补正》、缪荃荪《艺风堂金石文字目》、方若《校碑随笔》等均有著录。云峰、太基、天柱、北(百)峰四山北朝刻石,总计约四十余种,郑道昭所刻者为绝大多数,余下为郑道昭之子郑述祖和其门徒所刻。

②李程:指李斯、程邈。元耶律楚材《壬午西域河中游春》诗:"衰翁老矣倦功名,繁简行军笑李程。"

③钟张:指钟繇、张芝。

④抗怀:谓高尚的情怀。

作字示儿孙[①]

傅　山

作字先作人[②]，人奇字自古。
纲常叛周孔[③]，笔墨不可补。
诚悬有至论[④]，笔力不专主。
一臂加五指，乾卦六爻睹[⑤]。
谁为用九者[⑥]，心与孥是取。
永真溯羲文[⑦]，不易柳公语[⑧]。
未习鲁公书，先观鲁公诂[⑨]。
平原气在中，毛颖足吞虏。

傅山(1607—1684)，字青主，一字仁仲，别字公之它，号朱衣道人、侨黄老人、侨山等。入清后隐居不出，至死不应清试。博通经史诸子及佛道之学，精医学、工书画。在书法理论上提出的“四宁四毋”之说影响深远。书法风格以笔墨雄奇逸宕著称于世。著有《霜红龛集》。

【注释】

①本诗选自《霜红龛集》。

②作字：即学书。作人：《诗·大雅·棫朴》：“遐不作人。”此谓书法者的自身修养。

③周孔：指周公，即西周时成王的叔父周公旦。孔指孔子。

④诚悬：即唐柳公权，此句谓柳向穆宗“心正则笔正”的“笔谏”说。

⑤乾卦：指《周易》中代表自然界变化的一种符号，表示为“☰”。六爻：

爻，构成卦象的基本符号。“—”是阳爻，“— —”是阴爻，表示自然界的变化。六个爻“—”组合即为乾卦。

⑥用九者：《周易》阳爻“—”称为“九”、《易》中以“用九”论吉凶。凡得阳爻者，用九不用七，得阴爻者，用六不用八。《易·乾》：“用九，见群龙，无首，吉。”

⑦羲文：指伏羲氏和周文王。传说伏羲画八卦，文王作卦辞。

⑧柳公语：指唐柳公权“笔谏”之“心正则笔正”事。

⑨诂：古言古字。此指其著作和言行。

起用杜句戏作（五首）

傅　山

本卖文为活，翻因字受穷。
利他不道苦，自愧未能工。
笔墨时常断，瓶罂久已空[①]。
古来原载酒[②]，旧例有扬雄。

以我前言荐，为君岁后辰。
插花朝四喜[③]，枯树暮三嗔。
败笔居奇货[④]，空铛冷积尘[⑤]。
原非李北海，卦面为他人[⑥]。

骛书有何好[⑦]，此谬由诸君。
作意见不见[⑧]，制心闻不闻[⑨]。
所希在斗米，岂敢望鹅群[⑩]。
自笑悭贪甚[⑪]，吾能去几分。

道人数数乞[⑫]，供养得无心[⑬]。
戏论运斤少[⑭]，辩才持钵寻[⑮]。
一钱麨畏夺[⑯]，薄片爪犹侵。
劳业不能改，檀波徒尔殷[⑰]。

秃颖忽然笑，何为枉见投[18]。

画沙非乞米，挫锐不封侯。

屋角殊多事[19]，穿锥有怨尤[20]。

近来积贮者，幸其及银钩。

【注释】

①罂:盛酒器。

②载酒:指汉扬雄事。《汉书·扬雄传》:“家素贫,嗜酒,人希至其门。时有好事者,载酒肴,从游学。”

③此谓书家和欣赏者对书法风格的不同态度。插花,指“插花舞女”式的妩媚秀美之书风;枯树,指“疏瘦如隆冬枯树”式的苍茫劲健之书风。

④败笔:对自己书法的谦辞。

⑤铛:一种古代的温器,较小,有三足,以此把酒或茶等温热。

⑥卦面:犹相面。

⑦骛书:傅山对自己书法的谦词。

⑧作意见不风:作意指自己畅意的书法思想。见不见:见如不见。

⑨制心句:制心,指闹心,心里的情感活动。方言有“制气”说。闻不闻:听到如没听到。

⑩鹅群:指王羲之书法。

⑪悭贪:吝啬而贪得。《百喻经·牧羊人喻》:“昔有一人,巧于牧羊,其羊滋多,乃有千万。极大极贪,不肯外用。”

⑫数数:多次。常常。唐白居易《醉后走笔酬刘五主簿长句之赠》:“张贾弟兄同里巷,乘闲数数来相访。”

⑬供养:奉养,指用饭食或物品招待僧人、父母等。

⑭运斤:喻书法技艺的高超。此谓傅山之谦辞。

⑮辩才:指唐太宗时从辩才处计赚《兰亭序》真迹。

⑯麨:指用米、麦等炒熟后磨粉制成的干粮。

⑰檀波:当谓檀香燃时的烟雾状。殷:殷勤。

⑱此意为班超投笔从戎事。《后汉书·班超》:超家贫,常为官佣书以供养,久劳苦,当辍业投笔叹曰:“大丈夫无他志略,犹当效张骞、傅介子立功异域,以取封侯,安能久事笔研间乎!”

⑲指“屋漏痕”。

⑳指“锥画沙”。

哭侄仁六首[1]（其四、其五）

傅　山

卅年风雨共，此侄比人亲。
父母先双背[2]，流连傍老身。
忘吾粗饭尽，慰尔满壶频。
小楷虞公法[3]，重翻血满巾。

自喜学我字，人看乱老苍。
临池天性好，把酒醉歌强。
长处从何忆，俄然触著伤[4]。
几时诗注见，半刺启予忘[5]。

【注释】

①本诗为挽其侄儿傅仁所作。傅仁(？—1674)，父母早卒，由傅山抚养，同傅山一起生活，从其习书作画。傅山后期的一些作品多为其代笔。卒于清康熙十三年(1674)。

②指傅仁父母早卒。傅仁父庚，为傅山长兄。

③指傅仁小楷宗唐虞世南笔法。

④俄然：突然。

⑤原诗句后注："十年前，吾曾见诗用半刺字，忘其事。尔曾告我：'别驾通判也。'"半刺：方言，指事物的一半。

墨池

傅山

墨池生悔吝[1]，药庋混慈悲[2]。
子敬犹今在，真人到底疑[3]。
佳书须慧眼，俗病枉精思。
投笔于今老，焚方亦既迟。

【注释】

①悔吝：悔恨。唐李咸用《猛虎行》："须知《易水歌》，至死无悔吝。"

②药庋：指放药品的柜、架等。也指行医治病。

③真人：唐孙思邈(581—682)，医学家，京兆华原(今陕西铜川)人。通百家说，好老庄佛典，精医道。著有《千金要方》《千金翼方》，后人称为"孙真人"，尊为"药王"。此指自己。

丝　素[①]

傅　山

丝素怜光净，初秋见白云。

聊为回雁阵[②]，岂复计鹅群。

字证辟支果[③]，书空烦恼军[④]。

险糜华几笏，屋漏满氤氲！

【注释】

①丝素：指书画用的白绢。

②雁阵：犹雁行、同等、同列。

③辟支果：佛教语。小乘二果之一。指通过缘觉乘修得的正果。后喻诗歌中成就较低者。此谓傅山之谦辞。

④烦恼军：当指佛教语中“烦恼薪”“烦恼海”等讲，喻烦恼如军兵被一扫而空。

秉　烛[1]

傅　山

秉烛起长叹，奇人想断肠。
赵厮真足异，管婢亦非常[2]。
醉起酒犹酒，老来狂更狂。
断轮余一笔[3]，何处发文章。

【注释】

①秉烛:谓持烛以照明。喻读书和做事的勤奋。

②赵厮:指元赵孟頫。傅山恶赵孟頫为元统治者做事故称“厮”。真足异:真称得上不一般。诗句中也流露出对赵孟頫书法风格的钦佩。管婢:指赵孟頫夫人管仲姬,诗书画兼擅。

③断轮:指经验丰富,水平高超。

索居无笔，偶折柳枝作书，辄成奇字率意二首

傅　山

方外中书不屑描[①]，楼前高柳茂垂条。
折来菀菀秋风叶[②]，削去亭亭冷玉苕[③]。
世俗文书难点黼，轩辕道士可云霄。
若逢圯上黄翁帙[④]，鸟篆虫雕试一标。

腕掘临池不曾柔[⑤]，锋枝秃硬独相求。
公权骨力生来足，张绪风流老渐收[⑥]。
隶饿严家却萧散，树枯冬月突颠甹[⑦]。
插花舞女当嫌丑，乞米颜公青许留[⑧]。

【注释】

①中书：指笔，称“中书君”。

②菀菀：茂盛状。明何景明《鸣蝉》：“菀菀庭中柳，蝉鸣在高柯。”

③亭亭：直立貌。独立貌。

④圯上黄翁帙：相传秦末张良曾游下邳（今江苏邳县南）。沂水桥上，遇黄石公，黄授张良《太公兵法》一册曰：“读此则为王者师矣。”《史记·留侯世家》有传。苏东坡《张竞辰永康所居万卷堂》：“濠梁空复五车多，圯上从来一编足。”

⑤掘：愚笨。通“拙”。《史记·货殖传》：“田农，掘业，而秦、扬以盖一州。”《集解》引徐广：“古‘拙’字亦作‘掘’字。”

⑥张绪：南齐吴郡人，字思曼。官至国子祭酒。为人清淡寡欲，儒雅。

⑦唐太宗李世民《王羲之传论》：“献之虽有父风，殊非新巧。观其字势疏

瘦,如隆冬之枯树,览其笔踪拘束,若严家之饿隶。其枯树也。虽槎枿而无屈伸。其饿隶也,则羁羸而不放纵。兼斯二者,固翰墨之病叹!"颠粤:待考。

⑧乞米颜公:唐颜真卿有《乞米帖》。

题书自笑八韵[①]

傅　山

郝旧甫持绫子索书，书已自顾，迳似正一家治鬼符一张，不觉失笑，遂有此作。雪崖曰：先生经罕山堕驴止旧甫家，当时好事者演宋明处士堕驴图谓：希夷与先生也。相传旧甫乞书，先生因言素不工，腰痛笔秃眼花，故断续杈权如此。余得手迹，摹勒于五峰山。

擘原罗鹜拙[②]，腰复坠驴疼。
不谓中书管，犹如雍父舂[③]，
水光才一画[④]，花眼又双慵[⑤]。
断续团圆构[⑥]，杈权艾纳松[⑦]。
三杯忙上顿，一觉未疗邛[⑧]。
回顾奔弛兽，旋骇竹木龙。
为怜痴是嗜[⑨]，能苦菜为佣[⑩]。
若作神符镇，差消鬼市嵱[⑪]。

【注释】

①题解：此诗有碑刻传世。称为《五峰山草书碑》。山西人民出版社《傅山书法》《傅山书法碑刻集》（太原市碑林公园编）均收录此诗碑刻。著名学者、书法家林鹏先生《丹崖书论·五峰山草书碑注释》有详解。原碑在山西寿阳县大安驿五峰山五峰寺。原碑后刻曰："老病逃书，真如蒙童之逃学，鉴盘词兄出此绫索书，勉而为之。殆不成字，一笑而已。松桥老人真山附记。"

②擘：以原碑所刻字形似为"擘"字，古文字专家、书法家吴连城先生，著

名学者、书法家林鹏先生等皆释定为“擘”，即腕。

③雍父舂：雍父，传说为黄帝的臣僚，杵臼的发明者。《世本》：“雍父作杵，舂也。”傅山以此谓笔法。

④才：碑中作“财”，财通才。

⑤双慵：双，碑中字为“蒦”。以辞意论应为“雙”，同“双”。双慵，即为重影，老眼昏花所致。

⑥断续团圆构：碑中字为“团圆构”。此谓草书给人以相互缠绕的节奏感。

⑦枒杈，树木的枝杈。艾纳松：指树皮上生有莓苔并散发着香气的古松。此谓草书形象的苍劲。

⑧疗邛：解除疾病。

⑨痂是嗜：林鹏先生《丹崖书论·五峰山草书碑注释》云：“嗜痂出南史《刘穆之传》，比喻人有不可思议的嗜好和偏爱。”

⑩佣：受人雇用。《后汉书·班超句》：“家贫，常为官僚佣书以供养。”

⑪嵱：此谓众多貌。

失　题

傅　山

篆籀龙蝌费守灵[1]，三元入会妙先形[2]。

一庵去卓无人境[3]，老至才知不识丁[4]。

【注释】

①守灵：道家对心的别称，即心神也。《灵笈七签·黄庭经·心神章》："心神丹元字守灵。"

②三元入会：此谓书法自然，"天人合一"的思想。三元：指天、地、人。《文苑英华·王昌龄·夏月花萼楼酺宴应制诗》："上德三元正，尧心万国同。"

③一庵：当谓霜红龛。

④不识丁：《旧唐书·张延赏传(张弘靖)》："今天下无事，汝辈挽得两石力弓，不如识一丁字。"后指笑人没有学问或一字不识。宋文天祥《不睡》诗："眼不识丁马前卒，隔床鼾鼻正陶然。"

点污八首（其七、其八）

傅　山

蒿艾丛生涸杀鱼，疾藜随长不胜锄。
道人卖雨无符咒，浓蘸隃麋画墨猪。

瘦硬通神且莫提[①]，柔毫点黈任东西。
凭谁挂面秋风刮，橜上家鸡未下栖[②]。

【注释】

①瘦硬通神：唐杜甫《李潮八分小篆歌》有“书贵瘦硬方通神”句。

②橜：木桩。指鸡栖息的木架子。

村居杂诗十首(其八、其九、其十)

傅　山

饕餮蚩尤婉转歌[1]，颠三倒四眼横波[2]。
儿童不解霜红语，书到先秦吊诡多[3]。

从来老笔不降钱，不信于今会点铅[4]。
提礶礶提纷众妙[5]，休教野鹜入云烟。

无端笔砚业缘多[6]，不敢胡涂说换鹅。
这为世情难决绝，鹜书终日替奔波。

【注释】

①婉转:此谓书体的曲折起伏状。

②颠三倒四:形容神志不清使言行失态。此谓钟鼎文、饰(或古文字)给人的反常感受。横波,喻女子眼神流动,如水横流。此谓书法体式的神采。

③先秦:指秦统一前的历史时期。明王鏊《震泽长语·文章》:“先秦文字,无有不佳。”吊诡:怪异、奇特。

④点铅:犹“点铁成金”,喻对文辞的修改,化腐朽为神奇。

⑤提礶礶提:此谓“醍醐灌顶”之意,佛教以醍醐喻佛性灌人之顶,意谓智慧灌输于人,使人彻悟。

⑥业缘:佛教语,指苦乐皆为业力而起。《维摩经·方便品》:“是身如幻、从颠倒起;是身如梦,为虚忘见;是身如影,从业缘现。”

鲁中杂诗之一

金　农

会稽内史负俗姿[①]，书坛荒疏笑骋驰。
耻向书家作奴婢，华山片石是吾师[②]。

金农(1687—1763),原名司农,字寿门,又字吉金,号冬心,别号稽留山民,曲江外史、金二十六郎、三朝老民等。浙江仁和人。弱冠从学何焯门下,后游历名山大川。客居扬州,以卖书画为业,性逋峭,为“扬州八怪”之一。博学善诗词,精书画鉴赏,喜收藏。书法尊碑,风格独特,用笔方扁,号“漆书”。著有《冬心先生集》《冬心先生杂著》等。

【注释】

①会稽内史:指王羲之。

②华山片石:指《西岳华山碑》。

老吟十首之一

汪士慎

目眩心摇寿外翁[1]，兴来狂草活如龙。
胸中原有云烟气，挥洒全无八法工。

汪士慎(1686—1759),字近人,号巢林,溪东外史等。行六,人称“汪六先生”。嗜茶如命,人称“汪茶仙”。金农弟子,安徽歙县人。久居扬州,为“扬州八怪”之一。工画精书法,最善隶书,亦精篆刻。尤擅画梅。六十七岁时双目失明,还摸索着写狂草。终身清贫落拓。著有《巢林集》。

【注释】

①目眩心摇:指眼花缭乱、心神摇荡,形容作书者所见所闻使人惊异。

题墨竹水仙图

李　鱓

日日临池画水仙，何曾粉黛去争妍[①]。

正如写竹皆书法，悬腕中锋篆隶然[②]。

李鱓(1682—1756)，字宗杨，号复堂，懊道人。江苏兴化人。康熙五十年(1711)举人。曾官山东滕县知县。晚年归隐家园，吟诗作画，博学能诗文，工书画。为“扬州八怪”之一。

【注释】

①粉黛：指妇女化妆时搽脸的白粉和画眉的黛墨。

②此句提出“书画相通”的主张。

偶然作

郑　燮

英雄何必读书史？直摅血性写文章[①]。

不仙不佛不贤圣，笔墨之外有主张。

郑燮(1693—1766)，字克柔，号板桥。江苏兴化人。乾隆元年(1736)进士。历任山东范县、潍县等县县令。晚年客居扬州卖画，以墨竹，兰草为最，风骨遒劲如其人。擅诗、书，书法自称为“六分半”书。为“扬州八怪”之一。著有《板桥集》。

【注释】

①血性：指刚强正直的气质和品性。清李玉《清忠谱·上·书闹》：“淋漓血性，颇知忠勇三分。”

题画竹[①]

郑 燮

山谷写字如画竹，东坡画竹如写字。
不比寻常翰墨间，萧疏各有凌云意。

【注释】

①此首诗以古人书法说明“书画相通”之理。

论书绝句十五首[①]

康有为

昔尝读慎伯(包世臣)《论书绝句》,择人间罕称者发明之。及述此书,论之盖详,未能割爱,姑附于末。

一

隶楷谁能溯滥泉[②],句容片石独爰然[③]。
若从变处搜《灵庙》[④],应识昆仑在《震》《迁》[⑤]。

句容有《吴葛府君碑额》为正书第一古石,浑厚质穆,亦自绝尘,真隶、楷之鼻祖。《灵庙碑》在隶、楷交变之间,意状奇古。若从欲变之始言之,则《杨震》《张迁》二碑实用隶、楷之意矣。

康有为(1858—1927),字广厦。原名祖贻,号长素,又号更生、别署西樵山人,晚称明夷,世称南海先生。光绪进士,授工部主事。学识广博,通佛理,涉西欧学说,精书法,倡碑学。其书学著作《广艺舟双楫》,继包世臣之说而发展之,是碑学的重要理论著作,对近代书坛影响极大。著述颇丰,主要有《新学伪经考》《大同书》《康南海先生诗集》等。

【注释】

①论书绝句十五首:节选自康有为《广艺舟双辑》。

②滥泉:涌出的水泉。《尔雅·释水》:“滥泉正出。正出,涌出也。”此指源头。

③句容片石：指《葛府君碑》。三国吴刻石。出土时间不详。仅存碑额正书题字云："吴故衡阳郡太字葛府君之碑"三行十二字。

④《灵庙》：即《中岳嵩高灵庙碑》。北魏刻石。太安二年(456)刻。康有为《广艺舟双辑·碑品》评为"神品"第二。

⑤《震》《迁》：指《杨震》《张迁》两碑。昆仑：即昆仑山。此谓首先、首创的佼佼者，开先河者。

二

《受禅》应为卫觊书[1]，邯郸韦诞比何如？
瓘恒世受真传法，一脉逾河走传车[2]。

《受禅碑》，颜真卿以为钟繇，刘禹锡、徐浩以为梁鹄，今从其同时人闻人牟准《卫敬侯碑》文以为卫觊书。觊与邯郸淳并以古文名。子瓘孙恒世传笔法，恒传崔悦至宏，浩为北书之宗，又传江琼至式，故北书率卫派也。

【注释】

①《受禅》：即三国魏时《受禅碑》，详注见前。

②传车：指古时驿站的专用车辆。传，驿站。此谓指传承之意。

三

铁石纵横体势奇[1]，相斯笔法孰传之？
汉经以后音尘绝[2]，惟有《龙颜》第一碑。

宋《爨龙颜碑》，浑厚生动，兼茂密雄强之胜，当为正书第一。昔人称李斯篆书若铁石，体若飞动，可以形容之。

【注释】

①铁石句:唐张怀瓘《书断》评其曰:"画如铁石,字若飞动,作楷隶之祖,为不易之法。"

②汉经:泛指汉代所刻石经。

四

餐霞神采绝人烟,古今谁可称书仙?
石门崖下摩遗碣,跨鹤骖鸾欲上天[①]。

《石门铭》体态飞逸,不食人间烟火,书中之仙品也。

【注释】

①跨鹤骖鸾:杨守敬《平碑记》记曰:"其行笔真如野鹤闲鸥,飘飘欲仙。六朝疏秀一派,皆从此出。"

五

《琅琊》茂密集书成,《郙阁》《褒斜》章法精。
能戒熹平变疏匾,仅传古法《彦云铭》[①]。

秦斯《琅琊石刻》茂密极矣。汉隶惟《郙阁》有此意,《褒斜》异笔而同意。熹平以后,隶法大变,今楷出焉,惟《鞠彦云墓志》独有《郙阁》之法。

【注释】

①《彦云铭》:即《鞠彦云墓志》,北魏正光四年(523)刻。楷书十四行,行十三字,笔法古雅遒逸,朴茂拙重。原石拓本有正书局《六朝墓志精华》

中收录。

六

《褒斜》分法知谁继？瘦硬应推《吊比干》。

风荡齐碑成一律，《修罗》雄峻独为难。[①]

《吊比干文》瘦硬无匹，出于《褒斜》。齐碑百余种，皆以瘦碑取胜，然无雄峻秀韵之味，惟《隽修罗碑》独峻拔耳。

【注释】

①《修罗》：即《隽修罗碑》亦称《隽敬碑》。北齐刻石。全称《乡老举孝义隽敬碑》。皇建元年(560)十二月立。康有为《广艺舟双辑》评其曰："《隽修罗》长松倚剑，大道卧罴。"

七

元常法乳知谁在，珍重丰碑有《枳阳》。[①]

文质蹒跚开《石阙》[②]，始知晋法有传方。

晋《枳阳府君碑》丰厚茂密 ，在文质之间，今传元常诸帖，字体犹有其意，真元常嫡嗣也。《太祖文皇帝神道》，稍加姿美，然亦魏、晋正传，善学者当能会之。

【注释】

①《枳阳》：即《枳阳府君碑》。李光德《中华书学大辞典》记曰："东晋、隆安三年(399)刻。隶书七行，行七字，立于墓前参道上。石柱上部残欠，东晋石刻遗迹少见，此阙为人珍重。书体类《谷郎碑》，似隶、似楷、方形古厚，有魏、晋宗风，实为楷书之滥觞，可窥由隶变楷之轨迹。"

②《石阙》：指《太祖文皇帝神道阙》，亦称《太祖神道阙》《太祖建陵二阙》《太祖萧顺之东西二阙》，立于萧顺之陵两侧，梁时刻石。楷书，两阙各刻“太祖文皇帝之神道。”北宋欧阳修《集古录》有跋录，南宋王象之《舆地碑日记》有记载。阙上有清莫友芝题记四行。

八

铦利森森耀戟铤[①]，《始兴》碑法变钟传[②]。

率更后出书名擅，谁识先师“贝义渊”[③]。

率更书有武库剑戟森森之气。窦臮以为出于北齐刘珉，想以其峻峭处近之。其实信本南人，南碑《始兴王碑》与率更《皇甫君碑》无二，乃知率更所认出。然南碑无不圆浑者，此则先变钟法矣。

【注释】

①铦利：锋利、锐利。《吕氏春秋·简选》：“简选精良、兵械铦利，令能将将之。”戟铤：泛指兵器。戟为戈、矛合一的兵器，铤为铁柄小矛。

②《始兴》：即《始信忠武王萧憺碑》，亦称《始兴王碑》《萧憺碑》。清王昶《金石萃编》录为梁天监十七年(518)立石，即萧憺死后(萧憺卒于梁普通三年，即522年)。此碑巨大，清王昶《金石萃编》记曰：“碑通高一丈四尺五寸，广六尺二寸。”碑在江苏上元县(今南京)花林村。康有为《广艺舟双楫》评曰：“与《刁遵》同体，茂密出元常，而改用和美，几与今吴兴书无异。而笔法精绝，如有妙理，北朝碑实少此种。”又评曰“意象雄强，其源亦出卫氏。若结体俊密，行笔英锐，直与率更《皇甫君碑》无二。”碑文为东海徐勉撰，吴贝义渊书，房贤明刻字，郜元上石。

③贝义渊：生卒年不详。梁文帝时在世，善书法，为当时名家。留传所书碑刻《始兴王碑》《安成康王萧墓碑》等。康有为《广艺舟双楫》评其曰：“贝义渊书《始兴王碑》，则长枪大戟，实启率更。其碑千余字，完好者三分之二，尤

为异宝。”

九

骨遒血莹态丰秾，《怀令》青青秀一峰[①]。

变化方圆尽奇丽，光芒鳞甲若游龙。

《怀令李超墓志》骨血奇峻，结构精丽，变化无端，兼备方圆，与《张猛龙》皆为结体无上上品也。

【注释】

①《怀令》：北朝墓志。即《魏故怀令李君墓志铭》，亦称《李超墓志》。北魏正光六年(525)刻。清初自河南偃师县乔家村出土。正书，二十六行，行二十六字。书法峭俊遒美，前人多有赞誉。清梁启超评曰：“此法与《崔敬邕墓志》为一家眷属，魏志中以风华胜者。”

十

《子建》遗碑独擅场[①]，卫家体质贵雄强。

大刀斫阵称无敌，沉着偏兼痛快长。

昔人称中郎骨势洞达，后世惟《曹子建碑》有之。虽体杂篆隶，致消百衲衣，然沉着痛快中有浑穆气象，是《般若》正传也，其开爽则启唐人矣。

【注释】

①《子建》：即《曹子建庙碑》，亦名《陈思王曹子建庙碑》《陈思王碑》《曹子建碑》。隋开皇十三年(593)刻。清王昶《金石萃编》记云：“碑高七尺，广四尺二寸五分，二十二行，四十三字。隶书。今在东阿县(今山东东阿县鱼山)陈

思王墓旁。”书法古雅，清杨守敬《平碑记》曰：“用笔本之齐人，体兼篆、隶，则沿北魏旧习，然其笔法实精，真有篆、隶遗意。”康有为《广艺舟双楫·取隋》中评其：“而快刀斫阵，雄快峻劲者，莫若《曹子建碑》矣。吾收隋世佛经造像记颇多，中有甚肖《曹子建碑》者，盖当时有此风尚。”

十一

异态新资杂笔端，行间妙理合为难。

谁人解作《兰亭》意，《君起浮图》仔细看。①

唐《马君起浮图记》，字里行间，姿态百出，诡制妙理，变化一新，而不失六朝法度。《猛龙》之后未多见。钟司徒意外巧妙，绝伦多奇，于此有焉。

【注释】

①《君起浮图》：见康自注即唐《马君起浮图记》。康有为《广艺舟双楫·卑唐》评其云：“《马君起浮图》分行结字，变态无尽。……”又《体系》中云：“唐初小碑最多此种，若《张与》《王留》《韦利涉》《马君起浮图》并其绪续，流播人间，吴兴、香光，亦其余派也。”

十二

鲁公端合瓣香薰，茂密雄强合众芬。

章法已传《郙阁》理，更开草隶《裴将军》。

鲁公书举世称之，罕知其佳处。其章法笔法全从《郙阁》出。若《裴将军诗》，健举沉追，以隶笔作之，真可谓之草隶矣。

十三

南宫《书评》妙难量[①]，跳掷偏兼对越庄。

灵庆池边遗石在，神峰峻立独回翔。

韦纵书《灵庆池碑》，体格不出唐人，是欧、虞新体，然龙跳虎卧，兼庄若对越，俊若跳掷之长，且笔画完好，深可宝爱。

【注释】

①南宫《书评》：指宋米芾评欧阳询《梦奠帖》云：庄若对越，俊如跳掷（《海岳题跋》）。此谓作品中用笔的节奏明快。

十四

山谷行书与篆通，《兰亭》神理荡飞红[①]。

层台缓步翛翛远[②]，高谢风尘属此翁[③]。

宋人收以山谷为最，变化无端，深得《兰亭》三昧。至其神韵绝俗，出于《鹤铭》而加新理，则以篆笔为之。吾目之曰行篆，以配颜、杨焉。

【注释】

①飞红：彩虹。对书法神采的形象描述。

②翛翛：无拘无束，自由自在的超脱之状。

③高谢：辞别、辞去。晋左思《魏都赋》："传业禅祚，高谢万邦。"

十五

欧体盛行无魏法，隋人变古有唐风。

千年皖楚分张邓[①]，下笔苍茫吐白虹。

自隋碑始爱疏朗，率更专讲结构，后世承风，古法坏矣。邓完白出，独铸篆隶，冶六朝而作书。近人张廉卿起而继之，用力尤深，兼陶古今，浑灏深古，直接晋、魏之传。不复溯唐人，何有宋、元、明，为书法中兴矣。

【注释】

①张邓：指张裕钊(1823—1894)，湖北武昌人。字廉卿，号廉亭。道光二十六年(1846)举人。拜内阁中书。主讲武昌经心书院，保定莲池书院等 。与黎庶昌、吴汝纶、薛福成师事曾国藩，人称"曾门四弟子"。博学写志，淡泊独行，精书法，体势出于碑而融帖，用墨特别，颇受康有为推崇，其书在日本颇有影响。著有《今文尚书考论》《濂亭文集》等。邓石如(1743—1805)，初名琰，字顽伯，又号完白山人，别署凤水渔长、龙山樵长。安徽怀宁人。少嗜学，好刻石。经梁献荐至江宁梅镠家，获观所藏秦汉以来善本，勤奋临摹，寒暑不辍。客师梅寓八年，书艺大成。遍游名山大川，书法、篆刻自给。至京为刘墉赏识，延为宾客。清康有为评其云："集隶书之成，邓顽伯也。"

附：

古代诗论书法初探

古代文人墨客对于书法的批评、品鉴从有确切文字记载的魏晋开始，这些文字以文赋的形式批评、品鉴书法及画家，生动记录、批评了书法艺术的演变和发展。到了唐代，诗歌进入批评、品鉴书法的领域，丰富了书法批评的形式，促进了书法和诗歌的繁荣。古代文人墨客集诗、书、画为一身，以其深厚的文化学养、浓烈的真诚情感，创作了大量书法批评的诗歌，并影响至今。

古人诗论书法的篇章，客观反映了不同时代人们的书法审美情趣和时代的艺术精神，是给我们留下的充满诗情画意之美的宝贵人文精神财富。

感之以情　志以为诗

《毛诗序》："诗者，志之所之也。在心为志，发言为诗。情动于中而形于言，言之不足故嗟叹之，嗟叹之不足故咏歌之；咏歌之不足，不知手之舞之，足之蹈之。"

陆机《文赋》："诗缘情而绮靡。"

孔颖达《毛诗正义》："在己为情，情动为志，情、志一也。"

俄国托尔斯泰说道:“在自己心里唤起曾经一度体验过的感情,并且在唤起这种感情后,用动作、线条、色彩、声音以及言辞所表达的形象来传达出这种感情,使别人也能体验到同样的感情——这就是艺术活动。”[①]

英国克莱夫·贝尔在其《艺术》一书中,从视觉艺术即绘画艺术上,提出了“有意味的形式”的美学观点,认为只有能够激起人们审美感情的才是艺术品。而为之感动的是其作品中“线条和色彩构成的关系组合”和“隐藏在事物表象后面的并赋予不同事物以不同意味的某种东西,这种东西就是终极实在本身”[②]。

古今中外哲人都从艺术审美的角度,强调了情感在艺术创作、艺术品鉴中的重要作用——即审美主体与客体的相合作用、相互融合。诗论书法就充分表现了这种艺术审美中的主与客的统一,具体便是意象中的情与志的统一、情与景的统一、心与物的统一。

情感是审美主体与客体发生联系的中介部分,诗论有“诗为心声”“诗缘情”,书论有“书为心画”“书肇自然”。诗论书法,是诗人触书生情而为之,因情生文,因文见情。可以说,情无景无艺术,景无情也无艺术。情与景的融合是艺术的最高境界——意境。宗白华先生在《中国艺术意境之诞生》一文中说:“在一个艺术表现里情和景的交融互渗,因而发掘出最深的情,一层比一层更深的情,同时也透入了最深的景,一层比一层更晶莹的景;景中全是情,情具象而为景,因而涌现了一个独特的宇宙,崭新的意象,为人类增加了丰富的想象,替世界开辟了新境,正如恽南田所说:‘皆灵想之所独辟,总非人间所有!’这是我

---

①〔俄〕列夫·托尔斯泰:《艺术论》,人民文学出版社,1956年版,第47页。

②请参阅〔英〕克莱夫·贝尔:《艺术》,中国文联出版公司,1984年9月版。

的所谓‘意境’。”[①]宗白华先生之语形象说明了艺术意境之中，人与自然、情与景的相互作用、相互融合的关系。

古代论书诗的生成，正是体现了这种情与景、情与志的统一，是诗人对艺术的“再创造”“再评价”。书家对自然物象的观照产生的感动之情，融于书写的抽象线条之中，表现在线条的伸缩、枯润、穿插、粗细、浓淡、呼应等变化之间。诗人直觉感受书家的情感，从其抽象的线条中，把握和理解书家情感世界的“物象之本”，是谓“触物生情”“即景会心”，以自己的联想、想象，以形象的语言给予人们“意境”之美，“再创造”之美，使人们欣赏书法的美，赞叹书法的美，情景交融，身心愉悦。

这种情景的交融，是诗人审美经验的结果，是诗人对自然、社会、人生的某种思考、情绪、感受，是因外物感动触发的形象化、激烈化、浪漫化，也是贝尔为之感动的“隐藏在事物表象后面的并赋予不同事物以不同意味的某种东西”的明朗和具象表述，充分反映出中国哲学精神“天人合一”思想派生的情与景、情与志的统一，心与物的统一。

东汉蔡邕《九势》云：“夫书肇自然，自然既立，阴阳生焉。阴阳既生，形势出矣。……势来不可止，势出不可遏，惟笔软则奇怪生焉。”

东晋卫夫人在《笔阵图》中形象描述了书法点画的美：“一，如千里阵云，隐隐然其实有形。丶，如高峰坠石，磕磕然实如崩也。丿，陆断犀象。乚，百钧弩发。丨，万岁枯藤。乁，崩浪雷奔。㇆，劲弩筋节。”

书家对自然的情感，使线条中蕴含了生命的律动，富于“有意味的形式”。诗人观之，以真诚的情感、形象的语言，抒发自己的所见、所

①宗白华：《美学散步》，上海人民出版社，1981年6月版，第68页。

想、所感、所志，反映艺术美所意蕴的自然的、生命的、情感的呼应、交流、促进、升华的过程，就是"因情生文，因文见情"。

李白诗："吾师醉后倚绳床，须臾扫尽数千张。飘风骤雨惊飒飒，落花飞雪何茫茫。起来向壁不停手，一行数字大如斗。恍恍如闻神鬼惊，时时只见龙蛇走。"(《草书歌行》)

杜甫诗："况潮小篆逼秦相，快剑长戟森相向。八分一字直百金，蛟龙盘拏肉屈强。"(《李潮八分小篆歌》)

李颀诗："兴来洒素壁，挥笔如流星。下舍风萧条，寒草满户庭。"(《赠张旭》)

韩愈诗："鸾翔凤翥众仙下，珊瑚碧树交枝柯。"(《石鼓歌》)

米芾诗："依依烟华动勃郁，矫矫龙蛇起混茫。"(《寄薛郎中绍彭》)

钱谦益诗："须臾笔下龙蛇出，折钗倒薤纷旗枪。拳如茧栗不盈握，放笔直欲隳堵墙。力如蓝田射伏虎，饮羽穿石激雷光。势如卫公夜行雨，风鬃雾鬣不可当。"(《席间观李素心孙七岁童子草书歌》)。

……

这些瑰丽的诗章，以热情之思，展想象之翼，给我们描绘出一个个生动自然的神奇境象。"思理为妙，神与物游"(《文心雕龙·神思》)，"圣人立象以尽意"(《周易》)，正是诗情画意。我们从点画之间，神思相通，情感互动，思接千载，一切景语皆成情语。我们从中感受到中国艺术精神的心物合一、情志合一、情景合一、诗书(画)合一，一言之"天人合一"。

书家是诗人之知己，诗人是书家之知音。南朝梁刘勰《文心雕龙·知音》："夫缀文者情动而辞发，观文者披文以入情，沿波讨源，虽幽必显。世远莫见其面，觇文辄见其心。"

出入情理　涵泳玩索

南宋陈善《扪虱新话》云:“读书须知出入法,始当求所以入,终当求所以出。见得亲切,此是入书法;用得透脱,此是出书法。盖不能入得书,则不知古人用心处。不能出得书,则又死在言下。惟知出知入乃是读书之法。”诗论书法的批评形式也充分说明了这一点。书家对自然、社会、人生的观照是“入”,写成书法是“出”;诗人观照自然、社会、人生及书法是“入”,写成诗是“出”。两者作为审美主体说来,“出入”的形式、内容,即对审美客体的观照是有一些审美过程、玩味过程的差异,但其艺术的本质是相同的,是一致的。“出入”的过程,蕴含了对审美客体的玩味,是情与景、情与理的相互作用,从中反映出不同的审美趣味。

扬雄云:“故言,诗,心声也;书,心画也。”诗为心声,书为心画,即是审美主体即诗人,书家表现出的“出入”。中国艺术精神的共同追求,使得诗人、书家心灵相会、交流,深刻反映了艺术意象中情与理的统一。触物生情,情得理趣,理入情深,情理相融,使人们意象之中升华出哲理的思考,感觉、感受“有意味的形式”,心会“言外之意”“弦外之音”“韵外之致”“味外之旨”。

《文心雕龙·体性》云:“情动而言形,理发而文见。”又《情采》云:“情者文之经,辞者理之纬。”情、理在艺术创造、艺术鉴赏、艺术批评中密不可分。诗人、书家对自然、社会、人生观照的情感、思考,以形象的语言抒发出来。诗人入于情理,与书家共鸣,出于情理,与自然、社会、书家共鸣。韩愈论诗有“不平则鸣”之谓,“不平”即是“入”,情入有感;“则鸣”即是“出”,理出辞见。诗人论书句中深刻反映出对自然、社会、人生的情理的反复“出入”。

唐杜甫诗针对唐玄宗时书法尚肥腴的风气，提出了“瘦硬”为美的美学思想，推崇古代书法的骨力。在《李潮八分小篆歌》中道：“苦县光和尚骨立，书贵瘦硬方通神。”在咏论张旭草书时，以“连山蟠其间，溟涨与笔力”的诗语，热情表达出对书法“力”与“势”的赞美，体现了杜甫对自然、社会、人生的“出入”。

宋米芾以“颠狂”之性，率意之语，大刀阔斧对书法历史，对书家进行深刻地直率地“出入”，使人赏心悦目，焕然一新。《寄薛郎中绍彭》道：“欧怪褚妍不自持，犹能半蹈古人规。公权丑恶怪札祖，从兹古法荡无遗。张颠与柳颇同罪，鼓吹俗子起乱离。怀素獦獠小解事，仅趋平淡如盲医。可怜智永研空臼，去本一步呈千媸。已矣此生为此困，有口能谈手不随。谁云心存乃笔到，天工自是秘精微。”快人快语“天工”“出”之。

唐李白道：“右军本清真，潇洒出风尘。”（《王右军》）

宋文彦博道：“书从北海寄西豪，开卷才窥竦发毛。范墨韩文传不朽，首阳风节转孤高。”（《题高平公亲书〈伯夷颂〉卷后》）

元赵孟頫道：“右军潇洒更清真，落笔奔腾思入神。”（《论书》）

清傅山道：“作字先作人，人奇字自古。”（《作字示儿孙》）

……

诗人对自然、社会、人生的不同观照、理解，反映了审美意识的个体差异，折射出“出入”的痕迹，体现了情、志的统一，情、理的统一，情、景的统一。从书中可以看到，作者不仅仅是诗人，同时还是书家、画家，或是鉴赏家、收藏家，从中我们能体会和感受到古代文人深厚的学养和高尚的情趣。他们“出入”的时空之大之久，是今天的我们应该深刻思考的课题。诗也好，画也好，正如清刘熙载《书概》："书，如也，如其才，如其学，如其志，总之如其人也。"

诗人对书法的"出入"玩味，即从书法的抽象线条之中，把握书家的"意味"，以形象思维的语言抒发自己对自然、社会、人生的思考，对艺术的思考，对书法的思考。宗白华先生《中国艺术意境之诞生》中说："中国哲学是就'生命本身'体悟'道'的节奏。"诗论书法中，情理的出入、玩味，是诗人"悟道"的节奏，"道"即为中国艺术精神的"天人合一"。王国维《人间词话》说道："诗人对宇宙人生，须入乎其内，又须出乎其外。入乎其内，故能为之，出乎其外，故能观之。入乎其内，故有生气，出乎其外，故有高致。"高致，是"理"的升华，是对"道"的感悟，是情理的相融，是情志的相融，是情景的相融，可谓是"入画出神""神（心）与物游。"

诗情画意　异曲同工

王朝闻《美学概论》中道："中国的书法艺术虽然诉诸人的视觉，却并不再现客观现实的具体形象，因而欣赏书法的经验，不仅与绘画联系（所谓书画同源），而且与欣赏音乐的听觉有着共同之处。由于人的感觉之间存在着联觉作用，所以尽管诗与画的对象有其不同的特殊方面、不同的再现方式，却也可能达到'诗中有画，画中有诗'的所谓诗情画意相统一的境界。"[①]这种"诗情画意"的相统一境界，就是艺术的最高境界——意境，即"道"境。在诗论书法中表现为艺术意象中情志统一，情理统一，情景统一，心物统一。诗论书法将艺术审美的"意""象"的相互作用、相互融合的过程表现得非常充分、生动。

①王朝闻：《美学概论》，人民出版社，1981年6月版，第250页。

古代诗、书、画形式的融合始于宋代，至元赵孟頫时得到完善，形成“文人画”。不论形式和内容的表现，“文人画”成为古代文人墨客对自然、社会、人生理解、思考的审美经验的载体。历史上题画诗和咏论书诗恰当地表现了这一点。尤为咏论书诗在对艺术、对书法的品鉴批评之中，深刻地体现出中国文化艺术精神本质的、内在的、必然的联系。

历史上许多文人墨客都是诗、书、画相互融合的实践者，诗文书画、琴棋等艺皆通。如王羲之、李邕、李白、杜甫、白居易、王维、苏东坡、黄庭坚、米芾、赵孟頫、管仲姬、董其昌、沈周、文徵明、傅山……书法是其内在的高深文化修养的反映，是其艺术精神的集中表现。

宋苏东坡评王维画时道：“味摩诘之诗，诗中有画；观摩诘之画，画中有诗。”(《东坡题跋·书摩诘蓝田烟雨图》)

明张岱道：“书中有画，画中有诗。”

元赵孟頫道：“石如飞白木如籀，写竹还须八法同。若也有人能会此，须知书画本来同。”(《秀石疏林图》)

近代吴昌硕道：“诗文书画有真意，贵能深造求其通。”(《刻印》)

……

古代文人墨客对诗、书、画的观照，还表现在从审美的主体与客体、形式与内容、现象与本质、个体与整体上注意把握文化艺术精神的相通性、一致性。从论书诗中，也强烈地体现了这种诗、书、画形式上、内容上的“诗情画意”的表达。

“书中有画，画中有诗”“书为心画”“诗为心声”。物象之“画”生于点画，书画之“画”生于意“画”，意“画”之画生于诗“画”。三者皆为心与物、情与景、情与理的统一。诗论书法之中，诗人是有感而“见”，即为诗中有画；书家是由感而“见”，便是“画”中有诗。诗、书、画皆“道法自然”，观照自然、社会、人生。诗富于驰骋联想，书画中情感寄于“自然物象”，书家挥毫时，情感融于线条之中，诗人触感以为彰显。同时，诗中有画，亦非画能表达，书画中有诗，又非诗能尽述。三者以情为兴，相互作用，相得益彰。唐朱景玄《唐朝名画录》道：“挥纤毫之举，则万类由心；展方寸之能，而千里在掌……有象用之以立，无形因之以生……妙将入神，灵能通圣。”

中国艺术精神是儒、道、释文化的相互交融和统一。在诗论书法的诗作中，体现了深厚的多元文化的融合和交流。佛家在诗作中强调“梵我合一”“我心即佛”。以禅宗的审美意识观照书法，认为外在的自然界即是我心的外化。他们从鲜明的狂逸个性、书写赞美了佛家“梵我合一”的自我自由的精神境界，与中国艺术精神“天人合一”相通。

唐时禅家以怀素、高闲、䛒光为代表，在诗、书、画中力求艺道通于禅道，在狂放不羁的草书中渗透了禅理。

司空图论䛒光：“落笔纵横不离禅，方知草圣本非颠。”(《䛒光大师草书歌》)贯休赞䛒光：“唯师草圣艺偏高，一掬山泉心便是。”(《䛒光大师草书歌》)僧可朋论梦龟：“兴来乱抹亦成字，只恐张颠颠不如。”(《观梦龟草书》)……

唐代赞怀素草书的诗论可谓一枝独秀。《怀素自叙帖》收录了一部分。诸如窦冀、鲁牧、戴叔伦等人的诗论均以热烈的情感、形象的语言、咏论了怀素草书的逸兴和癫狂，揭示了禅家世界的自由奔放和对新奇的艺术追求。唐朱逵咏论道：“笔下惟看激电流，字成只畏盘龙去。怪状崩腾若转蓬，飞丝历乱如回风。长松老死倚云壁，蹙浪相翻惊海鸿。”(《怀素上人草书歌》)……一幅幅奇姿诡景，夺人眼球，扣人心扉。诗人、书家、禅家以情独钟，以心传心，以禅的心境了悟、观照书法，咏论、赞赏了禅家书法的禅意，再现了禅家“即心即佛”的思想，充分反映了唐代书风、诗风的一个光辉侧面，开启了宋代尚意审美情趣的先河。

总而言之，诗论书法独特的批评形式，反映了时代精神和审美取向，同时也从不同的侧面反映出审美情趣的个体差异。在这些诗论中，显现了“唐尚法、宋尚意、元尚态、明尚变、清尚质”的审美取向，使人们感受到历史、社会、文化艺术衍变的脉搏和深邃的哲学思考，是艺术批评边缘学科的交融，体现了中国艺术意象的构成关系，突出表现出其关系的心与物的统一、情与景的统一、情与理的统一、主体与客体的统一等，充分体现了中国文化艺术精神的“天人合一”，给我们今天的书法创作及一切艺术批评，以深刻的启迪和思考。

叶燮《原诗·外篇》道：“诗是心声，不可违心而出，亦不能违心而出。功名之士，决不能为泉石淡泊之音；轻浮之子，必不能为敦庞大雅之响。故陶潜多素心之语，李白有遗世之句，杜甫兴‘广厦万间’之愿，苏轼师‘四海昆弟’之言，凡如此类，皆应声而出。其心如日月，其诗如日月之光，随其光之所至，即日月见焉。故每诗以人见，人又以诗见，使其人其心不然，勉强造作而为欺人欺世之语，能欺一人一时，决不能欺天下后世。”古代诗论书法正应此篇。

乔建堂

2020年3月6日晚写于抱朴堂灯下

2019年9月14日晚改于抱朴堂灯下

后　记

余参加工作几十年,已近退休。从一开始在中国人民解放军海军院校,到后来的地方高校,一直从事教学保障和服务教学的工作。

由于从小对中华文明和中国传统文化的热爱,虽然没有念过大学,但经常在知识的海洋边徜徉,不知不觉中把鞋子打湿了,虽然没有湿透,但是于耳濡目染之间,笔下硬是写出了这半生不熟的文字,不免有些贻笑大方了。

书稿写就已近廿载,今日捡起来,不胜感慨。前些年,由于诸多客观因素的影响,虽曾在中国青年出版社客居数日,由于自己的原因,终未能付梓。

今日,时过境迁,意将此作为退休之念,以慰当年跨世纪之兴。余平日里,虽善与笔墨为伍,耽于诗书,但纯系“锻炼身体,帮助消化”,业余爱好而已,与当下之名分、荣誉、权力等等,缘分甚远。

在此书付梓出版之际,余心惶恐不安,自己学识浅薄,孤陋寡闻,书中谬误不足之处,在所难免,还望各位方家多多批评指教。

本书的撰写、编辑过程中,得到了家人的大力支持,得到了诸多师友的大力指导和帮助。我非常感谢!为表示感恩,故录各位大德高名,永志不忘!

姚奠中、石华峰、王朝瑞、阎俊、林鹏、赵承楷、袁旭临、胡守文、周平、李蹊、刘锁祥、张明旺、焦团平、李春奎、赵嗣成、乔亚丁、何寅彪、马巨廷、马俊青等诸位先生。

同时,非常感谢续小强社长慧眼识珠、鼎力相助,以及贾江涛编辑的辛勤工作、热心帮助。

春华何念去年痴,风雨江山入酒卮。

莫顾浮云迷世目,豪情信手自家诗。

乔建堂

2018年1月24日(丁酉腊八)于抱朴堂